D0729118

Le Diable en rit encore

Du même auteur :

Aux éditions Fayard :
Blanche et Lucie, roman.
Le Cahier volé, roman.
Contes pervers, nouvelles.
Les Enfants de Blanche, roman.

Aux éditions Jean-Jacques Pauvert :
O m'a dit, entretiens avec l'auteur d'*Histoire d'O*.

Aux éditions Jean Goujon :
Lola et quelques autres, nouvelles.

Aux éditions du Cherche-Midi :
Les cent plus beaux cris de femmes.

Aux éditions de la Table Ronde :
La Révolte des nonnes, roman.

Aux éditions Garnier-Pauvert :
Léa au pays des dragons, conte et dessins pour enfants.

Aux éditions Ramsay :
La Bicyclette bleue, roman.
101, avenue Henri-Martin (*La Bicyclette bleue*, tome 2).

A paraître :
L'Anneau d'Attila.
Journal d'un éditeur.
Une jeune femme lamentable.

Régine Deforges

Le Diable en rit encore

La bicyclette bleue***

Éditions Ramsay
9, rue du Cherche-Midi
75006 Paris

© Éditions Ramsay, 1985
ISBN : 2-85956-401-3

A mon père,
à Franck, mon fils.

Résumé des volumes précédents

Pierre et Isabelle Delmas, en ce début de l'automne 1939, vivent heureux sur leurs terres du vignoble bordelais, à Montillac, entourés de leurs trois filles, Françoise, Léa et Laure, et de Ruth la fidèle gouvernante. Léa a dix-sept ans. D'une grande beauté, elle a hérité de son père son amour pour la terre et les vignes où elle a grandi auprès de Mathias Fayard, le fils du maître de chais, son compagnon de jeu secrètement amoureux d'elle.

1er septembre 1939. Aux Roches Blanches, propriété des Argilat, ami des Delmas, on fête les fiançailles de Laurent d'Argilat avec sa cousine, la douce Camille. Il y a les oncles et la tante de Léa avec leurs enfants : Luc Delmas l'avocat, avec Philippe, Corinne et Pierre; Bernadette Bouchardeau et son fils Lucien; Adrien Delmas, le dominicain, qui fait figure de révolutionnaire au sein de la famille. Il y a aussi les soupirants de Léa, Jean et Raoul Lefèvre. Seule Léa ne partage pas la liesse de cette journée : elle est amoureuse de Laurent, et ne peut supporter ces fiançailles. Elle fait la connaissance de François Tavernier, élégant et cynique, ambigu et sûr de lui. Léa, par dépit, se fiance à Claude d'Argilat, le frère de Camille. Le même jour, la guerre éclate : c'est la mobilisation générale.

Léa assiste désespérée au mariage de Camille et Laurent. Malade, soignée par le médecin de la famille, le docteur Blanchard, elle repousse la date de son mariage. Son fiancé mourra dans les premiers

9

combats. Léa part pour Paris, chez ses grands-tantes, Lisa et Albertine de Montpleynet. Elle y retrouve Camille et François Tavernier, pour qui elle ressent un mélange de haine et d'attirance. Elle y rencontre Raphaël Mahl, écrivain homosexuel, opportuniste, inquiétant, et Sarah Mulstein, jeune juive allemande qui a fui les nazis.

Laurent part au front, et Léa lui promet de veiller sur Camille qui attend un enfant et dont la santé est très mauvaise. Malgré cela, toutes deux vont fuir l'Occupation, sur les routes de l'exode, sous les bombardements, dans des conditions dramatiques. Au hasard des chemins, Léa, éperdue, croise Mathias Fayard qui lui donne un moment de tendresse, et François Tavernier, qui lui révèle le plaisir physique. La signature de l'Armistice permet aux deux jeunes femmes de rejoindre le Bordelais où va naître le petit Charles, avec l'aide d'un officier allemand, Frédéric Hanke.

Le jour du retour est jour de deuil : Isabelle, la mère chérie de Léa, est morte sous un bombardement. Son père s'enfonce lentement dans la folie, tandis que, dans la propriété réquisitionnée, une vie précaire s'organise, faite de privations et de difficultés. Léa, Camille et le petit Charles rencontrent chez les Debray, qui le cachent, Laurent, évadé d'Allemagne : celui-ci va entrer dans la clandestinité. Au sein des villages, des familles, les clivages se font jour : entre pétainistes convaincus et partisans d'une lutte pour la liberté. Instinctivement, Léa est de ces derniers. Inconsciente du danger, elle sert de courrier pour les combattants clandestins. Quant à Françoise, sa sœur, elle aime un occupant, le lieutenant Kramer. Mathias Fayard entretient avec Léa une liaison difficile, d'autant que son père convoite le domaine. Repoussé par Léa, il part pour le S.T.O.

Épuisée par le poids des responsabilités, Léa revient à Paris, chez Lisa et Albertine de Montpleynet. Elle partage son temps entre la transmission des messages pour la clandestinité et les mondanités du Paris de l'Occupation. Avec François Tavernier, elle tente d'oublier la guerre chez Maxim's, à L'Ami Louis ou dans le petit restaurant clandestin des Andrieu. Elle voit aussi Sarah Mulstein qui lui ouvre les yeux sur les camps de concentration et Raphaël Mahl qui se livre à la plus abjecte collaboration. Dans les bras de François Tavernier, elle assouvit son désir de vivre. Mais Montillac a besoin d'elle : le manque d'argent, l'avidité du père Fayard, la raison chancelante de son père, les menaces qui pèsent sur la famille d'Argilat l'obligent à faire face seule. Dans les caves de Toulouse, grâce au père Adrien Delmas, elle retrouve Laurent et se donne à lui. Au retour, le lieutenant Dohse et le commissaire Poinsot l'interrogent. Elle ne devra son salut qu'à l'intervention de son oncle Luc. Son père refusant l'idée d'un mariage avec le lieutenant Kramer, Françoise s'enfuit. C'est plus que n'en peut supporter Pierre Delmas, qu'on retrouve mort. Le père Adrien, l'oncle Luc, Laurent et François Tavernier sont brièvement réunis pour les obsèques. Après une dernière étreinte en communion avec les saveurs de la terre de Montillac, Léa se retrouve seule avec Camille, Charles et la vieille Ruth, face à son destin précaire.

Dans la nuit du 20 au 21 septembre 1942, au cœur de l'occupation allemande, soixante-dix résistants attendant la mort dans les cellules du fort du Hâ, proche de Bordeaux. Un peu plus tard, par un matin pluvieux, face au peloton d'exécution, ils chantent une dernière fois la Marseillaise.

A Montillac, la vie est dure en dépit des efforts de Camille qui tente de redresser la situation, face à Fayard, le régisseur, qui rêve de faire main basse sur le domaine.

A Paris, Léa séjourne chez les demoiselles de Montpleynet. Elle y rencontre de nouveau Raphaël Mahl, écrivain juif et indicateur de la Gestapo. Elle retrouve également l'énigmatique François Tavernier pour lequel elle éprouve toujours une sorte de passion trouble. Elle s'étourdit dans les restaurants du marché noir et c'est ainsi qu'elle assiste à l'arrestation de son amie juive Sarah Mulstein par la Gestapo. Sarah sera torturée, mais grâce à l'aide de Raphaël Mahl, elle pourra s'évader. Avant de lui faire quitter Paris, Léa et François la cachent chez les demoiselles de Montpleynet.

Tandis que Laurent est recherché par la Gestapo, Camille est arrêtée. Détenue au fort du Hâ, puis au camp de Mérignac, elle tombe malade. De retour à Montillac, Léa entreprend tout pour la sauver. N'ayant rien pu obtenir de Camille, la Gestapo finit par la libérer.

Entre Mathias Fayard, son ami d'enfance qui a choisi l'Allemagne et les frères Lefèvre, engagés comme elle dans la Résistance, Léa découvre une triste réalité : celle de l'horreur, de la torture... Le Mathias de son adolescence est mort dans un hôtel sordide tenu par une immonde prostituée...

Beaucoup de jeunes gens de la région de Bordeaux travaillent désormais pour la Gestapo. Une atmosphère de haine divise les gens du

11

pays. Dans cette ambiance déprimante, Léa attend François Taver-
nier; celui-ci arrive enfin à Montillac où il assiste à un déjeuner donné
en l'honneur d'un jeune gestapiste français dont la naïve Laure, la
sœur cadette de Léa, a fait la connaissance. Chacun donne le change;
mais dans l'après-midi le docteur Blanchard est abattu par ce même
jeune gestapiste. Pour la première fois depuis trois ans, Laurent
d'Argilat et François Tavernier se retrouvent face à face. D'un
commun accord, ils décident d'envoyer les habitants de Montillac à
Paris.

Les Français se sont remis à lire mais les librairies sont vides. C'est
l'époque des zazous, le kilo de beurre vaut trois cent cinquante francs
et le café mille à deux mille francs. Les Allemands reculent sur le front
de l'Est. Prise d'une frénésie de plaisir, Léa s'amuse pour ne plus penser
à ses amis morts ou disparus. Peu de temps après, elle reprend le train
pour Bordeaux.

Raphaël Mahl, renié par ses amis gestapistes, est devenu le numéro
9793 dans une cellule du fort du Hâ. Là, il glane des informations
notamment sur la présence de Résistants et de pilotes anglais non
identifiés par les Allemands. Froidement, il donne les noms.

Une nuit, son cadavre atrocement mutilé par ses compagnons de
cellule est jeté dans le dépotoir et recouvert d'immondices.

François Tavernier rejoint Léa à Montillac, mais doit repartir
presque aussitôt. Léa reste seule...

Wo wir sind, da ist immer vorn
Und der Teufel der lacht nur dazu.
Ha, Ha, Ha, Ha, Ha, Ha, Ha !

Où nous sommes, c'est toujours en avant
Et c'est là que le Diable rit encore.
Ha, Ha, Ha, Ha, Ha, Ha, Ha !

« Voici que le temps fait son œuvre. Un jour, les larmes seront taries, les fureurs éteintes, les tombes effacées. Mais il restera la France. »

Charles de Gaulle,
Mémoires de Guerre. Le Salut

1.

Alors, pour Léa, commença une longue attente.

Le temps qui avait été doux et pluvieux en ce début de
l'année 1944 se rafraîchit brusquement le 14 février et le ther-
momètre tomba à − 5° le matin. Pendant quinze jours le vent
du Nord le disputa à la neige. Vers la mi-mars l'air enfin se
réchauffa et l'on sentit que le printemps était proche. A Montillac, Fayard scrutait le ciel avec inquiétude. Pas un nuage, il
n'avait pas plu depuis longtemps. Cette sécheresse faisait le
désespoir des agriculteurs qui ne savaient comment nourrir le
bétail et voyaient la future récolte de foin compromise.

Les rapports entre ceux du « château » et Fayard, le maître de
chais, étaient au bord de la rupture depuis l'examen par un
comptable des livres de comptes de la propriété. L'homme de la
vigne avait dû reconnaître ses ventes de vin aux autorités d'Occupation malgré l'interdiction que lui en avait faite Léa et, avant
elle, son père. Pour sa défense, le bonhomme avait fait valoir
qu'ils seraient bien les seuls propriétaires du département à ne
pas vendre leur vin aux Allemands; qu'ils en vendaient, d'ailleurs, bien avant la guerre et que la plupart des responsables
boches de la région étaient d'importants négociants en vins

17

dans leur pays; que beaucoup avaient des correspondants à Bordeaux depuis plus de vingt ans. Certains même étaient des relations de longue date; mademoiselle ne se souvenait-elle pas de ce vieil ami de monsieur d'Argilat qui était venu les saluer durant les vendanges de 1940 ?

Léa s'en souvenait très bien. Elle se souvenait aussi que son père et M. d'Argilat avaient prié l'honnête négociant munichois, devenu officier dans la Wehrmacht, de ne plus leur rendre visite tant que durerait la guerre. Fayard reconnut avoir mis « de côté » les sommes provenant de ces ventes car connaissant les idées de mademoiselle... mais affirma avoir toujours eu l'intention de les lui remettre. De toute façon, une partie de cet argent avait été utilisée pour l'entretien et le renouvellement du matériel. Mademoiselle ne se rendait pas compte du prix de la moindre futaille !

Oh si ! elle se rendait compte du prix des choses. Le chèque important remis par François Tavernier avait été accueilli avec soulagement par le vieux banquier de Bordeaux. Il se voyait mal poursuivre pour chèques sans provision et traites impayées la fille de son vieux camarade du lycée Michel Montaigne. Malheureusement les tuiles de l'aile droite de la maison s'étaient envolées par une nuit de tempête et le compte du domaine était de nouveau débiteur. L'expert envoyé par Tavernier avait fait une avance pensant être rapidement remboursé, mais ni lui ni Léa n'avaient eu de ses nouvelles depuis la mi-janvier. On était bientôt fin mars.

Le comptable termina son travail, et conseilla, étant donné la situation, de négocier avec Fayard ou de le faire poursuivre pour détournement de fonds. Léa refusait l'une et l'autre solutions. Sans le petit Charles, qui mettait un peu de gaieté par ses jeux et ses cris, l'atmosphère de Montillac aurait été sinistre. Chacune faisait pourtant des efforts pour cacher ses angoisses aux autres. Seule Bernadette Bouchardeau laissait parfois couler une larme sur sa joue amaigrie. Camille d'Argilat vivait suspendue, jour et nuit, à l'écoute des messages de Radio-Londres, attendant un signe de Laurent. Sidonie, depuis la mort du docteur Blanchard,

18

s'était beaucoup affaiblie, elle allait de son lit au fauteuil placé devant la porte. De là, son regard embrassait le domaine et la vaste plaine d'où montaient les fumées de Saint-Macaire et de Langon. Le passage des trains traversant la Garonne rythmait ses longues heures silencieuses et solitaires. La vieille cuisinière avait préféré revenir à Bellevue. Chaque jour, Ruth venait lui apporter à manger et à tour de rôle, Léa, Camille et Bernadette passaient quelques instants auprès d'elle. La malade bougonnait disant que ces dames perdaient leur temps, qu'elles avaient mieux à faire qu'à s'occuper d'une vieillarde impotente. Mais toutes savaient que seules ces visites la maintenaient en vie. La calme Ruth, elle-même, était affectée par ce climat de tristesse et d'angoisse. Pour la première fois depuis le début de la guerre, elle doutait. La peur de voir surgir la Gestapo ou la Milice empêchait de dormir la solide Alsacienne.

Léa, elle, pour tuer le temps, s'acharnait à retourner la terre du potager et à arracher les mauvaises herbes au pied des ceps. Quand cela ne suffisait pas à briser son corps et à endormir son esprit, elle pédalait des kilomètres à travers la campagne vallonnée. Elle ne rentrait que pour s'effondrer sur le divan du bureau de son père où elle dormait d'un sommeil agité et sans repos. A son réveil, Camille était presque toujours auprès d'elle, un verre de lait ou un bol de soupe à la main. Les deux jeunes amies échangeaient alors un sourire et restaient de longs instants silencieuses en regardant le feu brûler dans la cheminée. Quand le silence leur semblait trop lourd, l'une d'entre elles allumait la grosse T.S.F. trônant sur une commode près du divan et essayait de capter Londres. Il devenait de plus en plus difficile à cause du brouillage d'entendre distinctement ces voix devenues chères qui parlaient de Liberté.

« *Honneur et Patrie. Un prisonnier évadé des stalags, membre du comité directeur du Rassemblement des Prisonniers de guerre en France, M. François Morland, vous parle...*

« *Prisonniers de guerre rapatriés et évadés, mes camarades des*

19

groupes de Résistance : je veux d'abord vous répéter la bonne nouvelle... »

Le grésillement couvrit la voix de l'orateur.

— C'est toujours la même chose : on ne saura jamais la bonne nouvelle, dit Léa en tapant à grands coups de poing sur le poste.

— Attends, tu sais bien que ça ne sert à rien, fit Camille en repoussant doucement son amie.

Plusieurs fois, elle alluma et éteignit l'appareil. Elle allait y renoncer quand la même voix reprit :

« J'ai dit en votre nom au général de Gaulle la foi qui nous anime. J'ai dit en votre nom au commissaire Frenay, évadé comme nous, tout ce qui constitue notre raison de vivre. Mais ces hommes, dont l'honneur est d'avoir cru en l'avenir, avaient déjà compris l'espoir que nous portons en nous... »

Le brouillage reprit ne laissant passer que quelques lambeaux de phrases puis cessa brusquement.

« ... Mais leur exigence est plus large encore et plus généreuse. Parce que dans les camps et dans les commandos, ils ont appris à se reconnaître, ils veulent une patrie débarrassée des marques de fatigue et de vieillissement. Parce qu'ils se sont retrouvés, ils veulent une patrie où les classes, les catégories, les échelons soient confondus dans une justice plus forte que toutes les charités. Parce que, dans les villes et les campagnes de leur exil, ils ont partagé la même misère avec des hommes de toutes races et de toutes nations, ils veulent partager avec eux les bienfaits de la vie future.

« Ah oui ! mes camarades, c'est pour tous que nous combattons. C'est pour tout cela que nous avons choisi la lutte. Rappelons-nous le serment fait au moment du départ alors que nous laissions les nôtres derrière nous. Ils nous disaient : "Surtout ne nous trahissez pas, surtout dites à la France qu'elle vienne à notre rencontre avec son plus beau visage."

« Évadés, rapatriés, ceux des centres d'entraide, ceux des

20

groupes clandestins isolés, c'est le moment de tenir cette pro-messe. »

— Encore un idéaliste ! s'exclama Léa. Ah ! il est beau le visage de la France ! Qu'il vienne voir ce Morland à quoi il ressemble ce beau visage... bouffi de peur, de haine et d'envie, le regard fourbe, la bouche dégoulinante de calomnies et de dénonciations...

— Calme-toi ! Tu sais bien que la France ce n'est pas seulement ça, mais aussi des hommes et des femmes comme Laurent, François, Lucien, Mme Lafourcade...

— Je m'en fiche ! hurla Léa, ceux-là, ils vont mourir ou ils sont morts et il ne restera que les autres.

Camille devint blême.

— Oh ! tais-toi... ne dis pas ça...

— Chut ! voilà les messages personnels.

Elles se rapprochèrent si près du poste que leurs deux têtes touchaient le bois verni.

« Tout s'enfle contre moi, tout m'assaut, tout me tente... Je répète : tout s'enfle contre moi, tout m'assaut, tout me tente... Les canards de Ginette sont bien arrivés... Je répète : les canards de Ginette sont bien arrivés... La chienne de Barbara aura trois chiots... Je répète : la chienne de Barbara aura trois chiots... Laurent a bu son verre de lait... Je répète... »

— Tu as entendu ?

« ...Laurent a bu son verre de lait... »

— Il est vivant ! il est vivant !

Riant et pleurant, elles se jetèrent dans les bras l'une de l'autre. Laurent d'Argilat allait bien. C'était un des messages convenus pour leur faire savoir qu'elles ne devaient pas s'inquiéter.

Cette nuit-là, Léa et Camille eurent un sommeil paisible.

21

Une semaine après Pâques, leur ami, le boucher de Saint-Macaire qui avait aidé à l'évasion du père Adrien Delmas, vint leur rendre visite à bord de sa camionnette à gazogène. Elle faisait un tel bruit qu'on était averti de son arrivée plusieurs minutes à l'avance. Lorsque le véhicule pénétra dans la propriété, Camille et Léa se tenaient déjà sur le pas de la porte de la cuisine.

Albert vint vers elles avec un large sourire, portant un paquet enveloppé d'un linge très blanc.

— Bonjour, madame Camille, bonjour Léa.

— Bonjour Albert, quel plaisir de vous voir ! Cela fait près d'un mois que vous n'étiez pas venu.

— Hé ! madame Camille, on ne fait pas ce qu'on veut de nos jours. Je peux entrer ? Je vous ai apporté un beau rôti et du foie de veau pour le petit. Mireille a ajouté une terrine de lièvre. Vous m'en direz des nouvelles.

— Merci, Albert. Sans vous on ne mangerait pas souvent de la viande ici. Comment va votre fils ?

— Bien, madame Camille, bien. Il dit que c'est un peu dur et qu'il a beaucoup souffert à causes de ses engelures, mais maintenant, ça va mieux.

— Bonjour, Albert. Vous prendrez bien une tasse de café ?

— Bonjour, mademoiselle Ruth. Avec plaisir. C'est du vrai ?

— Presque, dit la gouvernante en prenant la cafetière tenue au chaud sur un coin de la cuisinière.

Le boucher reposa son bol et s'essuya les lèvres du revers de la main.

— Vous avez raison, c'est presque du vrai. Approchez-vous, j'ai des choses importantes à vous dire. Voilà... Hier, j'ai reçu un message du père Adrien. Il est possible qu'on le revoie bientôt dans les parages...

— Quand ?

— Je n'en sais rien. On a réussi à faire évader les frères Lefèvre de l'hôpital.

— Comment vont-ils ?

— Ils sont soignés chez un médecin près de Dax. Dès qu'ils

seront rétablis, ils rejoindront le maquis de Dédé le Basque. Vous vous souvenez de Stanislas ?

— Stanislas ? demanda Léa.

— Aristide, si vous préférez.

— Oui, bien sûr.

— Il est de retour dans la région pour reformer un réseau et punir les traîtres qui ont donné les copains.

— Vous travaillez avec lui ?

— Non, je travaille avec ceux de La Réole mais comme on est à la limite des deux secteurs, je sers d'intermédiaire entre Hilaire et lui. Il faudrait que l'une de vous prévienne Mme Lefèvre pour lui dire que ses garçons vont bien.

— J'irai, dit Léa. Je suis tellement heureuse pour eux. Cela n'a pas été trop difficile ?

— Non. Nous avions des complicités à l'intérieur de l'hôpital et les policiers de garde étaient des hommes de Lancelot. Vous avez entendu le message de monsieur Laurent, hier à la radio de Londres ?

— Oui. On dirait qu'après tant de jours d'angoisse, les bonnes nouvelles arrivent toutes ensemble.

— Bonnes pour quelques-uns seulement. Je ne peux pas m'empêcher de penser aux dix-sept petits gars du groupe de Maurice Bourgeois que ces salauds ont fusillés le 27 janvier.

Tous se souvenaient de l'édition du 20 février de *la Petite Gironde* annonçant : exécution de terroristes à Bordeaux.

— Vous les connaissiez ? bredouilla Camille.

— Quelques-uns. A l'occasion, on se rendait des services bien qu'ils soient communistes et nous gaullistes. Il y en avait un que j'aimais bien, Serge Arnaud, il avait l'âge de mon fils. C'est moche de mourir à dix-neuf ans.

— Quand tout cela va-t-il se terminer ? soupira Ruth en essuyant ses yeux.

— Bientôt, j'espère ! C'est qu'on n'est pas bien nombreux. Ils sont malins ceux de la Gestapo. Depuis la vague d'arrestations, de déportations et d'exécutions en Gironde, Aristide et les autres ont bien du mal à trouver des volontaires.

23

La sonnette d'une bicyclette l'interrompit. La porte s'ouvrit. C'était Armand, le facteur.

— Bonjour, mesdames. J'ai une lettre pour vous, mademoiselle Léa. J'espère qu'elle vous fera plus plaisir que celle que j'ai apportée au père Fayard.

— Encore une lettre de la banque, soupira Léa.

— Savez-vous ce qu'il y avait dedans ? reprit Armand... Cherchez pas, vous trouverez pas... un cercueil.

A l'exception d'Albert, toutes s'écrièrent :

— Un cercueil !

— Comme je vous le dis. Un petit cercueil noir découpé dans du carton. Je crois bien que le nom de Fayard était écrit dessus.

— Mais pourquoi ? s'étonna Camille.

— Té ! Ceux qui ont trop collaboré avec les Boches reçoivent ça pour leur faire comprendre qu'à la fin de la guerre on aura leur peau.

— Pour quelques bouteilles de vin, murmura Camille avec mépris.

— Il n'y a pas que des bouteilles, madame Camille, fit froidement le boucher.

— Que voulez-vous dire, Albert ? questionna Léa.

— On n'est pas sûr. Mais on a vu, à deux reprises au moins, Fayard sortir de la Kommandantur de Langon.

— Nous y sommes tous allés un jour ou l'autre.

— Je sais bien, madame Camille, mais il y a des bruits et puis surtout son fils. Quand je pense que je l'ai connu tout gamin. Je vous revois encore tous les deux vous poursuivant à travers les vignes et vous barbouillant de raisin. Vous vous en souvenez, Léa ?

— Oui... On dirait qu'il y a si longtemps déjà...

— Ce n'est pas ça qui va arranger l'humeur de Fayard, dit Ruth en versant un verre de vin au facteur.

— Ça non, il est devenu tout rouge puis tout blanc quand il a vu ce qu'il y avait dans l'enveloppe. Je n'ai pas demandé mon reste. J'ai filé.

D'un trait, il vida son verre.

— C'est pas tout ça... Je bavarde, je bavarde... J'ai pas fini ma tournée. Allez, au revoir la compagnie, à la prochaine.

— Au revoir, Armand, à bientôt.

— Faut que je m'en aille moi aussi, dit Albert.

Léa l'accompagna jusqu'à sa camionnette.

— On va avoir bientôt un parachutage d'armes. Pouvez-vous aller voir si la cache du Calvaire n'a pas été repérée. Il doit y avoir une caisse de chargeurs et une de grenades.

— J'irai demain.

— Si tout va bien, mettez une croix à la craie blanche sur la grille entourant l'ange du carrefour.

— D'accord.

— Soyez prudente, votre oncle ne me le pardonnerait pas s'il vous arrivait quelque chose. Méfiez-vous du père Fayard.

Dans la chapelle du chemin de croix, tout semblait normal, les caisses étaient intactes. Malgré le beau temps, le calvaire était désert.

Dans la nuit du 15 au 16 avril, la pluie tombant en abondance avait raviné les allées pentues laissant dans les plats de petits tas de gravillons qui glissaient sous les pieds. En revenant, Léa passa par le cimetière. Elle s'arrêta devant la tombe de ses parents où elle arracha quelques mauvaises herbes qui avaient échappé à l'attention de Ruth. La place était vide. On entendait des cris d'enfants. « C'est l'heure de la récréation », pensa-t-elle en poussant la porte de la basilique. L'humidité glaciale la fit frissonner. Trois vieilles femmes en prière se retournèrent à son entrée. Que faisait-elle ici ? Sainte Exupérance dans sa châsse avait l'air, plus que jamais, de ce qu'elle était : une grande poupée de cire aux habits poussiéreux. Où était l'émotion de son enfance ? Où était l'image merveilleuse de la petite sainte dont elle portait aujourd'hui le nom pour quelques-uns ? Tout cela devenait ridicule et dangereux. Une mauvaise humeur grandissante l'envahissait. Une envie de tout envoyer promener, de se retrouver boulevard Saint-Michel ou aux Champs-Élysées avec Laure et ses copains zazous, boire des cocktails aux noms et aux couleurs bizarres, danser dans des bals clandestins, écouter des disques américains interdits au lieu de pédaler à travers vignes et champs pour porter des messages ou des grenades, vérifier les comptes et attendre devant le poste de T.S.F. des nouvelles de François, de Laurent ou de l'improbable débarquement ! Elle en avait assez de vivre dans la peur de l'arrivée de la Gestapo ou de la Milice, du retour de Mathias et du manque d'argent. François Tavernier devait être mort, pour ne pas avoir tenu sa promesse... Cette pensée la jeta presque à genoux.

« Pas ça, mon Dieu ! »

Accablée, Léa sortit de l'église.

Une lassitude immense s'était emparée d'elle. Ses mauvaises chaussures à semelles de bois lui semblaient de plomb. Quand elle passa devant la dernière ferme du village, de maigres chiens la suivirent quelques instants en aboyant puis, rassurés, retournèrent à leur niche. Au « carrefour de l'ange », elle s'assura qu'il n'y avait personne et marqua la grille rouillée d'une croix blanche. Six heures du soir sonnèrent au clocher de Verdelais. De gros nuages sombres balayaient le ciel.

Était-ce l'appel du ciel vaste et tourmenté ? Léa se retrouva sur le chemin qui menait à la maison de Sidonie. Sa petitesse était dérisoire face à l'immensité du paysage. Comme la vieille femme avait eu raison de vouloir revenir à Bellevue ! Ici l'âme s'envolait vers les Landes lointaines, l'océan voyageur et les cieux infinis. Devant ce décor familier, elle éprouvait toujours une sensation de paix, un désir de repos, de rêve, de méditation, comme aurait dit Adrien Delmas.

Un gémissement l'arracha à ses pensées. Belle, la chienne de Sidonie, se lamentait, collée contre la porte.

Léa tendit la main vers l'animal qui se redressa en grognant.

— Tu ne me reconnais pas ?

En entendant cette voix amie, la bête se rapprocha de Léa et se

26

coucha à ses pieds. Elle poussa un hurlement sinistre. Soudain inquiète, Léa ouvrit la porte et entra. Il régnait dans la pièce un désordre incroyable comme si un ouragan avait renversé les meubles, brisé la vaisselle et éparpillé le linge et les papiers. Les draps arrachés du lit, le matelas retourné indiquaient une fouille en règle. Qui avait pu s'acharner ainsi sur le misérable mobilier d'une vieille femme malade ? Léa connaissait la réponse mais refusait encore de se la formuler.

— Sidonie... Sidonie...

La chienne aplatie sous le lit poussait de petits cris. Coincée entre le mur et le bois du lit, la vieille femme gisait sans connaissance. Léa eut beaucoup de mal à la hisser et à l'étendre sur le matelas. Son teint était terreux, un peu de sang coulait de sa narine droite et un hématome bleuissait le côté gauche de son visage. Léa se pencha sur elle : un souffle hésitant s'échappait de sa bouche entrouverte. Dans l'échancrure de la chemise de nuit de coton blanc, des traces de doigts marquaient la chair flasque du cou.

Hébétée, Léa regardait le corps étalé de celle qui jadis la consolait et lui donnait des friandises en cachette quand Ruth ou sa mère l'avait punie. Le souvenir des câlins échangés dans le grand fauteuil devant l'âtre de la cuisine de Montillac la fit éclater en sanglots et crier d'une voix redevenue enfantine :

— Donie, Donie, réponds-moi...

S'arrachant à l'engourdissement mortel qui la gagnait, la vieille femme ouvrit les yeux. Léa se jeta sur elle.

— Sidonie, je t'en prie, parle-moi...

Lentement, elle leva un bras et posa sa main sur la tête inclinée. Ses lèvres s'ouvraient et se fermaient mais aucun son ne s'en échappait.

— Fais un effort... dis-moi qui a fait ça...

La main se fit plus pesante. Léa colla son oreille à la bouche.

— ... auv... sauv... toi... sauve-toi...

La main se fit plus pesante encore. Léa tenta de se dégager doucement en murmurant :

— Que veux-tu dire ?

La main abandonna comme à regret la lourde chevelure, glissa brutalement et heurta le bois du lit avec un bruit mat.

Belle hurla à la mort.

Les larmes de Léa s'arrêtèrent de couler tandis qu'incrédule, elle scrutait le vieux visage aimé devenu d'un seul coup étranger et hostile.

Ce n'était pas vrai... il y a un instant à peine elle sentait contre sa joue l'haleine chaude... et là maintenant... cette masse impudique à la chemise relevée...

Avec colère, elle rabattit le vêtement.

Qu'on fasse taire cette chienne !... Qu'avait-elle à hurler comme ça ? l'imbécile. Est-ce qu'elle pleurait, elle ?

Elle entendit un bruit derrière elle et se retourna d'un bloc. Un homme se tenait sur le seuil. Elle resta pétrifiée de terreur. Que faisait-il ici dans cette maison dévastée, devant ce cadavre encore tiède ? Elle crut soudain comprendre. Une peur abjecte balaya tout amour-propre.

— Je t'en prie !... ne me fais pas de mal !

Mathias Fayard ne la regardait plus, il l'écarta de la main et s'avança vers le lit, pâle, les poings serrés.

— Ils ont osé !

Avec quelle tendresse il joignit les mains déformées, ferma les yeux de celle, qu'enfant, il appelait « maman Sidonie » et qui savait si bien lui éviter les taloches de son père. Il s'agenouilla, non pour dire une prière depuis longtemps oubliée, mais par trop de chagrin.

Léa le regardait avec crainte, mais, quand il tourna vers elle son visage défait où coulaient des larmes, elle se précipita dans ses bras, pleurant à son tour.

Combien de temps restèrent-ils agenouillés, accrochés l'un à l'autre devant cette dépouille qui emportait dans le froid de la tombe ce qui leur restait d'enfance ?

Belle, grimpée sur le lit, léchait en gémissant les pieds de sa maîtresse.

Mathias se ressaisit le premier.

— Tu dois partir.

Léa ne réagit pas. Le jeune homme sortit de sa poche un mouchoir douteux avec lequel il essuya les yeux de son amie puis les siens. Elle se laissa faire, l'air inconscient. Il la secoua, d'abord doucement, puis presque brutalement.

— Écoute-moi. Tu dois quitter Montillac. Camille et toi vous avez été dénoncées.

Devant son absence de réaction, il eut envie de la gifler.

— Bon Dieu ! tu entends ? Les hommes de Dohse et ceux de la Milice vont venir t'arrêter.

Enfin ! elle avait l'air de comprendre, de le voir. Le chagrin et l'abattement faisaient place, peu à peu, à une expression d'horreur incrédule.

— Et c'est toi qui me préviens !...

Cette exclamation lui fit baisser la tête.

— J'ai entendu Denan donner des ordres à Fiaux, à Guilbeau et Lacouture.

— Je croyais que tu travaillais pour eux ?

Elle avait brusquement retrouvé sa force et son mépris.

— Ça m'arrive. Mais quoi que tu penses, je ne veux pas qu'ils mettent la main sur toi.

— Il est vrai que tu connais leurs méthodes !

Mathias se releva et regarda le cadavre de Sidonie.

— Je croyais les connaître.

Léa suivit son regard et se releva à son tour, les yeux à nouveau pleins de larmes.

— Pourquoi elle ?

— J'ai entendu Fiaux dire que dans une lettre on accusait Sidonie d'avoir caché ton cousin Lucien et de savoir où étaient les frères Lefèvre. Mais pas un instant je n'ai imaginé qu'ils viendraient l'interroger. Je n'ai pensé qu'à toi, qu'à te prévenir. Ce que je ne comprends pas, c'est qu'ils ne soient pas passés au château après.

— Qu'en sais-tu ?

— J'ai coupé à travers les vignes pour venir ici. J'aurais vu ou entendu leurs voitures. A moins qu'ils ne soient dissimulés dans le petit bois de pins.

— Je n'ai rien remarqué. Je suis passée par là en venant de Verdelais.

— Viens, partons d'ici.

— Mais on ne peut pas laisser Sidonie comme ça.

— On ne peut plus rien pour elle. Quand il fera nuit, j'irai prévenir le curé. Dépêche-toi.

Léa embrassa une dernière fois la joue devenue froide et laissa pour veiller le corps la chienne qui n'avait cessé de gémir.

Dehors, le ciel aussi était plein de menaces.

Au bas de la terrasse, Mathias l'arrêta.

— Attends-moi ici. Je vais voir s'il n'y a personne.

— Non, je vais avec toi.

Il haussa les épaules et l'aida à grimper le raidillon. Tout avait l'air calme. Il faisait maintenant si sombre qu'on apercevait à peine la façade de la maison.

Léa nota qu'il longeait les charmilles au feuillage encore mai-grelet pour rester hors de vue du corps de ferme et des remises ! Il ne tenait pas à être aperçu de ses parents.

Un peu de lumière filtrait par la porte-fenêtre donnant sur la cour. Camille devait guetter car celle-ci s'ouvrit brusquement sur la jeune femme habillée de son manteau bleu marine comme si elle s'apprêtait à sortir.

— Te voilà enfin !

Léa la bouscula en entrant.

— Sidonie est morte.

— Quoi ?...

— Les copains de celui-ci sont venus l'« interroger ».

Serrant ses mains sur sa poitrine, Camille regarda Mathias d'un air incrédule.

— Ne me regardez pas comme ça, madame Camille. On ne sait pas ce qu'il s'est passé exactement.

— Écoute-le !... on ne sait pas exactement ce qu'il s'est

passé !... tu nous prends pour des idiotes ?... on le sait très bien ce qu'il s'est passé, tu veux que je te le dise ex-ac-te-ment ?

— Ce n'est pas nécessaire et ça ne changera rien. Il y a plus pressé. Vous devez partir.

— Qui nous dit que ce n'est pas un piège et que tu ne vas pas nous conduire directement chez tes amis de la Gestapo ?

Mathias, mâchoires crispées, s'avança vers elle le poing levé.

— C'est ça, frappe-moi, commence leur boulot... Tu aimes ça, cogner.

— Madame Camille, faites-la taire. Tout le temps que nous perdons ici...

— Comment savoir si nous pouvons vous faire confiance ?

— Vous ne pouvez pas le savoir. Mais vous, qui aimez votre mari, me croirez-vous si je vous jure que j'aime Léa et que malgré tout ce qui nous sépare, tout ce que j'ai pu faire, je suis prêt à mourir pour qu'il ne lui arrive rien.

Camille posa sa main sur le bras du jeune homme.

— Je vous crois. Et moi, pourquoi tentez-vous de me sauver ?

— Si vous étiez arrêtée, Léa ne me le pardonnerait pas.

Ruth entra, portant un sac à dos bourré à craquer qu'elle tendit à Léa.

— Tiens ! j'ai mis des vêtements chauds, une lampe électrique et deux pots de confit. Maintenant partez.

— Partez... partez... chantonna le petit Charles, son bonnet enfoncé jusqu'aux oreilles.

— Allons, dépêchez-vous, dit Ruth en les poussant dehors.

— Mais tu viens avec nous !

— Non, il faut quelqu'un pour leur répondre s'ils arrivent.

— Je ne veux pas !... après ce qu'ils ont fait à Sidonie.

— Sidonie ?

— Ils l'ont tuée en la torturant.

— Mon Dieu ! fit la gouvernante en se signant.

— Décidez-vous vite, mademoiselle Ruth. Vous venez ou non ?

— Non, je reste, je ne peux pas abandonner la maison de

31

monsieur Pierre. Ne vous inquiétez pas, je saurai leur parler. Une seule chose m'importe...

— A nous deux, ce sera plus facile de leur faire croire que vous êtes parties pour Paris, dit Bernadette Bouchardeau qui venait d'entrer.

— Ta tante a raison, leur présence fera paraître votre absence plus naturelle.

— Mais elles risquent d'être tuées !

— Pas plus que si vous restez ici.

— C'est vrai, dit Ruth. Partez, il fait nuit maintenant. Mathias, tu me réponds d'elles ?

— Vous ai-je jamais menti ?

— Que comptes-tu faire ?

— Les conduire chez Albert pour qu'il les cache.

— Pourquoi chez Albert ? cria presque Léa.

— Parce qu'il est dans la Résistance et qu'il saura quoi faire de vous.

— Qu'est-ce qui te fait dire ça ?

— Arrête de me prendre pour un imbécile. Il y a longtemps que je sais qu'il cache des aviateurs anglais, qu'il connaît les lieux de parachutage et qu'il a participé à l'évasion des frères Lefèvre.

— Et tu ne l'as pas dénoncé ? ! ! !

— Ce n'est pas dans mes idées de dénoncer les gens.

— Alors, tu ne dois pas être très bien vu de tes patrons.

— Ça suffit ! s'écria Camille d'un ton dur. Vous réglerez vos comptes plus tard. Pour le moment, il s'agit de ne pas être là quand ils viendront. Vous êtes sûres, Ruth et vous, madame, que vous ne voulez pas nous accompagner ?

— Tout à fait, ma petite Camille. Je veux être là si Lucien ou mon frère ont besoin de moi. Et puis je suis trop vieille pour courir par les chemins et dormir à la belle étoile. Vous devriez nous laisser Charles, nous en prendrions grand soin.

— Je vous remercie beaucoup mais je serai plus rassurée s'il est avec moi.

— Je vais chez mes parents pour éviter qu'ils ne vous voient partir. Dans un quart d'heure, on se retrouve à Montonoire où j'ai laissé la traction.

Mathias sortit par la cuisine.

Les deux jeunes femmes et l'enfant avalèrent un bol de soupe, fermèrent leur manteau et sortirent dans la nuit après avoir embrassé une dernière fois Ruth et Bernadette Bouchardeau.

Il y avait près de vingt minutes qu'elles attendaient Mathias, cachées près de la traction noire.

— Il ne viendra pas. Je te dis qu'il ne viendra pas !

— Mais si, il viendra. Chut ! Ecoute !... quelqu'un marche sur la route.

Camille, accroupie près de la voiture, serra contre elle son petit garçon.

Il faisait si sombre que la silhouette de l'homme se confondait avec le ciel.

— Léa, c'est moi.

— Tu en as mis du temps !

— Je n'arrivais pas à interrompre les cris de mon père et les gémissements de ma mère. Je me suis pratiquement enfui. Montez vite.

Charles serrant contre lui l'ours en peluche de Léa, retrouvé et rafistolé par Ruth, grimpa dans la voiture en riant. Il était bien le seul à trouver la situation amusante.

Jamais les ruelles de la petite cité médiévale de Saint-Macaire ne leur avaient paru si étroites et si noires. La lueur bleuâtre des phares camouflés était insuffisante pour les guider. Ils arrivèrent enfin devant la maison du boucher. Mathias arrêta le moteur. Pas une lumière, pas un bruit... le silence oppressant d'une nuit opaque qui semblait ne devoir jamais finir. A l'intérieur du véhicule, tous retenaient leur respiration, aux aguets, même Charles, le visage enfoui dans le cou de sa mère. Un cliquetis fit sursauter Léa : Mathias armait son pistolet.

— Il vaut mieux que ce soit toi qui ailles voir, chuchota-t-il.

Avec souplesse elle se glissa dehors et alla frapper à la porte; au cinquième coup une voix étouffée demanda :

— Qu'est-ce que c'est ?

— C'est moi, Léa.

— Qui ?

— Léa Delmas.

La porte s'ouvrit sur la femme du boucher en chemise de nuit, un châle sur les épaules, une lampe électrique à la main.

— Entrez vite, ma petite. Vous m'avez fait une de ces peurs, j'ai cru qu'il était arrivé quelque chose à Albert.

— Il n'est pas là ?...

— Non, il est à Saint-Jean de Blaignac pour un parachu... Mais qu'est-ce qui vous amène ?

— La Gestapo... Je suis avec Camille d'Argilat et son fils. C'est Mathias Fayard qui nous a conduits...

— Mathias Fayard ?... Ici ?... Nous sommes perdus !

Poussant devant lui Camille et Charles, Mathias entra et referma la porte.

— Ne craignez rien, Mireille, si j'avais voulu vous dénoncer, il y a longtemps que je l'aurais fait. Tout ce que je demande à Albert et à ses camarades c'est de les cacher, je ne veux pas savoir où jusqu'au moment où j'aurai trouvé une autre solution.

— Je n'ai pas confiance. Tout le monde sait que tu travailles avec eux.

— Je me fous de ce que vous savez. Il ne s'agit pas de moi, mais d'elles. Si ça peut rassurer Albert et les autres, qu'ils prennent mes parents en otage.

— Qué Chibani ! cracha Mireille avec mépris.

Mathias haussa les épaules.

— Ça m'est égal ce que vous pensez de moi. L'important c'est que la Gestapo ne les arrête pas. Si Albert veut me parler, qu'il laisse un message au *Lion d'Or* à Langon. J'irai où il me dira d'aller. Maintenant, il faut que je parte.

Quand il s'approcha d'elle, Léa se détourna. Seule Camille eut pitié de lui devant la souffrance qui balaya son visage.

— Merci, Mathias.

Les trois femmes restèrent immobiles dans l'entrée de la cuisine jusqu'à ce que le bruit du moteur se soit éloigné. Sur une chaise, près du foyer éteint, le petit Charles s'était endormi sans lâcher son nounours.

Il était trois heures du matin quand Albert rentra du parachutage en compagnie du gendarme Riri, du garagiste Dupeyron et du cantonnier Cazenave. Tous les quatre portaient, accrochée à l'épaule, une mitraillette.

— Léa… madame Camille… que se passe-t-il ?

— Elles sont recherchées par la Gestapo.

Les trois hommes se figèrent.

— Et ce n'est pas tout, continua Mireille d'une voix de plus en plus aiguë, ils ont assassiné Sidonie et c'est le fils Fayard qui les a conduites ici pour que tu les caches.

— L'hil de pute, gronda le garagiste.

— Y va nous donner, balbutia le gendarme.

— Je ne crois pas, murmura, songeur, le boucher.

— Il a dit que si on n'avait pas confiance, on prenne ses parents en otage, bredouilla Mireille.

Camille sentit qu'elle devait intervenir.

— Je suis sûre qu'il ne trahira personne.

— C'est bien possible, madame Camille, mais on ne peut prendre aucun risque. Je crois, ma bonne Mireille qu'y va falloir qu'on prenne le maquis.

— Tu n'y penses pas ! et le commerce ! et le petit s'il cherche à nous joindre, s'il a besoin de nous. Pars si tu veux, moi je reste.

— Mais Mi…

— N'insiste pas, c'est décidé.

— Alors, je reste aussi.

La plantureuse bouchère se jeta au cou de son mari qui la serra contre lui en essayant de cacher son émotion.

35

— Hé ! dis ! tu me vois abattant le bœuf de la mère Lécuyer ?

Cette réflexion les fit sourire.

— C'est pas tout ça, qu'est-ce qu'on fait d'elles ? demanda le gendarme en désignant Camille et Léa.

Albert entraîna ses camarades à l'autre bout de la cuisine. Ils chuchotèrent quelques instants. Riri et Dupeyron sortirent.

— Dès qu'ils reviendront, si tout va bien, nous partirons. Nous allons vous conduire chez des amis sûrs où vous resterez quelques jours. Après, on verra. Beaucoup de choses dépendront de ce que me dira Mathias quand je le verrai.

Il se tourna vers sa femme.

— Mireille, prépare un panier bien garni.

— Ce n'est pas la peine, nous avons ce qu'il faut, dit Camille.

— Laissez, laissez, vous ne savez pas combien de temps vous resterez cachées.

Le garagiste revint :

— On peut y aller, tout est calme, Riri fait le guet.

— Bien, allons-y. Mireille, ne t'inquiète pas si je ne suis pas de retour avant la fin de la nuit… Je prends le petitou, Cazenave prendra le panier. Allez, dites-vous adieu.

La camionnette n'était pas des plus confortables et cahotait durement dans les ornières du chemin.

— C'est encore loin ? grogna Léa.

— Pas très, un peu avant Villandraut. La région est sûre. Ce sont des copains qui tiennent les maquis du coin. Votre oncle les connaît bien.

— Vous croyez qu'on va rester longtemps par ici ?

— Je n'en sais rien. On verra quand j'aurai vu Mathias. On arrive.

Après une courte traversée entre des constructions basses, ils s'arrêtèrent devant une maison un peu à l'écart. Un chien aboya. Une porte s'ouvrit. Un homme armé d'un fusil s'approcha.

— C'est toi, Albert ? demanda-t-il à voix basse.

36

— Oui, je t'amène des amies qui ont des ennuis.

— Tu aurais pu me prévenir.

— Ce n'était pas possible. Tu as de la place en ce moment ?

— Tu as de la chance, les Anglais sont partis la nuit dernière. C'est pour longtemps ?

— Je n'en sais rien.

— Des femmes et un gosse, marmotta-t-il, j'aime pas ça. On a toujours des emmerdements à cause de ces foutues femelles.

— Trop aimable ! fit Léa entre ses dents.

— Faites pas attention, dit Albert, le père Léon, il bougonne tout l'temps, mais y a pas d'meilleur fusil dans les Landes ni plus brave cœur.

— Restez pas comme ça dehors. Les voisins sont tous des nôtres, mais de nos jours une mauvaise bête s'introduit vite dans le troupeau.

La pièce dans laquelle ils entrèrent était longue et basse, au sol de terre battue. Trois hauts et grands lits entourés de rideaux rouge passé accrochés aux poutres du plafond, séparés par des coffres de bois sculptés, une vaste table encombrée de pièges, de cartouches rouges et bleues, d'une mitraillette démontée sur un journal, de vaisselle sale et de vieux chiffons, des chaises dépareillées, une cuisinière noircie par des années d'usage, une cheminée aux dimensions imposantes avec les inévitables douilles d'obus gravées de la dernière guerre, une pierre d'évier usée au-dessus de laquelle étaient accrochés des calendriers jaunis et salis de chiures de mouches (celui de l'année 44, représentant des chatons, paraissait anachronique avec ses couleurs criardes), composaient tout le mobilier éclairé par la lumière jaune d'une suspension à pétrole. La ferme n'avait pas encore l'électricité.

Tant de rusticité, ajoutée à la forte odeur des bouquets de feuilles de tabac pendant au plafond, immobilisa les deux jeunes femmes sur le seuil.

— Je n'attendais pas de nouveaux invités si tôt, je n'ai pas eu le temps de faire les lits, dit Léon en sortant des draps de l'un des coffres.

37

— Il n'y a pas d'autre pièce ? demanda Léa à l'oreille d'Albert.

— Hé non, fit leur hôte qui avait l'ouïe fine, pas d'autre pièce, c'est tout ce que j'ai à vous offrir, ma petite demoiselle. Tenez, aidez-moi à faire les lits. Vous verrez qu'ils sont bons, du vrai duvet d'oie. Quand on est dedans, on ne veut plus les quitter.

Les draps étaient rugueux mais sentaient bon l'herbe.

— Pour le petit coin, c'est derrière la maison, vous avez toute la place qui faut, ajouta-t-il avec un air malicieux.

— Et pour la toilette ?

— Y a une cuvette dehors, et le puits n'est pas loin.

La tête de Léa devait être plutôt drôle puisque Camille, malgré sa fatigue, pouffa de rire.

— Tu verras, nous allons être très bien. Laisse-moi t'aider.

Charles ne se réveilla même pas quand sa mère le déshabilla et le glissa dans le lit.

2.

Il y avait longtemps que Camille et Léa n'avaient aussi bien dormi. Même le petit garçon, toujours le premier levé d'ordinaire, dormait encore, malgré l'heure avancée de la matinée. La lumière, passant au travers des rideaux rouges, était rose et tendre. On devinait qu'il faisait beau dehors. La porte devait être ouverte, des bruits rassurants de ferme parvenaient jusqu'à elles : caquètements des poules, grincement de la chaîne du puits, seau heurtant la margelle, roucoulement des tourterelles, hennissement lointain, voix d'un enfant appelant sa mère. Il semblait que rien ne pourrait venir troubler une telle paix. Quelqu'un entra dans la pièce, versa du charbon dans la cuisinière. Peu après, une odeur de vrai café se répandit. Camille et Léa, comme happées par l'arôme, écartèrent leurs rideaux avec un bel ensemble. A la vue des deux jeunes têtes ébouriffées, Léon émit un grognement qui ressemblait à un rire.

— Hé bien, mes petites, il faut employer les grands moyens pour vous sortir de là : rien moins que du pur Colombie.

Léa se précipita, faillit tomber du lit dont elle avait oublié la hauteur et saisit le bol que lui tendait Léon. Elle le porta à ses narines humant le merveilleux arôme avec volupté.

— J'ai mis deux sucres. J'espère que ce ne sera pas trop.

— Deux sucres !... Tu entends Camille ?

— J'entends, fit-elle en s'approchant, si fluette dans sa longue chemise de nuit blanche qui lui donnait l'air d'une pensionnaire.

Léon lui tendit un bol, l'air heureux de leur joie.

— Comment avez-vous tout ça ?

— C'est les Anglais qui m'ont laissé un paquet de café en partant. Et ce n'est pas tout.

Du coffre, qui devait servir de garde-manger, il sortit une grosse miche de pain.

— Vous m'en direz des nouvelles, c'est du pain blanc, de la vraie brioche !

Il prit son couteau dans sa poche, l'ouvrit lentement et coupa trois beaux morceaux. Léa fourra le nez dans la mie dense et légère, la respirant avec avidité comme si elle craignait que ce parfum disparaisse à jamais. Camille contemplait son morceau avec le sérieux qu'elle mettait en toute chose.

— Pain... pain...

Charles, debout sur le lit, tendait ses petites mains. Léon le prit dans ses bras et, l'asseyant sur ses genoux, lui coupa une tartine.

— C'est beaucoup trop pour lui, monsieur, jamais il ne mangera tout ça, s'exclama sa mère.

— Ça m'étonnerait, un gaillard comme ça. Allez, buvez le café, il va être froid.

Le vieux landais avait raison, Charles mangea tout son pain.

Trois jours bucoliques passèrent. Il faisait un beau temps un peu frais.

Dans la soirée du 21, Albert revint. Il avait rencontré Mathias à Langon. Le jeune homme avait accepté de le suivre les yeux bandés, les mains attachées, caché dans le coffre d'une voiture, dans un maquis près de Mauriac. Là, il avait répondu sans réticence aux questions du boucher et des maquisards. Satisfait

40

de ses réponses, Albert l'avait laissé dans la nuit près de la gare de La Réole.

— La Gestapo est-elle venue à la maison ? demanda Léa.

— La Gestapo non, mais les hommes du commissaire Penot.

— Maurice Fiaux était avec eux ?

— Non.

— Que s'est-il passé ? Comment vont ma tante et Ruth ?

— Très bien. Ils les ont interrogées poliment sans vraiment écouter leurs réponses, d'après Ruth.

— Que voulaient-ils ?

— Ils voulaient savoir si elles avaient des nouvelles du père Adrien. Pas un mot sur vous ni sur Mme d'Argilat.

— C'est étrange !... Pourquoi Sidonie avant de mourir m'a-t-elle dit de me sauver, et pourquoi Mathias croyait-il que nous allions être arrêtées ?

— Parce qu'il avait surpris, nous a-t-il dit, une conversation entre un des chefs de la Milice et Fiaux disant que vous deviez en savoir long sur l'évasion des frères Lefèvre, et le lieu où se trouvent le père Adrien et votre cousin Lucien.

— Alors, pourquoi ont-ils été d'abord chez Sidonie ?

— Une lettre de dénonciation — j'ai mon idée sur l'expéditeur —, disant qu'elle cachait des résistants, avait été envoyée à la police.

— Pourquoi Mathias ne nous a-t-il pas prévenues plus tôt ?

— Denan l'aurait retenu plusieurs heures dans son bureau...

— Mais qui est ce Denan ? coupa Léa.

— Une belle ordure, Lucien Denan ! Il est arrivé à Bordeaux avec l'exode. Jusqu'en 42, il était vendeur aux « Dames de France » au rayon de mercerie et de bonneterie. Dès son travail fini, il rejoignait le siège de M.S.R. où il mettait sur fiches tous les renseignements qu'il recueillait sur les employés du magasin. Très vite il est devenu leur agent de renseignement numéro un. Il a quitté les « Dames de France » et a été nommé inspecteur adjoint aux questions juives, puis délégué régional. Quand la Milice a été créée à Bordeaux, il est devenu chef du 2e Service. On dit qu'il travaille également pour les renseignements allemands sous le nom de « Monsieur Henri ». Voilà le bonhomme. Pour en revenir au fils Fayard, dès qu'il a pu partir, il a pris une voiture de service. Malheureusement pour Sidonie, il est arrivé trop tard. On a enterré ce matin la pauvre vieille. Nous n'étions pas nombreux à suivre le corbillard.

Léa ne put retenir ses larmes.

— Ruth avait très bien fait les choses, continua Albert. J'ai pris Belle chez moi. Mais j'ai bien peur que la malheureuse bête ne rejoigne bientôt sa maîtresse.

— Sommes-nous recherchées oui ou non ? demanda Camille.

— D'après Mathias, officiellement non. Mais ça ne veut rien dire. Il pense qu'il vaut mieux que vous restiez cachées durant quelque temps.

— Il sait où nous sommes ?

— Bien sûr que non, notre confiance en lui ne va pas jusque-là. On a rendez-vous à Bordeaux, gare Saint-Jean, le 24. J'essaierai de venir le lendemain. D'ici là, ne vous montrez pas trop.

Il faisait un temps splendide et chaud quoique très froid dans la matinée. Grisées par l'odeur marine des pins, Léa et Camille avaient l'impression d'être en vacances. Un engourdissement du corps et de la pensée contre lequel elles ne luttaient pas, les prenait. Les journées passées dans la forêt à pique-niquer sous les arbres, à somnoler dans un repli du terrain sablonneux, à jouer à cache-cache avec Charles, leur faisaient oublier la réalité. Elle se rappela brutalement à elles, quand un maquisard vint annoncer au père Léon l'arrestation du boucher et celle de sa femme. Mireille avait été conduite au fort du Hâ, quant à Albert, il se trouvait au 197 route du Médoc (rebaptisée avenue du Maréchal-Pétain) pour y être interrogé.

Camille blêmit. Elle se souvenait des horribles jours passés dans les caves de la sinistre demeure et des cris des suppliciés.

— Quand a-t-il été arrêté ?

42

— En allant rejoindre le fils Fayard à la gare Saint-Jean.

— Il l'avait dénoncé !... cria Léa.

— On ne le pense pas. Par mesure de sécurité, on avait prévenu Aristide. Deux de ses hommes surveillaient les abords de la gare et un autre attendait Mathias Fayard près du lieu de rendez-vous. Tout paraissait normal. Je suis arrivé avec Albert et Riri cinq minutes avant l'heure fixée. La foule descendant du train de Paris nous a séparés. Riri et moi, nous avons vu venir Mathias, il semblait seul. Nous nous sommes retournés. A une dizaine de mètres de nous, Albert était entouré par un officier et deux soldats allemands et par trois Français en civil. Nous l'avons entendu dire : « Vous vous trompez. »

« Devant l'attroupement, la foule s'est écartée et c'est à ce moment-là, je crois, que Mathias s'est rendu compte de ce qui se passait. Il a pâli, a fait quelques pas dans leur direction puis s'est arrêté. J'étais près de lui.

« — Fumier, lui ai-je dit, on aura ta peau.

« Il m'a regardé, l'air de ne pas comprendre.

« — Je n'y suis pour rien, je ne comprends pas. C'est une coïncidence.

« — Cette coïncidence, tu la paieras cher.

« — Arrête tes conneries, personne, à part moi ne savait que j'avais rendez-vous avec lui.

« — C'est pas une preuve ça ?

« — Pense ce que tu veux, suivons-les, je voudrais savoir où ils l'emmènent. Viens avec moi.

« — Pour que tu me fasses arrêter aussi !...

« — Tiens, prends mon pistolet, tu n'auras qu'à me descendre si tu crois que je vais te trahir.

« Et il m'a tendu son arme, comme ça, sans même essayer de la cacher. Tout le monde pouvait nous voir. Je la lui ai arrachée des mains en disant :

« — Tu n'es pas fou !

« J'ai vérifié si elle était chargée et je l'ai mise dans ma poche, et on s'est dirigé vers la sortie. Riri nous a rejoints. A son air, j'ai cru qu'il allait l'abattre sur place.

« — Explique-lui, a dit calmement Mathias en s'avançant vers une traction garée en bas des marches...

« Pendant ce temps, à quelques mètres seulement, Albert était poussé dans une 15 Citroën portant une plaque d'immatriculation allemande. Je suis monté près de Mathias tandis que Riri s'éloignait.

« — Il ne vient pas ? m'a-t-il demandé.

« — Il n'a pas confiance, il va nous suivre avec des copains qu'on a dans le coin.

« — Alors, qu'ils fassent vite, m'a-t-il dit en démarrant derrière la traction allemande.

« J'ai sorti le pistolet et je l'ai braqué en direction de Mathias, prêt à le descendre au moindre doute. Je me suis retourné plusieurs fois, me demandant comment Riri et les copains allaient nous suivre. Devant nous, la voiture des Boches roulait bon train.

« — Merde, a dit Mathias, ils ne vont pas cours du Chapeau-Rouge.

« — Qu'est-ce qu'il y a cours du Chapeau-Rouge ?

« — Un des bureaux de Poinsot.

« — Et alors ?

« — Ça veut dire qu'ils vont le remettre aux Allemands et que c'est plus difficile de s'échapper de leurs pattes que de celles des policiers français.

« Cours Aristide-Briand, on a tourné pour prendre le cours d'Albret. Je me suis dit : ils l'emmènent au fort du Hâ. Mais non, ils ont continué. On a longé la prison. Rue de l'Abbé-de-l'Epée, Mathias m'a demandé si je voyais mes copains derrière. A part des vélos et une camionnette de l'armée allemande, il n'y avait aucune voiture. Rue de la Croix-de-Seguey, j'ai compris où ils allaient. A la barrière du Médoc, nous avons été arrêtés par des flics allemands. J'ai remis mon pistolet dans ma poche, je n'en menais pas large. Mathias leur a montré une carte, ils lui ont fait signe de passer. Dans les rues du Bouscat, il n'y avait pas grand monde et aucune voiture. Mathias a ralenti pour mettre une plus grande distance entre eux et nous. Toujours pas trace des copains. Quand ils se sont arrêtés, nous nous sommes arrêtés aussi, à une centaine de mètres. Nous les avons vu pousser Albert dans ce que nous savions être le centre d'interrogatoire de la Gestapo. Il n'y avait rien à faire. J'ai regardé Mathias, il était toujours très pâle et ses mains, crispées sur le volant, étaient marbrées. J'ai eu envie de le tuer sur place. Il l'a deviné car il m'a dit :

« — Ça ne servirait à rien qu'à te faire prendre toi aussi. Il faut prévenir sa femme et les autres. Je te le jure, je n'ai trahi personne. C'est chez vous qu'il y a des traîtres.

« Je l'ai laissé démarrer, nous sommes passés lentement devant le 224, le château où habite le commandant Luther, presque en face le 197. Tout était calme. »

L'homme vida le verre de vin que lui avait servi Léon.

— Et ensuite ? demanda Léa.

— Nous sommes revenus gare Saint-Jean, pour voir si les autres n'y étaient pas. Après avoir fait un tour dans la gare, Mathias a dit :

« — Ne restons pas là, on va finir par se faire remarquer. Allons à Saint-Macaire prévenir Mireille.

« Nous avons remonté la rive droite de la Garonne. Un peu avant Rions, nous avons été arrêtés par des Miliciens qui recherchaient les auteurs d'un sabotage qui avait eu lieu la veille. A la sortie de Saint-Maixant, nouveau contrôle, cette fois par des Allemands. Quand enfin nous sommes arrivés à Saint-Macaire, plus de trois heures s'étaient écoulées depuis l'arrestation d'Albert.

« — Il vaut mieux passer par le port, a dit Mathias.

« Au pied des ruines de l'ancien château, il a arrêté la voiture et l'a dissimulée dans une grotte qui sert de remise aux bouilleurs de cru. Après avoir escaladé le raidillon, nous nous sommes retrouvés derrière l'église.

« — Ne fais pas de bruit, m'a-t-il dit, sans paraître remarquer le pistolet toujours braqué sur lui.

« Pas un chat dans les ruelles, la plupart des volets étaient

45

tirés malgré le jour. Deux coups de feu ont claqué résonnant à travers les rues.

« — Ça vient du côté de chez Albert, s'est écrié Mathias.

« Abrités sous une porte cochère, nous avons assisté à l'arrestation de Mireille qu'un sous-officier allemand poussait dans une voiture. Devant la boucherie, un chien finissait de se vider de son sang. Un soldat a donné en riant un coup de pied au cadavre qui a roulé pas loin de nous. J'ai entendu Mathias murmurer :

« — Belle... ils ont tué Belle... »

— Le chien de Sidonie ! s'exclama Léa. Pauvre bête.

— Qu'avez-vous fait, après ? demanda Léon.

— Je l'ai forcé à redescendre et à me conduire près de Bazas où je l'ai remis aux hommes de Georges en attendant que nous prenions une décision.

— Comment avez-vous su l'endroit où l'on conduisait Mireille ?

— Quand nous sommes arrivés chez Georges, un camarade policier de Bordeaux venait de leur annoncer la double arrestation et le lieu où chacun avait été emmené.

Accablés, ils restèrent tous silencieux. Le premier, Léon reprit la parole et s'adressa aux deux jeunes femmes qui tenaient serré contre elles Charles dont les yeux inquiets allaient de l'une à l'autre.

— Vous n'êtes plus en sécurité ici.

— Pourquoi dites-vous ça ? fit Léa avec humeur, jamais Albert ne nous trahira.

— Il résistera autant qu'il le pourra, j'en suis certain, mais c'est un risque que nous ne pouvons pas courir. N'oubliez pas qu'ils ont également arrêté sa femme. S'ils la torturent devant lui, il parlera.

— Il a raison.

Brusquement, Léon arracha du râtelier d'armes son fusil habituellement dissimulé dans son lit et le braqua sur la porte d'entrée. Tous se turent. On entendit un grattement et la porte s'ouvrit sur un homme en canadienne.

— My goodness, Léon, vous ne me reconnaissez pas ?

Le vieux abaissa le fusil en bougonnant :

— Aristide, ce n'est pas prudent d'arriver comme ça chez les gens.

— Vous avez raison. Bonjour Léa, vous vous souvenez de moi ?

— Très bien, je suis heureuse de vous revoir.

— Mme d'Argilat, sans doute ? dit-il en se tournant vers Camille.

— Oui, bonjour monsieur.

— J'ai une bonne nouvelle pour vous. Votre mari a quitté le Maroc avec la division formée par le général Leclerc en vue du débarquement. Il est arrivé en Angleterre le 21 avril dans le port de Swansea au sud du Pays de Galles. Le général lui-même est venu les accueillir.

La joie transfigura Camille. Comme elle est belle ! pensa Léa. Dans un élan d'affection, elle l'embrassa. Qu'il paraissait loin le temps où elle haïssait la femme de celui qu'elle croyait aimer, et dont elle avait fait son amant une nuit dans les caves de briques roses de Toulouse. Sans arrière-pensée, elle partageait le bonheur de celle qui était devenue son amie.

— Merci, monsieur, pour cette bonne nouvelle.

— Je crois pouvoir vous dire que vous en recevrez d'autres prochainement. Mais en attendant, vous devez partir d'ici. Je vous conduirai bien chez une amie à Souprosses, mais j'ai l'impression qu'elle est surveillée par les hommes de Grand-Clément qui me recherchent.

— Si nous retournions à Montillac puisque nous ne sommes pas recherchées ?

— Nous n'en savons rien. On ne peut pas courir ce risque.

— Pour quelques jours, on peut aller à la palombière, dit Léon. Elle est introuvable dans la forêt. Ce n'est pas très confortable, mais...

— La vie vaut mieux que le confort, dit Aristide. Rassemblez des vêtements et des provisions pour quelques jours,

47

nous allons partir tout de suite. Avez-vous des couvertures
là-bas ?

— Je crois bien. Je vais en prendre une propre pour le
petit.

— Qu'allez-vous faire de Mathias ? demanda Léa à l'agent
anglais.

— Si ce n'était que de moi, je l'enverrais en corvée d'bois,
bougonna Léon.

— On ne peut pas le supprimer comme ça. Il faut l'interroger. Moi qui me méfie de tout le monde, j'ai tendance à le croire
innocent de ces arrestations.

— N'empêche qu'il travaille pour eux.

— Il n'est pas le seul, hélas ! Mais, jusqu'à preuve du
contraire, lui n'a pas tué.

— Nous sommes prêtes, monsieur, dit Camille, un petit sac
de voyage à la main.

Le colonel Claude Bonnier, délégué militaire régional,
connu sous le nom d'Hypoténuse, avait été envoyé en
France par le Bureau central de renseignement et d'action
(B.C.R.A) en novembre 1943 avec pour mission de réorgani-
ser la Résistance dans l'Aquitaine après la trahison de Grand-
Clément.

Il avait été fait prisonnier par la Gestapo en février 1944 à
Bordeaux, rue de Galard, chez son radio, alors qu'il voulait
envoyer un message à Londres (arrêté à la suite d'une dénonciation, l'opérateur avait à son tour dénoncé Hypoténuse qui
était tombé dans un guet-apens tendu par le lieutenant
Kunesch).

Emmené au Bouscat, route du Médoc, il avait été interrogé,
vers 18 heures, par Dohse lui-même. Il avait obstinément refusé
de reconnaître qu'il était envoyé de Londres, qu'il s'appelait
Claude Bonnier alias Bordin (bien qu'identifié par Toussaint,

48

les frères Lespine, Durand et Grolleau) et qu'il avait ordonné l'exécution du colonel Camplan, soupçonné de trahison[1].

Au bout d'une vingtaine de minutes, agacé, Dohse avait ordonné qu'on le conduise dans un cachot. Il reprendrait l'interrogatoire après avoir dîné. On l'enferma sans lui retirer ses menottes. Tard dans la nuit, on vint chercher Dohse au mess des officiers : il se passait des choses bizarres dans la cellule d'Hypoténuse. Quand il arriva dans la cave du 197 route du Médoc qui servait de prison, Bonnier gisait sur le sol, agité de soubresauts, la bouche écumante, le visage et les lèvres barbouillés de poussière, il poussait de faibles gémissements. Le gardien-chef, penché sur le corps du malheureux, se releva.

— *Er hat sich mit Zyankali vergiftet*[2].
— *Das seh' ich auch, Dummkopf ! Haben Sie ihn nicht durchsucht ?*
— *Selbstverständlich, Herr Leutnant, aber die Kapsel muss in seinem Jackenfutter versteckt gewesen sein.*
— *Wie hat er das fertiggebracht, mit gefesselten Händen ?*
— *Er muss die Kapsel mit den Zähnen erwischt haben, aber dann ist sie ihm entfallen. Die Flüssigkeit hat sich auf dem Fussboden ausgebreitet und er hat sie aufgeleckt. Daher stammt auch der Staub in seinem Gesicht, und deshalb war er auch nicht sofort tot.*
— *Rufen Sie schnell einen Arzt !*
— *Zu Befehl, Herr Leutnant !*

1. Héros de la guerre de 1914, Eugène Camplan s'engagea très tôt dans la Résistance, chargé par le colonel Touny en octobre 1943 de coordonner au titre de chef de la subdivision sud de la région B2 l'action des F.F.I. dans la région de Bordeaux comprenant cinq départements. Soupçonné de trahison (rencontres avec Dohse et Grand-Clément) par Bonnier, il fut exécuté par les hommes de celui-ci en janvier 1944 près de Ruffec dans le bois des Linaux. Après la guerre, à la suite d'une longue enquête, le colonel Camplan, « victime d'une tragique méprise », a été reconnu officiellement « mort pour la France ».

2. — Il s'est empoisonné avec du cyanure.

Il sortit en criant :

— *Einen Arzt, schnell einen Arzt[1] !*

Dans les cellules voisines, les détenus se bouchaient vainement les oreilles pour ne pas entendre les cris et les gémissements. Eprouvaient-ils du remords devant les souffrances de celui qu'ils avaient dénoncé, ces résistants de vingt ans, manipulés par Dohse ? Non, sans doute. Il leur semblait juste que celui qui avait fait tuer leur chef, le colonel Camplan, le paye de sa vie.

Claude Bonnier mourut à l'aube sans avoir parlé.

Profondément impressionné, Friedrich Dohse avait murmuré :

— Ces gens de Londres ne sont pas comme les autres.

Paradoxalement, cette mort terrible qui aurait dû paralyser toutes les énergies galvanisa les combattants de l'ombre et raviva leurs forces.

Il en fut de même lorsque disparut Albert.

Le boucher n'était pas non plus un homme comme les autres. Son engagement dans les rangs de la Résistance venait de sa profonde conviction que les Allemands n'avaient rien à faire en France et que des hommes comme lui devaient tout entreprendre pour les chasser s'ils ne voulaient pas avoir un jour à rougir devant leurs enfants. Fils d'un soldat de Verdun mort des suites de ses blessures, il avait fait sienne une des phrases favorites de son père. Chaque fois qu'ils se promenaient sur les coteaux du

---

— Je le vois bien, imbécile. Vous ne l'aviez pas fouillé ?
— Bien sûr que si, mon lieutenant. Il avait sans doute caché la capsule dans un pli de sa veste.
— Comment a-t-il réussi avec ses mains attachées ?
— Il a dû attraper la capsule avec ses dents, mais elle lui a échappé, il s'est traîné et a léché le liquide, ce qui explique la poussière sur sa figure et le fait qu'il ne soit pas mort instantanément.
— Appelez un médecin, vite !
— Bien, mon lieutenant.
1. — Un médecin, vite un médecin !

Pian dominant la région, l'ancien poilu s'arrêtait pour contempler cette terre belle et riche, disant calmement :

— La France mérite que l'on meure pour elle.

Il n'avait pas de capsule de cyanure, Albert, et Dohse ne s'était pas interposé entre les bourreaux de Poinsot et lui. Ils l'avaient torturé avec de grands raffinements à l'aide de couteaux... de boucher.

D'abord, il avait tenté de rire :

— V'la le bon Dieu qui me punit d'avoir tué tant d'animaux.

Ils le lardèrent de coups, glissèrent en riant des morceaux d'ail dans les entailles :

— Un vrai gigot de Pâques !

Ils versèrent du sel et du poivre sur les muscles de la poitrine mis à nu, le ligotèrent « comme un rôti ». Quand ils en eurent assez de « travailler cette viande » devenue inerte, dont ils n'avaient pas réussi à tirer un mot, ils firent rouler le corps dans les escaliers de la cave et l'enfermèrent dans la cellule qui avait vu mourir Bonnier. Il reprit connaissance pour entendre ses tortionnaires dire avec un rire gras :

— S'il ne parle pas demain, on charcutera sa bouchère devant lui.

« Je parlerai », pensa-t-il simplement.

Pendant la nuit interminable, chaque mouvement lui causait une douleur telle qu'il ne pouvait pas retenir ses cris. Durant des heures et des heures, il rongea la partie de la corde qui lui immobilisait le haut du bras. Malgré le froid humide de la cave, il fut bientôt en sueur. Peu avant l'aube, la corde céda. Tant d'efforts avaient épuisé sa chair torturée, il s'évanouit... Quand il revint à lui, le jour se levait. Il entreprit de se débarrasser de ses liens incrustés dans ses plaies et collés par le sang. Ces nouvelles souffrances eurent raison, un moment, de son énergie, il pleura comme il n'avait pas pleuré depuis la mort de son père quand il avait neuf ans. C'étaient de gros sanglots bruyants et ridicules qui secouaient sa carcasse d'homme fort. Retombé sur le sol souillé, il atteignit le fond du désespoir... Si ses bourreaux étaient revenus l'interroger à ce moment-là, il est probable qu'il aurait parlé. Les larmes formèrent sous sa joue une flaque

51

humide qui se mélangeait à la poussière... Ses doigts pétrissaient la boue ainsi constituée. « La terre... » C'est d'elle qu'il tira la force et la rage nécessaires pour finir d'arracher ses liens. Un peu de lumière filtrait par un soupirail mal obstrué. Près de l'ouverture, un gros anneau qu'Albert atteignit en levant le bras ; Une canalisation courait le long du mur ; il y monta et attacha un des bouts de la corde à l'anneau, de l'autre il fit un nœud coulant qu'il passa à son cou. Il se laissa tomber... Ses pieds battirent... Par un ultime instinct de survie, il tenta de remonter sur le tuyau. La corde mince pénétra dans les chairs écrasant lentement le larynx. Albert mit de longues minutes à mourir.

Dans la cellule voisine, deux résistants d'un maquis F.T.P. de Sainte-Foy-la-Grande chantaient d'une voix brisée qui devint de plus en plus forte :

> ... *Ami, si tu tombes,*
> *Un ami sort de l'ombre*
> *A ta place.*
>
> *Demain du sang noir*
> *Séchera au grand soleil*
> *Sur les routes.*
>
> *Sifflez, compagnons...*
> *Dans la nuit, la liberté*
> *Nous écoute[1].*

La femme et les compagnons d'Albert ne connurent son horrible fin qu'au lendemain de la libération de Bordeaux.

1. *Le Chant des partisans*, paroles de Maurice Druon et Joseph Kessel, musique d'Anna Marly, diffusé pour la première fois par la B.B.C. le 9 février 1944, lu par Jacques Duchesne sous le titre : *Chant de la Libération*, puis deux autres fois sur la musique d'Anna Marly en avril et en août 1944. Ecrit à Londres, ce poème fut tout d'abord publié dans *les Cahiers de la Libération*, revue clandestine fondée en France occupée par Emmanuel d'Astier de la Vigerie, en septembre 1943.

3.

« Chère Léa,

« Je ne sais comment cela se passe à Montillac, mais ici, à Paris, le monde est fou. Tous vivent dans l'attente du débarquement et jamais la population n'a autant haï les Anglo-Américains et leurs sacrés bombardements. Celui de la nuit du 20 au 21 avril a été particulièrement terrifiant. J'étais chez des amis qui habitent au dernier étage d'un immeuble de la place du Panthéon. Pendant plus d'une heure, nous sommes restés à regarder le spectacle en buvant du champagne et du whisky. C'était plus beau qu'un feu d'artifice le jour du 14 juillet; pas un vitrail n'est resté au Sacré-Cœur. Il y a eu plus de six cents morts. Les tantes en ont été toutes retournées. Moi aussi, ça me fait de la peine, mais je préfère ne pas y penser sinon, je ferais comme elles : je passerais mes journées en prière dans la cave, dans le métro ou dans les salles de cinéma qui restent ouvertes jusqu'à six heures du matin pour servir d'abri. Il y a des alertes presque toutes les nuits et même dans la journée. Ce n'est pas une vie.

« Côté ravitaillement, heureusement que je me débrouille, sinon, rue de l'Université, ce serait plutôt la disette. A Montillac, ce doit être plus facile. Avec les copains, on ne parle que

53

du docteur Petiot et des crimes de la rue Lesueur. J'en fais des cauchemars. Tante Lisa aussi qui découpe dans les journaux tout ce qui concerne cette horrible affaire. Il paraît que les Anglais auraient lancé sur les Charentes des boîtes à gâteaux explosives. En as-tu entendu parler ? Bien que l'on pense qu'il s'agisse de propagande anti-anglaise, certains disent que les Anglais sont tout à fait capables de faire ça. Paris a eu la visite de mon ex-grand homme. Le Maréchal est venu en personne se faire acclamer sur la place de l'Hôtel-de-Ville. Tante Albertine et moi, nous avons eu toutes les peines du monde à empêcher Lisa d'y aller.

« Je vois de temps en temps Françoise et son bébé. Otto a passé quarante-huit heures en permission la semaine dernière. Il n'a toujours pas obtenu l'autorisation de se marier. Je crois que Françoise en souffre beaucoup, mais elle ne me dit rien. Elle fait semblant de s'amuser avec des femmes qu'elle croit être dans la même situation qu'elle ; en fait, ce ne sont que des poules à soldats. Je lui ai conseillé de retourner à Montillac jusqu'à la fin de la guerre, elle m'a répondu qu'il n'en était pas question. Tu devrais lui écrire. Otto est reparti sur le front de l'Est. Je vais essayer de te faire parvenir des cigarettes et un joli coupon de tissu bleu.

« Tu vas rire, je me suis mise à la lecture. Une amie m'a prêté un livre sorti avant la guerre je crois. C'est l'histoire d'une famille et d'un domaine qui ressemble aux nôtres excepté que ça se passe dans le sud des États-Unis pendant la guerre de Sécession. Ça s'appelle : *Autant en emporte le vent*, c'est formidable. Tu devrais allez chez Mollat à Bordeaux pour te le procurer.

« Comment vont Camille, Charles, Ruth et tante Bernadette ? Embrasse-les pour moi. N'oublie pas non plus d'embrasser Sidonie. Avez-vous des nouvelles de Laurent ? As-tu revu l'étrange François Tavernier ? Oncle Luc et son charmant fils sont-ils toujours pro-Allemands ? Que devient Mathias ? Je n'arrive pas à croire qu'il travaille pour la Gestapo. Et ses chers parents, continuent-ils à nous voler ? Je n'ai pas réussi à trouver la somme que tu me demandais. J'en ai parlé à Françoise et aux tantes, mais tu connais leur situation financière : elles ont juste de quoi vivre. Otto, mis au courant, était réellement malheureux de ne pouvoir rien faire, son père lui ayant coupé les vivres; il n'a que sa solde. Tu devrais peut-être examiner les propositions de Fayard. Qu'en pense Camille ?

« Je sais que je te fais bondir en te suggérant de vendre Montillac, ou du moins une partie.

« Je te quitte car on vient me chercher pour aller au cinéma. On va au Helder voir *Le Voyageur sans bagages.*

« Écris-moi vite, je t'embrasse,

                                                        Laure. »

« P.S. Malgré les bombardements, tu devrais venir à Paris, ça te changerait les idées. J'aimerais t'emmener écouter du jazz dans une cave du Quartier latin. »

Léa sourit en terminant la lettre. « Ma petite sœur est vraiment inconsciente », pensa-t-elle. Elle déplia un troisième feuillet couvert d'une écriture élégante.

« Ma petite fille,

« Je profite du courrier de Laure pour venir te dire combien je pense à toi et à cette chère maison qui vous a vu naître tes sœurs et toi et que ton pauvre père et ta chère mère aimaient tellement. La situation dans laquelle tu te débats nous inquiète beaucoup Lisa et moi. Nous avons fait et refait nos comptes, nous sommes pratiquement ruinées. En dehors de l'appartement de la rue de l'Université, nous ne possédons plus rien. Pour manger, nous avons dû vendre les plus beaux bijoux de notre mère à des prix ridiculement bas, ceux qui restent ne valent que par les souvenirs qui s'y rattachent. Les placements que nous avons effectués avant la guerre se sont révélés désastreux et notre banquier est parti avec l'or que nous lui avions confié. Ceci pour te dire qu'à moins de vendre l'appartement, nous ne pouvons pas t'aider. Lisa et moi en sommes désespérées. As-tu pensé à prendre conseil auprès de ton oncle Luc ? Je connais vos rapports difficiles, mais par respect pour la mémoire de son frère, je suis sûre qu'il t'aiderait de son mieux. Trop de gens malhonnêtes cherchent à abuser des femmes qui se retrouvent du fait de la guerre seules pour affronter des circonstances auxquelles elles n'étaient pas préparées. La guerre va bientôt finir, si tu pouvais tenir jusque-là !...

« Laure nous donne bien du souci, sans cesse dehors, rentrant tard le soir, trafiquant d'on ne sait quoi, cette petite nous inquiète presque autant que sa sœur Françoise dont le mariage semble bien compromis. Que deviendra-t-elle après ?...

« Donne-nous plus souvent de tes nouvelles et de celles de cette chère Camille que nous nous réjouissons de savoir auprès de toi. Rappelle-moi au bon souvenir de ta tante, madame Bouchardeau et de Ruth.

« Mon enfant chérie, pardonne-nous de ne pouvoir t'être d'aucune aide. Lisa et moi nous prions chaque jour pour toi et nous te bénissons. Ta tante qui t'aime,

Albertine. »

Léa froissa la lettre qui roula à ses pieds. Elle se sentait désemparée, abandonnée. Il devait pourtant y avoir quelque chose à faire.

Les jeunes femmes et l'enfant n'avaient passé que deux nuits à la palombière. Au matin du troisième jour, Léa avait été réveillée par une voix familière que dans un demi-sommeil elle ne parvenait pas à identifier.

— Cette petite dort comme une marmotte !
— Mon père ! quelle joie de vous revoir.
— Oncle Adrien !

56

— Ma belle endormie !

Accroupie sur sa couverture, Léa ne lâchait pas la main de son oncle et le regardait avec bonheur et incrédulité.

— Je croyais ne plus te revoir avant la fin de la guerre...

— La fin est proche.

— Quand cs-tu arrivé ?

— J'ai été parachuté cette nuit, non loin d'ici. Aristide m'attendait et m'a mis au courant pour Albert et Mireille...

— Il faut faire quelque chose.

— Aristide et ses hommes s'en occupent avec ceux de La Réole. Pour l'instant rien ne peut être fait.

— Je ne cesse de penser que c'est à cause de nous qu'ils ont été arrêtés, dit Camille.

— Je ne le crois pas. La Gestapo en arrêtant certains résistants a trouvé chez eux des documents; d'autres, sous la torture ou la menace, ont donné des noms. Quand j'ai appris à Londres le nom du jeune homme qui avait toute la confiance de Poinsot, j'ai tout de suite craint pour vous et pour Albert et Mireille. Il savait depuis longtemps qu'il était dans la Résistance.

— Pourquoi nc s'est-il pas manifesté plus tôt ?

— C'est là qu'intervient le côté particulièrement pervers du personnage : il veut à lui seul frapper un grand coup et apporter à ses maîtres les principaux chefs de maquis de la région.

— Si on sait qui il est, pourquoi ne pas le faire disparaître ?

Le visage amaigri du dominicain, qui portait maintenant une superbe moustache teinte en noir qui le rendait méconnaissable, s'assombrit. Léa remarqua la brusque raideur de son corps. Pauvre oncle Adrien, en dépit de la guerre, il restait un prêtre pour qui tuer un ennemi, même un traître, était renier le premier commandement de Dieu : Tu ne tueras point. Ah ! si elle était un homme...

Ce fut Camille qui formula sa pensée.

— Je crois avoir deviné de qui vous parlez. Je ne suis qu'une femme, mais je suis prête à l'abattre si vous m'en donnez l'ordre.

Léa regarda sa compagne avec stupeur. Décidément, cette Camille, qu'elle avait longtemps prise pour une chiffe molle, l'étonnerait toujours. Déjà, à Orléans, n'avait-elle pas tiré sur l'homme qui les attaquait ?...

Le père Delmas observa la jeune femme avec tendresse et émotion.

— Ce n'est pas une besogne pour quelqu'un comme vous. Il est entouré de gardes du corps aussi cruels que lui...

— Mais de moi, ils ne se méfieraient pas !

— N'en parlons plus, voulez-vous ?

— Parlons-en, au contraire. Camille a raison. De nous, il ne se méfierait pas.

— Vous ne savez pas de quoi vous parlez. Ces gens-là sont dangereux, très dangereux et nous avons suffisamment d'hommes expérimentés pour faire ce travail si nous devions en arriver là.

— Mais...

— Camille, n'insistez pas...

Le ton d'Adrien n'admettait plus de réplique. Il sourit et poursuivit :

— J'ai une surprise pour vous... Vous ne devinez pas ?

— Vous... vous avez vu Laurent ?

— Oui. Lors de ma visite au général Leclerc.

— Comment va-t-il ?

— Aussi bien que possible. J'ai accepté, bien que ce soit formellement interdit, qu'il me remette une lettre pour vous. Tenez.

D'une main hésitante, la jeune femme prit l'enveloppe froissée que lui tendait Adrien Delmas.

— Surtout, ne la conservez pas. Dès que vous l'aurez lue, détruisez-la. Tu viens, Léa ? Allons faire un tour.

Restée seule, Camille tournait et retournait l'enveloppe qui ne portait aucune inscription. Enfin, elle déchira le papier avec une brutalité qui ne lui était pas coutumière. Elle en sortit deux feuilles d'un mauvais papier quadrillé :

« Ma femme bien-aimée,

« Ce que je fais est follement imprudent pour nous deux et

notre ami, mais je n'en peux plus d'un si long silence. Il n'est pas de nuit où je ne rêve de toi et de notre enfant, où je vous imagine tous les deux dans la maison de mon père enfin retrouvée. C'est pour ce moment tant attendu que je me bats. Ces quelques mois passés en Afrique avec des hommes déterminés, auprès d'un chef que beaucoup trouvent dur, mais que tous vénèrent, m'ont donné une grande confiance dans l'avenir.

« Nous sommes admirablement installés au milieu d'un parc magnifique. L'état-major demeure dans le château, et les hommes dans de confortables baraquements mis à notre disposition par le gouvernement britannique. Nous disposons de quatre mille hectares pour l'entraînement. Je pense toujours à toi quand je pénètre dans le bureau du général installé dans la bibliothèque; la moitié des livres sont des ouvrages français du XVIIIe siècle dans des reliures superbes. Cette pièce te plairait. Ses hautes fenêtres s'ouvrent sur une pelouse bordée d'arbres immenses, d'un vert comme on n'en voit jamais en France.

« Depuis notre récente installation ici, le général a décidé de dîner avec ses principaux officiers, ce qui me vaut l'honneur de repas mornes et silencieux, le patron n'étant pas d'un naturel bavard. Un autre honneur s'ajoute à celui-là que nous redoutons tous, c'est d'être choisi pour le "parcours du grand couillon" si le temps le permet ou le "parcours du petit couillon" si le temps est par trop mauvais. L'un fait trois kilomètres qui peuvent se multiplier par deux ou trois selon l'humeur. Ses silences sont entrecoupés du récit de souvenirs du Tchad ou de Ksar-Rhilane, de ses deux évasions, de sa traversée de la France à bicyclette. L'autre soir, il m'a demandé de lui parler de mon fils. Cela est si inhabituel chez lui de se préoccuper des familles de ses hommes que je suis resté un instant sans voix. Cela l'a mis en colère : "Pourquoi ne me répondez-vous pas ? Vous êtes comme tous vos camarades, ça vous embête ces promenades et mes monologues sur mes campagnes. Mais je suis capable de m'intéresser à autre chose qu'à la guerre." C'est sans doute vrai, mais pas un d'entre nous n'en a l'impression. Alors, je lui ai parlé de toi, du petit, de notre région et des gens qui y habitent. Je ne pouvais plus m'arrêter. Pas une fois, il ne m'a interrompu. Devant la porte du château, il m'a tapé sur l'épaule en me disant avec ce sourire qui le rajeunit et lui plisse les yeux : "Vous voyez que je sais écouter. Bonne nuit."

« Nos journées commencent avant l'aube et se terminent tard. Nous sommes tous surentraînés et un peu sur les nerfs. Demain soir, nous allons au concert dans la cathédrale écouter le *Requiem* de Brahms et la *Cinquième Symphonie* de Beethoven. Plus que jamais je penserai à vous et me laisserai emporter vers toi par la musique.

« Ma chérie, prends bien soin de toi et de notre enfant. Dis à notre belle amie que de la savoir auprès de vous est pour moi d'un grand réconfort. Dis-lui toute ma tendresse. Je prie Dieu qu'il nous réunisse tous très vite. Parle quelquefois de moi à mon fils, pour qu'il me reconnaisse quand je vous serrerai dans mes bras. Ces lignes sont les dernières que tu recevras de moi; ne les conserve pas. Je baise ton doux visage et tes mains si belles. Je t'aime.

Laurent. »

Des larmes de bonheur coulaient sur les joues de Camille. Depuis qu'elle le connaissait, même absent, toujours il avait été présent et aimant. Quand tout serait terminé...

Un coup de feu claqua. La jeune femme perdue dans ses rêves amoureux tressaillit. Elle sortit dans la clairière. Le père Léon et trois jeunes gens, coiffés de bérets à larges bords, poussaient devant eux avec leurs mitraillettes un jeune homme au visage décomposé qui maintenait sur sa poitrine une main ensanglantée. Une bourrade plus forte que les autres l'envoya aux pieds de Léa et de son oncle.

— C'est un espion, dit l'un des maquisards.

— C'est pas vrai !...

— Fumier !... pourquoi te cachais-tu ?

— Et ce pistolet ?... C'était pour tuer des lapins ?

— La région n'est pas sûre...

— Tu l'as dit, connard !

Un coup de crosse s'abattit sur la main ensanglantée. Le hurlement précipita Camille auprès du prisonnier.

— Ne le frappez pas !... il est blessé !

— Parlez, mon garçon... Que faites-vous par ici ?

— Je cherchais à rejoindre le maquis.

— Le croyez pas ! C'est un espion, je vous le dis.

— Laissez-le nous, on va le faire parler.

— Je vous en prie, mon père, empêchez-les...

Léon n'avait rien dit jusque-là. Assis sur une souche, le béret repoussé en arrière il contemplait la scène en suçotant son mégot éteint. Comme à regret, il se leva.

— Y pisse le sang comme une vache... Madame Camille, trouvez une guenille pour lui faire un pansement... Pleure pas petit, on va causer tous les deux.

Charles que l'on avait oublié agrippa Léa par sa jupe.

— Pourquoi ils lui font du mal au monsieur ?...

Camille revint avec un torchon propre. Elle enveloppa la main mutilée.

— Ça ira comme ça, fit Léon. Vous autres, retournez monter la garde. Mon père, je pense qu'il faut plier bagages.

— C'est aussi mon avis.

— Bouge pas, mon gars...

Le prisonnier qui s'était relevé se laissa retomber sur le sol sablonneux en gémissant.

Le vieux Landais, sans le quitter des yeux, s'approcha du dominicain et lui dit à voix basse :

— Vous connaissez les gorges du Ciron ?

— Oui.

— Nous avons des hommes par là. Avez-vous besoin qu'on vous guide ?

— Seulement pour sortir de votre repaire. Après, je connais la région.

— A Bourideys, allez à la maison aux volets bleus, c'est celle

61

d'un ami, dites-lui que Léon est aux champignons, il attellera la charrette, fera prévenir Aristide et vous conduira aux grottes.

— Ce n'est pas très loin, on peut y aller à pied.

— Pas avec elles et le petit.

— Vous avez raison... Qu'allez-vous faire de lui ?

— L'interroger, pardi.

— Vous savez bien ce que je veux dire.

— Mon père, ce n'est pas votre problème. Ce secteur est le mien. Je dois savoir. Trop des nôtres ont été pris dernièrement.

— Je sais. Aristide a reçu de Londres l'ordre d'exécuter Grand-Clément...

— Il n'est pas le seul à collaborer avec les Boches.

— Je le sais bien, hélas !... C'est pour ça que je suis là. Grand-Clément et ceux qu'il a entraînés avec lui ont fait tout le mal qu'ils pouvaient faire mais je m'efforce de croire qu'il y avait derrière ses relations avec Dohse...

— Mon père, derrière ses relations, comme vous dites, il y avait la trahison de bons patriotes, la dénonciation des camarades communistes et la livraison de tonnes d'armes envoyées par les Anglais. Pour moi, c'est plus que suffisant : une ordure comme ça, ça s'abat comme un chien.

Le dominicain leva les épaules d'un geste las et se dirigea vers le prisonnier.

— Parlez, mon garçon, ça vaudra mieux pour tout le monde.

— Surtout pour toi, ricana Léon en poussant le blessé avec sa mitraillette.

Camille et Léa revinrent portant leur bagage. Léa avait empilé ses affaires dans un grand carré de coton bleu, noué aux quatre coins. Elle accrocha le balluchon au canon du fusil de chasse du Landais. Avec sa robe à fleurs, son chapeau de paille et ses espadrilles, elle avait l'air d'une accorte paysanne portant le dîner des travailleurs aux champs.

— Jeannot, appela Léon.

Un jeune homme barbu apparut derrière un pin.

— Montre-leur le chemin jusqu'à la route. Ouvre tes yeux et tes oreilles. Celui-là n'est peut-être pas venu tout seul.

— Bien, chef.

— Au revoir, monsieur. Merci pour votre hospitalité.

— De rien... Partez, maintenant.

Camille regardait le vieux Landais, la cabane et la forêt avec une émotion qui la surprenait. La jeune femme, si réservée habituellement, embrassa avec fougue Léon, les yeux pleins de larmes.

— Je n'oublierai jamais les quelques jours passés dans cette région. J'espère y revenir. Adieu.

Pourquoi la clairière ensoleillée parut-elle si froide tout à coup à Léa ?

— Alors ? on y va ? fit-elle en prenant la main de Charles.

Ils marchèrent à travers bois pendant près d'une heure. Adrien Delmas avait pris l'enfant sur ses épaules. La route de Bourideys était dégagée. Très vite, ils arrivèrent à la maison indiquée par Léon et trouvèrent celui qui devait les conduire aux grottes. Le cheval, attelé à la charrette, semblait contrarié d'avoir à traîner tant de monde. Il hennissait, secouait le col avec une ardeur qu'il ne mettait pas dans sa marche. Malgré la mauvaise humeur de l'animal, ils arrivèrent assez vite à Préchac. A l'entrée du village, deux gendarmes arrêtèrent l'attelage.

— Ah ! c'est toi Dumas !

— Salut Renault, salut Laffont. Qu'est-ce qui se passe ?

— Qui sont ces gens-là ? demanda Laffont d'un ton soupçonneux.

— Laisse... ce sont des amis. Je les conduis aux grottes. C'est Léon le Landais qui me les envoie. Mais vous m'avez pas répondu... Qu'est-ce qui se passe ?

— Y se passe que tu ne peux pas y aller aux grottes.

— Pourquoi ?

— Les Allemands ratissent le coin avec la Milice...

— Y paraît qu'un type important de Londres aurait été parachuté ces jours-ci.

Camille serra son fils contre elle... Léa tourna machinalement une boucle de ses cheveux... Adrien Delmas caressa sa moustache trop noire...

— Ils ont arrêté des nôtres ? demanda Dumas.

— Pas encore. Mais ils sont bien renseignés, les salauds. Sans un gamin de Marimbault qui partait à la pêche, à l'aube, et qui est venu aux Gillets prévenir les copains, ils y passaient tous. Ils ont bien failli prendre Lancelot et Dédé le Basque.

— Merde !... Qu'est-ce que je vais faire d'eux ?

Le gendarme Laffont fit signe à Dumas qu'il voulait lui parler à l'écart.

— Tu es sûr du moustachu ?

— Eh bé ! évidemment... Sinon le vieux Léon me l'aurait pas envoyé. Je crois même que c'est lui qui a été parachuté.

— C'est bon, on s'en occupe. On va les emmener dans la voiture de la gendarmerie. Toi tu files, c'est pas bon de rester là. Messieurs-dames, y faut descendre. Avez-vous un endroit où aller ?

— Oui à Brouqueyran, près d'Auros. Vous devez connaître ?

— Si on connaît !... Si vous allez chez la Sifflette, serrons-nous la main, c'est ma cousine, une brave femme...

— Tu nous les casses avec tes histoires de famille... C'est dangereux de rester ici.

— Tu as raison, tu as raison... va chercher la voiture. Venez, vous autres.

— Au revoir ! criait Charles en agitant les bras vers le charretier qui faisait faire demi-tour à son cheval.

Le long des sept kilomètres qui séparaient Préchac de Captieux, ils n'échangèrent pas une parole. Le petit Charles s'était endormi sur les genoux de sa mère. A l'entrée du bourg, Dumas, le brigadier de gendarmerie, se tourna vers le père Delmas.

— Vous avez des papiers ?

— Oui.

— Et vous, les p'tites dames ?

— Oui. Pourquoi ? demanda Léa.

— Au cas où on rencontrerait une patrouille allemande et qu'elle nous arrêterait, dites que vous allez passer quelques jours chez des parents à Grignols, les Puch.

— Qui sont ces gens ? demanda le dominicain.

— De braves gens qui en ont sauvé plus d'un.

Mais tout se passa bien, ils arrivèrent à Brouqueyran sans encombre. Le lieu d'accueil était bien le bureau de tabac-buvette-épicerie-bazar-boulangerie de la Sifflette, la cousine du brigadier.

La tenancière tenait son surnom de la manie qu'elle avait de siffloter en servant à boire et surtout de siffler en douce des petits verres derrière son comptoir.

— Bonjour, cousin. Tu m'amènes encore des gens ?

— Comme d'habitude, cousine.

Léa jeta un coup d'œil circulaire. Derrière le vieux comptoir de bois, les étagères où, autrefois, se trouvait toute l'épicerie, étaient vides. Il ne restait plus, ici ou là, que quelques boîtes poussiéreuses. Par terre, accotés au mur, un unique sac de grains et un rouleau de fil de fer. Au centre de la salle, une grande table d'hôtes avec des bancs et sur le carrelage usé d'avoir été foulé et refoulé une fine couche de sciure.

— Puis-je vous parler en particulier ? demanda Adrien Delmas à la patronne.

— Allons dans la cour, on sera plus tranquille... Faites comme chez vous... Laffont, sers-leur un coup à boire et donne une limonade au mignon chérubin.

Ils restèrent absents peu de temps. Quand ils revinrent, Charles buvait sa limonade, le képi de Laffont enfoncé jusqu'aux oreilles. En le voyant, la Sifflette éclata de rire.

— Avec une recrue comme ça, la guerre va bientôt être finie.

— Faut qu'on y aille nous autres... Les camarades vont se demander où on est passé. Au revoir, petit... Tu me rends mon képi ?

— Non, j'veux l'garder.

— Voyons, mon chéri, rends-le... Il est trop grand pour toi, dit Camille en essayant de le lui retirer.

— Non... non..., hurla l'enfant.

— Vas-tu lâcher ça, gronda Léa en lui arrachant brutalement le képi qu'elle remit à son propriétaire.

Le gamin hurla de plus belle.

— Qu'il se taise ou je l'assomme, cria Léa en lui tordant un bras.

Charles fut tellement surpris par la violence du ton qu'il en oublia d'avoir mal et se tut.

— Faut pas parler comme ça aux enfants, mademoiselle. Il sait pas le petit, dit la Sifflette en le prenant dans ses bras.

Laffont remit son képi et partit avec Renault.

Dès qu'ils eurent quitté le débit de boissons-épicerie, le père Delmas, qui n'avait pas lâché depuis son arrivée à la palombière une vieille valise qui paraissait lourde, demanda à la commerçante si elle avait un endroit tranquille.

— Au-dessus de la grange, il y a une chambre qui sert pas. On y remise les gueilles[1] et les meubles chibanés[2]. Je vous donne celle-la parce qu'elle a deux entrées.

Charles et Léa se jetaient des coups d'œil sombres. Ils boudaient. Camille qui les observait ne put s'empêcher de sourire.

— Léa... c'est à se demander lequel est le plus enfant des deux. Je te rappelle qu'il n'a que quatre ans.

— Et alors !... ce n'est pas une raison pour crier comme ça.

— T'es méchante, t'es méchante... Je t'aime plus... T'es plus ma bonne amie... Quand je serai grand, je me marierai pas avec toi.

— Ça m'est bien égal, j'en trouverai un plus beau que toi.

— C'est pas vrai ! Le plus beau c'est moi ! Pas vrai, maman ?

— Oui, mon bel amour, tu es le plus beau et je suis sûre que Léa le pense aussi...

— Elle ne dit rien... Tu vois bien !... Elle m'aime plus !...

1. Vieux habits.
2. Abîmés.

66

C'en était trop pour le petit garçon amoureux, il éclata en sanglots.

— Non, Charles, ne pleure pas !... C'était pour rire... Je t'aime, je t'aime plus que tout, s'écria Léa en l'arrachant à sa mère et en le couvrant de baisers.

— C'est vrai ?

— Oui c'est vrai, mon chéri.

— Alors, pourquoi tu m'as battu ?

— Je te demande pardon, j'étais fatiguée et énervée. Je te promets, je ne le ferai plus. Embrasse-moi.

Et pendant quelques instants, ce ne furent plus que baisers, rires et câlins sous le regard attendri de Camille.

— Alors, les frotadous[1], on est réconcilié ?

La Sifflette se dirigea vers son comptoir, se versa en sifflotant un petit verre qu'elle avala d'un trait.

— Vous devez avoir faim. Je vais vous préparer une bonne omelette aux cèpes avec une salade du jardin. J'ai un reste de morceau de pastis[2]. Ça vous ira ?

— Très bien, madame, merci beaucoup. Puis-je vous aider ? demanda Camille.

— C'est pas la peine, occupez-vous du petit. Installez-vous dans votre chambre. C'est en haut de l'escalier, la deuxième porte à droite.

— Merci pour tout.

— Basta ! vous me remercierez plus tard... Chut ! on vient.

Trois hommes âgés, vêtus de la vieille veste de coton noir de la région de Bazas entrèrent.

— Salut la compagnie.

— Tu as de la visite, la Sifflette... C'est-y encore des parents à toi ? fit d'un air faussement sérieux celui qui portait un chapeau cabossé.

— Laisse-la, Loubrie, les histoires de famille ça nous regarde pas.

1. Amoureux.
2. Gâteau de la région.

— Tu as raison, Ducloux, surtout par les temps qui courent.

— Alors, croque-vinas, qu'est-ce que je vous sers ?

— Y reste de ton petit vin blanc d'hier ?

— C'est bien trop cher pour des rabouins[1] comme vous autres. Hier, je vous ai rincés[2] ! Faudrait pas que vous en preniez l'habitude !

— Qué rapiasse !... Arrête de rouméguer[3] et sers-nous un coup à boire.

La Sifflette apporta trois verres et une bouteille de vin rosé.

— Dis-donc ! Tu es pas au courant ?... Les Boches y touniquent pas loin d'ici !

— Y paraît. Mon cousin, celui qui est gendarme, il est venu tantôt et il en a causé.

— Qu'est-ce qui cherchent ?

— Eh bé ! vas-y leur demander à ces hils de pute !

— Tu me crois jobrasse[4] ? J'ai pas envie qu'ils me prennent pour un de ces foutus terroristes !

— Y a pas de danger ! Tout de suite, ils verraient que tu es un madur[5].

Les compagnons de Loubrie s'esclaffèrent.

— C'est pas à la Sifflette qu'il faut raconter ces craques !

— Elle te connaît bien, sacre cimonier[6] !

— Espèce de couillons !... Vous êtes pas les derniers à écouter un fisson empoisonné[7]. N'empêche que la patronne, elle ferait bien de recevoir moins de gabaches[8] ! Ça commence à causer dans le pays.

— Si tu crois m'espanter[9] avec tes ragots de fouille-merde, vieille bestiasse, tu te trompes pas mal.

1. Avares.
2. Offrir à boire.
3. Râler.
4. Fou.
5. Fier à bras, vantard.
6. Coureur de jupons.
7. Mauvaise langue.
8. Étrangers.
9. M'effrayer.

— Je cherche pas à t'espanter mais à te rendre service. Les frisés, ils deviennent nerveux. Ils sont pas fous. Ils les entendent comme nous autres les avions anglais.

— Et même s'ils les entendaient pas, il y a des salopards qui ouvrent leurs oreilles et leurs yeux pour les renseigner.

Loubrie vida son verre d'un coup si sec qu'un peu de vin coula le long de son menton mal rasé et qu'il s'étouffa. Ducloux lui tapa dans le dos.

— Eh bé ! Qué bavous ! Faut pas te mettre dans un pareil état... Si t'as rien à te reprocher, y te feront rien les gars du maquis, ce sont de braves petits à ce qu'on dit... tiens, laisse-moi t'aproprir le col sinon la Raymonde, bernique[1] comme elle est, elle est capable de te foutre une trempe, dit la Sifflette en riant.

Loubrie repoussa la main qui voulait l'essuyer et se leva en grommelant :

— Arrête de me coucouler[2] comme un mouquirous[3].

Les trois vieux sortirent accompagnés du gros rire de la patronne qui tira le verrou derrière eux.

— Comme ça, on sera tranquille. J'ai pas confiance en ces pistes-gueyte[4]. Cette nuit, j'irai aux renseignements... Qu'il est choucard[5] le péquègne[6]... Où il est ton pérot[7] ?... A la guerre, pardine...

Tout en parlant, la Sifflette préparait l'omelette. Dans une poêle, posée sur le coin d'une cuisinière vétuste et crasseuse, de la graisse d'oie commençait à grésiller.

— Mademoiselle... voulez-vous mettre la table ? demanda-t-elle à Léa. Les assiettes, elles sont sur l'étagère du buffet. On va bientôt manger.

1. Personne maniaque, soucieuse de la propreté.
2. Dorloter.
3. Petit enfant.
4. Personne très curieuse, toujours à épier.
5. Joli.
6. Enfant.
7. Père (affectueux).

— Hum ! ça sent bon. Ça me rappelle mon enfance, quand Sidonie nous faisait l'omelette aux girolles ou au jambon, dit Adrien Delmas qui venait d'entrer. Madame, cette nuit, il faut que vous préveniez ceux d'Auros et de Bazas qu'ils se tiennent sur leurs gardes. J'avertirai ceux de Villandraut et de Saint-Symphorien. Léa, tu iras à Langon et à Saint-Macaire les prévenir aussi. Poinsot et ses hommes connaissent toutes les caches d'armes et les lieux de refuge. Les Allemands fouillent les gorges du Ciron pour faire diversion. C'est Maurice Fiaux qui est chargé de l'opération avec le lieutenant Kunesch. Dohse et la Milice veulent absolument empêcher Aristide de reconstituer ses réseaux. Ils essaient de se servir de Grand-Clément, mais même les résistants les plus crédules se méfient... Londres a redonné l'ordre de l'exécuter ainsi que Fiaux. Allez, à table, la nuit sera longue.

— Mon père, je veux participer, moi aussi.

— Non, Camille, pas vous.

— Pourquoi ?

— Vous vous devez à Charles. De plus, il ne peut pas rester seul ici.

Camille baissa la tête en soupirant.

— Bien sûr... Vous avez raison.

— Dépêchez-vous de manger, l'omelette refroidit. Tu aimes ça, petitou ? Je vais te couper une tionque[1]. Mon père, comment vous la trouvez mon omelette ?

— Lamentable ! répondit-il en riant.

1. Morceau de pain coupé en longueur.

4.

Le ciel était splendide, constellé d'étoiles. Avant de traverser la Garonne à Langon, Léa s'arrêta devant l'église et descendit de la bicyclette prêtée par la Sifflette et qui semblait avoir fait la guerre de 14. Elle avait délivré, sans encombre, le message de son oncle au cuisinier du Nouvel-Hôtel : « *La lagune du Pouy-Blanc ne reçoit plus les eaux du Ciron.* »

— Dites-lui que j'ai compris... C'est bien ce que vous faites, mademoiselle Léa, votre papa, il serait fier de vous.

Une bouffée de bonheur triste avait envahi la fille de Pierre Delmas. Comme tout était calme ! Comment imaginer que non loin d'ici, à deux pas peut-être, des hommes étaient embusqués, n'attendant qu'un ordre pour tuer. Arrivée au croisement, Léa ne prit pas à droite en direction de Saint-Macaire, mais tourna à gauche, passa sous le viaduc. C'était plus fort qu'elle, elle devait revoir Montillac.

Dans la côte, grinçant de toutes ses pièces, la bicyclette accusait son grand âge. Léa dut mettre pied à terre. La croix de Borde dominait toujours de ses bras sombres le domaine de la Prioulette. C'est au pied de cette croix qu'elle avait accepté la première mission confiée par son oncle. Que tout cela paraissait loin ! La masse noire des arbres de la propriété fit battre son

71

cœur à coups redoublés. Sa maison était là, tout près. Devant l'allée qui y conduisait elle s'arrêta, luttant contre l'envie de courir se réfugier dans la vieille demeure, de se blottir, avant de repartir, dans les bras de Ruth. Un chien aboya, puis un autre. Une lumière apparut sur le seuil des Fayard. La voix du maître de chais ordonnant aux bêtes de se taire lui parvenait très claire. Ce n'était pas prudent de rester là. Elle remonta sur sa machine et fit demi-tour.

Il était une heure du matin lorsque Léa ouvrit le portillon du passage à niveau de Saint-Macaire. Elle retint un cri quand le chien du garde-barrière bondit en aboyant, dans un grand bruit de chaîne. Elle traversa en courant la voie, enfourcha sa bicyclette sur la nationale et prit la rue qui menait à la porte de Benauge. Cours-de-la-République, elle s'arrêta devant le garage Dupeyron. Ce fut le gendarme Riri qui lui ouvrit. Dès qu'il l'eut reconnue, il la tira à l'intérieur.

— Mademoiselle Léa, qu'est-ce qui vous amène ?

— J'ai un message important pour vous : « *La lagune du Pouy-Blanc ne reçoit plus les eaux du Ciron.* »

— Putain, il faut prévenir tous ceux de la région.

— J'ai prévenu à Langon. A l'heure qu'il est, ceux de Villandraut, de Saint-Symphorien, de Bazas et d'Auros sont aussi au courant.

— C'est tant mieux. Dupeyron, tu te charges d'appeler Cazenave, moi je retourne à la gendarmerie.

— Eh bé ! tu viens pas avec nous ?

— Je peux pas abandonner mon poste, ça retomberait sur les camarades. On a eu assez de malheur comme ça.

— Avez-vous des nouvelles d'Albert et de Mireille ?

— Pas vraiment, mademoiselle. Pour Mireille, qui est enfermée à la caserne Boudet, on sait que ça ne va pas trop mal. Pour Albert, on ne sait rien. C'est Mathias Fayard et René qui l'ont vu en dernier. Depuis, plus rien. Personne ne l'a vu ressortir de la maison du Bouscat. Vous le savez sans doute pas, mais le Mathias il a réussi à s'enfuir la nuit dernière, ce qui a obligé les gars de Mauriac qui le gardaient de s'égailler dans la région.

72

— Vous croyez qu'il va les dénoncer ?

— Je n'en sais rien, je ne comprends plus rien aux jeunots. Ils semblent devenir fous. Mathias, je le connais bien, on jouait au foot ensemble, on allait tirer le perdreau, on était presque camarades malgré que je sois plus vieux que lui. C'était pas un méchant gars. Son séjour en Allemagne l'a complètement changé. Il est revenu avec des idées politiques. La politique c'est pas bon, surtout maintenant. Mais lui, je le crois pas trop dangereux, c'est le Maurice Fiaux qui me fait peur. Lui, c'est un mauvais, il aime le mal. Et le pays, il le connaît bien... Adieu mademoiselle, dites à celui qui vous a envoyé qu'on fait le nécessaire et que s'il a besoin de me joindre, il sait où me trouver... Attendez avant de sortir, je vais voir la rue... Vous pouvez y aller. Bonne route, mademoiselle. Adieu...

Un vent très froid, coupant, s'était levé et ralentissait la course de Léa. Cependant, en traversant le bois de Constantin, elle était en sueur. Ses mains glacées se crispaient sur le guidon rouillé. Au lieu-dit Le Chapitre, un des pneus usés éclata. La bicyclette dérapa.

Les genoux et les mains écorchés, Léa resta un long moment étendue sur la route de terre sans avoir la force de bouger. Seul le bruit d'une roue qui tournait en couinant rompait le silence de la nuit.

Ce fut le froid qui l'incita à se relever. Elle sentit le sang glisser le long de ses jambes. Ses genoux lui faisaient mal, moins cependant que ses mains. Elle redressa la bicyclette qui ne put rouler, les deux roues fortement voilées. Avec rage, elle rejeta le vieil engin sur le bas-côté et reprit sa route en boitillant.

Peu avant d'arriver à Brouqueyran, des grondements de moteur la jetèrent dans le fossé. Trois voitures passèrent, rapides, à quelques mètres d'elle. Amies ou ennemies ? Comment savoir ?

La poussière n'était pas encore retombée quand des claquements de portières, des bruits de voix lui parvinrent. Ils s'étaient arrêtés à Brouqueyran. Pourvu qu'oncle Adrien ne soit pas de retour ! pensa-t-elle en courant en direction du hameau.

— Allez, enfoncez la porte.

Cette voix arrêta net Léa. La peur l'enveloppa d'un seul coup. Fuir... il fallait fuir... Elle tomba à genoux et ne sentit même pas la douleur se raviver. Là-bas, les hommes finissaient d'enfoncer la porte tandis que d'autres fouillaient les masures autour du pauvre café. Pourvu qu'ils ne trouvent pas le poste émetteur !... Le poste !... Mais qu'importait le poste ! Camille et Charles étaient seuls dans la maison !... Elle se releva et courut à découvert... les cris de Camille stoppèrent son élan...

— Non !... non !... Ne lui faites pas de mal.

Un homme passa le seuil portant l'enfant qui se débattait. Sa mère sortit à son tour, s'agrippant à l'homme qui la repoussait à coups de pied sans parvenir à lui faire lâcher prise.

— Maman... maman...

Dissimulée par le mur de la petite mairie, Léa essayait de percer l'obscurité à la recherche d'une arme.

Une flamme jaillit de la maison, éclairant la scène. Pas un homme en uniforme... Deux brassards marqués du sigle de la Milice... Des visages jeunes sculptés par les lueurs de l'incendie qui se développe... Des mitraillettes agitées comme des jouets... Des bouteilles entassées dans les coffres... des rires... des voix françaises qui éructent, qui insultent, qui blessent...

— Tu vas nous dire où sont les autres, salope !...

— Et la Sifflette ? Tu la connais pas, pardine !...

— Albert... Mireille... Lucien... Aristide... Ton putain de dominicain, ça ne te dit rien ?

— Je ne sais pas de quoi vous voulez parler. Rendez-moi mon fils !

— On te le rendra quand tu auras parlé.

— Laisse-la, Jérôme, donne-lui le gamin, on la fera parler en lieu sûr. Ici, avec votre connerie de mettre le feu, vous allez alerter les maquis du coin.

— Putain !... T'en fais pas Maurice, on les attend.

— Maman !

74

— Rends-le lui, bon Dieu !... Montez.

Serrant son fils contre elle, Camille monta dans une des tractions avant. Maurice Fiaux prit le volant.

— On va à La Réole, cria-t-il à l'adresse des autres.

Effondrée contre le mur de la mairie, Léa regardait les voitures s'éloigner dans la nuit en direction d'Auros.

Ce fut grâce à la lueur des flammes qu'Adrien Delmas retrouva sa nièce, tremblante de froid et de fièvre.

— Où sont Camille et Charles ?

— Fiaux... Maurice Fiaux...

Elle secouait la tête, claquant des dents, incapable de dire autre chose.

Le dominicain la souleva et marcha, désemparé, vers les flammes. Telle une sorcière, la Sifflette sembla en surgir.

— Bon Diou ! Où sont le petit et sa mère ?

— Je ne sais pas. Il semble que Maurice Fiaux et sa bande soient venus ici.

— Qu'ont-ils fait ces fils du diable !... Mon père !... Elle est blessée !

— J'ai vu. Il n'y a donc personne ici ?

— Tels que je les connais, ils ont dû filer comme des lapins. Pauvres de nous ! Et dire que c'est pour ces chibanis-là que des gens comme vous risquent leur vie !

— Taisez-vous ! Vous aussi vous la risquez votre vie, et vous avez tout perdu. L'église est-elle ouverte ?

— Non, mais je sais où le curé cache la clef. Mais dites donc, mon père, la grange, elle brûle pas encore !... Peut-être que votre poste...

Avec précaution, il allongea Léa inconsciente contre le mur du petit cimetière et courut vers la grange tout en appelant :

— Camille... Charles...

La Sifflette prit la clef dans un trou du mur et ouvrit la porte. Sans trop de mal, elle réussit à traîner la jeune fille à l'intérieur

75

jusque devant l'autel. Là, il y avait un tapis, autrefois somptueux, maintenant usé jusqu'à la trame, cadeau des châtelains du Mirail, plus confortable que les froides pierres bossuées, sur lequel elle l'allongea. Derrière le gros livre des Evangiles, elle découvrit en tâtonnant la boîte d'allumettes. Après plusieurs essais, l'une d'elles consentit à s'enflammer. La Sifflette alluma les deux gros cierges de chaque côté du tabernacle, prit l'un d'eux et alla fouiller dans la minuscule sacristie. Tout ce qu'elle trouva pour protéger la blessée du froid humide fut le drap mortuaire marqué d'une croix blanche avec lequel on recouvrait les cercueils lors des cérémonies funèbres.

En sortant, elle se signa machinalement.

L'incendie paraissait diminuer. Venant de la direction de Bazas, on entendait le pin-pon d'une voiture de pompiers. Ce bruit rassurant ne provoqua qu'un haussement d'épaules chez la tenancière du café-tabac-épicerie-bazar de Brouqueyran.

— Vous aviez raison, le poste y était, dit Adrien Delmas en montrant sa lourde valise. Voilà les pompiers… Il faut la cacher.

— Vous aussi, faut pas qu'ils vous voient. Tenez, prenez la clef de l'église et enfermez-vous dedans. Si on me la demande, je dirai qu'elle est perdue.

— Pas de nouvelles ?

— Non… J'allais vous en demander. Ils ont dû les conduire à Bordeaux.

— Je ne sais pas si c'est ce qu'il faut leur souhaiter.

— Mon père, il faut pas dire des choses pareilles… même ces gens-là, ils feraient pas du mal à un petit !

— Le ciel vous entende.

La Sifflette n'entendit pas la réflexion désabusée du prêtre, elle courait au-devant des pompiers en poussant de grands cris.

Léa reprit ses esprits à la lueur vacillante des cierges. Engourdie par le froid, elle ne tremblait même plus. Elle se souleva sur ses coudes. Le lieu, le drap funèbre, les cierges... Une seconde, elle crut qu'elle était morte. Une furieuse angoisse la précipita debout, rejetant la macabre couverture. Le curé du lieu eût sans doute cru voir une apparition de la Vierge. A ce moment-là, son oncle entrait dans l'église. « Comme cette enfant est belle et terrible... tout droit sortie d'un roman noir », pensa-t-il avant de tourner la clef dans la serrure.

— Qui êtes-vous ?

— N'aie pas peur, c'est moi.

— Oh ! mon oncle...

— Adrien s'approcha, posa sa valise et força Léa à s'asseoir sur la marche de l'autel. Il l'attira contre lui en la recouvrant du drap.

— Raconte-moi.

D'une voix basse, mais ferme, elle raconta ce qu'elle avait vu.

Accablé, il baissait la tête, se reprochant de n'être pas intervenu à temps. Du dehors, leur parvenaient, étouffées, les voix des pompiers luttant contre le feu.

— Il a bien dit : à La Réole ?

— Oui.

— Pourquoi à La Réole ?... Il y a là-dedans quelque chose qui m'échappe. Il aurait dû les conduire à Bordeaux...

— Comment ont-ils su ?

— Comme d'habitude, par une dénonciation. Ils ont cru nous arrêter tous... Tu es sûre qu'il n'y avait pas d'Allemands avec eux ?

— Je crois... Ils parlaient tous français et aucun ne portait d'uniforme.

— Cela semble confirmer les renseignements reçus à Londres : la Gestapo n'est pas au courant de tout ce que Fiaux et sa bande entreprennent. Ils agissent dans un but personnel ce qui les rend encore plus dangereux, imprévisibles.

— Mais pourquoi ferait-il cela ? Sans ordres.

— Comme toujours, il y a plusieurs réponses.

— Mais tu le connais bien !

— Oui... c'est bien pour ça qu'il me fait peur. Il a une

revanche à prendre sur la société; il veut devenir un chef craint et respecté. De plus, il l'a prouvé, il aime tuer, torturer, avilir.

— On ne peut pas laisser Camille et Charles entre ses mains...

Un coup frappé à la porte l'interrompit.

— Ouvrez, c'est moi la Sifflette.

Pistolet à la main, Adrien Delmas fit tourner la clef.

La Sifflette entra poussant devant elle un jeune homme portant un casque de pompier trop grand pour lui.

— On a de la chance que le père Déon se soit cassé un bras. C'est son fils Claude qui est venu à sa place. Je le connais, il travaille pour le maquis de Léon des Landes, il va essayer de rentrer en contact avec lui. Je lui ai dit pour le petit et sa mère.

— C'est bien... Il semblerait qu'on les ait conduits à La Réole.

— A La Réole !... J'espère que vous vous trompez. Il y a des bruits qui courent dans la région que la Gestapo de la ville aurait prêté un local dans les caves du collège à des Français pour l'interrogatoire des maquisards communistes.

— Des preuves ?

— Non, ça se dit, c'est tout.

— Mon oncle, j'oubliais : Mathias s'est échappé.

— Alors, il y a peut-être un espoir...

— Je dois partir, monsieur, mes camarades vont s'étonner de mon absence.

— Tu as raison. Fais-moi prévenir chez le curé d'Auros. Qu'on demande Alphonse Duparc. Tu as compris ?

— Oui, monsieur. Demain vous aurez des nouvelles.

La porte se referma sur la Sifflette et le pompier.

— Oncle Adrien, qu'as-tu voulu dire pour Mathias ?

— Repose-toi, laisse-moi réfléchir.

— Allons, allons, nos amis les gendarmes sont là.

Léa ouvrit les yeux avec peine.

— Tenez, petite, buvez ça, c'est chaud.

78

La Sifflette lui tendit un gobelet contenant un liquide qui ressemblait à du café.

Elle aspira une gorgée qu'elle faillit recracher.

— Qu'est-ce que c'est ? Il y a de l'alcool là-dedans.

— C'est un café-arrosé, ça cache le goût de l'avoine. Allez, buvez, sinon avec le froid de cette église, vous allez attraper la mort.

Au bord de la nausée, Léa avala la mixture. C'est vrai que ça lui faisait du bien. Sans trop de peine, elle déplia ses genoux blessés dont la croûte durcie lui tirait la peau.

Dehors, la journée s'annonçait belle. Les débris calcinés du café-tabac fumaient encore. Les gendarmes Laffont et Dumas, appuyés contre leur voiture, regardaient, le visage dur.

Adrien Delmas consultait une carte.

— Où allons-nous, mon oncle ?

— A La Réole.

Léa le regarda sans comprendre.

— Nous allons traverser la Garonne à Castets, ce sera plus prudent. Ensuite nous rejoindrons la ferme au-dessus de La Réole par de petites routes.

— Mais pourquoi La Réole ?

— Toute cette partie de la région est quadrillée, nous n'avons plus d'endroit sûr où nous réfugier. D'où nous serons, je pourrai entrer facilement en contact avec Hilaire.

— Je ne suis jamais retournée à La Réole depuis la mort de M. et de Mme Debray...

A l'aide d'une fourche, la Sifflette grattait dans les décombres cherchant quelque chose qui aurait pu être épargné. Pas une plainte, pas un gémissement ne s'était échappé de ses lèvres. Mais la voir ainsi, fouiller dans ces cendres encore chaudes, révélait son désarroi. Toute une vie de labeur partie en fumée, plus même une harde !

— Allez, ma vieille, il faut partir, dit Laffont en posant doucement la main sur le manche de la fourche.

— Tu as raison, ça ne sert à rien de remuer les souvenirs.

D'un geste désabusé, elle jeta l'outil et sans plus un regard monta dans la voiture. Personne alentour n'était venu aux nouvelles.

De la ferme on voyait venir, comme disait Jean Callède. Accueillie avec chaleur, la Sifflette aidait Mme Callède à la cuisine. Nombreux étaient les maquisards qui avaient fait connaissance avec ses fameuses saucisses grillées arrosées d'un vin du pays.

Il était dit que Léa et la Sifflette ne profiteraient pas de la tranquille hospitalité de leurs hôtes : la veille de leur arrivée, un message de Londres : « *Honneur va croître sur Audace* » indiquait qu'un parachutage aurait lieu la nuit suivante. Les deux femmes insistèrent pour y participer. A la demande du père Delmas les résistants acceptèrent malgré leur répugnance; « les bonnes femmes c'est tout juste bon à cacher les armes et les parachutes dans leur cuisine. » Adrien, pour son compte, était obligé de partir rejoindre le père Dieuzayde du groupe Jade-Amicol, Aristide, Dédé le Basque, Lancelot et Georges afin d'étudier un plan pour sauver Camille d'Argilat et son enfant et éliminer Maurice Fiaux.

Ils étaient une dizaine, dont Léa et la Sifflette, à entourer le terrain, accroupis, invisibles dans la nuit, postés à intervalles réguliers, une lampe électrique à la main. D'autres s'étaient dispersés, surveillant les chemins d'accès, l'oreille aux aguets. L'attente parut longue. Soudain... il y eut comme un lointain ronronnement.

— C'est lui, souffla Callède. Attention.

Le ronronnement s'accentue. Un coup de sifflet. Presque toutes en même temps, les lampes s'allument... un... deux... trois... quatre... cinq..., s'éteignent... un... deux... trois..., se rallument. Le ronronnement est devenu grondement... Une masse noire tourne au-dessus du champ balisé, descend, semble se stabiliser et ses moteurs s'assourdir... Une ombre s'échappe de l'avion..., un claquement..., le parachute s'ouvre... D'autres suivent... Dans un cliquetis métallique, les containers touchent le sol. Le ravitailleur s'éloigne, mais les deux derniers parachutes restent accrochés à la carlingue, drapeaux blancs se déployant au-dessus de La Réole. Si après ça la Gestapo et la gendarmerie ne sont pas averties... Les hommes s'activent autour du chargement. Toute trace du parachutage doit disparaître. La Sifflette et Léa détachent les parachutes, les plient et les portent dans une charrette attelée de deux bœufs. Les résistants soulèvent les containers qu'ils chargent dans trois camionnettes pour les conduire à la scierie Bienvenue. Des armes sont cachées dans la fosse à sciure, d'autres dans des granges et des séchoirs à tabac. Rien ne bouge à La Réole... La Sifflette conduit l'attelage. Dans une grange, sous la paille, Léa dissimule les parachutes... Tout est calme autour de la ferme, mais personne n'arrive à trouver le sommeil. Tous revoient les voiles blancs flotter au-dessus de la Garonne et de la vieille ville.

Le lendemain, à l'aube, Depeyre arriva à vélo et essoufflé entra dans la maison.

— Les Allemands partent en campagne, Rigoulet nous a prévenus. Vous devez vous assurer que les armes sont bien camouflées et faire évacuer les deux femmes.

— Mais où veux-tu que je les emmène ? Chez les Rosiers ?

— Non, c'est trop près. Mène-les chez Tore, à Morizès.

Peu après leur départ, les Allemands arrivèrent, fouillèrent partout, bousculèrent Callède et sa femme, sans résultat. Pourtant !... Jean Callède tremblait de peur. Dans son affolement, il avait oublié deux parachutes d'un précédent largage roulés dans de vieilles bâches et des balles de Sten rangées dans des boîtes à sucre. Bien que n'ayant rien trouvé, les Allemands emmenèrent Callède puis Loue, Depeyre, Bienvenue, Charlot et Chianson pour les interroger dans les locaux de la Gestapo de La Réole.

Quand le convoi s'arrêta devant le collège, le hasard voulut que le maire de Gironde-sur-Dropt se trouvât là. Il connaissait tous les prisonniers et ignorait leur activité clandestine. Il demanda à voir le commandant et se porta garant de ses compatriotes. Tous furent relâchés sauf Pierre Chianson. Sans doute avait-il était dénoncé pour le parachutage de Saint-Félix-de-Foncaude.

Comme la Sifflette, Léa n'avait sur elle que les vêtements qu'elle portait le soir de l'incendie. Tout son bagage avait été détruit. Elle décida, sans en parler à personne, d'aller à Montillac et quand tout le monde fut endormi, s'empara d'une bicyclette.

La nuit était belle, pas très froide. Avant d'arriver à Sainte-Foy-la-Longue, elle s'arrêta pour contempler l'immense plaine où miroitait sous les étoiles le souple ruban de la Garonne. L'émotion l'étreignit comme à chaque fois devant ces paysages familiers. C'était toujours le même étonnement émerveillé ! La même sensation de paix comblée ! La même certitude que rien de mal ne pouvait lui advenir dans de tels lieux ! Confiance qui émane de la terre à l'heure de son repos... Tout irait bien... Oncle Adrien trouverait le moyen de délivrer Camille et Charles... Le souvenir du petit garçon qui voulait l'épouser la traversa comme une douleur... Le paysage se brouilla... Elle repartit le cœur lourd. A Saint-André-du-Bois, elle faillit renverser un homme qui pissait au milieu de la route et s'enfuit sous ses injures.

Léa dissimula sa bicyclette dans l'herbe, derrière le socle de la croix de la mission, traversa la route, évita l'allée aux graviers trop sonores en passant par le pré. Un filet de lumière filtrait derrière les volets du bureau de son père. « Ruth doit être en train de faire les comptes », pensa-t-elle en s'approchant. Des bruits de voix lui parvinrent. Ses efforts pour les comprendre ou les identifier ne servaient à rien. Ce rire !... ce rire encore... Sans se soucier d'être entendue, elle fit le tour de la maison. Les lourds contrevents de l'entrée et la porte étaient entrouverts. Déjouant dans l'obscurité l'obstacle des meubles du salon, elle poussa la porte du bureau.

— Léa !...

Le petit Charles se précipita dans ses bras.

— Mon chéri..., mon petit chéri... Quelle joie !... Quand es-tu revenu ?

— Ce soir, c'est Mathias qui l'a ramené.

— Mathias ?...

— On a joué à la cachette... Maman, elle a pas voulu jouer avec nous... mais maintenant que tu es là, on va aller la chercher. Dis, tu veux bien ?

— Oui, oui...

Mathias était bien là... amaigri encore, impeccablement rasé et habillé mais les cheveux en désordre...

— Ruth...

Sans lâcher l'enfant, Léa enlaça la vieille gouvernante en larmes.

— Ma petite, je suis si heureuse... J'ai cru ne jamais te revoir. Tant de malheurs s'abattent sur cette maison... Mais n'est-ce pas imprudent que tu sois revenue ?

— Sans doute, mais je n'avais plus rien à me mettre... Mathias, comment as-tu retrouvé Charles ? Pourquoi n'as-tu pas sauvé Camille également ?

— Je ne pouvais pas sauver les deux. Camille est épuisée, c'est elle qui m'a confié son fils.

— C'est incroyable !

— Mais c'est ainsi. Elle m'a chargé de te dire aussi que si elle mourait tu sois une mère pour lui.

— Je ne veux pas qu'elle meure !

— Je vais faire tout ce que je peux pour la délivrer. J'ai dû négocier longtemps avec Fiaux pour lui arracher le petit qu'il voulait garder pour faire parler sa mère. Il l'a interrogée sans réussir à obtenir d'elle autre chose que : « Je ne sais rien. » Mais s'il avait battu l'enfant comme il en avait l'intention, elle aurait parlé.

— Il était méchant, le monsieur, balbutia Charles qui se mit à pleurer, il m'a tiré les cheveux et il a donné un grand coup de pied dans le ventre de maman... même qu'après... elle bougeait plus. Je l'ai embrassée longtemps avant qu'elle se réveille... Alors, j'avais plus peur... Pourtant, il faisait noir... Elle a chanté : « Fais dodo, Colas mon p'tit frère... »

Une haine violente montait en Léa. Elle sentait, contre sa poitrine, trembler et sangloter l'enfant qu'elle avait aidé à mettre au monde. Des injures à l'adresse de son ami d'enfance se pressaient à ses lèvres, des idées de meurtre troublaient son esprit. Le faire disparaître... L'anéantir avec les autres... Elle se sentait gonflée d'une force inconnue, d'une envie de se battre, de tuer...

— Je sais ce que tu penses, mais l'important n'est pas là... Il faut sauver Camille.

— Comment ?... Tu as une idée ?...

— Oui... Je vais essayer d'obtenir son transfert, mais on a peu de temps, elle est à bout. Si j'y parviens, je te le ferai savoir. Où te caches-tu ?

— Je ne peux pas te le dire.

— Il le faut.

— Personne ne sait où je suis.

Il la regarda d'un air méprisant.

— Ce n'est pas étonnant qu'avec une discipline pareille tes amis se fassent si souvent prendre.

— Ils ne se font prendre que lorsqu'on les dénonce.

— Ma pauvre vieille, si tu crois que les Allemands ont besoin de ça. Il leur suffit d'écouter les conversations dans les cafés...

— Ce sont des Français qui les écoutent pour eux !

— Pas toujours. Vous commettez de telles imprudences qu'ils faudraient qu'ils soient aveugles pour ne rien remarquer.

Ruth s'interposa.

— Je vous en prie, ne vous disputez pas. Ecoute-moi, Léa : je crois que l'on peut faire confiance à Mathias.

— Peut-être, mais je ne peux pas lui dire où je suis et ça, il le sait très bien.

— Alors, transmets à ton oncle, à ceux d'Aristide ou d'Hilaire, la proposition suivante : dès que j'ai obtenu le transfert de Camille d'Argilat pour Bordeaux, je te le fais savoir. Je te donnerai la composition du convoi, le nombre d'hommes — à mon avis, ils ne seront pas très nombreux —, l'heure du départ et l'itinéraire. Il faudra que tes copains arrêtent le convoi et délivrent Camille.

Léa, serrant toujours contre elle Charles qui s'était endormi, demanda à voix basse :

— Tu crois que c'est vraiment possible ?

— Oui.

— Je peux te poser une question ? Pourquoi restes-tu avec Fiaux et sa bande ? Pour de l'argent ?

Mathias haussa les épaules.

— Tu ne me croiras pas, si je te le dis.

— Dis toujours.

— Où je suis, je peux mieux veiller sur toi.

— Tu as raison, je ne te crois pas.

— Tu vois ! fit-il avec un sourire désabusé en haussant les épaules.

— Qu'allons-nous faire de Charles ? N'est-ce pas dangereux de l'avoir ramené ici ?

— Non, dans la mesure où Fiaux sait qu'il est là. De plus, j'ai demandé à mon père de veiller sur lui.

— Et il a accepté ?

— Il n'avait pas tellement le choix.

Léa allongea doucement Charles sur le vieux canapé et se laissa tomber dans un des fauteuils encadrant la cheminée.

— Ruth, j'ai faim et j'ai froid. Tu n'aurais pas quelque chose à manger ?

— Bien sûr, ma petite, je vais faire une flambée.

— Laissez, mademoiselle Ruth, je vais l'allumer.

— Merci, Mathias.

Très vite, une flamme claire monta et, durant quelques instants, on n'entendit que le crépitement des sarments. Ce bruit joyeux, la chaleur vive, ce lieu familier eurent raison quelque temps de l'animosité des deux jeunes gens. Leurs regards, perdus dans la contemplation du brasier, se rencontrèrent. Il y avait dans celui de Mathias une adoration, un amour éperdus; dans celui de Léa un désarroi, une lassitude infinis.

Le jeune homme luttait pour ne pas la prendre dans ses bras, sachant qu'il serait repoussé. De son côté, elle aurait voulu abolir le sale souvenir de cette nuit dans le sinistre hôtel de Bordeaux, pour se blottir contre lui et lui raconter ses peines comme elle le faisait quand elle était petite et qu'ils se réfugiaient dans la chambre des enfants ou dans la grange à foin.

Sans même s'en rendre compte, ils poussèrent ensemble un soupir dans lequel tremblaient tous les chagrins qu'ils ne pouvaient plus consoler.

Ruth revint avec un plateau contenant deux bols de soupe, une terrine faite à la maison, du pain et une bouteille de Montillac rouge. Ils dévorèrent ce modeste repas avec un appétit qui faisait honneur à leur jeunesse. Comme toujours quand elle mangeait avec plaisir, Léa en oublia sa périlleuse situation.

— Il est drôlement bon ton pâté, dit-elle la bouche pleine.

— C'est vrai qu'il est fameux, approuva Mathias.

Ils finirent leur collation en silence, savourant ce moment de paix. Le dernier verre de vin avalé, Léa demanda :

— Ruth, j'ai perdu tous mes vêtements. Peux-tu me préparer un sac ? N'aurais-tu pas deux ou trois robes pour quelqu'un de la taille de tante Bernadette... Au fait, comment va-t-elle ?

— Pas très bien, elle se plaint de ne pas avoir assez de nouvelles de Lucien et de beaucoup souffrir de ses rhumatismes.

— La pauvre... Tu regardes si tu peux me trouver ces robes et des lainages ?

— Je vais voir.

Charles remua dans son sommeil. Léa le couvrit de la couverture écossaise dans laquelle son père aimait s'envelopper quand il travaillait l'hiver à son bureau.

— Il faut trouver un endroit où se rencontrer.

— A l'église de La Réole ?

— Non, c'est trop dangereux pour toi. Fiaux et les autres te connaissent, ils risquent de t'arrêter.

— Où, alors ?

— Connais-tu le cimetière de Saint-André-du-Bois ?

— Evidemment, fit-elle en haussant les épaules.

— Tu vois le caveau des Le Roy de Saint-Arnaud, à droite en entrant ?

— Oui.

— Dans le tronc du cyprès au fond à gauche, il y a une fente. J'y laisserai des messages. Passes-y tous les jours. Si tu as quelque chose à me faire savoir, utilise le même endroit. Tu as compris ?

— Je ne suis pas idiote, mais si on ne veut pas m'y laisser aller ?

— Débrouille-toi pour les convaincre, il y va de la vie de Camille.

Ruth entra portant un gros sac.

— Mais c'est trop encombrant !

— Je vais le fixer sur ton porte-bagages. Où est ton vélo ?

— Derrière la croix.

— Je vois. Ruth, vous avez de la ficelle ?

— Oui, j'ai pensé à en prendre.

Pendant que Mathias fixait son bagage, Léa se pencha sur Charles endormi et caressa ses cheveux pâles.

— Tu prendras bien soin de lui...

— J'essaierai... Nous n'avons presque plus d'argent. Ta tante Bernadette a mis ses pins en vente mais en attendant...

— Je sais Ruth... Que veux-tu que je te dise ? Vends les meubles si tu trouves un acquéreur, moi, je n'ai rien.

Une larme tomba sur la joue de l'enfant qui grogna dans son sommeil.

— Pardonne-moi, ma chérie. Je suis une vieille folle de te parler de tout ça, en ce moment. Je me débrouillerai.

— Jamais je ne pourrai te remercier pour tout ce que tu fais pour nous...

— Veux-tu bien te taire ! Il ferait beau que j'attende des remerciements ! Quelques lettres sont arrivées pendant ton absence, je les ai mises dans le sac.

— Tu peux partir quand tu veux. Ton paquet est bien attaché, tu pourrais traverser la France sans qu'il ne bouge, dit Mathias en entrant.

— Adieu Ruth, embrasse tante Bernadette pour moi.

— Au revoir, ma chérie. Dieu te protège. Mathias, je vous la confie.

— Soyez sans crainte, mademoiselle Ruth, tout ira bien.

Arrivés près de la bicyclette, Mathias la releva et demanda :

— Tu ne veux pas que je t'accompagne ?

— Tu sais bien que ce n'est pas possible... Laisse-moi partir.

A regret, il lui abandonna le guidon. Ils restèrent un instant immobiles et silencieux, malheureux. Léa frissonna.

— Pars vite, tu as sans doute plusieurs kilomètres à faire et je n'aime pas te savoir seule la nuit sur les routes.

— Mathias... Je ne comprends pas... Qu'est-ce qui nous arrive ?

— Que veux-tu dire ?

— Toi et moi, obligés de nous cacher... devenus ennemis... Et en même temps...

— En même temps, quoi ?...

Quel espoir il y avait dans sa voix... Surtout qu'il n'aille pas s'imaginer qu'elle lui pardonnait.

— Rien. Je trouve que l'on vit une drôle d'époque où l'on ne sait plus qui sont ses amis, puisque même les plus chers trahissent.

Mathias refusa de remarquer la dureté du ton, il ne retint que « puisque les plus chers ». C'était lui le plus cher, il n'en doutait pas. Qu'importe si elle pensait qu'il trahissait, trahir quoi d'ailleurs puisqu'*elle*, il ne la trahirait jamais. Le reste n'était que politique et cela n'avait rien à voir avec ses sentiments.

Il lui fit un petit signe de la main et s'en alla sans se retourner vers la maison. Décontenancée, Léa le regarda s'éloigner.

5.

A Morizès, tout le monde était couché. Léa, restée seule dans la cuisine où on lui avait dressé un lit, regardait s'éteindre le feu dans la cheminée en fumant une cigarette faite avec le tabac récolté clandestinement par Callède. La fumée âcre et forte irritait sa gorge et piquait ses yeux mais apaisait un peu son angoisse de savoir Camille si malade. La Gestapo avait dû se résoudre à la faire transporter à l'hôpital Saint-Jean de La Réole. Nul n'avait pu l'approcher.

Le père Delmas avait rencontré Mathias et avait accepté son aide. Aristide et ses hommes avaient donné leur accord. Depuis, on attendait. Maurice Fiaux et son équipe étaient retournés à Bordeaux.

Léa, assise sur une chaise basse, se leva et alla allumer la T.S.F. Cela faisait plusieurs jours que le brouillage empêchait de capter la radio de Londres. Après quelques tâtonnements, la voix familière, à peine audible, de Jean Oberlé, sortit de l'appareil :

« *Le poète Max Jacob est mort au camp de Drancy. On l'avait mis dans ce camp parce qu'il était juif. Il était pourtant converti au catholicisme depuis plus de trente ans. Toute son œuvre depuis* cette époque respirait la foi catholique la plus intense et la plus sincère. Mais est-ce que les Allemands s'intéressent à ça ?

« Les Allemands collent des étoiles jaunes sur la poitrine de ceux qu'ils martyrisent. Pour eux c'est une étiquette déshonorante, la seule honorable étant leur croix gammée. Catholiques, ou juifs, c'est tout un pour eux, dont Hitler est le Dieu. Qu'est-ce que ça peut leur faire, aux gardiens du camp de Drancy, que Max Jacob soit mort, pour eux ça fait un juif de moins...

« Max Jacob était :un petit homme au crâne chauve, au regard ironique derrière un monocle. C'était l'homme le plus spirituel, le conteur le plus merveilleux d'histoires étonnantes qu'il savait ou qu'il inventait.

« Le snobisme l'avait découvert quand il approchait de la cinquantaine. Il était descendu de la butte Montmartre, où il vivait avec les peintres et les poètes, vers les salons qu'il quitta bien vite pour le monastère de Saint-Benoît-sur-Loire. Là, vivant retiré et tranquille, il écrivait et il peignait. Il faisait visiter la basilique à ses amis qui venaient le voir de Paris ou d'ailleurs. La cloche tintait, appelant aux offices, et Max quittait la plume ou le pinceau pour aller dire ses prières.

« Il avait près de soixante-dix ans. Deux autres poètes, ses amis Jean Cocteau et André Salmon, allèrent à Drancy avec l'espoir de le faire libérer. On leur dit qu'il était mort.

« Ainsi, l'ennemi féroce qui martyrise notre pays depuis quatre ans n'épargne pas plus les poètes que les jeunes patriotes. Pour les Allemands, l'un est juif, les autres communistes, c'est très simple. Et puis, à quoi servent les poètes quand on a la prose de M. Henriot ou de M. Déat ?

« Mais, dans le monde entier, les admirateurs de Max Jacob, ceux qui relisent sa prose ou ses poèmes ou ceux qui possèdent ses dessins ou ses gouaches, penseront à lui, et ses amis n'oublieront jamais l'artiste et l'être charmant qu'il était. Et ils se rappelleront qu'il est mort, comme tant d'autres, victime de la barbarie allemande, dans un camp de concentration, dans un bagne... »

Même les poètes, pensa Léa en éteignant le poste.

En se déshabillant dans la semi-obscurité, elle se souvint que son oncle lui avait parlé de sa rencontre avec Max Jacob à Saint-Benoît lors d'un court séjour au monastère, et de sa foi naïve de converti. Il était mort, comme Raphaël Mahl et peut-être Sarah, tous juifs. Elle eut un bref sentiment de honte d'unir, même dans la mort, un être aussi méprisable que le délateur-collaborateur Mahl avec l'héroïque combattante et le fragile poète. Mais il y avait chez Raphaël un désespoir qui l'avait toujours touchée. Malgré tout le mal qu'il s'était donné pour se faire haïr, jamais il n'y était parvenu et son horrible fin l'avait à jamais absous. Il lui manquait, comme ce soir lui manquait une présence amie.

Elle se glissa entre les draps rugueux, toujours un peu humides. La faible lueur des braises donnait à cette pièce quelque chose d'irréel et d'apaisant. A travers ses yeux mi-clos, elle revoyait d'autres braises dans une autre chambre... Le poids de l'édredon rouge lui rappelait celui d'une couverture de vigogne... A travers sa chemise de nuit, la toile rêche du drap irritait la pointe de ses seins. Elle se retourna contre le mur pour s'arracher aux ultimes lueurs. Surtout ne pas penser à lui, ne pas se souvenir des caresses de ses mains, des baisers sur son corps, ce corps dont elle parvenait si mal à étouffer les désirs. Il y avait si longtemps qu'un homme... Avec rage, elle se redressa furieuse de sentir monter cette envie irrépressible de faire l'amour. Elle arracha sa chemise et, avec brutalité, apaisa son exigence.

Le lendemain, Adrien Delmas arriva à Morizès en compagnie du lieutenant Pierre Vincent dit Grand-Pierre, chef du maquis établi au Puy près de Monségur, et de trois de ses hommes venus se ravitailler. Tous étaient très excités, parlant de la destruction du dépôt d'essence de Saint-Martin-de-Sescas par quatorze d'entre eux dans la journée du 5 mai. Le lieutenant et le dominicain avaient bien du mal à contenir leur exubérance. Léa les regardait avec envie; eux au moins, ils agissaient...

Après leur départ, Adrien Delmas s'approcha de sa nièce.

— Grâce à l'abbé Chaillou, l'aumônier de l'hôpital, j'ai pu voir Camille. Elle va beaucoup mieux. Son courage est immense, pas une plainte, elle ne s'inquiète que pour toi et son fils.

— Pourrai-je la voir ?

— Ça me paraît difficile et inutilement dangereux pour vous deux. Nuit et jour, un homme de la Gestapo monte la garde devant sa porte. Mais l'un d'entre eux a un faible pour le sauternes.

— Alors, soûlons-le.

Cette réflexion fit sourire Adrien.

— On verra. Ce n'est pas le plus important. Il faut la sortir de là.

— Que dit Aristide ?

— Pour le moment, il est très occupé dans sa ferme des marais à augmenter ses effectifs, à éviter Grand-Clément et ses hommes qui cherchent à l'éliminer, à faire régner l'ordre dans les différents groupes. Mais dès que nous aurons besoin de lui, il nous enverra l'équipe nécessaire.

— As-tu des nouvelles de Mathias ?

— Non, pas depuis qu'il nous a appris le transfert de Camille.

— C'est à mon tour d'aller à Saint-André-du-Bois.

— N'oublie pas que si quelque chose se présentait mal là-bas, tu peux faire appel à Jules Coiffard qui habite la grande maison sur la route. Avec des voisins, il sert souvent de passeur et de boîte aux lettres. Cet après-midi, je serai à Chapelle-de-Lorette. Les Miliciens et les Allemands multiplient leurs expéditions dans le secteur depuis la chute de la forteresse volante américaine à Cours-Monségur. La destruction du dépôt de Saint-Martin-de-Sescas n'est pas faite pour les calmer non plus. La Gestapo a lâché sur la région une dizaine de ses agents. C'est grâce à l'un d'eux, un certain Coubeau, ancien épicier de la rue de la Croix-Blanche, qui s'est fait passer pour un officier canadien que les gendarmes ont arrêté le capitaine Lévy qu'ils ont livré à la Gestapo de Toulouse.

— A-t-il été torturé avant d'être exécuté ?

— Je n'en sais rien, mais c'est vraisemblable.

— Quand tout cela finira-t-il ?

— Dieu...

— Ne me parle pas de Dieu, cria-t-elle, tu n'y crois pas plus que moi !

— Tais-toi, gronda-t-il en lui meurtrissant l'épaule.

Qu'était devenu l'homme affable, calme et tendre qu'elle connaissait depuis toujours ? Ce visage émacié, ces yeux fiévreux, ces traits torturés, ces lèvres resserrées sur un brûlant secret, ces mains si belles maintenant abîmées, qui se crispaient comme pour contenir leur désir de frapper, ce ne pouvaient être ceux du prédicateur dont la voix avait fait vibrer des milliers de chrétiens à travers le monde, dont l'ardente foi avait longtemps dominé le tiède épiscopat de Bordeaux et dont l'affection paternelle avait si souvent aidé Léa et les siens.

— Tu me fais mal.

Il la lâcha, appuya son front au manteau de la cheminée, les épaules voûtées, l'air soudain très vieux. Comme il semblait désemparé, seul. C'était cela, il était seul, désespérément seul face à lui-même et au milieu d'hommes frustes dont souvent il ne partageait pas les idées. C'était la personne à laquelle Léa était le plus viscéralement attachée depuis la mort de ses parents. Consciemment ou non, elle tenait compte de ce qu'il disait. Il était une sorte de guide, quelqu'un à ne pas décevoir, un idéal humain difficile à atteindre. Que le doute, la peur, la haine s'installent chez cet homme et c'était tout un monde d'équilibre, d'intelligence et de bonté qui s'effondrait. Et ça, elle ne pouvait pas le supporter. Une colère sourde faisait se couvrir son front de sueur et accélérer les battements de son cœur.

Quand il se retourna, après un temps qui lui parut très long, leur courroux s'était un peu apaisé.

— Pardonne-moi, ma chérie. La fatigue... sans doute. En ce moment, je me laisse emporter pour un rien. Me pardonnes-tu ?

— Oui, mon oncle, fit-elle, tremblante encore, en se blottissant contre lui.

93

Mais elle sentait bien qu'une barrière invisible venait de se dresser entre eux.

Enfin une joie : l'arrivée de Jean et Raoul Lefèvre, les deux soupirants de son adolescence qu'elle n'avait pas revus depuis leur dramatique arrestation et celle du docteur Blanchard, le jour de l'assassinat de Marie sur la place de Verdelais.

Les trois jeunes gens n'arrivaient pas à se désenlacer, émerveillés de se retrouver vivants.

Le repas du soir fut une fête pour tous. Léa, serrée sur le banc entre ses amis retrouvés, les yeux brillants de plaisir et du vin blanc des Callède, posait sa tête sur l'une ou l'autre épaule, caressait leurs mains sous la table, les frôlant avec des mouvements enjôleurs. Elle riait, parlait à tort et à travers, épanouie d'un bonheur depuis longtemps oublié, éclatante de jeunesse et de beauté.

— Té ! on est bien content de vous voir comme ça. Ma femme et moi, on commençait à se demander si vous saviez rire et vous amuser, dit leur hôte.

— On te retrouve comme avant, dit Jean en l'embrassant dans le cou.

— Tu es encore plus belle, fit Raoul en l'embrassant à son tour.

Les deux frères avaient été envoyés par Léon des Landes rejoindre des hommes de Dédé le Basque en vue de préparer un sabotage à la gare de La Réole. C'est à Chapelle-de-Lorette qu'ils avaient appris que leur amie était à Morizès. Ils avaient fait le récit de leur évasion, disant combien Albert et les autres avaient été courageux et malins. L'évocation d'Albert assombrit un instant la joyeuse réunion, mais le souvenir de la jovialité du boucher de Saint-Macaire, dont on était sans nouvelles, éloigna la tristesse. Pour la chasser plus vite encore, Callède apporta une autre bouteille.

Il était tard quand les convives se séparèrent. Il avait été

94

convenu que Raoul et Jean ne repartiraient que le lendemain matin. Ils passeraient la nuit enroulés dans une couverture devant la cheminée.

Longtemps après le départ des autres, ils continuèrent à bavarder, buvant et fumant. Installés sur le lit, ils n'arrivaient pas à se résoudre à se quitter pour aller dormir.

Étroitement encadrée par les jeunes gens sur le lit exigu, Léa se laissait lentement envahir par le bien-être de leur présence, et la chaleur que dégageaient leurs corps. Ses doigts dérangeaient leurs chevelures bouclées tandis qu'ils respiraient l'odeur de son cou, le picorant de baisers. Il n'y avait, chez aucun d'entre eux, d'autre désir que celui d'être ensemble, mêlant leurs membres à la manière de jeunes animaux joueurs. Tout à la joie de leurs retrouvailles, ils avaient oublié qu'ils étaient hommes et femme, qu'ils étaient jeunes et que la clandestinité n'avait guère favorisé leurs relations amoureuses. Sans aucune préméditation, les baisers des garçons se firent plus tendres, leurs mains s'enhardirent découvrant le corps de leur amie qui, au lieu de se défendre, s'offrait avec ce rire de gorge qui les troublait tant autrefois. Ces quatre mains qui la parcouraient ouvraient des espaces lumineux, éloignaient la tristesse et l'angoisse de ces derniers jours. Plus de peurs... plus de guerre... plus de morts... Quand Jean la pénétra ce fut sur les lèvres de Raoul qu'elle étouffa son premier cri.

A l'aube, la fraîcheur ranima leurs corps dévêtus. Penchés au-dessus de leur amie, les deux frères se regardèrent avec horreur, les yeux remplis de larmes.

— J'ai froid, murmura-t-elle.

Raoul se leva et jeta un fagot de sarments sur les cendres encore chaudes. Bientôt une vive lueur éclaira la pièce.

— Pardonne-nous, balbutia Jean le visage enfoui dans les cheveux de Léa.

Celle-ci ne répondait pas, suivant du doigt avec un air sérieux la large cicatrice qui abîmait la poitrine et le ventre du jeune homme.

— Viens ici, dit-elle à Raoul qui finissait de s'habiller.

L'air penaud, il s'assit sur le lit.

— Il ne faut pas regretter ce qui s'est passé, au contraire. Nous nous aimons tous les trois depuis toujours, nous avons grandi ensemble et vous, vous avez toujours tout partagé.

— Mais pas toi !

Ce cri du cœur la fit rire. La guerre n'avait pas changé Jean. Il restait le petit garçon exclusif déchiré entre son amour pour elle et son amour fraternel.

— Ne ris pas, dit Raoul, ce que nous avons fait est abominable.

Le visage de Léa se fit sérieux et sa voix dure.

— Ne dis pas ça. Ce n'est pas nous qui sommes abominables, mais les circonstances. Demain vous serez peut-être tués, moi aussi. Il est normal que nous profitions de la vie dans les rares moments où cela est possible. Je n'ai pas honte d'avoir fait l'amour avec vous deux, je n'ai aucun remords, aucun regret. Ce que je regrette c'est de ne pas le faire plus souvent.

— Tais-toi, tu es immorale.

— Et toi, tu es idiot, il n'y a plus de morale.

— S'il n'y a plus de morale, peux-tu m'expliquer pourquoi tu as choisi la résistance plutôt que la collaboration ? Tu pourrais être bien tranquille à Paris à traîner dans les salons de thé avec Françoise...

— Raoul ! s'écria Jean.

— ... ou à vendre ton vin aux Allemands au lieu de courir sur les routes à porter des messages, à cacher des armes au risque d'être arrêtée, torturée... Dis, tu peux me le dire pourquoi tu es avec nous, s'il n'y a plus de morale.

— Fiche-lui la paix !

— Laisse, Jean, je vais essayer de lui répondre. Ce n'est pas une question de morale, du moins, pas pour moi. Souviens-toi, avant la guerre, toutes ces histoires d'Allemands, d'Alliés, de ligne Maginot, de Pologne m'ennuyaient, je ne voulais pas en entendre parler. Et puis, toi, Jean, Laurent et d'autres, vous êtes partis... Il y a eu la débâcle. Camille et moi sur les routes mitraillées, tous ces gens qui mouraient autour de nous, le corps de Josette, criblé de balles, sa gorge ouverte d'où jaillissait le sang, cet homme qui nous avait attaquées…, la mort de Mme Le Ménestrel et de ses deux enfants, celle de maman sous les bombardements… papa… Mais, tant d'horreurs n'auraient peut-être pas suffi à me faire partager les idées de mon oncle Adrien ou les vôtres sans la présence des Allemands à Montillac, dans cette maison qui est la mienne. Chaque fois que je les voyais sur la terrasse, dans les vignes ou dans les chais, je me sentais dépossédée, humiliée. Je pensais qu'ils n'avaient pas le droit d'être là. J'ai alors compris ce que cela voulait dire avoir perdu la guerre, être occupé, et ça, je n'ai pas pu l'accepter. Tu vois, rien de bien glorieux.

— Peut-être, mais tous les Français ne réagissent pas comme toi.

— Il leur manque sans doute d'être attachés à un coin de terre, de sentir qu'ils sont faits d'elle, de lui appartenir.

— Tu es comme ton père, amoureuse de Montillac, dit Jean en l'embrassant. C'est toi qui as raison. Ne gardons de cette nuit que le souvenir d'un moment merveilleux où nous avons oublié la morale et la guerre.

— Allez, Raoul, ne fais pas cette tête-là, nous n'avons rien fait de mal.

Le jeune homme regardait avec une réelle tristesse ces deux êtres qu'il aimait plus que tout. Mais son amour pour Léa le rendait maintenant jaloux de son frère, ce qu'autrefois il n'aurait jamais cru possible. Au prix d'un gros effort, il leur sourit.

Après avoir pris un bol de lait chaud et mangé un morceau de pain, ils repartirent à Chapelle-de-Lorette.

Le 11 mai, les deux frères avaient rejoint le maquis Grand-Pierre. Un accrochage eut lieu à Sauveterre-de-Guyenne entre les Allemands et les maquisards. Jean, blessé, fut conduit par son frère au château de Madaillan puis, l'endroit n'étant pas sûr, chez le curé de Blasimon, l'abbé Maurice Gréciet qui accepta de le cacher. Raoul et ses compagnons se dissimulèrent quelque temps dans les bois de la Colonne, près du château de Ville-preux, avant de rejoindre leur camp du Puy.

Ce ne fut pas Léa qui découvrit le message de Mathias annonçant le transfert de Camille à la caserne Boudet de Bordeaux le lundi 15, mais un gamin envoyé par Callède. Le départ était fixé pour treize heures. La veille du jour prévu pour l'évasion, Léa, habillée en infirmière, rendit visite à Camille en compagnie de l'abbé Chaillou, profitant du personnel restreint en ce dimanche de la fête de Jeanne d'Arc. L'Allemand de garde, l'amateur de Sauternes, trinquait en compagnie d'une infirmière pourvue de gros appas comme il les aimait. Cette femme s'était engagée à le tenir éloigné de son poste une vingtaine de minutes, tandis qu'une sœur de Saint-Vincent-de-Paul faisait le guet près de l'entrée de l'hôpital et une autre près de la chapelle.

Léa s'était préparée à trouver Camille fatiguée, amaigrie; malgré cela, elle fut effrayée de l'état de son amie. Elle n'avait plus que la peau et les os et ses yeux, enfoncés dans leurs orbites, étaient entourés de larges cernes bistre. Elle s'efforça de sourire, l'embrassa et... éclata en sanglots.

— Allons, allons, suis-je si vilaine que ça ?... Toi, tu es ravissante dans cette tenue. Ne pleure pas, je vais beaucoup mieux, n'est-ce pas, monsieur le Curé ?

— Oui, madame, fit le prêtre en détournant les yeux.

Léa se serait battue. Avec effort, elle réussit à retrouver son sourire.

— Dépêchez-vous, nous n'avons pas beaucoup de temps. Je vais voir si notre ivrogne se tient tranquille.

Les deux amies restèrent seules, doigts enlacés, trop émues pour de longs discours. Camille rompit le silence la première.

— L'abbé a raison, nous n'avons pas beaucoup de temps. Comment va Charles ? N'est-il pas trop malheureux ? As-tu des nouvelles de Laurent ?

— Charles va très bien, il n'est pas malheureux. Nous

n'avons pas d'autres nouvelles de Laurent, mais, tant qu'il est en Angleterre, il n'y a pas lieu de s'inquiéter.

— Et de François Tavernier ?

— Aucune, répondit Léa le cœur serré.

— Je suis sûre que tu en auras bientôt. Ce n'est pas un homme à se laisser prendre. Aie confiance. Comment ça va pour toi ?

— Tu ne penses qu'aux autres, dit-elle avec un rire sans joie. Mais toi ?

— Je vais très bien.

— Demain, on va tenter de te faire évader. En auras-tu la force ?

— Oui, je veux revoir mon fils.

— Alors, écoute-moi.

Brièvement, elle lui fit part du plan mis au point par ceux de la Résistance... Mais ce plan n'allait pas servir.

Revenue à Morizès, Léa dit à son oncle et aux cinq hommes envoyés par Aristide, qu'il fallait renoncer à attaquer l'ambulance, Camille étant trop faible pour pouvoir s'échapper quand le véhicule serait arrêté. Avec l'abbé Chaillou, elle avait pensé à autre chose.

6.

La pluie tant attendue tombait enfin.

Tous feux éteints, la traction attendait dans la rue Perdue face à l'hôpital. Place Saint-Michel, dans une camionnette, guettaient Rigoulet et la Sifflette. A l'arrière, un jeune maquisard, mains crispées sur la crosse d'une Sten, retenait son souffle. Deux hommes étaient embusqués rue des Écoles et un autre en face de la maison du Prince Noir.

— Attention, les voilà.

Dans la rue Saint-Nicolas, un homme et une femme couraient. L'homme, plutôt grand, portait quelqu'un dans ses bras, ce qui le ralentissait.

Les portières arrière de la traction s'ouvrirent en même temps que le conducteur lançait deux brefs appels de phares. Ceux de la camionnette lui répondirent. Les moteurs furent mis en marche.

— Elle s'est évanouie.

Mathias déposa Camille sur la banquette.

— Dépêchez-vous, ils ne vont pas tarder à s'apercevoir de sa disparition.

— Merci, mon garçon. Ce que vous venez de faire rachète vos erreurs. Venez nous rejoindre, vous serez le bienvenu.

— Je n'en suis pas sûr, mon père. De toute façon, pour moi, c'est trop tard.

— Qu'allez-vous faire ?

— Surveiller les lieux. Maintenant, partez. Adieu Léa.

— Adieu, Mathias... Merci.

La voiture démarra. Non loin derrière, la camionnette suivit.

Il était temps. Des lumières s'allumèrent aux fenêtres de l'hôpital, des coups de sifflet retentirent mêlés à des cris tandis que les véhicules prenaient la direction de Bazas. A moins de deux kilomètres de la vieille cité, ils tournèrent à gauche et s'arrêtèrent à Saint-Aignan dans une ferme amie. On transporta Camille, toujours sans connaissance, à l'intérieur de la maison. Rigoulet, s'étant assuré que tout allait bien, repartit seul vers La Réole tandis que la traction continuait sa route sur Bazas.

C'est le père Delmas qui avait décidé de l'organisation et convaincu ses compagnons que les Allemands n'imagineraient pas leur prisonnière aussi près d'eux. De plus, il fallait du temps pour mettre sur pied lieux d'accueil et filière d'évasion vers la Suisse. Il avait été décidé que Léa, la Sifflette et deux maquisards resteraient auprès de la malade.

Cette évasion, ajoutée à la destruction du dépôt d'essence, à l'accrochage de Sauveterre et aux nombreux sabotages et tentatives d'attentats, mit l'ensemble des Allemands et des Miliciens de la région en état d'alerte. Petites villes et villages virent débarquer, fouillant les maisons, les granges, les églises les uniformes vert-de-gris et bleu marine. Saint-Pierre-d'Aurillac, Frontenac, Sauveterre, Rauzan, Blasimon, Mauriac, Pellegrue, Montségur, La Réole, reçurent leur visite. De nombreux résistants furent arrêtés entre le 17 et le 20 mai : Jean Lafourcade, Albert Rigoulet, Jean Laulan, Georges Loubière, Arnault Benquet, Noël Ducos, Jean Gallissaire, Pierre Espagnet, Gabriel Darcos... dix-sept appartenaient au groupe Buckmaster. Certains furent torturés, tués ou déportés. Quatorze d'entre eux ne devaient jamais revenir.

Le 19, avec la Sifflette, Léa, un fichu sur la tête, conduisit

Camille à Morizès, dissimulée dans une charrette de foin. Son état était stationnaire.

Il était temps. Le lendemain, la famille Rosier qui les avait hébergées, revenait du marché de La Réole. Arrivées à Saint-Aignan, la mère et la fille allèrent préparer le repas de midi pendant que le père trinquait avec le facteur et son commis Manuel. Un bruit de moteur monta soudain de la route. Déjà dix jours auparavant, alertés par des camarades, ils s'étaient enfuis dans la nuit. Mais là, c'était plus sérieux. On distinguait, en bas de la propriété, le toit noir d'une traction. Sans prendre la peine de rien emporter, les Rosier et leur fille s'enfuirent à travers champs et bois jusqu'à Morizès où Tore les accueillit. Le facteur fila de son côté. Personne n'avait été arrêté, mais les Allemands découvrirent sept tonnes d'armes dans le séchoir à tabac.

Léa comprit que la santé de Camille ne s'améliorerait pas tant qu'elle serait séparée de son fils. Avec la complicité de Mme Rosier et de la Sifflette, elle décida d'aller le chercher. Les trois femmes partirent à bicyclette. Léa laissa ses compagnes à Saint-André-du-Bois. La Sifflette devait venir au-devant d'elle deux heures plus tard.

Près des chais régnait une grande activité : Fayard et trois hommes, qu'elle ne connaissait pas, chargeaient des caisses de vin dans une camionnette. En la voyant, le maître de chais faillit lâcher de stupeur la caisse qu'il tenait.

— Bonjour, Fayard, les affaires ont l'air bonnes.

S'étant débarrassé de sa caisse, il enleva son béret découvrant son front dégarni et blanc.

— Bonjour, mademoiselle, bégaya-t-il, vous voilà revenue ?

— Rassurez-vous, pas pour longtemps. Mais des amis à moi vous donneront bientôt de mes nouvelles.

Pourquoi avait-elle dit ça ? Une idée qui lui était passée par la tête en voyant la peur sur son visage. Le souvenir aussi d'une opération punitive montée par un maquis du Lot-et-Garonne contre un trafiquant du marché noir soupçonné d'avoir dénoncé des résistants. Elle éprouvait une joie mauvaise à voir trembler les mains calleuses de cet homme que l'amour de la terre et l'appât du gain avaient conduit à trafiquer avec l'occupant, jusqu'à devenir un délateur. Et dire qu'il allait peut-être lui prendre Montillac !...

D'un mouvement rageur, elle se détourna et se dirigea vers la maison.

Il faisait un temps lourd et orageux, mais la vieille demeure gardait encore un peu de la fraîcheur de l'hiver. Tout était calme, immuable, une odeur de cire flottait dans l'air, mélangée au parfum d'un bouquet de roses blanches, les premières de la saison, celles qui poussaient sur le mur du chai le mieux exposé. C'est Isabelle Delmas qui avait planté ces rosiers grimpants aux fleurs précoces et odorantes. Ce bouquet, sur la table ronde de l'entrée... « Si je ferme les yeux, je vais voir maman entrer. »

— Léa !

Charles courut vers elle, bras tendus.

— Tu es revenue... où est maman ? Je veux voir ma maman.

— Tu vas la voir, mon chéri. Je suis venue te chercher.

— Chercher cet enfant ! Tu n'y penses pas ?

— Ruth, il le faut. Sinon, jamais Camille ne guérira.

— Mais c'est beaucoup trop dangereux.

— Je t'en prie, je n'ai pas beaucoup de temps. Prépare-lui quelques vêtements.

— Viens avec moi, j'ai plusieurs choses à te dire. Charles, va voir tante Bernadette.

— Non, je veux rester avec Léa.

— Obéis à Ruth. Si tu es sage, je t'emmène voir ta maman.

— C'est vrai ?

— Juré.

Le petit garçon sortit en appelant Bernadette Bouchardeau.

Tout en rangeant les vêtements dans un sac, la gouvernante racontait à Léa ce qui s'était passé durant son absence.

— Ton oncle Luc et ton cousin sont venus la semaine der-

103

nière. Ils voulaient te faire part de la visite du notaire de Fayard concernant la vente de Montillac.

— En quoi est-ce que cela regarde oncle Luc ?

— Fayard aurait reçu l'accord de Françoise...

— Quoi !

— J'ai dit « aurait ». C'est le notaire qui parle. Laure étant mineure et maître Delmas son tuteur, toi ayant été rejoindre les terroristes et devenue de ce fait hors la loi, c'est à ton oncle que la décision de vendre ou non incomberait.

— Mais tout cela est absurde !

— Peut-être, mais ton oncle et ton cousin, qui sont des juristes, disent que cela se tient, surtout du fait de ton absence.

— Je vois, cela arrangerait tout le monde si je me faisais arrêter et si je disparaissais pour de bon.

— Pour Fayard sans doute, mais pas pour ton oncle. Tu es la fille de son frère et il aimerait que vous conserviez la propriété. Il a beaucoup changé, tu sais, depuis le départ de Pierrot...

— Changé !... Ça m'étonnerait. Aux dernières nouvelles, il était toujours collabo !

— Je ne crois pas. Il est pétainiste, c'est tout.

— Il a quand même laissé sa fille épouser un Allemand !

— C'est vrai. C'est cependant un honnête homme.

— Ils sont nombreux les honnêtes gens comme lui. Tu veux que je te dise ? Je comprends mieux Fayard. Fayard, c'est la terre qu'il veut, il ne voit dans la guerre qu'une occasion de parvenir à ses fins, de s'enrichir. Français, Allemands, il s'en fiche, il collabore avec ceux qui lui semblent les mieux placés pour lui permettre de réussir à s'approprier le domaine. Il ne se rend même pas compte qu'il trahit son pays, lui, un vieux combattant de 14. Pour oncle Luc, c'est plus grave, c'est un intellectuel, il sait ce que les mots veulent dire et la gravité des actes qu'ils peuvent entraîner. Son goût de l'ordre, des valeurs bourgeoises, son métier, le conduisent à respecter le pouvoir légal. Pour lui, seul Pétain est légitime et Pétain a demandé aux Français de collaborer. Je crois aussi qu'il manque totalement d'imagination sinon, il verrait que tôt ou tard l'Allemagne perdra la guerre et que les terroristes d'aujourd'hui prendront demain le pouvoir.

— Mais c'est justement ce qu'il ne veut pas. Il dit que si les Américains débarquent et que de Gaulle triomphe, la France tombera aux mains des communistes et que les Russes feront la loi chez nous. Pour lui, seule l'Allemagne peut préserver l'Europe du fléau communiste. Il en est profondément convaincu.

— Et mon cher cousin pense évidemment comme lui.

— Pire. Il parle de s'engager dans la L.V.F.

— Ça m'étonnerait, Philippe n'a jamais brillé par son courage.

— En attendant, ton oncle pense que pour éviter la vente, il faudrait que tu écrives une lettre disant ton refus. Il n'est pas sûr que cela suffise mais cela fera gagner du temps.

— J'en parlerai à oncle Adrien et à Camille.

— Ne tarde pas trop. Regarde-moi... Tu n'as pas bien bonne mine. Tu as l'air fatiguée.

— Je fais souvent entre trente et quarante kilomètres par jour à vélo. Ça monte tout le temps dans ce pays. Si la guerre continue encore longtemps, je vais avoir les mollets de Le Guevel ou de Van Vliet et je pourrai courir le Grand Prix de Bordeaux. Et puis, il y a Camille qui me préoccupe beaucoup.

— Pauvre petite ! En voilà une qui n'aura pas eu de chance. Est-ce qu'ils l'ont ?... tu vois ce que je veux dire ?

— Torturée ? Pas vraiment, au sens où des bandits comme Denan l'entendent. Sais-tu que ces salauds de la Milice ont inventé un nouveau mot plus élégant, plus charmant que celui de torturer ?... Ils « touyaguent ». Touyaguer est devenu leur distraction favorite.

— Touyaguer ?...

— Oui, cela vient de Touyaga.

— Touyaga ?

— C'est le nom d'un expert comptable que les Miliciens ont arrêté à la suite d'une dénonciation. Pierre Touyaga a été brûlé, battu à coups de gourdin, on lui a arraché la peau, les ongles, brûlé les pieds et les parties sexuelles. Marcel Fourquey du 2ᵉ Service de la Milice bordelaise a été tellement content de son travail et de celui de ses aides, Guilbeau et Beyrand, qu'il a inventé un nouveau verbe. Maintenant à Bordeaux, la Milice ne torture plus, elle touyague.

— C'est abominable !

— Camille n'a eu droit qu'à un léger touyagage : gifles, coups de pied et coups de poing. Sa faiblesse l'a sauvée. Ils ne pouvaient continuer à touyaguer sans la tuer. Mais depuis, elle ne se remet pas. J'ai pensé que la présence de Charles pouvait l'aider.

— Mais cette présence, avec la vie précaire que vous menez, risque d'être dangereuse.

— Je ne crois pas, les maquis surveillent bien le coin et les Allemands après les arrestations de ces derniers temps se sont retirés dans leurs cantonnements. Le plus grand danger vient d'hommes comme Fiaux et Denan. Je sais qu'Aristide a reçu l'ordre de les neutraliser et qu'oncle Adrien est là pour ça. Mais, d'ici là, Camille et Charles seront réfugiés en Suisse. Est-ce qu'il y a de l'eau chaude ? Je me laverais bien la tête. L'eau froide, je ne m'y habitue pas.

Après son bain et son shampooing, Léa eut l'impression d'être une autre femme. Malgré les conseils d'hygiène des chefs de maquis et de la radio de Londres, il ne régnait pas une grande propreté dans les camps ou dans les fermes qui servaient de refuge. Certains chefs essayaient bien d'instaurer une discipline militaire : salut aux couleurs, exercices physiques, maniement des armes, tenue aussi impeccable que possible, respect des grades, entretien du camp et propreté corporelle, mais cela n'était possible que dans des maquis importants comme ceux du Limousin, du Vercors ou de Bretagne, à encadrement fort.

En Aquitaine, au début de 1944, les groupes n'avaient pas encore beaucoup de combattants. A partir du mois de mai, les choses changèrent et Aristide pouvait transmettre à Baker Street l'état détaillé des nouveaux effectifs : Bordeaux et Bordeaux-Saint-Augustin : 500 hommes; Mérignac : 45 hommes; Base sous-marine : 15 hommes; Réseau Lormont : 40 hommes; groupe de Pessac : 20 hommes; groupe de sabotage Bouscat : 5 hommes; réseau Bègles : 25 hommes; groupe Léon des Landes : 500 hommes; groupe de cheminots : 145 hommes; groupe d'Arcachon : 300 hommes. Au total 1 595 hommes connaissant parfaitement leur mission et déterminés au combat. Peu nombreux, cet effectif devait se renforcer jusqu'à atteindre 15 000 hommes le jour J. Mais en attendant, le colonel Buckmaster se montrait satisfait.

Léa abandonna avec plaisir le vieux vélo prêté par les Tore et retrouva sa bicyclette bleue sur le porte-bagages de laquelle elle fixa un siège d'osier pour Charles. Maintenant, il fallait faire vite. Fayard pouvait très bien avoir alerté la Gestapo de Langon.

Ruth et Bernadette Bouchardeau étaient bouleversées de voir partir le petit garçon, seule joie de leur vie, qui riait et s'agitait sur son siège.

— Arrête de bouger, tu vas nous faire tomber.

C'est après la côte de la Bernille que Léa retrouva la Sifflette.

Le bonheur qu'éprouvèrent la mère et l'enfant à se retrouver atténua un peu la colère d'Adrien Delmas devant l'imprudence commise par les trois femmes. La Sifflette prit tout sur elle, disant qu'étant la plus âgée, elle était seule responsable. Le dominicain feignit d'accepter ses raisons.

7.

Maurice Fiaux et sa bande n'avaient pas digéré l'évasion de Camille de l'hôpital Saint-Jean. Le père Delmas savait que la Milice et la Gestapo avaient réussi à infiltrer certains maquis, aussi bien ceux de l'O.C.M., que ceux de Libé-Nord ou des F.T.P., ce qui n'avait pas représenté de difficultés bien grandes, les jeunes maquisards étant souvent aussi étourdis que confiants. Il suffisait d'un verre de vin en trop, d'une jolie fille devant laquelle ils voulaient jouer aux héros, d'une parole bienveillante à l'égard de la Résistance ou du général de Gaulle, d'un air de franche camaraderie, pour que dans une conversation banale, des renseignements soient recueillis permettant à Dohse et à Robert Franc de procéder à des arrestations. On parlait même d'un homme de Grand-Clément introduit au sein des commandos recrutés par Aristide. Les responsables voyaient des traîtres partout. Des ordres d'exécution partaient de Londres. Jusqu'à présent l'ancien chef de l'O.C.M. avait réussi à déjouer tous les pièges, mais l'agent britannique était bien décidé à en finir avec lui et ceux qui travaillaient pour lui. Déjà un de ses adjoints, André Basilio, avait été abattu le 22 mai. Il fallait faire vite car Grand-Clément savait qu'Aristide était de retour : la veille de l'exécution de Basilio, l'agent anglais s'était trouvé nez à nez à Bordeaux avec André Noël, un ancien de son réseau passé à l'ennemi, subjugué par les théories de Dohse — et de celui qu'il considérait toujours comme son chef — sur le péril bolchevique qui menaçait la France. Ordre fut donné d'abattre Grand-Clément et Noël, mais ils furent introuvables : les deux hommes étaient partis pour Paris. De son côté, Dohse fit fouiller la ville à la recherche du chef du S.O.E. sans plus de succès.

Le père Delmas et Aristide savaient le débarquement proche. L'officier anglais avait, depuis le mois d'avril, reçu l'ordre d'écouter à dix-neuf heures les 1er, 2, 15 et 16 de chaque mois le programme français de la B.B.C., des messages concernant le débarquement pouvant être transmis à ces dates. Tout devait être en place pour cette éventualité et se préparer dans le calme et le secret. Ce n'était pas le cas. Depuis le début de l'année, de petits groupes plus ou moins bien armés ne se privaient pas de harceler l'Occupant : sabotages, attaques de sentinelles, évasions de prisonniers, etc., mettant Allemands et Miliciens en état d'alerte permanent, rendant précaire la sécurité des maquis de l'Aquitaine.

Ce fut dans ce climat d'attente et de tension qu'un message de Mathias Fayard, adressé au dominicain, parvint au Q.G. d'Aristide à Blaye-Saint-Luce. Il y eut un moment d'affolement dans la ferme des marais de l'embouchure de la Garonne : comment connaissait-il ce lieu que tous croyaient sûr ? On ne put rien tirer du « messager » qui était le fils idiot d'un des pêcheurs du coin, emprisonné au fort du Hâ pour avoir distribué des journaux clandestins, bien avant le retour d'Aristide. Pour plus de sécurité, on garda l'idiot.

Le contenu de la lettre était des plus alarmants. D'après Mathias, Maurice Fiaux connaissait l'emplacement exact de la plupart des camps de maquisards à l'est de Bordeaux, le nombre d'hommes, l'armement dont ils disposaient et le nom des chefs. Pour une raison connue de lui seul, il n'avait fait part de ces renseignements ni à la Gestapo ni à la Milice.

— Comment ce Fayard sait-il tout cela ? s'écria Aristide.

— Voilà ce qu'il écrit : « Vous savez, mon père, que je surveille Fiaux dans le but de mieux protéger Léa. Je me suis caché dans le grenier de la maison qu'il habite au Bouscat. Sa chambre est juste au-dessous. Le plafond n'étant qu'un simple plancher, il suffit de tendre l'oreille, on entend tout. C'est de là que j'ai surpris hier sa conversation avec ses deux gardes du corps. Certaines de ses paroles me font croire qu'il va tenter de vendre ces renseignements au chef de la Gestapo n'ayant pas confiance en ses camarades miliciens "qui s'approprieraient le magot", comme il dit. J'ai songé à le tuer, d'où j'étais cela n'était pas impossible, mais j'ai pensé aussi que si je le manquais, lui et les autres ne me louperaient pas et que personne ne pourrait vous prévenir et protéger Léa. Faites vite, il faut l'empêcher de parler. Je me chargerais bien de la besogne mais il se méfie de moi, il ne se laisse pas approcher. Cette lettre que je signe est la preuve que je ne mens pas et que je ne cherche pas à vous attirer dans un piège. Si vous voulez me voir, faites-le moi savoir chez mes parents à Montillac ou au *Chapon-Fin*. Demandez René, il est aide-cuisinier. Il sait où me joindre et me transmettra le message dans la journée. Je tiens à préciser que je ne fais pas ça pour aider la Résistance, mais pour Léa. Je vous salue respectueusement. »

— Cette histoire est absurde, dit Lancelot, je n'ai aucune confiance dans ce petit con.

— Qu'en pensez-vous, mon père ? demanda Aristide.

— Il dit la vérité.

— Comment en être sûr ?

— Nous avons arrêté hier, à Castillon-la-Bataille, un jeune garçon qu'on soupçonnait de jouer le double-jeu. Quand je l'ai interrogé, il m'a répondu en ricanant que nous étions foutus, que la Milice connaissait parfaitement l'emplacement des maquis et allait bientôt passer à l'attaque. A ce moment-là, le radio est venu me chercher pour décrypter un message urgent de Londres. Quand je suis revenu, il était mort.

— Mort ?

— Oui. Nos garçons ont commencé à le cogner. L'un d'entre

eux a-t-il voulu les faire cesser, en les menaçant de son arme ? Je n'ai pas réussi à le savoir. Toujours est-il qu'un coup de feu a été tiré le tuant net.

— Vous n'allez pas le plaindre ?

— La mort d'un homme est toujours un malheur.

— Sans doute, mais c'est la guerre. A la guerre, on tue et on meurt. Il faut quelquefois tuer un homme pour en épargner des dizaines ou des centaines.

— C'est ce qu'on dit dans toutes les guerres pour les justifier. J'ai vu tant de vies sacrifiées en Espagne sous ce prétexte...

— C'est possible, mon père, mais nous n'avons pas le choix. Le débarquement allié est proche, nous ne pouvons pas prendre le risque de voir nos maquis attaqués et détruits. Il faut éliminer ce Maurice Fiaux, ses gardes du corps et Mathias Fayard.

— Pourquoi lui ?

— Je ne partage pas votre confiance.

— Je le connais depuis l'enfance, son amour pour ma nièce lui a fait commettre de graves bêtises...

— Vous appelez de graves bêtises le fait de travailler pour la Gestapo et la Milice ? l'interrompit Lancelot.

— Je propose que nous mettions aux voix, dit Dédé le Basque qui était resté silencieux jusque-là.

— D'accord, fit Aristide. Qui se prononce pour l'exécution de ces quatre-là ?

Toutes les mains se levèrent à l'exception de celle d'Adrien Delmas.

— La cause est entendue. Lancelot, lancez des hommes sur leurs traces, qu'ils les localisent et fassent leur rapport. Il faut que dans quarante-huit heures, au plus tard, nous connaissions leurs habitudes, leurs domiciles et le point faible de leur défense. Vous avez compris ?

— Parfaitement, chef. Vous devriez aller au Jard-de-Bourdillas dans les Landes de Bussac en attendant que ces salauds soient éliminés.

— Peut-être. J'aviserai plus tard. Je ne crois pas que je risque grand-chose ici. Nous avons des hommes à Saint-Ciers, à Montendre, à Saint-Savin, à Saint-André-de-Cubzac et à Bourg. Le Q.G. est bien protégé. Mon père, je voudrais vous parler en particulier.

Aristide paraissait encore plus jeune et de plus petite taille, seul en face du visage marqué et du grand corps amaigri d'Adrien Delmas.

— Comment va Mme d'Argilat ?

— Beaucoup mieux.

— J'en suis très heureux. Avez-vous réussi à mettre sur pied son départ pour Lausanne ?

— Pas encore. De nombreux passeurs ont été arrêtés, et faire traverser tout le Sud de la France à une femme malade n'est pas une mince affaire.

— J'ai contacté Londres pour essayer d'avoir un avion, on m'a répondu que c'était trop risqué pour le moment. Cependant si ce que dit Fayard est vrai, elle et votre nièce ne peuvent pas rester à Morizès. On pourrait les envoyer dans le maquis de Luze près d'Arcachon.

— Je préférerais qu'elles restent dans les secteurs de Daniel Faux et du lieutenant Vincent. Léa connaît bien la région. En cas de difficultés, elle saura où se réfugier. De plus c'est à La Réole que j'attends mon contact pour la Suisse.

— Comme vous voulez. Mais j'aimerais mieux, alors, qu'elles se rapprochent de Lorette.

— D'accord, je vais faire procéder à leur déménagement dès demain matin. C'est la Pentecôte, espérons que les lumières du Seigneur tomberont sur nous.

— Rendez-vous lundi ici, à dix-huit heures, pour mettre au point la manière dont nous exécuterons Fiaux et ses acolytes. Mon père, puis-je vous dire quelque chose ?

— Dites.

— Vous devriez voir un médecin, vous avez l'air très fatigué.

— On verra plus tard, fit-il avec un léger sourire.

Le lendemain, le père Delmas célébra la messe dans l'église de Chapelle-de-Lorette en présence de la plupart des maquisards, toutes tendances confondues, augmentés du groupe de Couthure, de Camille et de Léa. Charles avait été laissé à la garde de maman Faux qui préparait pour tous, aidée de la Sifflette, son « mouton-haricots » célèbre parmi les jeunes gens affamés. Mme Carnélos, dont la ferme, située au-dessus de Lorette, servait d'observatoire et de dépôt d'armes, nettoyait une friture de la Garonne. On avait creusé autour des bâtiments aux murs épais des tranchées aménagées en poste de tirs. Des F.M. étaient installés devant les ouvertures des combles. D'autres étaient dissimulés derrière le mur qui entourait le puits de la maison de la famille Faux.

Depuis l'assassinat du capitaine Lévy par la Gestapo de Toulouse, de nombreux jeunes gens avaient rejoint les rangs de la Résistance. Le colonel Becq-Guérin qui lui avait succédé poursuivait le travail entrepris et initiait au maniement des armes les nouvelles recrues, réfractaires du S.T.O., paysans, ouvriers et étudiants.

A la sortie de la messe, les narines de Léa humèrent avec délices le parfum du « mouton-haricots », un de ses plats préférés.

— Oh ! que j'ai faim, s'écria-t-elle en se massant l'estomac sans retenue.

— Moi aussi, dit Camille qui avait retrouvé quelques couleurs.

Léa la regarda avec un air de surprise heureux.

— Ça fait des années que je ne t'avais pas entendue dire que tu avais faim.

— J'ai l'impression de renaître. D'avoir prié m'a fait du bien et redonné courage. Ici, je nous sens en sécurité.

Comme dans la clairière des Landes, malgré le chaud soleil de ce midi de Pentecôte, Léa frissonna.

— Regarde qui vient se joindre à nous.

— Raoul !... Jean !...

Les deux frères embrassèrent leur amie avec une légère gêne

113

qu'elle balaya en les étreignant avec un rire heureux. Jean ne put retenir un cri.

— Oh ! pardonne-moi, j'avais oublié... Je t'ai fait mal ?... Tu ne souffres pas trop ? Est-ce grave ?...

— Non, mais c'est encore douloureux.

— Jean a eu beaucoup de chance. Un peu plus, il prenait la balle en plein cœur. Camille, ça nous fait rudement plaisir de vous voir en meilleure santé. Comment va Charles ?

— Il est là avec moi.

Tout en parlant, ils arrivèrent dans la cour des Faux où étaient installés des tables et des bancs. Les maquisards étaient déjà assis attendant avec impatience d'être servis. Ils se levèrent pour céder leur place aux deux jeunes femmes, mais Léa préféra l'ombre d'un tilleul avec les frères Lefèvre. Camille se mit près de Charles dont l'assiette était déjà remplie.

Le repas fut très gai et très apprécié des convives. Remplacées, les sentinelles purent à leur tour déjeuner de ce qu'avaient bien voulu leur laisser leurs camarades. Pour compenser les petites parts du « mouton-haricots », Mme Faux leur donna double portion de pastis, gâteau qu'elle réussissait aussi bien que son fameux plat. Quand vint la corvée de vaisselle, Léa se défila et se réfugia dans une grange en entraînant Raoul.

— Embrasse-moi.

— Mais... Jean ?...

— Tais-toi, il est blessé... Embrasse-moi.

Ils roulèrent dans le foin et durant quelques instants ne pensèrent qu'au plaisir qu'ils tiraient de leurs corps.

Dans la soirée, les maquisards regagnèrent leurs camps respectifs et le père Delmas repartit pour Bordeaux sur une motocyclette réquisitionnée à un garagiste de Langon.

La nuit exceptionnellement chaude en cette fin de mai 1944 semblait appartenir au prêtre chevauchant sa machine à travers les coteaux couverts de vignes. Il faisait une touffeur d'été. Un temps superbe pour la vigne mais désastreux pour les autres récoltes qui souffraient cruellement du manque d'eau. Quelques éclairs avaient fait espérer la pluie, mais l'orage s'était éloigné.

En traversant un petit bois, au bas d'un vallon, Adrien Delmas fut assailli par une forte odeur de mousse et de menthe et par la froide humidité du sous-bois. C'était toujours pour lui une surprise, après tant d'années, que ce passage de terres sans cesse modelées par la main de l'homme à ces creux boisés, fermés au ciel et au soleil, enchevêtrés de broussailles hostiles, de racines sournoises, de trous d'eau croupissante, habités d'une faune rampante. Ces lieux, rendus plus sauvages encore par le contraste, provoquaient un bref malaise. Même au plus chaud de l'été on n'avait pas envie de se reposer sous ces ombres malveillantes. Il n'avait pas le souvenir de s'y être jamais arrêté. Mais ce soir, son esprit et son cœur étaient en harmonie avec l'uligineux et sombre environnement.

Il coupa les gaz de sa machine et serra les freins. La chaleur de l'engin avait quelque chose d'amical qui le retint un court instant de l'abandonner contre un arbre. Il écarta les branches, les lianes de lierre et pénétra dans les ténèbres végétales. Ses pieds s'arrachant à la tourbe faisaient un bruit spongieux. Un chêne rabougri, déraciné, lui barra la route. Il se laissa tomber sur le tronc pourri n'ayant plus la force de lutter contre le désespoir qui l'envahissait. Depuis que sa foi en Dieu l'avait quitté brusquement, un matin, à l'aube, en Espagne, devant ces jeunes gens, presque des enfants encore, que l'on fusillait, pas une larme n'avait coulé de ses yeux brûlants. Combien de nuits sans sommeil avait-il passées appelant au secours ce Dieu auquel il ne croyait plus et qu'il priait cependant chaque jour, cherchant dans les mots familiers à renouer avec cet émerveillement de la foi ? Il s'était confié à un de ses amis espagnols, dominicain comme lui, l'autre l'avait regardé avec une grande pitié en le serrant dans ses bras.

— Je te plains de toute mon âme, mais je ne peux rien pour toi. Je vis le même drame et cela m'est si cruel que j'ai envisagé de me tuer... C'est l'idée de la peine faite à ma mère qui m'a retenu.

115

Ils s'étaient quittés dans une détresse plus grande. Depuis, Adrien Delmas n'en avait plus jamais parlé, essayant d'oublier, dans l'action, sa misère. Il n'y parvenait pas. Sa souffrance était telle qu'il appelait la mort de tous ses vœux. Le moment était peut-être venu d'aller au-devant d'elle.

La mort des autres lui avait toujours semblé insupportable, même celle des traîtres et des assassins. Et cependant, il venait de prendre dans cette obscurité fangeuse une formidable décision : il tuerait Maurice Fiaux, évitant par là qu'il ne dénonce les maquis tenus par ses amis. Cette terrible décision prise, cet homme, ce prêtre, qui avant la guerre avait milité contre la peine de mort, éprouva une paix depuis longtemps perdue.

Il échafauda un plan : par la mère du garçon, il aurait son adresse. Fiaux ne se méfierait pas de lui et puis, il serait trop heureux de faire arrêter ce chef de la Résistance qui avait jusqu'ici échappé aux polices allemandes et françaises. Après le meurtre, il n'aurait pas le temps de fuir et un des acolytes du jeune Milicien l'abattrait.

Calme, il quitta le petit bois.

Le lendemain, il se porta volontaire pour l'exécution de Maurice Fiaux. Ceux qui le savaient prêtre le regardèrent avec stupeur, puis horreur, et tentèrent en vain de le dissuader. Il revendiqua le crime pour lui, disant qu'il était le seul à pouvoir approcher la victime et l'exécuter avec un minimum de risques. Comme cela ne suffisait pas à les convaincre, il fit jouer son grade dans l'armée secrète et les ordres de Londres. Ils s'inclinèrent emplis de malaise et de tristesse. Il obtint que l'on sursoie à l'exécution de Mathias Fayard qui demeurait cependant sous étroite surveillance.

Un contretemps allait retarder l'ultime rencontre : dans la soirée du 30, Fiaux quittait Bordeaux pour Paris. Aux dires de sa mère, il devait être de retour le 6 juin au plus tard. Qu'allait-il faire dans la capitale ? Assister à un meeting de Darnand pour récompense de son zèle...

8.

« *Philémon réclame six bouteilles de Sauternes.* »

Aristide sursauta sur sa chaise, arrachant presque le bouton du poste qu'il tripotait depuis quelques minutes cherchant à obtenir la B.B.C. pour sa sixième séance d'écoute obligatoire. Il était sept heures du soir le 2 juin 1944.

« *Je répète : Philémon réclame six bouteilles de Sauternes.* »

Plus de doute, c'était bien le message « A » destiné à sa région annonçant l'imminence du débarquement et l'ordre de mise en alerte des groupes de Résistance. Dans la soirée, il réunit son état-major : Lancelot, François et Jacqueline, Dany et Marcel. Il convoqua les chefs de groupe à trois heures, au 29 rue Guynemer à Caudéran, dans la banlieue bordelaise.

Le lendemain, ils arrivèrent au rendez-vous. Aristide les reçut un par un et leur donna des instructions précises. D'abord Capdepont, le responsable des cheminots, reçut l'ordre de saboter locomotives, aiguillages, signaux, lignes sur deux cents kilomètres; Pierre Roland, du groupe du port de Bordeaux, fut chargé de détruire les installations électriques qui commandaient les mines placées le long des quais par les Allemands.

Henri Mesmet signala que Léon des Landes avait cinq cents hommes prêts à combattre mais que la moitié seulement avait des armes; l'officier S.O.E. le rassura : il attendait trois parachutages dans deux jours. Pas de problèmes de ce genre pour le capitaine Duchez du groupe d'Arcachon, ses hommes étaient bien armés et bien entraînés à l'usage d'armes lourdes : mitrailleuses, mortiers et bazookas. Les quatre envoyés des groupes de Lège, Andernos, Facture et Arès avaient chacun entre soixante-dix et cent hommes correctement armés; il ne restait, après la vague d'arrestations, qu'une vingtaine d'hommes dans le groupe de Mérignac, que Pierre Chatanet venait mettre à disposition; leur mission serait la coupure des lignes téléphoniques. Les chefs de groupe de La Réole, Bègles, Pessac, Lermont, Bordeaux-Saint-Augustin, et Blaye étaient là. Les corps francs de Dédé le Basque attendaient avec fièvre le moment de passer à l'action. L'opération consistait à ralentir le plus possible la marche des troupes allemandes stationnées dans le Sud-Ouest vers le lieu du débarquement dès qu'il serait connu.

En quittant Caudéran, un grand espoir habitait le cœur de tous. Un grand espoir et une grande impatience aussi. Après quatre années d'Occupation, ces quelques jours d'attente allaient paraître bien longs à ces poignées d'hommes qui n'avaient pas voulu accepter la défaite.

Léa avait terminé sa toilette sommaire et d'un geste ample jeta dans la cour l'eau de la cuvette.

— Hé ! attention !...

Elle fut comme paralysée dans son mouvement.

— Que vous arrive-t-il que vous voici transformée en statue de sel ?

Un éclat de rire la tira de son engourdissement. La cuvette tomba perdant des éclats d'émail bleu.

— François !

Ce cri sourd et sauvage atteignit Tavernier au ventre. Ce fut avec un rugissement qui n'avait rien de civilisé qu'il l'attrapa au vol.

Elle était là... bien vivante... chaude... sentant le mauvais savon et cette odeur de cerisier qui n'était qu'à elle. Il la reniflait avec des bruits de bête, la mordillait, fouissait dans ses cheveux, happait sa langue et ses lèvres... Sans vergogne, elle se frottait à lui en laissant échapper une plainte qui exacerbait son désir... Il la repoussa à bout de bras, sur le point de jouir, la dévora d'un regard affamé... Ah ! la garce ! Comme elle lui avait manqué. Le souvenir de son corps l'avait laissé des nuits durant, éveillé, gêné par de douloureuses érections que ni sa main ni les accueillantes auxiliaires militaires de l'armée anglaise n'arrivaient à apaiser. Au début, cela l'avait amusé de bander si fort pour une gamine insupportable et absente mais, les mois passant, cela l'avait mis dans une rage dont profitaient les jeunes Britanniques ou les putains de Londres. A son contact, tout savoir-vivre l'abandonnait... Des envies de viol l'assaillaient... pas de caresses, de préliminaires... la prendre... là... dans cette cour de ferme sous l'œil goguenard et envieux des maquisards qui faisaient semblant de s'intéresser au maniement de leur Sten, dont ils révisaient mentalement le fonctionnement pour ne pas se laisser troubler :

« *Pour remplir le chargeur, mettre l'appareil sur le chargeur de façon que le cliquet (f) entre dans la fente (g). Placer les quatre doigts de la main gauche sur le levier (a) de façon que l'annulaire soit dans le trou (b) dans le levier et l'index sur le point (c). Baisser le talon (d) sur lequel l'auriculaire est placé et insérer une cartouche douille en avant dans l'ouverture (e) avec la main droite. Lever le levier avec l'annulaire et pousser pour insérer une nouvelle cartouche. Répéter jusqu'à ce que vingt-huit cartouches aient été chargées...* »

L'un d'eux laissa échapper ses cartouches. En rougissant, il

119

les ramassa et s'éloigna. La plupart de ses camarades le suivirent.

Sur le seuil de la ferme, la Sifflette, mains aux hanches, regardait le couple avec un sourire approbateur. Pas de doute, ils étaient faits l'un pour l'autre ces deux-là ! Il fallait bien un grand gaillard comme ça avec ces allures de braconnier pour mater cette fille belle et insolente qui regardait les hommes avec un air à la fois innocent et gourmand. Vivement qu'elle parte en Suisse avec la douce Mme d'Argilat, sinon les garçons finiraient pas s'entretuer pour elle.

— Hé ! les amoureux, c'est pas un endroit pour se bisoucailler, les petits coins tranquilles manquent pas ici. Hé bé !... Vous m'entendez ?...

— Excusez-moi, madame, dit François Tavernier en s'arrachant à sa contemplation.

— Faut pas vous excuser, si j'étais un beau mâle en face d'une femelle pareille, je ferais la même chose... et même que je resterais pas planté dans une cour mais que j'irais vite la coucouler dans le séchoir à tabac du haut, là où il y a du foin coupé d'hier.

— Merci, madame, pour cet aimable renseignement. Léa, vous le connaissez ce séchoir à tabac ?

— Venez.

La Sifflette les regarda s'éloigner, courant sur le chemin caillouteux.

Les cinq cents mètres qui séparaient la ferme du séchoir leur parurent interminables. Dans leur précipitation, ils trébuchaient dans les ornières, se tordant les pieds, jurant et riant. D'un bras, il la tenait par la taille, de l'autre, il tenait un sac et un fusil. Un cadenas rouillé fermait la porte. Se servant du canon de son arme comme d'un levier, il le fit sauter.

L'odeur entêtante du tabac séché et de l'herbe fraîchement coupée les assaillit achevant d'irriter leurs sens. Il jeta sac et fusil, arracha sa veste et poussa Léa dans le foin. Ils tombèrent ensemble, luttant à la recherche du corps de l'autre, impatients de se prendre. Ils se joignirent sans douceur, avec une violence exaspérante qui leur arrachait des cris. Le plaisir les submergea, les soulevant comme une vague puissante qui les entraînait vers le large avant de les rejeter, désarticulés et inassouvis sur leur couche rustique.

— Déshabille-toi.

Sans perdre de vue un de ses gestes, il retira ses vêtements. Nu, le sexe dressé, il alla caler la porte avec son fusil. Maintenant, il ne voulait plus être dérangé. Il allait prendre son temps pour jouir de ce corps facile.

Quand cette grande faim qu'il avait d'elle s'apaisa enfin, l'après-midi était bien avancé. Ils n'avaient pas échangé une parole autre que ces mots d'amour si banals d'avoir été tant répétés. Des coups furent frappés à la porte. Rapide, il récupéra son fusil.

— Qu'est-ce que c'est ?

— Mon commandant, c'est moi, Finot, on m'a dit que vous étiez ici.

Tavernier posa le fusil et commença à s'habiller.

— Que veux-tu ?

— Nous devons partir, mon commandant, si vous ne voulez pas manquer votre avion.

— Quelle heure est-il ?

— Quatre heures, mon commandant.

— Nom de Dieu ! Vous ne pouviez pas venir me chercher plus tôt ?

— Mais, mon commandant, personne ne savait où vous étiez !

Léa, toujours nue et allongée, le regardait, appuyée sur ses coudes.

— Tu pars ?

— J'ai profité d'une mission dans la région pour te rechercher. A Montillac, personne ne savait ou n'a voulu me dire où tu étais. Heureusement, je me suis souvenu de

Mme Lafourcade et de ses fils. Maxime a bien voulu téléphoner et... je t'ai trouvée.

— Mais, tu vas repartir.

— Oui, mais je reviendrai.

— Mon commandant !...

— J'arrive.

— François !...

— Chut, petite fille... pas de cris, pas de larmes. Tout ira bien, la guerre va bientôt se terminer.

— Mais... nous n'avons pas eu le temps de nous parler !

— Je sais, mon cœur, nous nous parlerons plus tard.

Il la souleva et la tint serrée contre lui, si fragile dans sa nudité.

— Embrasse-moi...

— Mon commandant !

Quand il s'écarta d'elle, un goût de sel emplissait sa bouche. Il ne savait pas très bien si c'était ses larmes ou les siennes.

Bousculant son chauffeur, il dévala la pente jusqu'à la cour de la ferme où l'attendait une vieille Mercedes noire dans laquelle il se jeta. La voiture démarra. Il se retourna. Sur le pas de la porte, une jeune femme qui ressemblait à Camille d'Argilat, tenant par la main un petit garçon, lui faisait de grands signes.

Parachuté la veille pour une mission concernant le débarquement, François Tavernier s'embarqua dans la nuit à bord d'un Blenheim de l'armée britannique en direction de Londres.

Quand Léa redescendit à la nuit du séchoir à tabac, les yeux rougis et cernés, Camille, venue au-devant d'elle, l'embrassa tendrement et dit simplement :

— Tu as de la chance.

Elles rentrèrent dans la ferme en se tenant par la main. En fin de compte, Léa s'était faite à cette vie clandestine et sans confort, même si de temps en temps elle continuait à se plaindre de la rusticité des lieux et de la promiscuité. Camille par contre, qui ne s'était jamais plainte, commençait à souffrir de cette vie rude. Et, par dessus tout, elle redoutait de voir le camp attaqué. Sa santé s'était améliorée mais sa faiblesse était parfois si grande qu'elle avait du mal à marcher. Sa foi en Dieu et la pensée de son mari et de son fils la soutenaient.

C'est dans la soirée du 5 au 6 juin que l'on transmit le message « B » tant attendu d'Aristide et de ses hommes, l'un des trois cents diffusés cette nuit-là par la section française du S.O.E. à ses officiers : « *A l'oreille une rose* », annonçait le débarquement allié en Normandie et la mobilisation de toute la Résistance française.

Aussitôt les opérations prévues se déclenchèrent : dès l'aube, les armes patiemment stockées dans les granges, les séchoirs à tabac, les caves à vin, les grottes, furent rapidement distribuées; les câbles souterrains reliant le Q.G. du général von der Chevallerie, commandant la 1ère armée stationnée à Bordeaux, à la base de Mérignac et aux casernements des troupes et, plus tard, ceux reliant la Luftwaffe aux batteries de Chut, furent détruits. Au dépôt de la gare de Pessac, Pierre Chatanet et ses hommes firent sauter neuf locomotives, retardant de plusieurs jours le départ de trois mille soldats allemands pour le front de Normandie; ils coupèrent également la ligne Lacanau-Saint-Louis. De leur côté, ceux du groupe Georges dynamitaient la voie ferrée entre Le Puy et Lonzac, le pont de chemin de fer entre Montendre et Chartressac, coupaient les câbles téléphoniques de l'armée allemande à la Souge, détruisaient huit pylônes de 150 000 volts près d'Ychoux et trois de 120 000 volts à Boir. Dans le même temps, les cheminots de Fernand Schmaltz, agacés par la « concurrence » du groupe Georges, firent de la surenchère et envoyèrent à Aristide le compte rendu de quarante-huit heures d'opérations : « Transport de troupes allemand déraillé près de Pons. Destruction du pont ferroviaire près de Fléac. Transport de troupes allemand déraillé après collision avec convoi de wagons-citernes remplis de pétrole près de Bordeaux. Cette dernière affaire a provoqué un gigantesque incendie sur la ligne et entraîné de sérieuses pertes allemandes, notamment la mort d'un capitaine et d'un sergent. Une grue de trente-trois tonnes dynamitée est tombée sur une locomotive à vapeur, ce qui a coupé la ligne. La grue et la locomotive sont hors d'usage. Voie ferrée coupée à Soulac... » Le groupe d'Arcachon, dirigé par le commandant de Luze et le capitaine Duchez, plastiqua deux pylônes à haute tension privant d'électricité la partie sud du réseau ferré, les câbles téléphoniques et télégraphiques de la station balnéaire furent également détruits, l'isolant du reste du monde; Dédé le Basque et Léon des Landes harcelèrent sans cesse les convois allemands qui, par les routes secondaires, tentaient de remonter vers les plages normandes.

Dans la soirée du 6, à la ferme Carnélos, on écouta, malgré le brouillage qui la rendait parfois inaudible, la voix qui pendant quatre ans avait porté l'honneur de la France :

« La bataille suprême est engagée !

« Après tant de combats, de fureurs, de douleurs, voici venu le choc décisif, le choc tant espéré. Bien entendu, c'est la bataille de France et c'est la bataille de la France !

« ... Pour les fils de France, où qu'ils soient, quels qu'ils soient, le devoir simple et sacré est de combattre par tous les moyens dont ils disposent. Il s'agit de détruire l'ennemi qui écrase et souille la patrie, l'ennemi détesté, l'ennemi déshonoré.

« L'ennemi va tout faire pour échapper à son destin. Il va s'acharner à tenir notre sol aussi longtemps que possible. Mais il y a beau temps qu'il n'est plus qu'un fauve qui recule...

« ... Pour la nation qui se bat, les pieds et les poings liés, contre l'oppresseur armé jusqu'aux dents, le bon ordre dans la bataille exige plusieurs conditions... »

Les trois conditions ne purent être entendues des auditeurs, seule la fin du discours du général de Gaulle leur parvint :

« *La bataille de France a commencé. Il n'y a plus dans la Nation, dans l'Empire, dans les armées qu'une seule et même volonté, qu'une seule et même espérance. Derrière le nuage si lourd de notre sang et de nos larmes voici que reparaît le soleil de notre grandeur.* »

Quand retentit *la Marseillaise*, tout naturellement, ils se mirent debout. Certains pleuraient sans chercher à cacher leurs larmes. Plus tard, après les recommandations d'un membre de l'état-major du commandement suprême des Forces expéditionnaires interalliées, aux populations situées dans la zone du débarquement, Jacques Duchesne prit la parole dans l'émission « Les Français parlent aux Français » :

« *Ce n'est pas par accident, mes amis, que vous n'entendez pas ce soir "Aujourd'hui, 277e jour de l'invasion, etc." Ce n'est pas par oubli que vous n'entendez pas "1 444e jour de la lutte du peuple français pour sa libération". Il a fallu 1 444 jours pour que cette libération commence. Mais ces deux formules-là, vous ne les entendrez plus jamais.* »

Tous applaudirent le « plus jamais ». Encore un peu de patience et plus jamais ils n'auraient peur, ils n'auraient à se cacher. Encore quelques jours, quelques semaines et ils pourraient rentrer chez eux reprendre le chemin de la vigne, de l'usine, du bureau ou, tout simplement, celui de la maison. Dans un mois ou deux, les prisonniers reviendraient, à temps, peut-être pour les vendanges… Cette nuit-là, on fit de beaux rêves à la ferme d'Antoine Carnélos.

Rien ne laissait prévoir une attaque allemande.

Le temps était lourd et couvert en ce début d'après-midi du 9 juin. Léa et Charles descendaient en riant du bois de Candale, affamés après une longue promenade à la recherche de fraises sauvages. Ils en avaient trouvé une dizaine à peine mûres qu'ils s'étaient partagées équitablement. Le petit garçon adorait la jeune femme. Elle se comportait avec lui comme s'il eût été un frère adolescent et jouait avec le sérieux des enfants. Ils avaient décidé de pique-niquer, mais le casse-croûte de maman Faux était mangé depuis longtemps. C'est pour ça qu'ils revenaient plus tôt que prévu, dans l'espoir de trouver à la ferme des restes du repas de midi.

Déjà, ils sentaient l'odeur du « mouton-haricots » quotidien, dont Léa, pourtant friande, commençait à être dégoûtée. Soudain, une rafale de mitraillette les immobilisa.

— Ils s'amusent, fit l'enfant de l'air important de celui qui sait.

— Je ne crois pas. Attends, reste-là... ne bouge pas, je vais voir.

— Non, je veux venir avec toi.

Une autre rafale, puis une autre.

— Cela vient de la ferme !... Promets-moi de ne pas bouger, je vais chercher ta mère.

En courant, elle dévale la pente, s'immobilise derrière le gros cerisier qui surplombe les bâtiments de la ferme Carnélos... à une centaine de mètres dans le champ de blé, les casques vert-de-gris des soldats allemands émergent. Des Miliciens, reconnaissables à leurs uniformes bleu marine et à leurs casques noirs, les accompagnent. L'un d'eux se lève avec un cri puis retombe, écrasant les épis tendres sous son poids... Une fusillade nourrie part de la ferme. A l'étage, les F.M. de Daniel Faux et de ses camarades balaient le champ... Des hommes tombent... D'autres arrivent. D'une des fenêtres du rez-de-chaussée, Camille armée d'un fusil tire... Charles !... Charles... où es-tu ?... Il ne risque rien, il est avec Léa... Des maquisards passent en courant devant le cerisier. Léa les suit.

Camouflés à l'orée du bois, ils balancent quelques Grammont en direction de l'ennemi...

— Léa ! Léa !

— Merde, le petit !

Charles affolé par le bruit et les cris dévalent à travers les arbres. Léa court derrière lui... La peur donne des ailes à ses petites jambes... La fusillade se poursuit, furieuse...

— Charles... Charles...

Il n'entend pas... Il rebondit comme un lutin... Arrête-toi... Je t'en prie, arrête-toi... Il a dépassé le coin du mur... Il disparaît aux regards... Mon Dieu, protégez-le !...

— Maman ! maman !

— Charles...

C'est un cri d'animal que pousse Camille... Elle lâche son fusil, se précipite. La Sifflette tente de la retenir... Elle se débat, hurle... Un grand silence soudain... L'enfant est debout dans la cour... Léa a passé le coin... Quelqu'un la plaque contre le sol... Sur le seuil de la ferme, apparaît Camille... elle court, bras tendus vers l'enfant qui court vers elle... comme ils sont beaux... ils n'en finissent pas de se rattraper... c'est comme un ballet très lent... Charles tournoie sur lui-même. Une fleur rouge s'épanouit sur sa chemisette blanche, ses bras lentement déchirent l'air, il trébuche... Une de ses sandalettes de toile à la blancheur verdie quitte son pied, de sa bouche ouverte ne sort aucun son... Mais Camille voit bien qu'il l'appelle... N'aie pas peur, me voilà... Maman est là..., mon petit... Attention ! tu vas tomber... Oh ! mon chéri ! tu t'es fait mal ?... Tu saignes !... Ce n'est rien... Ah !... je ne te vois plus... Quelque chose de chaud coule de mon front... sur mes lèvres... c'est salé... Où es-tu ?... Ah ! tu es là !... Que fais-tu couché par terre ?... C'est vrai..., tu es tombé. Tu ne t'es pas fait mal ?... Maman va te soigner... Comme tu es courageux !... Tu ne pleures pas. Attends, je vais te relever... Comme tu es lourd... Je ne suis pas encore bien forte, vois-tu. Je vais appeler Léa... Elle va venir m'aider...

Léa voit son prénom se former sur les lèvres de la face

ensanglantée... Elle se débat pour répondre à l'appel muet... Jean Lefèvre pèse de toutes ses forces sur elle...

— Lâche-moi ! Camille a besoin de moi !

— On ne peut rien faire.

Les balles crépitent autour de la mère et de l'enfant... Le corps de la jeune femme tombe sur celui de son fils... Léa échappe à Jean. Elle arrive auprès d'eux en même temps que la Sifflette qui tire Camille vers la maison... La Sifflette tombe... Léa soulève Charles et se sauve vers les bois... Elle court... Elle n'ose le regarder. Le sang colle à ses doigts... Elle court...

Jusqu'à Deymier elle a couru. Là une femme qui avait eu son fils tué en 1940 l'a recueillie. Ses bras et ses jambes étaient écorchés par les ronces, ses vêtements déchirés. Doucement, elle lui a retiré l'enfant.

— Il vit.

A Lorette, l'ordre de repli arriva vers six heures du soir. Les Allemands avaient fait donner l'artillerie lourde. Après avoir miné le cantonnement, le groupe se dispersa dans les bois emmenant les blessés. Ils laissaient dans la ferme abandonnée les corps de Camille et de la Sifflette devant lesquels ils se découvrirent et s'inclinèrent avant de partir. Quelques instants plus tard, l'ennemi investit la maison. La toiture, soufflée par des charges de plastic, s'écroula sur l'assaillant.

L'ennemi avait subi des pertes sévères : quarante-huit Allemands et vingt-huit Miliciens avaient été tués. Ceux du maquis se regroupèrent vers Lamothe-Landerron. Une quinzaine de blessés furent évacués. Tous n'eurent pas cette chance.

Malgré le courage de René Faux, blessé au talon en le cachant, Robert Liarcou fut découvert le genou broyé. On le traîna sur le gravier. Un infirmier ennemi enveloppa le genou blessé avec une poignée de paille qu'il maintint entre deux planches. On le jeta inanimé dans un camion où s'entassaient chaises, victuailles et bicyclettes. On le conduisit au collège de La Réole, siège de la Gestapo. Il y retrouva son compagnon

Paul Gérard baignant dans son sang, les quatre membres broyés. Il avait été découvert dans la maison des Faux. Les Allemands s'étaient acharnés sur lui. Il mourut dans la nuit, poignardé plusieurs fois par un Milicien. Son corps, transporté dans un sac, fut jeté dans une fosse commune creusée sur les bords de la Garonne.

A l'aube, quand on vint le chercher, Robert Liarcou crut qu'on allait le fusiller. Après un passage à la Gestapo de Langon, on le conduisit au fort du Hâ où il resta sans soins, soutenu par deux résistants, blessés comme lui : Laforesterie, de Puisseguin, et Marcel Guinot, de Bergerac. Quelques jours plus tard, ses gardiens le traînèrent à l'infirmerie où le docteur Poinot fut autorisé à l'examiner. Devant la gravité de la blessure, il tenta de persuader le commandant du fort de faire hospitaliser le jeune homme. Le commandant n'y consentit qu'après cinq ou six hémorragies. Il fut amputé à l'hôpital du Béquet, le 14 juillet, après être resté trente-trois jours sans soins. En août, on le reconduisit au fort du Hâ.

Lui, au moins, s'en était sorti. Trois de ses camarades emprisonnés comme lui à La Réole, furent déportés. Ils ne devaient pas revenir. Ils s'appelaient : Bolzan, Labory et Zuanet.

Charles avait perdu beaucoup de sang, mais malgré son apparence fluette, il avait une forte constitution. Blessé à l'épaule, il se remit très vite.

9.

Maurice Fiaux fut plus surpris que méfiant lorsqu'il vit le père Delmas sur le pas de sa porte. Après un bref coup d'œil dans la rue, il ordonna à ses gardes du corps de le laisser seul.

— Je ne risque rien en compagnie d'un curé, n'est-ce pas, mon père ? dit-il en souriant d'un air goguenard. Que me voulez-vous ?

— La guerre est perdue pour l'Allemagne. Des gens comme toi seront fusillés. En attendant, nous avons besoin de vous. Je suis mandaté par ceux de Londres pour te faire une proposition. Si tu l'acceptes, tu peux sauver ta peau.

Fiaux regardait le dominicain d'un air dubitatif.

— Qui me prouve que ce n'est pas un piège que vous me tendez ?

Adrien Delmas le regarda avec mépris.

— Tu as ma parole. Mon souci est d'économiser des vies humaines. Sortons faire un tour. Je ne veux pas risquer que tes acolytes entendent ce que j'ai à te dire.

Maurice Fiaux hésita puis brusquement se décida.

— Comme vous voulez, mon père... Je vais être obligé alors de me faire suivre...

— A ta place, je n'en ferai rien.

— Il y a de l'argent à gagner ?

— C'est possible, dit Adrien Delmas en cachant mal son dégoût.

— Eh bien, allons-y. De toute façon, je suis assez grand pour me défendre tout seul, fit Maurice Fiaux en exhibant un parabellum impressionnant.

En descendant l'escalier, ils croisèrent deux jeunes gens en train de fumer sur le palier.

— Si dans une heure, je ne suis pas revenu, prévenez le commissaire Poinsot. Dites-lui que j'avais un rendez-vous avec une personnalité importante de la Résistance qui nous a faussé compagnie au camp de Mérignac, il saura de qui je veux parler.

— Tu ne veux pas qu'on t'accompagne ?

— Ce n'est pas la peine.

Il faisait très lourd en cette fin de journée du 9 juin. Il régnait un peu d'animation dans la rue de la Porte-Dijeaux, c'était l'heure de la sortie des bureaux. Des enfants au teint pâle pataugaient dans l'eau sale des caniveaux.

— Où allons-nous ?

— Sur les quais, c'est plus calme.

Maurice Fiaux marqua une hésitation.

— J'ai donné ma parole, dit le prêtre avec amertume.

— Il faut que ce que vous avez à me dire soit bien important pour que vous ayez pris le risque de vous faire reconnaître et arrêter. Avez-vous revu votre charmante nièce ? On m'a dit qu'elle jouait à la guerre quelque part au-dessus de La Réole. Attendez... j'ai oublié où. Ah ! voilà, ça me revient : à Lorette. C'est bien ça n'est-ce pas ?... Je n'aurais jamais cru qu'une jeune fille d'une bonne famille bordelaise fréquente des communistes. Il paraît que Mme d'Argilat serait également devenue communiste... On m'a dit que son petit garçon chantait l'*Internationale*. Mais ça, je n'ai pas voulu le croire. Le fils d'un héros de Londres ! Il est vrai que vous ne leur avez pas donné le bon exemple. Déjà, du temps où vous fréquentiez le patron de ma mère, vous aviez des idées bolcheviques. C'est curieux pour un

131

prêtre catholique. Heureusement qu'ils ne sont pas tous comme vous !

— Il y en a beaucoup plus que tu ne crois.

— On les connaît. Vous vous souvenez du père de Jabrun, il était jésuite lui. C'était un de vos amis ?

— Oui.

— Il paraîtrait qu'il serait mort l'année dernière au camp de Buchenwald.

Ainsi il était mort, Louis de Jabrun avec qui si souvent avant la guerre, il avait discuté des heures durant sur les *Traités* de Maître Eckhart, *Les Confessions* de Jakob Boehme ou celles de saint Augustin. Encore un peu du sel de la terre qui disparaissait.

— Quant au père Dieuzaide et à l'abbé Lasserre, à leur place, je ferais ma prière.

« Peut-être devrais-tu faire la tienne, » pensa Adrien Delmas avec un humour macabre.

Ils marchèrent en silence le long du quai de Richelieu, le cours d'Alsace-et-Lorraine. Le père Delmas s'engagea dans la rue de la Porte-des-Portanets.

Après quelques pas, Fiaux s'arrêta, brusquement inquiet. Sa main se referma sur son pistolet.

— Lâche-ça ! Ce n'est qu'un modeste pistolet français, mais il tire bien.

— Vous êtes fou ! Que me voulez-vous ?

— Entre là.

Il le poussa brutalement dans l'entrée sordide d'un immeuble du XVIIIe siècle, autrefois magnifique. Un escalier de pierre d'une saleté repoussante menait vers les étages.

— Où allons-nous ?

— Au deuxième étage, la porte du fond. Ne remets pas la main dans ta poche.

Jamais escalier ne parut aussi raide. Fiaux le montait crispé, imaginant, sans vraiment y croire, qu'il allait recevoir une balle dans le dos. Adrien Delmas soulevait ses pieds avec des efforts qui le couvraient de sueur.

— Ce n'est pas fermé à clef, entre.

Après la saleté extérieure, la vaste pièce paraissait excessivement propre. Un lit de camp, une table, une cantine militaire et deux chaises composaient tout le mobilier.

— Assieds-toi, dit le dominicain en lui prenant son arme.

— Non.

— Assieds-toi, fit Delmas en s'installant sur une des chaises.

Pâle, mais le regard ferme, Fiaux obéit.

— Que me voulez-vous ?

— Te tuer.

Stupide, il le regardait la bouche ouverte. Un filet de salive coula le long de son menton. Ses mains se crispèrent sur le siège, ses jambes devinrent molles. Il se mit à trembler.

— Vous n'avez pas le droit.

— Avais-tu le droit de tuer, de torturer, de dénoncer comme tu l'as fait ?

— J'obéissais aux ordres !

— Moi aussi.

— Non, ce n'est pas vrai !... Vous voulez protéger votre famille...

— Tais-toi. Si tu es croyant, recommande ton âme à Dieu.

Maurice Fiaux glissa de sa chaisse et tomba à genoux.

— Mais vous ne pouvez pas me tuer !... Pas vous !

— Si, moi. S'il y a péché, je le prends sur moi.

— Je vous en supplie, vous m'avez connu enfant... Pensez à ma mère... Que direz-vous à ma mère ?

C'est vrai, il avait une mère...Vite, en finir.

Devant lui, l'autre n'était plus qu'un tas de peur qui répandait une odeur infecte. Pauvre gosse, pensa-t-il en appuyant sur la détente. La balle pénétra dans la tempe gauche et le tua instantanément.

Adrien Delmas contemplait son œuvre sans émotion apparente. Il retourna le cadavre et fouilla dans ses poches. Dans le portefeuille en crocodile à coins d'or, il trouva la liste des maquis

133

de Gironde et dans presque tous les cas, le nom du chef et le nombre d'hommes. Le maquis de Lorette était entouré de rouge avec le chiffre 9, ceux de Libourne, Targon, Villandraut et Podensac étaient marqués d'un point rouge. Si les Allemands possédaient cette liste, c'en était fait de la Résistance dans le Sud-Ouest. Aristide devait être informé au plus tôt.

Avant de sortir, il traça le signe de la croix au-dessus du corps, machinalement.

Tard dans la nuit, le père Delmas trouva le Q.G. de l'Anglais qui se déplaçait chaque jour depuis le débarquement. Là, il apprit l'attaque de Lorette et la mort de Camille et de la Sifflette. On ne savait rien de Léa et du petit Charles si ce n'est qu'il avait été touché en même temps que sa mère. Ils avaient disparu au moment de l'assaut donné par les Allemands.

Ces nouvelles, pourtant apportées avec ménagement par Léon des Landes, furent un nouveau choc pour le dominicain; il en défaillit. On se précipita pour le soutenir, il se redressa. Que n'avait-il tué ce démon plus tôt ? Pourquoi avait-il hésité deux jours à l'abattre ? A cause de lui, de ses scrupules imbéciles, des femmes, un enfant étaient morts, d'autres blessés ou prisonniers. Qui sait si demain, cette nuit même, d'autres ne subiraient pas le même sort parce qu'il avait hésité à prendre la vie d'un salaud ?

Accablé, il fit son rapport sur les circonstances de l'exécution de Maurice Fiaux. Un silence pénible succéda à ses paroles sèches et précises.

— Je vais aller à La Réole pour essayer de savoir ce que sont devenus Léa et Charles. Avez-vous des messages à porter ?

Tous savaient qu'il était inutile d'essayer de le retenir. Dédé le Basque et un jeune résistant l'accompagnèrent jusqu'à la sortie du village où une sentinelle leur dénicha un vélo.

— Mon père, reposez-vous, vous partirez plus tard.

— Non, je dois y aller. Adieu, mes amis.

Soucieux, Dédé le Basque le regarda partir dans la nuit.

Le jour était levé depuis plusieurs heures quand Adrien Delmas parvint en vue des toits de La Réole. Il descendit à pied, en poussant sa bicyclette, les rues pentues de la petite cité. Place Jean-Jaurès, il entra à l'hôtel Terminus. Un peu plus haut, dominant la Garonne, le collège, siège de la Gestapo. C'est dans cet hôtel que le passeur pour la Suisse devait laisser un message.

Il s'assit lourdement devant une des tables du restaurant. Une serveuse, sans qu'il ait rien demandé, posa devant lui du pain et une tranche de pâté.

— Je vous sers un verre de vin ?

— Si vous voulez.

La fille revint avec une bouteille ouverte et un verre. Pendant qu'elle versait à boire, il lui demanda :

— Avez-vous revu Hélène ?

Elle lui jeta un regard rapide et soulagé avant de lui répondre.

— Oui, elle arrive bientôt.

Cela voulait dire que tout était en place pour le départ de Camille et de son fils.

— Vous ne vous sentez pas bien ?... Vous êtes tout pâle !

— Non, non, ça va... un peu de fatigue. Quand arrive-t-elle ?

— Je ne sais pas encore. Très vite, je pense.

A cette heure, la salle était déserte. Par la porte entrouverte des cuisines, leur parvenaient des bruits de vaisselle.

— Je dois finir de mettre mon couvert pour le déjeuner, fit-elle à voix haute. Vous ne devriez pas vous montrer en ville; vous êtes au courant de ce qui s'est passé hier ? demanda-t-elle tout bas.

— Oui. Combien de tués ?

— On parle de deux ou trois femmes et d'un petit garçon.

— Des blessés ?

— Une quinzaine.

— Où sont les autres ?

Une voix jaillit de la cuisine.

135

— Germaine ! Tu es en retard. Mets le couvert.

— Oui patronne, j'arrive... Ils sont entre Mongauzy et Lamothe-Landerron.

— Germaine...

— J'arrive, j'arrive. J'encaisse le client.

— Tenez, merci. Gardez la monnaie.

— Merci, monsieur.

Adrien Delmas sortit et reprit son vélo. Devant le pont suspendu, il croisa une patrouille allemande. Il monta sur sa machine et prit la route de Marmande. Les cinquante kilomètres faits dans la nuit pesaient dans ses jambes. Il ne pourrait pas pédaler longtemps encore. Zigzaguant sur la route, il parvint jusqu'à Mongauzy. Un voile rouge devant les yeux, le visage cramoisi, il arriva devant l'église. Tout tourna autour de lui; sa poitrine se déchirait. En tombant, il revit le visage tordu de peur de l'homme qu'il avait assassiné.

Il reprit connaissance dans le lit du curé.

— Quelle peur vous m'avez faite, monsieur.

— Il y a longtemps que je suis ici ?

— Depuis trois jours.

— Je dois m'en aller.

— Vous n'y pensez pas ! Le docteur a dit que c'était très grave. Il va revenir aujourd'hui. Monsieur !... Recouchez-vous !... Té ! Vous voyez bien que vous ne pouvez pas vous lever.

— Il le faut, cependant.

— Je ne sais pas pourquoi vous voulez tant partir et je ne veux pas le savoir. Mais vous êtes ici en sécurité et le docteur, comme l'instituteur qui m'a aidé à vous transporter, sont des personnes de confiance.

Adrien Delmas regarda le bonhomme à la soutane verte d'usure à laquelle il manquait quelques boutons. C'était un brave homme de prêtre de campagne. Qu'aurait-il fait, s'il avait su ?

— Ah ! je vois que ça va mieux. Ne parlez pas ! Je vais vous ausculter d'abord.

— Quand a-t-il repris connaissance, monsieur le curé ?

— Il y a un quart d'heure, peut-être.

Le médecin examina soigneusement le malade. Il était très vieux et aurait dû prendre sa retraite depuis longtemps. Ses mains aux longs doigts secs palpaient avec précision le corps maigre d'Adrien Delmas. Quand il eut terminé, il rangea soigneusement son stéthoscope, essuya ses lunettes, opération qui sembla bien longue au curé.

— Eh bien, docteur, ne nous faites pas languir.

— Ce n'est pas fameux. Quel âge avez-vous ?

— Cinquante-cinq ans.

— Mon pauvre ami, vous avez le cœur d'un homme de mon âge qui serait épuisé. Vous devez absolument vous reposer. Je vais vous prescrire quelques remèdes, en espérant que le pharmacien en ait. Je vous en donnerais bien, mais il y a longtemps que j'ai tout distribué et ce qui s'est passé l'autre jour a épuisé mes réserves.

— Vous voulez parler de l'attaque du maquis...

— Oui. Beaucoup sont salement amochés.

— Il y avait des femmes parmi eux ?

— Blessées ? non. Deux malheureuses tuées.

— Et l'enfant ?

— Je n'ai pas vu d'enfant, ni mort ni vivant.

Adrien Delmas ferma les yeux en portant ses mains à sa poitrine.

— Ne parlez plus, cela vous fatigue trop.

— Docteur, encore un mot. Vous n'avez pas entendu parler dans la région d'une jeune fille et d'un petit garçon qui se seraient réfugiés quelque part ?

— Non si ce n'est un jeune maquisard blessé à la tête qui répétait sans cesse : « Léa, n'y va pas, Léa n'y va pas. »

— C'est elle que je recherche. C'est une très jolie fille de vingt ans...

— Non, je n'ai pas vu de jolie fille. Pourquoi la cherchez-vous ? Elle est de votre famille ?

— Oui, c'est ma nièce.

— Pour vous rendre service, je vais me renseigner. Par ici, les gens me connaissent. S'ils savent quelque chose, ils me le diront. Mais, à une condition : c'est que vous vous teniez tranquille.

— Je vous le promets.

— Bien. Si j'apprends quelque chose, je préviendrai monsieur le curé.

— Merci docteur, balbutia le dominicain avant de s'évanouir.

— Pauvre homme, je ne lui en donne pas pour longtemps. Priez pour lui, monsieur le curé, il a dû bien souffrir pour être ainsi usé.

— Vous avez une idée où trouver cette jeune fille et cet enfant ?

— Non. Mais je vais aller jusqu'aux Jaguenaux là où sont soignés les blessés. Je repasserai dans la soirée. Au revoir, monsieur le curé.

— Au revoir, docteur.

— Surveillez bien votre pensionnaire.

Le médecin ne put revenir que le lendemain. Son visage était bouleversé.

— Personne ne sait rien. La dernière fois qu'on les a revus vivants, c'était au moment de l'attaque de la ferme. L'enfant était mort ou blessé. Certains disent que les Allemands ont pu les jeter dans le bâtiment en flammes. Pour l'instant, les lieux sont gardés, on ne peut pas s'en approcher.

Adrien Delmas écoutait, incapable de prononcer un mot.

— Pourquoi auraient-ils fait ça ? Ce sont des soldats, pas des bêtes.

— Mon pauvre curé, ils sont pires que des bêtes ! Ils sont la bête immonde dont parlent vos écritures.

— Que se passe-t-il, docteur ? Vous avez l'air tout retourné.

— Il se passe, monsieur le curé, qu'ils ont massacré tous les habitants d'un village dans le Limousin.

— Ce n'est pas possible !

Mais les larmes qui coulaient le long du vieux visage disaient que cela était vrai.

Le curé se signa et posa sa main sur l'épaule du vieillard.

— Dieu leur pardonne.

Le médecin se dressa avec colère.

— Qu'il leur pardonne, dites-vous !... Mais si votre putain de bon Dieu existe, il ne peut pas pardonner ça. J'ai vu bien des misères, bien des horreurs dans ma longue vie. J'ai vu les gars qui mouraient, les jambes arrachées, dans la boue des tranchées, j'ai vu les mutilés, les gueules cassées de la grande guerre... J'ai vu mes meilleurs copains réduits en bouillie dans les champs de Verdun ! Je sais ce que c'est la guerre et la mort, cela me révolte, mais je l'accepte comme une fatalité de l'homme. Mais le massacre des femmes..., des enfants..., surtout des enfants, je ne l'accepte pas.

— Calmez-vous, docteur.

— Que je me calme, monsieur le curé ! Mais savez-vous ce qu'ils ont fait à Oradour-sur-Glane ? Dites, le savez-vous ?... C'était samedi dernier, le 10 juin... Les gens se pressaient pour la distribution du tabac. On avait rassemblé les écoliers pour la visite médicale. Des réfugiés étaient arrivés la veille, deux cents environ... C'est après le repas de midi qu'ils ont débarqué dans des camions, en tenue de campagne, braquant leurs armes sur les maisons... Le major, un certain Otto Dickmann, a fait venir le maire, puis le garde champêtre... Accompagné de deux SS, il a fait le tour du village en battant du tambour... « Avisss à la population... » Vous connaissez ?... Tous les gardes champêtres de France disent : Avisss... Alors, il délivre son message : « Avisss à la population, les hommes, les femmes et les enfants doivent se rassembler immédiatement, munis de leurs papiers, sur le Champ de foire pour vérification d'identité... » Ceux qui sont malades ou impotents, les SS les tirent de leur lit et à coups de crosse les poussent vers le Champ de foire, comme ils poussent les paysans ramassés dans les champs alentour, les familles des hameaux voisins, les pêcheurs à la ligne, les petits enfants qui n'avancent pas assez vite... Bientôt tous les habitants sont rassemblés. Quelques coups de feu à l'autre bout du village font sursauter la masse hébétée... Des mitrailleurs prennent position un peu partout. Des femmes et des enfants sanglotent. On sépare les hommes des femmes. Elles serrent leurs petits contre leur poitrine, cramponnent les landaus de leurs bébés... Encadrées par dix SS, on les conduit avec les enfants des écoles dans l'église. Le curé n'a jamais vu autant de monde... Les hommes sont alignés sur trois rangs. Dans le silence, on entend la cloche du tramway de Limoges qui s'apprête à passer le pont... Un coup de feu... Un soldat hurle dans un excellent français que des terroristes ont caché dans le village un important stock d'armes et de munitions et que, sous peine de représailles, ils doivent indiquer où sont les cachettes... Un vieux paysan dit qu'il a un fusil de chasse... « Ça ne nous intéresse pas », répond le soldat... On sépare les hommes en quatre groupes de quarante à cinquante... Deux sont dirigés vers le haut du village, deux vers le bas... On les entasse dans sept granges. Les Allemands, mitraillettes et mitrailleuses braquées sur eux, bavardent en riant... Soudain, avec un grand cri, ils ouvrent le feu... Les corps tombent les uns sur les autres, les balles ricochent contre les murs, les blessés hurlent... La mitraille cesse... Au pistolet, on achève tout ce qui bouge encore. Des soldats apportent de la paille, du foin, des fagots, une brouette, une échelle. Ils enflamment des bouchons de paille qu'ils jettent sur le tas des mourants... agité de derniers soubresauts, et referment les portes. Dans les sept granges, la même scène se reproduit... Dans l'église, quatre cents femmes et enfants, cinq cents peut-être, regardent avec épouvante un groupe de soldats traînant une lourde caisse d'où dépassent des cordons... Ils les allument et sortent... Une

140

explosion... Une épaisse fumée noire envahit la nef. Hurlant de frayeur, à demi asphyxiés, les femmes et les enfants courent en tous sens. Par le portail ouvert, les mitraillettes crépitent... Les grenades explosent... Les cheveux s'enflamment... Disparue l'odeur de poussière et d'encens... Celle du sang, de la merde, des chairs brûlées la remplace. Des gars de vingt ans jettent dans ce grouillement humain des fagots, de la paille... Un lance-flammes crache son feu... Une femme, sa fille tuée auprès d'elle, se traîne... Deux petits, réfugiés dans le confessionnal, sont abattus... Mères et enfants brûlent vifs enlacés... Entendez-vous ces cris ?... Dites, les entendez-vous ?... Voyez-vous les murs du lieu saint maculés du sang des victimes ?... Les traces des pauvres doigts glissant le long des pierres ? Ces visages éclatés ? Ces membres brisés ? Ce bébé qui hurle dans sa poussette avant de n'être qu'une torche ?... Dites, LES VOYEZ-VOUS ?...

Ils les voyaient si bien que le curé était tombé à genoux en prière et que le vieux médecin fermait les yeux d'horreur. Sans un mot, il se retourna vers la porte et disparut dans l'obscurité, voûté de toutes les peines du monde.

Adrien Delmas s'était levé, un goût nauséeux dans la bouche. Avec effort, il releva doucement le vieux curé et l'allongea sur le lit qu'il venait de quitter. Il s'habilla, vérifia le bon fonctionnement de son pistolet. Avant de sortir, il regarda le curé prostré et partit sans rien dire.

Il a marché longtemps à travers vignes et champs sans chercher à se cacher. Les gens qu'il a croisés l'ont salué, comme l'on fait dans ces cas-là. Il n'a pas répondu. Ils se sont retournés, étonnés, un peu inquiets. Sait-on qui l'on rencontre sur les routes de nos jours ?... Dans une ferme, il a demandé un verre d'eau et a remercié poliment. Le fermier et sa femme l'ont regardé partir, mal à l'aise, la femme s'est signée rapidement en disant :

141

— On dirait qu'il a vu le diable.

La maigre silhouette noire avait disparu depuis un long moment quand la femme regagna sa maison.

A la tombée du jour, il s'est arrêté dans un petit bois, humide et moussu, il s'est appuyé contre le tronc d'un arbre, en a caressé machinalement l'écorce comme il aimait à le faire, enfant, dans les Landes. Mais les pins, eux, laissaient sur ses doigts leur résine amère et leur odeur persistante. Il a frémi à cette évocation. Il a chassé ces images douces, a fait dans son esprit le vide total, définitif. Plus de pensées. Alors, face levée vers le ciel vide, il a sorti son arme.

10.

La disparition d'Adrien Delmas causa un souci supplémentaire à Aristide. Nul ne l'avait revu depuis la réunion où il avait annoncé l'exécution de Maurice Fiaux. On craignait qu'un guet-apens ne lui eût été tendu par la Milice ou la Gestapo. Mais les espions ne purent rien apprendre. Malgré les conseils de leurs camarades, ni Aristide ni Dédé le Basque n'acceptèrent de modifier les dates des rendez-vous et des actions à entreprendre, convaincus l'un et l'autre que, même sous la torture, le père Delmas ne parlerait pas. Lancelot blâma cette preuve de confiance.

Depuis « l'accord » entre Dohse et Grand-Clément qui avait déjà coûté si cher à la Résistance du Sud-Ouest, la plupart des chefs de réseau vivaient dans la hantise de la trahison. Certains d'entre eux voyaient des traîtres partout. Traître sûrement, ce Renaudin, délégué du Mouvement de libération nationale chargé de regrouper les forces de la Résistance, et que l'on rencontrait trop souvent avec Grand-Clément ou les hommes de celui-ci; on le disait chef d'un réseau de trois mille hommes.

Un jour, Dédé le Basque, ayant un rendez-vous au parc Bordelais en compagnie de Lancelot, se trouva nez à nez en descendant du tramway avec André Noël, déjà condamné par la Résistance, et Renaudin. Noël les aborda avec un large sourire :

143

— Salut, inspecteur ! On dit que depuis votre départ de la police vous avez d'importantes activités.

— Tu veux en avoir un échantillon tout de suite ? dit Dédé le Basque en mettant la main à sa poche.

— Hé là ! Ne faites pas l'idiot. Tout a changé depuis le débarquement. J'ai des nouvelles importantes pour vous. Venez demain à onze heures, place de la Victoire, discuter d'une action commune.

Le lendemain, Dédé le Basque vint au rendez-vous accompagné de Marc, un résistant de Toulouse, et de quatre hommes armés. Personne ne se présenta. Un moment, ils crurent apercevoir Renaudin à l'angle de la rue Elie-Gintrac. Le temps passant, ils décidèrent de partir. C'est alors que jaillirent de derrière le rideau de fer à demi baissé d'un magasin de nouveautés, six SS qui se saisirent des quatre maquisards qui marchaient en avant, sans que ceux-ci puissent sortir leurs armes. Dédé le Basque et Marc réussirent à prendre la fuite tandis que les Allemands entraînaient leurs compagnons dans la boutique. Trois d'entre eux se lancèrent à la poursuite des fugitifs. Ils passèrent sans le voir devant la porte cochère qui abritait Dédé le Basque. Dès qu'ils eurent tourné le coin de la rue, il se précipita dans le magasin en tirant. Les maquisards se jetèrent sur leurs gardiens et les désarmèrent. Ne pouvant les faire prisonniers, Dédé le Basque leur ordonna de déguerpir. Les quelques passants qui ne s'étaient pas réfugiés dans les immeubles, ou enfuis dès le premier coup de feu, avaient regardé la scène sans réagir.

Dès leur retour au Q.G. d'Aristide, Dédé le Basque et Marc firent leur rapport. A cette lecture, Aristide fut définitivement convaincu de la trahison de Renaudin. Une nouvelle arrestation allait renforcer, si besoin était, cette conviction : Pierre Roland, chargé de saboter le réseau électrique permettant la mise à feu des explosifs devant détruire le port et une partie de la ville de Bordeaux, n'avait pu procéder qu'à des sabotages de peu d'importance. Il avait suggéré à Aristide de demander par radio au colonel Buckmaster de bombarder le secteur où avaient été

144

localisés les câbles. Le lendemain de l'envoi du message, une quinzaine de bombardiers de la 15e Force aérienne des U.S.A. avaient anéanti tout le circuit de mise à feu. Deux jours après le bombardement, Pierre Roland avait été arrêté et conduit au Bouscat, 197 route du Médoc. Torturé, il était mort sans avoir parlé.

Devant la menace qui pesait sur tous, Aristide, bouleversé de chagrin et de colère, constitua une équipe de quatre hommes déterminés. Durant trois jours, ils filèrent Renaudin. Le 29 juin, tout était prêt : ils l'abattirent à l'angle de la rue du Héron et de la rue Mouneyra. Un policier croyant à une agression de malfaiteurs les poursuivit en tirant, blessant deux hommes, Mouchet et Langlade. Mouchet à terre tira sur l'agent de police et le tua tandis que Jules et Fabas réussissaient à s'enfuir avant l'arrivée des soldats allemands et des policiers français. Les deux prisonniers furent torturés par la Gestapo. Mouchet fut exécuté et Langlade mourut des suites des sévices endurés.

Plus tard, le 11 août, ce fut le tour d'André Noël, attiré dans un guet-apens par Triangle. Là, les maquisards chargés de l'exécution ne se contentèrent pas de l'abattre, ils le rouèrent de coups cherchant sans doute à venger leurs camarades morts ou déportés. Quand enfin, ils se décidèrent à le tuer, le traître était méconnaissable. Ils se débarrassèrent du corps en le jetant dans la Garonne.

Quant à Grand-Clément, il restait introuvable.

A Deymier, Léa se remettait mal du choc éprouvé par la mort de Camille. Chaque nuit elle se réveillait en larmes appelant son amie. Mme Larivierre, la femme qui les avait recueillis, Charles et elle, la recouchait en lui prodiguant de douces paroles. Elle se rendormait peu de temps, assaillie par le cauchemar qu'elle avait fait souvent après le meurtre du pillard d'Orléans augmenté maintenant d'images sanglantes dans lesquelles se débattaient Camille, Charles et la Sifflette.

Par Mme Larivierre, elle avait appris que les maquisards s'étaient dispersés, certains s'étant regroupés du côté de Blasimon et de Mauriac. La brave femme ne put, ou ne voulut, rien lui dire de plus sinon que Camille et la Sifflette avaient été enterrées provisoirement à La Réole. Elle accepta de faire porter une lettre à Ruth, dans laquelle Léa demandait qu'elle remette au porteur un peu d'argent et des vêtements. Le jeune garçon qui avait porté le message s'en revint penaud, suivi de Ruth qui l'avait sequestré jusqu'à ce qu'il lui dise d'où venait la lettre. Mme Larivierre entra dans une grande colère tonnant que les Allemands allaient venir les arrêter et qu'il fallait déguerpir dans l'heure. Ruth acheta à prix d'or un vieux vélo pour Léa, et installa Charles sur le sien en disant :

— Je serais bien venue vous chercher par le train, mais la voie ferrée a encore été coupée par un bombardement.

Léa remercia vivement son hôtesse qui la vit partir avec soulagement.

Elles arrivèrent à Montillac tard dans la soirée du lendemain, tant la faiblesse de Léa était grande et dures les petites routes sinueuses des collines. Ruth parvint à les faire entrer sans être vus des Fayard. Une forte fièvre cloua Léa au lit durant deux jours. Quant à Charles à qui la gouvernante avait interdit de sortir, il errait, triste et boudeur en demandant sa mère.

Quand Léa fut en état de parler, elle raconta d'une voix blanche, sans une larme, la fin de Camille et le combat auquel elle avait assisté.

— Que sont devenus ton oncle et les fils Lefèvre ?

— Je ne sais pas. Oncle Adrien n'est pas revenu après la visite de François Tavernier. Je pensais qu'ici vous auriez des nouvelles.

— Non. Ta tante Bernadette a reçu une carte postale de Lucien, c'est tout. Nous savons que ton oncle Luc est très

146

inquiet pour Pierrot qui serait à Paris. Après ton départ, une lettre de Laure est arrivée. Je me suis permis de l'ouvrir.

— Que dit-elle ?

— Rien d'important : que l'approvisionnement des Parisiens est pratiquement nul, qu'il n'y a plus de métro faute d'électricité, que la banlieue est bombardée presque quotidiennement et que les Allemands deviennent de plus en plus nerveux. Tes tantes vont bien.

— C'est tout ?

— Oui, si ce n'est qu'elle t'attend à Paris.

— Elle ne parle pas de Françoise ?

— Non, mais j'ai reçu une lettre de ta sœur. Depuis trois mois, elle est sans nouvelles d'Otto qui combat en Russie.

— Il ne reviendra pas.

— Pourquoi dis-tu cela ?

— Nous allons tous être tués comme Camille, fit-elle en se retournant contre le mur et en rabattant le drap sur son visage.

Ruth regardait avec douleur la forme aimée. Que faire ? Elle se sentait vieille et impuissante. Bouleversée par la mort de Camille, elle ne savait quelle décision prendre concernant la sécurité de Léa. Elle ne pouvait rester ici. A tout moment, Fayard pouvait apprendre sa présence et la dénoncer. Elle ne connaissait pas de lieu suffisamment sûr où la cacher dans la région, la plupart des maisons amies étaient surveillées.

Voyant Léa toujours immobile sous ses couvertures, elle se décida à quitter la chambre des enfants où la jeune fille avait demandé à être conduite.

Dans la soirée du 15 juillet, tous volets et fenêtres fermés malgré la chaleur accablante, Ruth et Léa, installées dans le bureau de Pierre Delmas, écoutaient à la radio de Londres Jean Oberlé qui parlait de l'assassinat de Georges Mandel par la Milice.

— Avec Philippe Henriot, c'est le deuxième député de la

147

Gironde à être assassiné en quelques jours, dit Ruth qui finissait de coudre une chemise pour Charles dans une vieille robe.

— C'est tante Lisa qui doit être triste de la mort d'Henriot, elle qui aimait tant sa voix.

Un grattement aux volets les immobilisa.

— Tu as entendu ?

— Oui. Éteins le poste.

Léa obéit, l'oreille aux aguets, le cœur battant. Le grattement reprit.

— Cache-toi, je vais ouvrir la fenêtre.

— Qu'est-ce que c'est, chuchota-t-elle ?

— Jean Lefèvre, dit une voix étouffée. Nous sommes blessés.

— Vite, ouvre.

Le soleil rougeoyant venait à peine de disparaître derrière la colline de Verdelais, teintant, pour quelques secondes encore, la campagne de ce rose doré qui la rendait si belle avant les nuits d'été. En ce moment, la lumière voilait de sa splendeur les jeunes gens couverts de poussière et de sang, les nimbant d'une auréole. Léa, oubliant sa fatigue, sauta par la fenêtre qu'ils étaient trop faibles pour enjamber seuls. Avec l'aide de Ruth elle les poussa à l'intérieur. Raoul glissa sur le plancher sans connaissance.

— Il a perdu beaucoup de sang... Il faudrait appeler un médecin, dit Jean avant de s'effondrer à son tour.

La forte Ruth éclata en sanglots.

— Ce n'est pas le moment de pleurer. Va chercher un médecin.

Ruth essuya son visage avec de grands gestes.

— Voudra-t-il venir ? Ils ont trop de peur de la Gestapo.

— Tu n'as pas besoin de dire qu'ils sont blessés, dis... je n'sais pas... que quelqu'un s'est ouvert la jambe avec une faux, une hache !

— Mais quand il les verra ?...

— C'est un médecin. Ce qui est sûr c'est qu'ils mourront si on ne fait rien.

— Tu as raison, je vais téléphoner...

— Le téléphone marche ?

— Oui.

— Alors, qu'est-ce que tu attends. Je vais chercher des serviettes.

Dans l'obscurité du salon, Léa se heurta à sa tante Bernadette Bouchardeau.

— Que se passe-t-il ? J'ai entendu du bruit.

— Puisque tu es là, tu vas nous aider. C'est Jean et Raoul, ils sont blessés.

— Oh ! mon Dieu ! pauvres petits.

— Va chercher des serviettes et la pharmacie. Fais attention de ne pas réveiller Charles.

Dans le bureau, Jean reprenait connaissance.

— ... c'est ça docteur, domaine de Montillac, en haut de la côte à gauche... Faites-vite... Il arrive. C'est un nouveau médecin de Langon.

— Merci, Ruth. Comment va mon frère ?

Les deux femmes ne répondirent pas. Ruth glissa un coussin sous sa nuque.

Bernadette entra, portant du linge et la boîte à pharmacie. Elle faillit se trouver mal en voyant les jeunes gens ensanglantés et éclata en sanglots comme l'avait fait Ruth.

— Ah non ! s'écria Léa en arrachant les draps des bras de sa tante. Va me chercher de l'eau bouillie.

Quand le docteur Jouvenel arriva, il trouva les deux blessés le visage et les mains propres. Il était très jeune, l'air encore d'un étudiant. Il pâlit en les voyant.

— Pourquoi m'avoir dit qu'il s'agissait d'un accident ?

— Nous n'étions pas sûres que vous viendriez si on vous avait dit la vérité, dit Léa.

— Mademoiselle, je suis médecin, je dois soigner tout le monde, résistants ou Allemands.

— Là, il s'agit de résistants, docteur, fit Léa d'une voix douce.

Sans plus attendre, il examina Raoul, toujours évanoui.

— Donnez-moi des ciseaux.

Il découpa le pantalon durci par le sang. Les trois femmes ne purent retenir leur cri. Tout le bas-ventre n'était qu'une plaie.

— Le malheureux... Je ne peux rien faire ici, il faut le transporter à l'hôpital. Il a perdu trop de sang.

— Docteur, ce n'est pas possible, dit Jean qui s'était traîné jusqu'à son frère. Si la Gestapo le prend, ils le tortureront.

— Je m'y opposerai.

— Alors, c'est vous qu'ils arrêteront.

Le docteur Jouvenel haussa les épaules.

— Jean...

— Je suis là, Raoul, ne crains rien, nous sommes en sécurité, on va te conduire à l'hôpital.

— J'ai entendu... Ce n'est pas la peine... je serai mort avant...

— Tais-toi... Tu dis des bêtises, tu vas guérir...

— Léa... C'est toi ?...

— Oui, Raoul.

— Je suis heureux...

— Ne parlez pas, dit le médecin en posant un pansement de fortune.

— Docteur... cela n'a plus d'importance, vous le savez bien... Léa ? Tu es là ?...

— Oui.

— Donne-moi ta main... Ça va docteur, occupez-vous de mon frère...

— J'ai fini, je vais appeler une ambulance.

— Attendez un peu, docteur... occupez-vous de mon frère.

— Faites ce qu'il vous demande, dit Ruth.

Jean avait une balle dans l'épaule, une autre dans la cuisse et une main très abîmée.

— Vous aussi, il faut que je vous emmène à l'hôpital, je n'ai rien pour extraire les balles.

— Tant pis. Faites-moi seulement des pansements.

— Vous risquez la gangrène.

Léa appela doucement :

— Raoul !... Raoul !...

150

— Ne crie pas, Léa... Je suis heureux... Je meurs près de toi...

— Tais-toi !

— Jean, tu es là ?...

— Oui.

— Alors c'est bien... Léa, je t'aime... Jean aussi... C'est mieux comme ça... Après la guerre, vous vous marierez...

— Après la guerre, c'est toi qu'elle épousera, mon vieux... Elle a toujours eu une préférence pour toi. Pas vrai, Léa ?

— C'est vrai ?...

— Oui, murmura-t-elle, fascinée par ce visage émacié, ces yeux brillants, ces narines pincées et cette pâleur grise de la mort qui se répandait sur cet homme jeune qui avait été son amant l'espace d'une folle nuit.

— Léa...

Oh ! le poids de cette tête soudain ! En un éclair elle revit la mort de Sidonie... Comme il était beau malgré cette barbe de quelques jours qui salissait ses traits. Il souriait. Doucement, elle posa ses lèvres sur la bouche encore tiède.

Quand elle se releva, la tête lui tourna. Elle s'appuya au bras du médecin.

— Allongez-vous.

Allongée, elle regarda Jean qui pleurait en serrant son frère mort contre lui. Sa tante et Ruth aussi pleuraient. Elle, son chagrin l'étouffait sans larmes.

Le médecin, aidé de Ruth et de Léa, creusa le long du chai, derrière le massif de troènes et de lilas, une fosse dans le sol meuble. Le cadavre enveloppé d'un drap fut allongé dans le trou et recouvert de terre. Trois heures du matin sonnèrent au clocher de la basilique de Verdelais.

Jean ne réagit pas quand le médecin lui fit une piqûre antitétanique. Il lui donna un calmant qui le fit rapidement sombrer dans un sommeil comateux.

Léa accompagna le docteur Jouvenel jusqu'à l'endroit où il

151

avait garé son vélo. Il n'y avait plus lieu de se cacher, les Fayard avaient sûrement remarqué son arrivée.

— Vous devriez partir d'ici très vite, dit-il.

— Pour aller où ?

— Vous avez bien de la famille ailleurs qu'ici ?

— Oui, à Paris.

— Ce n'est pas commode d'y aller en ce moment, les trains ne sont pas nombreux mais à votre place, j'essaierais quand même.

— Mais je ne peux pas les laisser seuls !

— Je vais y réfléchir. Si je peux vous aider, je le ferai. Je peux vous conduire en voiture à Bordeaux.

— Merci, docteur. Je verrai. Pour Jean, ce n'est pas trop grave ?

— Non, pas très. Mais il ne faut pas qu'il garde ces balles dans le corps trop longtemps. Au revoir, mademoiselle.

— Au revoir, docteur.

Jean Lefèvre dormit jusqu'à l'heure du déjeuner, dans le bureau de Pierre Delmas. Avec avidité, il but le bol de mauvais café apporté par Ruth et mangea une énorme part de clafoutis.

— Ah ! tu es réveillé, fit Léa en entrant. Tu n'as pas trop mal ?

— Non. Je vais partir.

— Où vas-tu aller ?

— Je ne sais pas. Je vais essayer de retrouver les autres s'ils n'ont pas tous été pris ou tués.

— Que s'est-il passé ?

— Tu n'aurais pas une cigarette ?

Léa sortit de la poche de sa robe en rayonne fleurie une vieille blague à tabac et un paquet de papier à cigarettes Job, et les lui tendit.

— C'est tout ce que j'ai.

Ses doigts tremblaient si fort qu'il n'arrivait pas à maintenir le tabac dans la mince feuille.

— Donne.

D'une main experte, Léa roula la cigarette, humecta le bord gommé et la lui alluma. Il fuma quelques instants en silence.

« Tout a commencé lundi dernier, c'était le 10 juillet. Nous étions, Raoul et moi avec ceux du maquis Grand-Pierre. Nous avions capté à la B.B.C. un message. J'entends encore la voix du speaker : *"Le Tapefort fait peur... nous disons : Le Tapefort fait peur..."* Maurice Blanchet s'est tourné vers Maxime Lafourcade et lui a dit :

« — Tu peux donner rendez-vous au groupe, c'est bien pour ce soir.

« J'ai demandé à Maxime ce que cela signifiait, il m'a répondu :

« — Il va y avoir un parachutage près de la ferme Bry à Saint-Léger-de-Vignague. C'était une bonne nouvelle car depuis l'accrochage de Saint-Martin-du-Puy, nous étions à court de munitions. Vers dix heures du soir, nous étions une vingtaine autour du terrain, cinq d'entre nous surveillant la route bordant le terrain, deux autres dans une camionnette dissimulée dans le bois, les autres attendant avec impatience l'arrivée de l'avion. Enfin, au bout d'une demi-heure, nous avons entendu le bruit d'un moteur de forteresse volante et allumé nos torches. Au signal, trois camarades et moi, nous nous sommes précipités sur le premier container qui était plein de Sten et de pansements; dans le deuxième, il y avait du tabac, du matériel de sabotage et des grenades. Nous allions ouvrir le troisième quand nous avons entendu un coup de sifflet.

« — C'est eux, cria une sentinelle.

« — Dépêchez-vous, nous dit Maxime.

« Nous avons réussi à charger le contenu d'un quatrième container sur la camionnette. Maxime nous a donné l'ordre de repli au moment où les Allemands commençaient à tirer sur nous. Nous avons rejoint le maquis de Duras et c'est le lendemain que nous avons appris ce qui était arrivé à quatre de nos camarades. »

Jean tira nerveusement sur sa cigarette éteinte. Léa lui en alluma une autre. D'une voix blanche, il reprit :

153

— Maxime était resté sur place avec Roger Manieu, Jean Clavé et Elie Juzanx pour protéger notre retraite. Ils avaient fixé un fusil-mitrailleur entre deux containers et, grâce aux munitions parachutées, balayaient le terrain. Les Allemands ripostaient mais ne se montraient pas. Ce sont quatre Miliciens qui les ont amenés à moins de quarante mètres de nos camarades, malgré les ravages causés par le fusil-mitrailleur. Blessés tous les quatre, ils ont essayé de fuir, mais c'était trop tard. Alors, ils ont épuisé leurs munitions... Les Allemands les ont assommés à coups de crosse et ont regardé en riant les salauds de la Milice les torturer. Ils leur ont arraché les ongles, écorché les muscles, ils les ont scalpés... et, pour finir, ils ont dû rassembler leurs dernières forces pour creuser leurs tombes...

Léa, les yeux secs, regardait Jean qui sanglotait.

— Et ensuite, que s'est-il passé ?

— Ils ont incendié la ferme Bry et sont partis pour Mauriac en chantant. Avec ceux du maquis de Duras, nous nous sommes postés à une cinquantaine de mètres, sur la route de Blasimon. Nous avons mitraillé et lancé des grenades sur le cantonnement. Allemands et Miliciens se sont jetés à plat ventre pour riposter. C'est là que Raoul a été blessé à l'épaule et moi à la jambe. Deux de nos camarades sont morts près de nous : Jean Koliosky et Guy Lozanos. Nous nous sommes repliés en en fauchant quelques-uns à la mitraillette. C'est en arrivant dans le cimetière de Mauriac que nous avons été blessés une nouvelle fois. L'abbé Gréciet nous a recueillis et donné les premiers soins. Devant la gravité de l'état de Raoul, il a fait prévenir le docteur Lecarer de La Réole qui faisait partie de notre réseau. Mais à cause des barrages allemands sur les routes, il n'a pas pu nous conduire chez lui et nous a laissés au Pian d'où nous sommes venus à pied. Tu connais la suite.

Les deux amis restèrent longtemps silencieux se tenant par la main. Ruth interrompit leur sombre rêverie en entrant brusquement.

— Je suis inquiète, il n'y a personne chez les Fayard, tout est fermé. Mes enfants vous devez partir.

— Mais où veux-tu que nous allions ?

— A Paris, chez tes tantes.

— Je ne peux pas partir maintenant, je dois aller à la Verderais prévenir ma mère.

— Je m'en chargerai, Jean.

— Merci Ruth, mais c'est moi qui dois annoncer à maman la mort de Raoul.

— Je comprends, mon petit... Après, qu'allez-vous faire ?

— Continuer à me battre. Pardonne-moi Léa de te laisser, je ne peux pas faire autrement.

— Prenez ma bicyclette, Jean, vous irez plus vite.

— Merci. Si c'est possible, je vous la rapporterai. Adieu, Léa. Toi aussi, tu devrais partir.

Sans répondre, elle l'embrassa. Bernadette Bouchardeau et Ruth l'embrassèrent aussi en lui recommandant de se soigner.

11.

Léa finissait de mettre dans un sac de marin, facile à porter sur l'épaule, quelques vêtements pour Charles et elle, ainsi qu'un petit coffret contenant les derniers bijoux ayant appartenu à sa mère. Ruth lui apporta des sandwichs enveloppés dans un torchon blanc et une bouteille thermos remplie d'eau.

— J'ai donné à Charles un sac avec des cerises et le reste du clafoutis.

— Viens avec nous Ruth, je t'en prie.

— Non, ma chérie. Il faut quelqu'un pour s'occuper de la maison et de ta tante.

— J'ai peur de vous laisser seules ici.

— Que veux-tu qu'il arrive à deux vieilles femmes comme nous ? Tu as tort de t'inquiéter, tout ira bien.

— Toujours pas de nouvelles des Fayard ?

— Non.

— A quelle heure le docteur Jouvenel doit-il venir ?

— A trois heures. Le train est en principe prévu pour quatre heures, si la voie a pu être déblayée.

— Tu crois que nous aurons de la place à Bordeaux dans le train de Paris ?

156

— Le docteur Jouvenel a dit qu'il allait prévenir son ami qui travaille à la gare Saint-Jean.

— Léa, quand est-ce qu'on part ? demanda Charles qui entra en courant.

— Bientôt. On attend le docteur.

— Il va nous emmener voir maman ?

— Je ne sais pas... peut-être. Va dans la cour, je te rejoins.

Léa ferma la valise et regarda autour d'elle. « Je ne reverrai plus cette pièce », pensa-t-elle.

Le cœur serré, elle referma la porte de la chambre des enfants qui avait tant de fois abrité ses chagrins et calmé ses colères.

Dehors, le ciel était sans nuage. Le soleil de midi tapait très fort, aussi chaud que la veille. Dans les vignes, il y avait eu un peu de grillé. Pourquoi Fayard avait-il abandonné Montillac en ce moment avec tout le travail à faire ?

— Ruth, je vais porter les bagages dans la cabane du cantonnier près de la route, comme ça le docteur n'aura pas besoin d'entrer dans la propriété.

— Comme tu veux. Tiens, voilà un peu d'argent pour le voyage, c'est tout ce que j'ai.

— Merci, Ruth. Comment allez-vous faire ?

— Nous n'avons pas besoin d'argent. Nous avons de quoi nous nourrir dans le potager et les poules donnent des œufs en ce moment. Et puis, ta tante devrait toucher sa pension le mois prochain. Dépêche-toi, le déjeuner est bientôt prêt. Mets un chapeau, le soleil est mauvais.

Léa ne voulut pas contrarier la vieille femme et alla chercher dans l'entrée son chapeau de paille. La fraîcheur et la pénombre du vestibule étaient agréables après la chaleur et la luminosité de la cour. Elle aimait beaucoup cet endroit, lieu de rencontre des habitants de la maison, orienté au nord et au sud, toujours un peu en désordre, chacun y laissant sur la table ou les sièges, un vêtement, un jouet, un livre, des journaux ou un ouvrage de couture. « Quand la guerre sera finie, il faudra que je le fasse repeindre », pensa-t-elle, en regardant les murs blancs égayés par de vieilles gravures représentant divers monuments de Bordeaux, d'assiettes de l'époque Directoire en porcelaine blanche et jaune ornées de personnages mythologiques. Le haut miroir terni et piqueté lui renvoya son image. Comme elle avait maigri ! Cela ne plairait pas à François qui aimait les femmes un peu rondes. Mais ce qui la surprenait le plus c'était son regard à la fois dur et éteint... Elle revoyait les yeux morts de Raoul... Camille... Sidonie... le docteur Blanchard... Marie, la servante... son père... sa mère... les époux Debray... Raphaël Mahl... tous ces morts qu'elle aimait... Qui d'autre était mort encore ?... Albert et Mireille ?... oncle Adrien ?... Laurent ?... Lucien ?... Pierrot, le gentil cousin ?...

— Léa, où tu vas avec ton chapeau ?

La voix de Charles l'arracha à ses fantômes.

— Je vais porter la valise et faire un tour. Tu veux venir avec moi ?

— Oh oui ! ma Léa, fit le petit garçon en se blottissant contre elle.

Ils déposèrent dans la cahute le sac et la petite valise et, main dans la main, descendirent vers les terres en contrebas de la terrasse. Malgré le manque de main-d'œuvre, la vigne était bien tenue.

— Regarde, ma sandale est détachée.

Léa se baissa et rattacha la boucle.

— Ne bouge pas !... chuchota-t-elle soudain en plaquant l'enfant au sol.

Le long du chemin bordant les cyprès, sept ou huit hommes vêtus d'uniformes bleu marine marchaient courbés en tenant devant eux des mitraillettes. Arrivés au bas de la terrasse, ils s'arrêtèrent. Au-dessus d'eux, un homme se pencha... Léa retint un cri; derrière lui, des soldats allemands couraient en silence. D'où elle était, Léa ne voyait que les casques vert-de-gris. L'officier de la Wehrmacht fit un signe aux Miliciens qui grimpèrent sur la terrasse.

Charles essaya de se dégager de l'emprise de la jeune fille.

158

— Lâche-moi, tu me fais mal.

— Je t'en prie, tais-toi… Les Allemands sont à Montillac.

Le petit corps se mit à trembler.

— J'ai peur… je veux voir maman.

— Tais-toi, sinon ils vont nous prendre tous les deux.

Il se tut, pleurant silencieusement sans se rendre compte qu'il mouillait sa culotte.

Tout était calme sous le soleil écrasant la plaine; à se demander si elle n'avait pas rêvé avoir vu des Allemands et des Miliciens. Elle avait beau tendre l'oreille, elle ne percevait d'autre bruit que celui du chant des cigales. Peut-être Ruth et tante Bernadette les avaient-elles vu arriver et avaient-elles pu s'enfuir. Un cri inhumain balaya cet espoir. Sans réfléchir, Léa se releva et courut vers la terrasse tenant Charles par la main, maudissant sa robe à fleurs visible de loin. Ils se dissimulèrent derrière un cyprès. Allemands et Miliciens allaient et venaient dans la cour, enfonçant à coup de pied et de crosse les portes des chais; des rafales de mitraillette firent sauter toutes les vitres; des meubles furent jetés d'une des fenêtres du premier étage. « Pourquoi font-ils ça ? » pensa-t-elle. Léa était trop loin pour voir et entendre nettement ce qui se passait. Les piliers carrés de la cour dissimulaient celle-ci en partie. Une camionnette entra éraflant la pierre d'un des ces piliers. Le pillage commença. Des cris, des rires, des coups de feu parvenaient jusqu'à eux comme irréels dans ce lieu familier inondé de soleil. Dans le potager, près de la maison des Fayard, deux Miliciens poursuivaient la volaille. Soudain : l'horreur… Une silhouette en flammes apparut, hurlante, en haut des charmilles, tournoya et s'abattit sur le gravier de l'allée…

Léa plaqua contre elle l'enfant qui ne bougeait plus… Les yeux exorbités, elle regardait se tordre le corps d'une des deux femmes qu'elle avait quittées quelques instants auparavant… Etait-ce Ruth ou Bernadette ?… Les flammes étaient si fortes qu'on ne distinguait pas le visage… D'ailleurs, il n'y avait plus de visage… il fondait. Les cris avaient cessé de jaillir du trou noir qui avait été la bouche. Il ne resta plus qu'une carcasse noircie brûlant encore. Un soldat allemand la poussa du bout d'un tuyau d'acier relié à deux sortes de bonbonnes attachées à son dos. Sans doute ne la trouvait-il pas assez calcinée car il fit jaillir du tuyau d'acier une longue flamme accompagnée d'un sifflement sinistre. La main tordue du cadavre, tendue doigts écartés vers le ciel, comme en un geste appelant la protection divine, se désagrégea sous la puissance du feu. Cela fit rire le soldat... Il se retourna et entra dans la cour. Dans la camionnette s'entassaient des caisses de vin. Léa, comme paralysée, était incapable de détourner son regard de la dépouille fumante dont l'odeur abominable parvenait jusqu'à elle... Dans ce cauchemar, deux heures sonnèrent au clocher de Saint-Maixant. Un train passa sur le viaduc... La voie avait dû être réparée à Saint-Pierre-d'Aurillac...

— Léa... tu m'écrases... je veux partir, j'ai peur.

Charles... Elle l'avait presque oublié, tant il faisait partie d'elle-même... Avec effort, elle se retourna. Il se mit à pleurer en la regardant... Elle lui plaqua la main contre la bouche en le secouant.

— Tais-toi... ils vont nous prendre.

Il y avait une telle urgence dans sa voix qu'il arrêta de geindre, mais ses larmes continuèrent de couler en abondance, mouillant ses joues et sa chemisette... Là-haut, vers la maison, le vin coulait le long des mentons de la canaille en uniforme. Un Milicien sortit de la cour en titubant, bouteille à la main. Il se déboutonna et pissa, hoquetant de rire, sur le tas fumant puis s'en retourna en faisant le geste de boire à la santé de celle qu'ils avaient massacrée... Léa vomit... Charles la tira par sa robe...

— Viens... sauvons-nous !

Il a raison... Il faut fuir... Elle se redressa...NON !... Des flammes sortaient de la fenêtre de la chambre de ses parents, d'autres de celle de Ruth... Immobile, en vue de partout, elle ne pouvait détacher les yeux de sa maison qui brûlait. C'est Charles qui l'entraîna, la tête toujours tournée vers cette demeure qui

était son point d'ancrage comme il avait été celui de son père...
Léa brûlait avec elle...

— Ne regarde pas... Viens...

Le petit garçon la traîna de toutes ses forces. Comment
parvinrent-ils à la route sans être vus ?... L'enfant tira le sac et
la valise de la cabane du cantonnier, il les tendit à Léa qui les
prit machinalement. Les flammes, maintenant, se voyaient de
loin... La sirène de Saint-Macaire hurlait sur la campagne
ensoleillée... Brusquement, Léa se détourna. Quelque chose en
elle était en train de mourir en même temps que la maison. A
quoi bon rester là où il n'y avait plus rien ? D'un geste
déterminé, elle ajusta le sac sur son épaule, jeta le chapeau de
paille de ses travaux champêtres, saisit fermement la main de
Charles et s'en alla sans se retourner.

Les Fayard ne revinrent que le lendemain dans la soirée.

Grâce à la diligence des pompiers, leur habitation, les granges,
les chais et les remises avaient été épargnés par l'incendie. Du
château, il ne restait que les murs noircis. Quand ils arrivèrent,
les sauveteurs fouillaient encore les décombres. Ils arrêtèrent
leur sinistre travail quand ils virent le couple immobile contemplant bouche bée les dégâts. Un homme d'un certain âge aux
bras et au visage couverts de suie s'avança vers eux. Il les regarda
longuement et calmement leur cracha au visage.

— Tu es fou, Baudoin, s'exclama Fayard, qu'est-ce qui te
prend ?

— Bougre de salaud, comme si tu ne le savais pas, fit-il en
montrant les ruines.

L'autre le regarda sans paraître comprendre. Baudoin bondit
sur lui et l'agrippa par le col de sa veste.

— Tu ne vas pas faire l'innocent, hil de pute !... C'est peut-
être pas toi qui as fait venir les frisés ici ?... C'est peut-être pas
toi qui fricotes avec eux, qui leur fournis le vin de tes patrons à
bon compte... Dis ?... Fumier... C'est peut-être pas toi ?...

— Mais, je n'ai jamais voulu qu'ils brûlent le château !

— Ça, je m'en doute ! Ça fait longtemps que tu as l'œil dessus. Dame ! Ça va te coûter des sous pour le reconstruire.

Un autre homme s'avança vers Mme Fayard.

— Alors, la Mélanie, tu ne demandes pas ce que sont devenues les dames du château ?... Hé !... Tremble pas comme ça ! On n'a pas de lance-flammes, nous, on n'a que nos poings qu'on va vous foutre sur la gueule.

— Calme-toi, Florent, on ne va pas se salir les mains.

Sous son chapeau de paille noir, Mélanie Fayard roulait des yeux apeurés.

— Je ne comprends rien à ce que vous dites ! On était chez ma sœur à Bazas.

— A d'autres, vieille menteuse. Vous êtes partis parce que vous aviez dénoncé Mlle Léa et Mme d'Argilat à la Gestapo...

— Ce n'est pas vrai !

— ... et que vous ne vouliez pas être témoins de ce qui se faisait ici. Té ! ça vous aurait peut-être retourné les sangs de voir griller comme une tartine la sœur de M. Delmas et de voir Mlle Ruth pissant le sang de partout. Quant à Mlle Léa et au petit, on ne les a pas retrouvés !... Ils sont peut-être là-dessous. Ce qui vaudrait mieux pour eux que d'avoir été emmenés par les Allemands ou ceux qui travaillent avec eux.

— On ne savait pas que Mlle Léa et Charles étaient de retour.

— Vous auriez bien été les seuls à ne pas le savoir. On le savait, nous autres, à Saint-Macaire, qu'ils étaient revenus sans Mme d'Argilat qui avait été tuée à Lorette... Alors vous, habitant à côté !... S'il y avait une justice, on devrait vous brûler aussi.

— T'énerve pas, l'ami. La fin de la guerre, c'est pour bientôt, et des gens comme cela, ils paieront, crois-moi. C'est par un tribunal populaire qu'ils seront jugés et condamnés.

— Ces gens-là, ça ne mérite pas de jugement.

— On vous jure que ce n'est pas nous ! C'est vrai que le domaine je le guigne depuis des années, que j'ai vendu du vin aux Allemands, mais pas plus que les autres. Comment je l'aurais soignée la vigne, si je n'avais pas vendu le vin ? Avec quoi j'aurais payé les ouvriers et le matériel ? Vous le savez vous autres ?

— Te moque pas de nous. Tu crois qu'on ne le sait pas tout ce que tu t'es mis dans les poches !

— Tout ça c'est des racontars, des jalousies.

— Et ton fils, le Mathias, tu ne vas pas nous dire qu'il ne guignait pas et la fille et le domaine ? Qu'il ne trafique pas avec les Boches à Bordeaux ?

— C'est pas de mon fils qu'il s'agit...

— A lui aussi on lui fera la peau, en attendant, tiens !... Prends ça...

— Arrêtez !

Deux gendarmes venaient de descendre de leurs vélos. L'un d'eux s'adressa au maître de chais.

— Fayard, il faudra venir faire votre déposition à la gendarmerie et reconnaître le corps.

— Quel corps ?

— On pense qu'il s'agit de celui de Mme Bouchardeau.

— Oh ! mon Dieu ! fit Mélanie Fayard en se cachant le visage avec son mouchoir.

— Venez demain matin tous les deux, à la première heure.

Le gendarme se tourna vers Baudoin.

— Vous n'avez pas trouvé de nouvelles victimes ?

— Non, on a tout retourné, ça m'étonnerait qu'il y ait quelqu'un.

— Tant mieux ! Pourtant, on nous avait bien dit qu'il y avait une jeune fille et un enfant dans la maison. Que sont-ils devenus ?

Baudoin fit un signe d'impuissance.

— Bien, ça suffit !

— Vous avez prévenu la famille de Bordeaux ?

— Le maire s'en est chargé. Maître Delmas devrait arriver demain.

— Peut-être aura-t-il des nouvelles de sa nièce. Et celui qui est curé, on l'a averti ?

— Vous plaisantez ? Vous savez bien qu'il est recherché par la police française et la Gestapo ! Si vous savez où il est, dénoncez-le, il y a une belle prime à toucher.

— Vous me prenez pour qui ? Je ne mange pas de ce pain-là.

— Nos concitoyens ne sont pas si fiers que ça. Il n'y a pas de jour où nous ne recevions de lettres anonymes dénonçant des juifs, des maquisards, ceux qui abritent de soi-disant pilotes anglais ou écoutent la radio de Londres. Bientôt, les mêmes dénonceront les filles qui ont la cuisse légère et qui dansent le dimanche avec les soldats allemands au dancing des grottes de Saint-Macaire.

— Et ils auront raison, dit un jeune gars boutonneux au strabisme impressionnant.

— C'est la jalousie qui te fait parler, Bel-Œil.

— M'appelle pas Bel-Œil ! C'est toutes des putes, les filles qui dansent avec les Allemands ! Si encore, elles ne faisaient que danser, mais elles baisent avec eux, alors que leurs fiancés sont prisonniers, dans le maquis ou au S.T.O. mais attendez que la guerre soit finie, on va leur en mettre plein la gueule et le con à ces salopes. Ça leur apprendra d'avoir fait des pipes aux Boches.

— Je ne voudrais pas être à leur place quand toi et tes pareils mettront la main sur elles. Maintenant, les gars, rentrez chez vous, il n'y a plus rien à faire ici.

Le corps de Bernadette Bouchardeau fut inhumé dans le caveau de la famille Delmas, le matin du 22 juillet, en présence de maître Delmas, de son fils et de nombreuses personnes dont certaines n'étaient venues que pour manifester leur réprobation et leur colère. Une camionnette de la gendarmerie était garée sous les tilleuls de la place. Près de la tombe de Toulouse-Lautrec se tenaient deux policiers en civil venus de Bordeaux qui regardaient attentivement chaque personne présentant ses condoléances à l'avocat. Les Fayard se tenaient à l'écart n'osant s'approcher, conscients de l'animosité de la majorité de l'assistance. Ce fut Luc Delmas qui alla vers eux et leur serra la main avec une cordialité qui sembla à tous excessive. La cérémonie se déroula sans incident.

A l'hôpital de Langon, Ruth était toujours entre la vie et la mort.

12.

Les rivalités, qui depuis le début de l'année 1944 divisaient les principales tendances de la résistance du Sud-Ouest, firent le jeu des chefs allemands de la région. Que leur importait que le général Koenig fût le commandant en chef des Forces françaises de l'intérieur, que le général Chaban-Delmas ait succédé à Bourgès-Maunoury, que Triangle fût le général Gaillard, délégué militaire pour la région B, qu'Aristide exerçât le commandement en Gironde au nom du général Koenig, que Gaston Cusin fût commissaire de la République, que les gaullistes se méfient des communistes et que le général Moraglia envoyé par le Comité d'action militaire, commission la plus importante du Conseil national de la Résistance, n'arrivât pas à asseoir son autorité ? Lettres anonymes, dénonciations spontanées, révélations sous la torture ou la menace, collaborations diverses leur permettaient d'exercer des représailles sanglantes sur la population, d'anéantir des maquis et de procéder à l'arrestation de membres importants de la Résistance.

C'est à cause d'une trahison que fut attaquée par une trentaine d'Allemands, commandés par le lieutenant Kunesch, et une trentaine de Miliciens, commandés par leur chef régional, le lieutenant-colonel Franc, la ferme Richemont près de Saucats où dix-huit jeunes gens, la plupart étudiants ou lycéens, avaient établi leur camp dans l'attente d'un prochain parachutage d'armes et de munitions. Le matin du 14 juillet, douze d'entre eux étaient à la ferme. Faiblement armés, ils se battirent pendant trois heures. Tous moururent : Lucien Anère, Jean Bruneau, Guy Célèrier, Daniel Dieltin, Jacques Goltz, Christian Huault, Pogre Hurteau, François Mosse, Michel Picon, Jacques Rouin, Roger Sabate et André Taillefer. Le plus vieux avait vingt-deux ans, le plus jeune dix-sept.

Trahison aussi qui permit de localiser le maquis du Médoc, commandé par Jean Dufour, le 25 juin. Allemands et Miliciens, secondés par un groupe hindou spécialiste de l'infiltration dans les bois, passèrent à l'attaque au lever du jour, dans le bois de Vignes-Oudines. A la tête de quelques-uns de ses hommes, Jean Dufour tenta de retarder leur avance. Ses munitions épuisées, il fut tué. La chasse au maquisard dura jusqu'au lendemain, les cantonnements de Vignes-Oudines, de Baleys et du Haut-Garnaut furent détruits. Une centaine d'Allemands et dix-sept résistants furent tués. Un blessé fut exposé sur la place d'Hourtin et mourut sans secours. Comme lors de l'attaque de Saucats, les prisonniers furent fusillés sur place et les blessés achevés. Miliciens et soldats s'acharnèrent sur la population de Liard et sur le personnel du château de Nodris, tuant et arrêtant plusieurs personnes. Ceux qui furent arrêtés rejoignirent au fort du Hâ les six prisonniers de l'attaque manquée de la poudrerie de Sainte-Hélène du 23 juin. Torturés, ils furent fusillés ou déportés.

C'est encore une trahison qui permit l'arrestation de Lucien Nouaux, dit Marc, et de son camarade, Jean Barraud. Encore une fois, Dohse, par ses menaces et ses promesses, amena un jeune résistant, lui-même dénoncé par deux résistants arrêtés par la police allemande à Pauillac, à se prêter à un guet-apens. Accompagné de Roger, un agent de la Gestapo, le jeune homme leur donna rendez-vous près du stade municipal. Marc les vit s'avancer sans méfiance. C'est à ce moment-là que les Allemands sortirent de leur cachette et se saisirent d'eux. Désarmés, ils furent conduits dans les locaux de la Gestapo pour être interrogés. Avant d'être introduits auprès de Dohse, ils furent cruellement battus. En entrant dans le bureau, Marc sortit un petit pistolet qui avait échappé à la fouille, tira et blessa légèrement deux soldats allemands avant d'être abattu par Roger. Trop grièvement blessé pour être interrogé, on le jeta dans une cellule du fort du Hâ où ses bourreaux l'achevèrent, le lendemain matin, 28 juillet.

Jour particulièrement sinistre, ce 28 juillet 1944, pour la région bordelaise.

Le temps était lourd et couvert avec quelques petites pluies par intermittence. A l'aube, dans le camp de Souges, quarante-huit hommes descendirent des camions de la Wehrmacht pour être fusillés. Parmi eux, une victime de choix : Honoré (Robert Ducasse) qui sous le nom de Vergaville avait été le chef de l'Armée secrète et un des principaux responsables des Mouvements unis de Résistance de la région lyonnaise.

Arrêté en octobre 43, il avait réussi à s'évader en janvier 44. Envoyé par Kriegel-Valrimont à Bordeaux, il avait été nommé chef régional F.F.I. Caché chez des amis protestants bordelais, il était entré en liaison avec le Comité départemental de Libération où il avait rencontré Gabriel Delaunay. Le 22 juin, en compagnie de ses adjoints, deux hommes et deux femmes, Honoré roulait à bicyclette en direction de Sauveterre-de-Guyenne. Il s'agissait d'organiser un sabotage et de récupérer des munitions cachées dans les carrières de Daignac. En traversant Créon, ils étaient passés devant la gendarmerie. Sans doute leur comportement et leur allure avaient-ils semblé bizarres aux gendarmes qui les avaient vu passer, car ils avaient alerté leurs collègues de Targon qui étaient partis à leur recherche et les avaient arrêtés. Les papiers trouvés sur eux étaient suffisamment compromettants pour inquiéter les gendarmes de Targon qui s'étaient empressés de prévenir la police de Bordeaux. Une des deux femmes, brutalement interrogée, avait révélé le but de leur présence dans la région. Internés au fort du Hâ, ils avaient été remis entre les mains de la Gestapo par le commissaire Penot. C'était le lieutenant Kunesch qui avait mené les interrogatoires.

Honoré fut fusillé ce 28 juillet, ainsi que ses deux compagnons, René Pezat et Jacques Froment, et les quarante-cinq autres. Une des deux femmes s'évada, l'autre fut déportée.

C'est également ce jour-là que Grand-Clément fut exécuté ainsi que sa femme et un de ses amis.

Depuis la mort de Noël et de Renaudin, Grand-Clément savait que ses jours étaient comptés. Il s'était mis sous la protection de Dohse qui lui avait offert une villa au Pyla où il séjourna quelque temps, avec sa femme Lucette, sous le nom de Lefrançais. Ce fut dans cette petite station balnéaire que Meirilhac, envoyé par le colonel Passy, qui voulait faire la lumière sur les circonstances de la mort d'Hypoténuse, le découvrit.

L'agent du B.C.R.A., après avoir informé le colonel Triangle de sa mission, entra en contact avec Jean Charlin qui considérait toujours Grand-Clément comme le chef de l'O.C.M. du Sud-Ouest. Celui-ci accepta de transmettre un message à « son » chef. Les deux hommes se retrouvèrent rue du Hautoir à Bordeaux au restaurant du Volant-Doré. Là, il lui dit que Londres souhaitait l'entendre pour le disculper des accusations de trahison qui pesaient sur lui et qu'un « Lysander » le conduirait en Angleterre. Acculé, ne sachant plus que faire, Grand-Clément accepta de rencontrer Meirilhac.

Pour tromper Dohse sur ses intentions, il fut convenu de simuler un enlèvement au domicile de son ami et garde du corps, Marc Duluguet. Le 24 juillet, Meirilhac et trois résistants du groupe de Georges, qui dirigeait la 3e compagnie des troupes d'Aristide, vinrent au domicile de ce dernier où ils bousculèrent le mobilier et tirèrent des coups de feu pour accréditer l'enlèvement... Grand-Clément exigea que sa femme et Duluguet l'accompagnent. Mme Duluguet s'engagea à ne prévenir la police allemande qu'une heure après leur départ.

On les conduisit d'abord à Léognan et le lendemain matin, Meirilhac les remit à Georges qui les interrogea. Au début,

Grand-Clément refusa de répondre, demandant à être conduit à Londres comme promis. Puis, craignant sans doute des représailles immédiates, envers ses compagnons et lui-même, de la part de ces hommes convaincus de sa trahison, il accepta de répondre aux questions de Georges et reconnut avoir livré des stocks d'armes aux Allemands, être responsable, indirectement, de trois mille arrestations et de trois cents exécutions. Un procès-verbal fut dressé et signé.

Le 28 juillet, les trois prisonniers furent conduits sous bonne escorte, près de Belin chez un résistant, Frank Cazenave. Les maquisards, nombreux, prirent place autour de la maison. Vers treize heures, arrivèrent Aristide, Dédé le Basque et Lancelot. En voyant entrer l'agent anglais, Grand-Clément comprit qu'il était perdu. Autour d'une table, Aristide réunit les membres du tribunal chargés de le juger. Il répondit à un nouvel interrogatoire, ajoutant que c'était pour protéger la vie de sa femme et de sa famille qu'il avait accepté les propositions de Dohse. On fit sortir les prisonniers afin de délibérer.

La mort fut votée à l'unanimité. Après de longues discussions, sa femme et son ami furent également condamnés à mort.

En fin d'après-midi, l'ancien résistant monta dans une traction en compagnie de Lancelot et de deux résistants, tandis que sa femme et son garde du corps prenaient place dans une autre traction avec Aristide et deux gardiens. Ils furent arrêtés à un barrage par des Miliciens; Lancelot sortit de la voiture en faisant le salut hitlérien. Croyant avoir à faire à la Gestapo, les Miliciens laissèrent passer les deux véhicules. Grand-Clément n'avait pas bougé. Les véhicules s'arrêtèrent dans un bois près du Muret. Là, Aristide notifia la sentence aux condamnés.

Tout se passa très vite : Dédé le Basque entraîna Grand-Clément dans une bergerie et l'abattit. Lancelot exécuta Marc Duluguet, et Aristide se chargea d'une besogne que personne ne voulait faire.

Les hommes de Georges enterrèrent les corps dans le bois.

Aristide envoya un rapport au colonel Buckmaster lui annonçant que justice était faite.

13.

Derrière ses paupières fermées, allongée sur une serviette de plage, Léa, malgré la dureté des pavés des berges de la Seine, laissait son esprit s'abandonner au souvenir du bruit des vagues éclatant sur le sable de la plage de Biscarrosse, des cris des mouettes et des enfants. La chaleur du soleil l'engourdissait doucement, son corps revivait sous l'agréable brûlure. Elle s'étira de bien-être avec, comme dans une brume lointaine, une impression d'irréalité, presque de faute, devant le plaisir qu'elle ressentait malgré l'horreur de ces derniers jours. Quelque chose en elle lui disait de n'y surtout pas penser, de faire comme si cela n'avait jamais existé, n'était qu'un cauchemar dont elle se réveillerait sans en garder la souvenance.

Elle entrouvrit les yeux. Une mouette passa dans son champ de vision, rapide, dans le ciel d'un bleu sans nuage. Un enfant rit en frappant dans ses mains. Immobiles sous leur casquette ou leur chapeau de paille, les pêcheurs à la ligne fixaient leurs bouchons rouges, jaunes ou blancs. L'eau clapotait doucement. Un peintre du dimanche mélangeait ses couleurs. Une barque passa avec des jeunes filles en robes claires. Non loin de là, un accordéoniste jouait une rengaine à la mode. Tout était harmo-

171

nieux et calme. Léa se mit sur le ventre et prit le livre que lui avait chaudement recommandé Laure.

« *Maintenant, tout le monde allait danser sauf elle et les vieilles dames. Tout le monde allait s'amuser sauf elle. Elle vit Rhett Butler. Il se tenait juste au-dessous du docteur. Avant qu'elle ait eu le temps de modifier l'expression de son visage, il l'aperçut, plissa les lèvres et releva les sourcils. Le menton arrogant, Scarlett se détourna et, tout d'un coup, elle entendit son nom... son nom prononcé avec un accent de Charleston sur lequel on ne pouvait se méprendre, son nom qui dominait le tumulte des voix.*

— Madame Charles Hamilton... cent cinquante dollars... en or !

A la double mention du nom et de la somme, un silence soudain s'abattit sur l'assistance. Scarlett était si stupéfaite qu'elle ne pouvait pas bouger. Le menton entre les mains, les yeux agrandis par la surprise, elle resta assise sur son tabouret. Tout le monde se détourna pour la regarder. Elle vit le docteur se pencher et glisser quelque chose à l'oreille de Rhett Butler. Il lui disait sans doute qu'elle était en deuil et qu'il lui était impossible de se montrer au milieu des danseurs. Elle vit Rhett hausser négligemment les épaules.

— Une autre de nos belles, peut-être ? questionna le docteur assez haut.

— Non, fit Rhett d'une voix nette tout en promenant un regard nonchalant sur la foule, Mme Hamilton.

— Je vous dis que c'est impossible, insista le docteur, Mme Hamilton ne voudra pas...

Scarlett entendit une voix que, d'abord, elle ne reconnut pas... sa propre voix !

— Si, je veux ! »

Qu'elle était insupportable cette Scarlett ! mais ce Rhett Buttler ! quel homme !...

— Ça te plaît ? demanda Françoise.

172

— Hum, hum...

— Ne la dérange pas, tu ne vois pas qu'elle valse avec le beau Rhett, dit Laure avec le plus grand sérieux. Tu me passes *Silhouettes* ?

— Attends, je finis de regarder les modèles pour enfants. Que j'aimerais avoir une petite fille pour lui mettre de jolies robes !

— Tu deviens bien futile depuis que tu es à Paris et que tu fréquentes les grands couturiers. Elle a bien changé la Françoise de Montillac ! Tu ne ressembles plus du tout à la petite infirmière de Langon tellement convenable.

— Ce n'est pas gentil de me reprocher d'être frivole. Que voudrais-tu que je fasse ? Que je m'enferme dans mon appartement tous rideaux tirés en attendant la fin de la guerre ? Que je parte en Allemagne comme le font certaines femmes dans ma situation ? Où voudrais-tu que j'aille là-bas ? Chez le père d'Otto ? Il me chasserait ! Et d'ailleurs, est-il toujours vivant ? Et Otto, où est-il ? Peut-être est-il mort, ou grièvement blessé à l'heure où je te parle.

— Pardonne-moi, je ne voulais pas te faire de peine. Regarde comme Charles joue bien avec petit Pierre. On dirait des frères.

— Oui, ils sont très mignons. Tiens, voilà *Silhouettes*.

Françoise se leva en tirant sur son maillot de laine bleu et s'approcha de la poussette où était assis son petit garçon.

— Tu as lu l'article de Lucien François ? demanda Laure. « Contre le slip, pour la vraie lingerie ? » C'est à mourir de rire. Ecoute ça :

« Les censeurs froncent le sourcil, à l'idée que l'on puisse se préoccuper, dans la conjoncture actuelle, de cette chose entre toutes frivole et qui a, par surcroît, comme un arrière-goût de libertinage : les dessous féminins. On serait tenté de leur donner raison, la tête bercée par les « Froufrous » de Mayol. On réfléchit déjà un peu plus en songeant que la mode du slip et du soutien-gorge, d'origine étrangère, a mis au chômage des

173

milliers d'ouvrières de l'industrie de la dentelle comme celles de
la lingerie fine, toutes deux telluriquement de chez nous... »

Telluriquement !... Tu te rends compte ?... Je suis sûre qu'il pense que, si les soldats français ont perdu la guerre, c'est parce que leurs femmes portaient des slips anglais ou américains ! Ecoute la fin :

« Il n'y a pas de peuples forts sans femmes féminines auprès d'hommes vraiment virils. C'est quand les sexes commencent à s'influencer mutuellement que s'annonce le déclin d'une race. Les androgynes en slip étaient les camarades des jeunes gens aux chemises bonbon-fondant. Nul danger que, dans un ménage, une vraie femme en pantalon de chantilly porte jamais la culotte !... »

— Tu ne trouves pas incroyable qu'on parle de petites culottes alors que nous n'avons plus d'électricité, plus de gaz, plus de métro d'aujourd'hui samedi à treize heures jusqu'à lundi même heure, qu'Estelle fasse la queue depuis ce matin sept heures devant les Magasins réunis dans l'espoir de pouvoir acheter des petits pois évaporés Prosper, que nous mangions depuis trois jours des maquereaux salés et que les bombardements fassent des milliers de morts ?... Incroyable ! Quelle époque ! Qu'en penses-tu, Léa ?

Léa qui s'était arrêtée de lire pour écouter sa sœur haussa les épaules.

— Pas plus incroyable que d'être là allongées en maillot de bain sur les bords de la Seine et d'aller tout à l'heure au Moulin Rouge écouter chanter Edith Piaf, pendant que l'on se bat en Normandie, en Bretagne, en Russie ou dans le Pacifique. Ce qui est incroyable c'est que nous soyons toutes les trois vivantes... J'ai faim. Françoise, tu me passes un sandwich ?

— Ça va faire une émeute, s'ils nous voient manger des sandwichs au vrai pain et au vrai saucisson. Tu ne crois pas, Laure ?

— Ils n'ont qu'à se débrouiller comme moi. Faut pas croire

que ce soit facile de trouver du pain et du saucisson à Paris, le 5 août 1944.

— Ça, je veux bien te croire, fit Léa en mordant férocement dans le sandwich que lui tendait Françoise. Avec ton don pour les affaires, c'est toi qui aurais dû t'occuper de celles de Monti...

Elle devint toute pâle en s'arrêtant sur ce nom qu'elle s'était jurée de ne plus prononcer. Laure s'en rendit compte et entoura de son bras les épaules de sa sœur.

— Tu verras, nous reconstruirons Montillac...

— Jamais !... jamais !... Tu ne l'as pas vu comme moi !... Tu n'as pas vu tante Bernadette courir en flammes... Elle n'avait fait de mal à personne... Et Ruth ?...

— Tais-toi ! Tu te fais du mal. Ça ne sert à rien de ressasser toutes ces horreurs. Oublie-les.

— Oublier !... C'est facile à toi de dire ça ! Que connais-tu de la guerre ?... Seulement les petits trafics du marché noir...

— Arrêtez de vous disputer, tout le monde vous regarde... Allons-nous en, dit Françoise en rassemblant ses affaires.

— Rentrez si vous voulez, moi je reste encore un peu. Emmenez Charles avec vous.

— Léa, je veux rester avec toi.

— Non, mon chéri, sois gentil, rentre, j'ai besoin d'être seule.

Le petit garçon la regarda avec une intensité curieuse. Il prit la main de la jeune fille et la serra avec force.

— Tu rentreras vite ?

— Très vite, je te le promets.

— Sois à la maison pour deux heures et demie. Le spectacle commence à trois heures et demie. Ils nous faudra bien une demi-heure pour aller place Blanche à bicyclette. Ça monte, tu sais, pour aller là-bas.

— Ne t'inquiète pas, je serai à l'heure.

Sans plus s'occuper de ses sœurs et des enfants, Léa se rallongea et ferma les yeux. Mais les images qui se formaient derrière ses paupières étaient tellement épouvantables qu'elles les rouvrit très vite.

Un baigneur se leva en abandonnant son journal et plongea dans la Seine en l'éclaboussant légèrement. Elle prit le journal. C'était *l'Œuvre*, de Marcel Déat, dont elle lut machinalement l'article « Variété de la faune du maquis », dans lequel il crachait son venin sur les communistes, les gaullistes, les socialistes et autres « maringouins ». Elle apprit tour à tour la fermeture de cent quatre-vingt-dix-huit bars américains à la demande de la Milice française, émue du caractère immoral de ces établissements de plaisir; elle apprit qu'au Grand Palais s'ouvrait une exposition sur « L'âme des camps »; que le docteur Goebbels avait déclaré : « *Le peuple allemand doit se lever en masse pour forcer le destin* »; que des marins allemands conduisant des engins spéciaux avaient coulé treize navires anglo-américains; qu'une brigade d'assaut française de la Waffen SS était engagée sur le front de l'Est; qu'aujourd'hui les courses avaient lieu à Vincennes et demain dimanche à Auteuil; qu'à la Bourse de Paris, le marché s'était montré plus actif; que le Führer et le docteur Goebbels avaient adressé un télégramme de félicitations à Knut Hamsun pour ses quatre-vingt-cinq ans; que le prochain conseil de révision pour les volontaires français de la Waffen S.S. aurait lieu le lundi 7 août à neuf heures, et celui de la Légion des volontaires français contre le Bolchevisme à la caserne de la Reine, à Versailles; qu'un château pour enfants allait porter le nom de Philippe Henriot; que le lendemain, à partir de quinze heures, aurait lieu un championnat de natation du pont d'Austerlitz au pont Alexandre III; qu'Elvire Popesco jouait à l'Apollo dans *Ma cousine de Varsovie*, Jane Sourza et Raymond Souplex *Sur le banc* au Casino de Paris; qu'à Luna-Park on pouvait applaudir Georgius, Georgette Plana et beaucoup d'autres et qu'Edith Piaf...

Léa jeta le journal, enfila par-dessus son maillot deux-pièces rouge et blanc, une robe en rayonne imprimée de grosses fleurs, cadeau de Françoise, et noua les lacets de ses sandales de

176

toile blanche à hautes semelles de bois compensées. En courant, elle monta l'escalier qui menait au quai.

Le 11 août, la radio annonça la mort de Saint-Exupéry abattu dans le Midi au cours d'un vol de nuit. Le speaker déplora que cet écrivain fût passé dans le camp des ennemis de la France.

Le même jour Léa avait trouvé, glissée sous la porte, une lettre de Laurent adressée à Camille, chez mesdemoiselles de Montpleynet. Bouleversée, elle l'avait ouverte en tremblant.

« Ma femme bien-aimée,

« Enfin me voici de retour sur le sol de France... Je n'ai pas de mots pour te dire notre joie, notre émotion à mes camarades et moi-même. J'ai vu les plus rudes tomber à genoux en débarquant et baiser en larmes le sol de leur pays, d'autres, glisser dans leurs poches du sable de cette plage normande que les soldats alliés avaient eu le privilège de fouler avant nous. Comme la venue de ce jour nous a semblé longue ! Il nous semblait qu'il n'arriverait jamais.

« J'ai passé ma première nuit sur le siège d'une jeep. Je n'ai dormi que quatre heures mais jamais je ne me suis senti aussi frais et dispos. Je me disais que j'étais sur la même terre, sous le même ciel, que bientôt je vous serrerais toi et Charles contre moi. C'était trop de bonheur !

« C'est par un matin gris que nous avons débarqué à Sainte-Mère-Eglise en compagnie du général Leclerc qui piquait de sa canne le sable autour de lui avec un air incrédule. Je l'ai entendu murmurer : "Drôle d'impression...", puis plus fort, en regardant autour de lui avec un sourire qui lui plisse les yeux : "Ça fait bougrement plaisir". Nous avons été bousculés par des photographes du service cinématographique des armées qui voulaient photographier la poignée de main entre le général américain, Walker, et

177

notre général. Leclerc s'y prêta de mauvaise grâce, refusant de retourner sur la jetée.

« Je l'ai accompagné jusqu'au Q.G. de la IIIᵉ armée américaine à laquelle la 2ᵉ D.B. est rattachée. C'est là que nous avons rencontré le général Patton. Quel contraste entre les deux hommes ! L'un, grande gueule de cow-boy, buveur de whisky, portant à sa ceinture des colts comme on en voit au cinéma, et l'aristocrate avec son calot piqué de deux étoiles — la troisième attendait depuis plus d'un an d'être cousue —, son imperméable serré à la taille, ses guêtres anglaises. C'est à peine s'il avait accepté de se séparer d'une sorte de musette qui lui battait les reins. Patton était d'excellente humeur; le front allemand était enfin enfoncé à Avranches. Avranches où nous passâmes en nous dirigeant vers Le Mans. Spectacle de fin du monde. Des civils errant dans les rues dévastées, fouillant dans les décombres, champs où s'entassent des centaines de prisonniers au regard morne, cadavres d'Américains, de Canadiens, d'Anglais, d'Allemands mêlés. Dans les villages traversés, des jeunes filles nous tendaient des fleurs, du pain, des bouteilles de vin ou de cidre. Nous passions tour à tour de la joie des libérés au désespoir de ceux qui ont tout perdu.

« Sans avoir pris de repos, nous attaquâmes le 10 dans une certaine pagaille. Les combats furent durs. Nous eûmes vingt-trois tués, près de trente blessés et quatorze chars détruits ou perdus. Le lendemain à Champfleur, le général, assis sur la tourelle du Tailly, commanda la manœuvre d'approche. Toute la journée, soit dans sa jeep soit dans son scout-car, il avait entraîné ses hommes, indifférent aux balles et aux obus. A la fin de ce deuxième jour de combat, il était content, nous avions libéré une trentaine de villages et avancé de quarante kilomètres. Harassés, nous dormions à même le sol. Pas longtemps : vers deux heures du matin, des obus allemands tombèrent dans le pré où dormait Leclerc, détruisant un half-track et tuant ses deux servants. Pour tous, la nuit était terminée. Du 10 au 12 août, la 2ᵉ D.B. tua huit cents Allemands, fit plus de mille prisonniers et détruisit quinze Panzer. Dans la forêt d'Ecouves, c'est par milliers que les soldats ennemis se rendirent.

« Le vendredi 13, nous attaquâmes le village de Cercueil. C'est en descendant sur Ecouché que j'ai vu le carnage le plus hallucinant. Nous devions rejoindre la nationale 24 bis. J'étais derrière le char d'un ami, Georges Buis, qui commandait l'avant-garde. Derrière les prés bordés de haies, la route nous apparut, encombrée de véhicules ennemis à perte de vue, semblant flotter au-dessus du feuillage. Durant quelques instants, tout resta suspendu. Puis ce fut l'apocalypse. Les canons de tous nos chars crachèrent le feu et l'air s'emplit de fumée et de cris... Un détachement parvint par des ruelles à passer le formidable embouteillage de carcasses tordues, de corps mutilés et de chars en flammes, à traverser la nationale et à s'emparer de l'objectif : le pont sur l'Orne. »

Après des formules de tendresse pour sa femme et des caresses pour son petit garçon, la lettre s'arrêtait là. Léa la replia soigneusement. A la radio, on annonçait la tentative de suicide de Drieu la Rochelle. Le téléphone sonna.

— Allô... Ruth !... C'est toi ? C'est bien toi ?

— Oui, ma petite, c'est moi.

Léa, qui n'avait pas versé une larme depuis la mort de Camille, sentit ses joues se couvrir de ruisselets tièdes et salés, en entendant la voix affaiblie mais parfaitement reconnaissable de celle qu'elle avait crue morte. Elle ne savait que bégayer :

— Oh Ruth !... Ruth...

A tour de rôle, Françoise et Laure voulurent parler à leur gouvernante, pleurant, elles aussi de joie. Bientôt, toutes les habitantes de la rue de l'Université se trouvèrent transformées en fontaine. Laure la première sécha ses yeux en s'écriant :

— C'est la première bonne nouvelle que nous recevons depuis longtemps, ça s'arrose.

Elle alla chercher une bouteille de champagne dans ce qu'elle appelait « sa réserve ».

— Il va être un peu chaud, mais ça ne fait rien. Estelle, donnez-nous des verres et venez trinquer avec nous.

Même Charles eut droit à « doigt de champagne », comme disait tante Lisa.

— Nous n'avons même pas pensé à lui demander ce que devenait Montillac, fit Laure en finissant son verre.

« C'est vrai, pensa Léa, dans la joie de la savoir vivante, j'ai oublié Montillac. C'est mieux ainsi. Montillac est mort pour moi... Que m'importe ce qui peut en survivre... Trop de sang a déjà coulé sur cette terre... Que Fayard la reprenne, ça ne m'intéresse plus. »

— Vous vous rendez compte, Mme Françoise, quarante francs le kilo de pommes de terre !... Trois heures de queue au marché Saint-Germain pour en rapporter deux kilos !... Le beurre ? Il n'y en a plus ! Et à mille francs le kilo, faut être millionnaire pour en acheter, s'exclama Estelle.

— Ne vous inquiétez pas, dit Laure, j'aurai du beurre demain, j'ai reçu du tabac et des savonnettes, je vais pouvoir les échanger contre un peu d'épicerie.

La vieille domestique regarda la jeune fille avec admiration.

— Je ne sais pas comment vous faites, Mlle Laure, mais sans vous, il y a longtemps qu'on serait mort de faim, ici. Heureusement que vous n'écoutez pas Mlle Albertine.

— Taisez-vous, Estelle, j'ai tort de ne pas me montrer plus ferme envers Laure et d'avoir accepté ses trafics de... de...

— Dites-le, ma tante : de marché noir. Eh bien oui, je fais du marché noir. Je n'ai pas envie de me laisser mourir de faim, moi, en attendant l'arrivée des alliés. Je ne vole rien, j'échange en prenant un petit bénéfice. Je fais du commerce. Tous mes amis font la même chose.

— Ce n'est pas une raison, ma pauvre enfant. Tant de malheureux souffrent et sont démunis de tout. J'ai honte de notre bien-être.

Lisa, qui n'avait rien dit jusque-là, sursauta et, le visage empourpré, s'adressa à sa sœur :

— Notre bien-être !... Tu plaisantes, j'espère ?... Parlons-en de notre bien-être. Ni thé, ni café, ni chocolat, ni viande, ni pain mangeable ! Cet hiver, pas de feu ! Tout ça parce que mademoiselle ne veut pas manger à sa faim, avoir chaud sous prétexte qu'il y a des chômeurs, des prisonniers, des pauvres qui manquent de tout ! Mais ce n'est pas parce que nous nous priverons qu'ils auront moins froid et moins faim !

— Je le sais bien, mais nous devons être solidaires.

— Il n'y a plus de solidarité aujourd'hui, cria Lisa.

— Comment peux-tu dire ça ?... murmura Albertine en regardant sa sœur tandis qu'une larme coulait le long de sa joue ridée, laissant une trace sur le blanc de la poudre.

Cette larme calma la colère de Lisa qui se précipita vers elle en lui demandant pardon. Bras dessus, bras dessous, elles se retirèrent dans la chambre d'Albertine.

— C'est toujours la même chose, dit Laure, il suffit que l'une pleure pour que l'autre la console... Que fais-tu cet après-midi ?

— C'est à moi que tu parles ? demanda Léa.

— Oui.

— J'ai promis à Charles de l'emmener au Luxembourg faire un tour sur les chevaux de bois.

— Et toi, Françoise ?

— Je vais rentrer chez moi. Un ami d'Otto doit me téléphoner dans la soirée pour me donner de ses nouvelles.

— Tu as tout le temps.

— Pas vraiment. Avec l'arrêt total de métro, je suis obligée de rentrer à pied. J'en ai bien pour deux heures. Et toi, que fais-tu ?

— Je ne sais pas. Depuis qu'ils ont fermé tous les bars américains, on ne sait plus quoi faire avec les copains. Je vais voir si la bande est au Trocadéro.

— Alors on part ensemble ?

— Non, tu es à pied, je préfère prendre ma bicyclette.

— Comme tu veux. Je t'appellerai ce soir si j'ai des nouvelles d'Otto.

Sa petite main dans celle de Léa, Charles marchait sagement. De temps en temps, il lui serrait les doigts plus fort jusqu'à ce qu'elle réponde par une pression qui voulait dire : « Je suis là, n'aie pas peur ». Cela le rassurait; il était tellement effrayé à l'idée qu'elle disparaisse comme sa mère.

Quand ils étaient partis, main dans la main, sans se retourner, de la grande maison en flammes, il avait deviné qu'il ne fallait plus lui parler de certaines choses et maman faisait partie des choses dont il ne fallait pas parler à Léa. Léa qu'il aimait autant que maman l'aimait. Pauvre maman !... Pourquoi criait-elle si fort quand il courait vers elle le jour où les Allemands tiraient partout. Il se souvenait d'avoir eu mal, d'avoir senti sa mère le serrer, puis le lâcher, puis plus rien.

A ses questions, on avait répondu que maman allait bientôt revenir. Mais, lui, savait bien que ce n'était pas vrai, qu'elle était partie loin, très loin... Peut-être même qu'elle était au ciel ? Maman disait que, quand on était mort, on allait au ciel... alors ?... Maman ?...

Le petit garçon s'arrêta net, la bouche soudain sèche, le corps couvert de sueur. Pourquoi s'arrêtait-il justement là, devant l'immeuble du boulevard Raspail où avait habité Camille ? Léa revit la jeune femme lui ouvrant la porte de l'appartement avec ce doux sourire qui la rendait si touchante. Leurs mains serrées, serrées, n'en faisaient plus qu'une... Il leva les yeux, elle baissa les siens... Lentement, sans le lâcher, elle s'accroupit à sa hauteur et le tint longuement enlacé.

Un officier allemand, suivi de son ordonnance, s'arrêta pour les regarder d'un air attendri.

— Moi aussi, j'ai un petit garçon de son âge. Il n'a pas la chance du vôtre... Sa mère a été tuée dans un bombardement avec ma fille aînée, dit-il dans un français correct mais appliqué en caressant les cheveux de Charles.

L'enfant bondit comme s'il avait reçu un coup.

— Sale Boche ! Ne me touche pas.

L'Allemand, devenu blême, retira sa main. L'ordonnance bondit.

— Tu insultes le capitaine ?...

— Laissez, Karl, c'est normal que les Français ne nous aiment pas. Excusez-moi, madame, je me suis laissé allé à faire du sentiment. Un bref instant, j'ai oublié cette guerre qui fait tant de mal à nos deux pays. Bientôt, tout cela sera fini. Adieu, madame.

L'homme claqua les talons et se dirigea à longues enjambées vers l'hôtel Lutétia sur lequel flottait toujours le drapeau à croix gammée.

14.

Une foule nombreuse se pressait en cet après-midi du 15 août sous les arbres du Luxembourg et autour du bassin sur lequel se balançaient les voiliers de la loueuse de bateaux. Les badauds passaient devant le Sénat sans un regard, ignorant les sentinelles derrière leurs sacs de sable et leurs barrières de fil de fer barbelé. Des enfants et leurs mères attendaient la fin du spectacle de marionnettes pour entrer à leur tour. Le manège était pris d'assaut ainsi que les voitures à ânes et les poneys. On se serait cru un jeudi ou un dimanche de juin, en pleine année scolaire, tant il y avait d'enfants. La plupart d'entre eux étaient privés de vacances à cause de la grève des cheminots et surtout des combats qui se rapprochaient de la capitale. Le jeu favori des dix-douze ans était la guerre, mais tous voulaient être français, aucun ne voulait être allemand. Les jeunes chefs de bande étaient obligés de procéder à des tirages au sort. Et c'était sans conviction, que les « Allemands » se battaient contre les Français.

Après trois tours de manège sans avoir réussi à attraper d'anneau avec son bâton, Charles voulut une glace. A l'entrée du jardin, vers le boulevard Saint-Michel, un glacier à la superbe voiture aux couleurs vives, en forme de carrosse, avait des glaces dites « à la fraise ». Léa en acheta deux. Sous le kiosque à musique, un orchestre en uniforme vert jouait des valses de Strauss. Sur certains arbres étaient accrochées des affiches jaune et noir signées du nouveau gouverneur militaire de Paris, le général von Choltitz appelant la population parisienne au calme et lui annonçant que les mesures de répression « les plus sévères et les plus brutales » seraient prises à son encontre en cas de désordres, de sabotages ou d'attentats.

Mais la plupart des lecteurs souriaient : la radio avait annoncé à midi le débarquement allié en Provence. Certains affirmaient que les Américains étaient aux portes de Paris car ils avaient entendu le canon. D'autres revenaient de Notre-Dame où ils avaient assisté à la cérémonie commémorative du vœu de Louis XIII malgré l'interdiction faite par le général von Choltitz.

Bravant l'interdit, les Parisiens s'étaient rendus nombreux à l'appel des évêques. Si nombreux qu'ils avaient débordé de l'édifice religieux jusqu'au milieu de la place, se pressant face au portail central où sur une estrade s'était déroulée la même cérémonie que celle célébrée à l'intérieur. Tandis que la procession sortait par un portail latéral et rentrait par l'autre. La foule avait répondu avec ferveur aux litanies lancées par un missionnaire du haut de l'estrade : « Sainte Jeanne d'Arc, libératrice de la patrie… priez pour nous… Sainte Geneviève, protectrice de Paris…priez pour nous… Sainte Marie, mère de Dieu, patronne de la France… priez pour nous… » Un instant, le missionnaire avait interrompu ses adjurations pour écouter ce qu'un prêtre lui disait. Ceux qui étaient près de l'estrade avaient vu son visage s'illuminer. Beaucoup étaient tombés à genoux quand, avec une voix vibrante, il s'était écrié : « On nous annonce que les troupes alliées ont débarqué en Provence. Prions, mes très chers frères, pour que Marseille et Toulon soient épargnés par la destruction : Notre père qui êtes au cieux, que votre nom soit sanctifié, que votre règne arrive… » L'émotion avait été à son comble quand le cardinal Suhard avait prononcé une allocution improvisée dans laquelle il parlait de « la dernière épreuve à traverser ». Quelques soldats allemands debout devant l'Hôtel-Dieu et la Préfecture avaient assisté à

185

tout cela sans broncher. Chose curieuse, pas un gardien de la paix alentour : depuis ce matin, la police parisienne était en grève, en riposte au désarmement de ses collègues des commissariats d'Asnières et de Saint-Denis.

Le lendemain de l'Assomption, *Je suis partout* qui avait été suspendu, reparut, annonçant la sortie du prochain numéro pour le vendredi 25 août. Des camions, remplis de Miliciens, commencèrent à quitter la capitale en direction de l'Est. Avenue de l'Opéra, aux Champs-Elysées, boulevard Saint-Michel, des soldats allemands défilaient en chantant musique en tête, devant des badauds goguenards. « C'est le début de la fin », ricanait-on.

Le 17, la joie populaire eut bien du mal à ne pas éclater devant les cars, les camions, les ambulances, les voitures surchargées, remplis d'Allemands au regard morne et aux traits tirés. Derrière, venaient les véhicules les plus hétéroclites : charrettes, voitures à chevaux, triporteurs, jusqu'à des brouettes débordant de butin : appareils de T.S.F., machines à écrire, tableaux, fauteuils, lits, malles, valises et, couronnant le tout, les inévitables matelas rappelant aux Parisiens leur propre exode sur les routes de France.

Ah ! quel plaisir de voir se traîner les résidus de l'invincible armée !... Où étaient-ils les conquérants superbes et bronzés de juin 40 ?... Qu'étaient devenus leurs uniformes impeccables ?... Usés en quatre années de guerre à travers les steppes de la Russie ? Les déserts de l'Afrique ? Dans les fauteuils de l'hôtel Meurice ? du Crillon ? ou de l'Intercontinental ?... On s'asseyait sur les chaises des jardins des Champs-Elysées pour les voir circuler sans se fatiguer, on jouait à compter les voitures, les camionnettes. Les sourires ne s'effaçaient pas quand passaient, à pied, des soldats trop jeunes ou trop vieux, fagotés dans des vareuses trop larges ou trop étroites, mal rasés, débraillés, traînant leur arme, ou les bras lourdement chargés de victuailles ou de tissus que certains n'hésitaient pas à vendre à la population.

Laure et Léa pédalaient le long des quais. Il y avait dans l'air une sorte d'euphorie malgré la tension qui régnait dans certains quartiers, le bruit des moteurs, les cris, les fumées des dossiers de la Gestapo et des administrations brûlant à même le pavé des rues, l'énervement des fuyards, le couvre-feu à vingt et une heures. Une longue voiture doubla les deux sœurs dans laquelle des jeunes femmes trop blondes et trop élégantes se serraient contre un général à monocle.

Les pêcheurs à la ligne et les baigneurs étaient au rendez-vous sur les berges de la Seine. Dans la lumière crue de l'été, des voiliers se balançaient doucement. Toute la ville attendait. Elles durent descendre de vélo pour traverser le pont Royal barré par des chicanes en fil de fer barbelé.

Rue de l'Université, Charles attendait Léa avec impatience pour lui donner le dessin auquel il travaillait depuis le début de la matinée. Estelle se plaignait de ses pauvres jambes couvertes de varices « à cause des queues ». Lisa était très excitée : à midi, elle avait entendu à la radio anglaise que les Américains étaient à Rambouillet. Albertine paraissait soucieuse.

Grâce aux réserves de Laure, le dîner composé de sardines à l'huile et de vrai pain d'épice parut un régal. A 22 heures 30, l'électricité revint jusqu'à minuit apportant à Lisa une déception : les Américains n'étaient pas à Rambouillet mais à Chartres et à Dreux.

Peu avant le couvre-feu, des SS avaient tiré des rafales de mitraillettes sur les badauds qui regardaient les fonctionnaires allemands déménager les documents du Trianon-Hôtel de la rue de Vaugirard. Place de la Sorbonne, boulevard Saint-Michel, plusieurs personnes avaient été ainsi tuées ou blessées.

Le sommeil des Parisiens fut troublé par les explosions des dépôts de munitions que firent sauter les occupants.

187

— Il n'y a pas de journaux ce matin, dit à Léa le marchand du kiosque installé en face des Deux-Magots, boulevard Saint-Germain. Ça sent mauvais pour les collabos. Regardez la tête du type à lunettes, c'est Robert Brasillach, il va boire son café au Flore. Il n'a jamais eu bien bonne mine, mais depuis deux jours, il a l'air franchement malade. A sa place, je partirais avec mes amis fridolins.

C'était dont lui ce Brasillach dont lui parlait avec admiration Raphaël Mahl ?

Il avait l'air d'un gamin souffreteux.

Léa s'installa à la terrasse non loin de lui et commanda un café. Le vieux serveur en long tablier blanc lui répondit qu'il ne pouvait rien lui servir de chaud, le gaz ayant été coupé. Elle se rabattit sur un diabolo-menthe, infect.

A la table voisine, un homme d'une trentaine d'années, grand, brun, portant de grosses lunettes de myope écrivait dans un cahier d'une petite écriture ronde et appliquée. Un jeune homme frêle et blond vint s'asseoir près de lui.

— Salut, Claude. Déjà au travail ?

— Bonjour, Claude. Si on veut. Quelles sont les nouvelles ?

— Il y a eu pas mal d'incidents hier dans le quartier. Les Allemands ont tiré rue de Buci, boulevard Saint-Germain.

— Il y a eu des morts ?

— Oui, pas mal. Comment va votre père ?

— Bien. Il est à Vémars, je vais le voir demain.

De sourdes détonations empêchèrent Léa de continuer à suivre leur conversation.

— Ce sont des dépôts de munitions, dit l'un d'eux.

— Ils ont incendié des entrepôts derrière la tour Eiffel et plusieurs cafés. C'est bientôt la fin. Les collabos s'enfuient comme des rats. Nous n'entendrons plus la voix de Jean Hérold-Paquis, Radio-Journal est mort. Les Luchaire, les Rebatet, les Bucard, les Cousteau, les Bonnard, dits Gestapette, ont pris la route de l'Allemagne. Il n'y a que lui qui soit resté et je voudrais bien savoir pourquoi, dit l'homme blond en désignant Brasillach.

— Peut-être pour une certaine idée de l'honneur. Je n'arrive plus à le haïr, il me fait pitié.

— Pourquoi le haïssiez-vous ?

— Oh ! c'est une vieille histoire à cause d'un article ignoble sur mon père paru en 1937.

— Je m'en souviens ! Il l'avait intitulé : « L'âge critique de M. Mauriac ».

— Oui. Les basses injures de Brasillach m'avaient profondément blessé. Je voulais aller lui casser la gueule.

Léa posa de l'argent sur le guéridon et se leva. Les deux hommes la suivirent des yeux.

— Jolie fille !

— Oui, très jolie fille.

Sans les explosions lointaines des dépôts de munitions, la fin de matinée un peu lourde de ce 18 août 1944 aurait ressemblé à une banale fin de matinée d'été. Tout était calme. Les passants, peu nombreux, avaient la démarche lente des touristes. Des jeunes filles passaient à bicyclette, en robe claire, souriantes. Devant l'église Saint-Germain-des-Prés, un groupe de jeunes gens discutait avec animation; à la vitrine de la librairie du Divan, quelques exemplaires défraîchis de la revue de Martineau achevaient de jaunir; dans le petit square, près de l'église, une vieille dépliait un papier journal contenant de la nourriture pour les chats, la sienne peut-être, et la posait au pied d'un arbre en appelant :

— Minou... minou... venez mes beaux...

Place Furstenberg, des clochards se disputaient une ultime goutte de vinasse; rue de Seine, deux concierges, sur le pas de leurs portes, n'en finissaient pas de commenter les événements de la veille; au carrefour Buci, les étalages des marchands de fruits et de légumes étaient désespérément vides ce qui n'empêchait pas des files de ménagères résignées de se former; la rue Dauphine était déserte; rue Saint-André-des-Arts, des gamins se poursuivaient avec des bouts de bois en guise de pistolets, se cachant dans les encoignures de la cour de Rohan.

— Pan, pan... rends-toi ou tu es mort...

Léa errait à travers les rues, sans but.

Elle se retrouva place Saint-Michel. Des gens se pressaient autour d'un platane. Jouant des coudes, elle s'approcha. Une petite affiche blanche avec des drapeaux tricolores entrecroisés y était accrochée. Elle lut :

« Gouvernement provisoire de la République Française.

Les Alliés sont aux portes de Paris. Préparez-vous à l'ultime combat contre l'envahisseur. Les combats ont déjà commencé dans Paris.

Attendez les ordres, soit par affiche, soit par radio, pour agir, les combats auront lieu par arrondissement. »

Pas un Parisien qui ne savait que les jours, les heures mêmes qui allaient venir verraient la libération de leur ville ou sa destruction. Certains s'y préparaient activement, la plupart étaient bien décidés à ne pas bouger de chez eux et à attendre le départ des Allemands pour manifester leur joie.

Léa, elle, était sans cesse bousculée entre la haine et la peur, la vengeance et l'oubli. Elle passait de l'une à l'autre avec une rapidité qui la laissait nerveusement épuisée. Ses nuits agitées ou sans sommeil avaient imprimé leurs traces autour de ses yeux auxquels la fatigue donnait une limpidité mauve. Les boucles de ses cheveux relevés accentuaient la nouvelle fragilité de son visage.

Elle devait réagir et prendre contact avec les membres de ce réseau dont lui avait parlé le jeune médecin de Langon qui les avait ramassés sur la route, conduits à Bordeaux et mis dans un des derniers trains partant vers Paris. Voyage mouvementé qui avait duré deux jours à cause des voies ferrées coupées et des bombardements qui obligeaient les voyageurs à fuir leur wagon pour s'aplatir dans la campagne. Léa avait machinalement suivi les autres, indifférente au danger comme aux gémissements de

Charles qui ne quittait pas sa main. L'accueil chaleureux de ses tantes et de ses sœurs n'avait pas diminué son désintérêt pour tout. Seule, la voix de Ruth avait eu raison de son apathie. Les larmes qu'elle avait versées lui avaient fait retrouver un peu de son désir de vivre, sans lui redonner toutefois cette confiance en elle qui faisait naguère sa force.

Jusqu'au soir, elle vagabonda dans un Paris que l'on sentait tendu par l'attente. C'est la faim qui la ramena, peu avant le couvre feu, rue de l'Université où Estelle ne put lui donner qu'un peu de purée froide et un morceau de camembert plâtreux. Albertine de Montpleynet, enfin rassurée, ne lui fit pas de reproches sur sa longue absence. Charles qui n'avait pas voulu se coucher avant son retour s'endormit en lui tenant la main.

Des cauchemars tinrent Léa éveillée une partie de la nuit. A l'aube seulement, ils lui laissèrent quelque répit.

15.

— Réveille-toi, réveille-toi...

Secouée par Laure, Léa se redressa et regarda sa sœur d'un air hébété.

— Réveille-toi, les F.F.I. ont pris la Préfecture, on se bat partout dans Paris, les Américains arrivent. Habille-toi.

Essoufflée, Laure gesticulait dans la chambre.

— Qu'est-ce que tu racontes ?

— Les gaullistes occupent la Préfecture de police... Les policiers se battent à leur côté.

— Qui t'a dit ça ?

— C'est Franck, un camarade que tu ne connais pas; il habite un immense appartement boulevard Saint-Michel, qui donne à la fois sur le boulevard, le quai et la rue de la Huchette. Il m'a téléphoné. Avec des amis, ils avaient dansé et bu toute la nuit. A cause du couvre-feu, ils sont restés dormir chez lui. C'est en allant fermer les volets qu'il a remarqué, vers sept heures, des hommes seuls ou par deux traverser le pont Saint-Michel ou se diriger vers Notre-Dame. Intrigués par leur nombre, il s'est rhabillé et il est descendu dans la rue. Là, il les a suivis et s'est retrouvé sur le parvis où mille, deux mille personnes attendaient en bavardant à voix basse. A leurs propos, il a deviné que c'étaient des policiers en civil. Une camionnette est arrivée. Quelques fusils et cinq ou six mitraillettes ont été distribués aux agents. Un mot d'ordre a dû être donné car ils se sont avancés vers la grande porte de la Préfecture. Franck a suivi le mouvement. La porte s'est ouverte et la foule a envahi en silence la grande cour. Un grand type en costume pied-de-poule avec un brassard tricolore, monté sur le toit d'une voiture, criait : « Au nom de la République, au nom du général de Gaulle, je prends possession de la Préfecture de police ! » Les fonctionnaires en faction se sont laissé désarmer sans résistance. Ils ont hissé le drapeau et chanté *la Marseillaise*. Franck, qui n'est pourtant pas un sentimental, m'a dit qu'il avait failli pleurer. Il paraît qu'un nouveau préfet a été nommé, Charles Lizet, je crois. Viens, on va y aller, ça sera amusant.

— Amusant ? Pas vraiment. Intéressant, peut-être, fit Léa en se levant.

— Tu dors toute nue ?

— J'ai oublié de prendre une chemise de nuit en partant. Laisse-moi, je voudrais faire ma toilette.

— Dépêche-toi, je t'attends dans la cuisine.

— D'accord. Surtout ne dis rien aux tantes.

— Évidemment, je ne suis pas folle.

Les soldats allemands casqués qui passaient dans leur camionnette découverte boulevard Saint-Germain, serrant contre eux leur fusil ou leur mitraillette, saluèrent par des cris les deux jolies filles qu'ils croisèrent sur leur bicyclette, à la hauteur de la rue du Bac.

— Ils n'ont pas l'air très inquiet, fit Léa en se retournant.

Maintenant désert, le boulevard s'étendait devant elles. A l'angle de la rue du Dragon, un Allemand pointa sa mitraillette dans leur direction.

— *Abhauen oder ich schiesse*[1] !

Sur les guéridons des Deux-Magots et du Flore, des tasses et

1. Partez, ou je vais tirer !

des verres à moitié pleins attendaient le retour des consommateurs réfugiés à l'intérieur. Rue de Rennes, quelques personnes couraient en tous sens. Une courte rafale, et deux d'entre elles tombèrent. Au carrefour Mabillon, des jeunes gens en blouse blanche avec le brassard de la Croix-Rouge se précipitèrent en direction de la fusillade. Au carrefour de l'Odéon, un tank barrait le passage. Elles tournèrent rue de Buci. Les rideaux de fer de la plupart des magasins étaient baissés, les cafetiers rentraient à la hâte leurs chaises, des hommes portant des brassards tricolores passèrent, l'air affairé. L'un d'eux leur dit :

— Rentrez chez vous, ça va barder.

Tout était étonnamment tranquille rue Saint-André-des-Arts : une concierge balayait le pas de sa porte comme tous les matins; le libraire prenait son petit blanc au comptoir du tabac avec l'imprimeur de la rue Séguier et la marchande de bonbons astiquait par habitude ses bocaux de verre remplis de faux bonbons. Boulevard Saint-Michel, des badauds très gais regardaient en direction de la Préfecture et de Notre-Dame sur lesquels flottait le drapeau tricolore.

Des cris saluèrent l'entrée de Laure et de Léa dans l'appartement de Franck.

— Je suis venue avec ma sœur, Léa, dont je t'ai parlé.

— Tu as bien fait. Bonjour, Léa. C'est vrai que vous êtes une héroïne de la Résistance ?

— Il ne faut pas croire tout ce que dit Laure, elle exagère toujours.

— Je n'ai rien exagéré...

— Tais-toi, je ne veux pas que l'on parle de ça.

— Comme vous voulez, résistante ou pas, soyez la bienvenue. Venez voir.

Le jeune homme l'entraîna vers une des hautes fenêtres d'un vaste salon.

— Regardez, nous allons être aux premières loges. Ma mère va beaucoup regretter d'être partie en Touraine. Pour rien au monde, elle n'aurait voulu manquer un tel spectacle. Je suis sûr qu'elle aurait invité toutes ses belles amies. Pour l'instant c'est un peu calme. Qu'en pensez-vous ? Belle perspective, non ?

— Oui, c'est très bien.

— Franck, tu n'as rien à manger ? Nous sommes parties si vite que nous n'avons rien eu le temps d'avaler.

— Tu connais la maison : chez Franck on ne manque de rien ! A part le pain qui est un peu rassis, il y a du jambon, du saucisson, des pâtés, du poulet froid, quelques friandises et vin, champagne, whisky à volonté.

— Vous tenez une épicerie ? demanda Léa sèchement.

— Je pourrais, ma petite dame, mais je préfère le commerce des bas de soie, des parfums et des cigarettes. Vous fumez ? Anglaises, américaines ? Au choix. Que préférez-vous ?

— Américaines. Mais d'abord, j'ai faim.

— A vos ordres. Holà ! Vous autres, apportez à boire et à manger à la princesse. Votre Altesse daignera-t-elle trinquer à nos futurs libérateurs ?

Pour la première fois depuis qu'elle était entrée chez lui, elle regarda le jeune homme. Il avait une bonne tête de copain d'enfance, de celui qui reçoit les confidences, partage les secrets mais qu'on ne voit jamais comme un homme. Pas très grand, perdu dans un costume aux épaules démesurées, au pantalon trop court laissant voir les chaussettes blanches et les inévitables chaussures à triples semelles du parfait zazou. La grosse mèche de ses cheveux blonds coiffés à la dernière mode écrasait son visage ingrat aux traits encore enfantins. Ce gamin, aux dires de Laure, était un des rois de la débrouille et avait, à l'insu de ses parents, amassé une fortune en faisant du marché noir. Généreux, il régalait volontiers ses amis et les amis de ses amis. Sans doute satisfaite de son examen, Léa daigna lui sourire.

— C'est ça, buvons à la libération de Paris.

Assise sur le rebord de la fenêtre, elle s'étonnait de boire du champagne dans cette ville insurgée qui se préparait à combattre.

Des agents de la défense passive traversèrent la place Saint-

Michel en criant que le couvre-feu commençait à quatorze heures.

— Ce n'est pas vrai, dit un garçon en entrant. Je suis passé à mon commissariat, on m'a dit n'être au courant de rien. Les F.F.I. qui l'occupent ne sont pas au courant non plus. Tiens, une nouvelle. Bonjour, je m'appelle Jacques.

— Bonjour, moi c'est Léa. Vous venez d'où ?

— D'un peu partout. Beaucoup de mairies sont aux mains des communistes...

— Qu'en savez-vous ?

— C'est le bruit qui court. Ils sont les seuls à être suffisamment organisés et armés. Rue de Rivoli, rue du Louvre, au Châtelet, à la République, avenue de la Grande-Armée, des postes de secours sont en place avec le drapeau de la Croix-Rouge. La chasse aux armes a commencé. Celui qui a un couteau déleste un soldat allemand de son revolver ou de son fusil, avec le fusil, il s'empare d'une mitraillette, avec la mitraillette d'un camion de munitions qu'il distribue à ses camarades. « A chacun son Boche », c'est le mot d'ordre pour les nouvelles recrues.

— Vous allez vous battre ? demanda Léa.

— Pourquoi pas ! Nous serons les héros de demain... J'y réfléchirai quand j'aurai mangé.

Toute la petite bande, cinq garçons, trois filles, s'installa dans la cuisine où Laure et une jolie blonde, Muriel, avaient mis la table.

— Si on mettait de la musique, ce serait plus gai.

— Oh, oui ! mets les Andrews Sisters, dit Muriel.

— D'accord. Quelle chanson veux-tu ?

— *Pennsylvania Polka* ou *Sonny Boy*.

— Comment vous êtes-vous procurés ces disques ? demanda Léa. Je croyais que la musique américaine était interdite.

— On a nos filières. On te le dira quand la guerre sera finie.

Les voix hautes des Andrews Sisters éclatèrent à travers l'appartement. Le repas se déroula très gai, chacun y allant de sa plaisanterie, de son bon mot. Ils étaient tous si jeunes, si

196

insouciants que Léa se surprit à rire à l'une de leurs blagues sous l'œil approbateur de Franck qui lui resservit un verre de vin.

Il se leva pour aller remonter le phono. Dans le silence relatif, de nombreux coups de feu claquèrent.

— Venez vite, les Allemands attaquent.

Tous se précipitèrent aux fenêtres.

Boulevard du Palais, les occupants de trois camions tiraient contre la porte de la Préfecture, trois chars se dirigeaient vers Notre-Dame. Des coups de feu partirent du Palais de justice et de la Préfecture abattant quelques agresseurs. Les camions disparurent vers le Châtelet. Des obus éclatèrent. Un peu plus tard, d'autres camions furent arrêtés boulevard du Palais. De leurs fenêtres, les jeunes gens virent des hommes en bras de chemise, armés de fusils ou de revolvers, se dissimuler dans la bouche du métro et au café du Départ devant la porte duquel ils installèrent un fusil-mitrailleur.

Un camion venant du pont Saint-Michel fut leur première cible. Un soldat allongé sur le capot, blessé, glissa sur la chaussée. Le camion s'arrêta, tandis qu'un autre s'écrasait à l'angle du quai des Grands-Augustins contre la Rôtisserie périgourdine, salué par les cris de joie des spectateurs. Des F.F.I. couraient ramasser les corps qu'ils dissimulaient dans les escaliers menant à la Seine sous l'œil intéressé des baigneurs se bronzant de l'autre côté de l'eau, adossés au mur du quai des Orfèvres. Vers le Châtelet montait la fumée noire d'un camion incendié. Une traction avant, marquée du V de la victoire et de la croix de Lorraine, tourna quai Saint-Michel dans un grand crissement de pneus, suivie par une ambulance et une voiture de pompiers. Du parvis de Notre-Dame, trois tanks s'apprêtaient à donner l'assaut à la Préfecture.

— Jamais ils ne tiendront, dit Franck, ils n'ont pratiquement pas de munitions et ce n'est pas quelques sacs de sable qui les protégeront contre les obus.

Un groupe d'adolescents passa en courant sur le quai portant une vieille mitrailleuse que Franck identifia comme étant une Hotchkiss. L'un d'eux avait autour du cou une bande de cartouches. Il s'appelait Jeannot, il avait quinze ans et il ne savait pas qu'il allait mourir un peu plus tard, quai de Montebello, le cou déchiré par une balle explosive...

Une bouteille incendiaire lancée d'une des fenêtres de la Préfecture atterrit dans la tourelle ouverte d'un tank qui s'enflamma instantanément. Les hurlements de joie des assiégés traversèrent la Seine et se mêlèrent à ceux des habitants du quai Saint-Michel qui, appuyés à leur fenêtre et inconscients du danger, ne perdaient pas une miette du spectacle. Un groupe de prisonniers allemands passa bras en l'air escortés par les F.F.I. Sur la place, un passant fut touché par une balle perdue. Un Allemand, couvert de sang, tirait en l'air en tournoyant sur lui-même. Une balle lui fit éclater la tête. Durant quelques secondes atrocement longues, il continua d'avancer avant de s'effondrer au milieu de la chaussée. Léa fut la seule à ne pas détourner les yeux.

Une explosion ébranla le quartier. Un camion d'essence venait de s'écraser contre le mur du Notre-Dame-Hôtel. Les flammes embrasèrent le store et montèrent à l'assaut de la façade. Des F.F.I. abandonnèrent leur poste pour tenter de déplacer le camion et protéger l'immeuble vétuste. Heureusement, très vite, on entendit la sirène des pompiers.

Profitant d'un moment d'accalmie, un des garçons décida d'aller faire un tour. Il revint au bout d'une heure en disant qu'une trêve venait d'être conclue pour ramasser les morts et les blessés. Cette heureuse nouvelle fut saluée, comme il convient, par l'ouverture d'une bouteille de champagne qui alla rejoindre ses sœurs dans la baignoire de l'une des salles de bains.

La soirée s'annonçait lourde et orageuse, les Parisiens avaient de nouveau repris possession du pavé de la capitale et flânaient dans les rues en s'arrêtant parfois devant une flaque de sang qui finissait de sécher, songeurs soudain et silencieux.

— Zut, nous n'avons pas prévenu les tantes, s'écria Laure en bondissant vers le téléphone.

Au-dessus du Pont-Neuf, le ciel devenait de plus en plus menaçant.

— Tante Albertine veut que nous rentrions immédiatement. Il paraît que Charles a une grosse fièvre...

— Elle n'a pas appelé le médecin ?

— Le vieux docteur Leroy ne répond pas et les autres refusent de se déplacer.

— Bon, j'y vais. Tu viens avec moi ?

— Non, je préfère rester ici. Si tu as besoin, appelle-moi. Franck tu donnes le numéro de téléphone à Léa ?

— Oui. Je la raccompagne. Je serai de retour dans moins d'une heure. Je t'emprunte ton vélo.

16.

Léa passa toute la nuit au chevet de l'enfant qui délirait. Au matin, elle l'enveloppa dans une couverture, emprunta le landau déglingué de la concierge dans lequel on l'allongea et se dirigea vers l'hôpital le plus proche.

L'orage de la nuit n'avait pas encore nettoyé le ciel de ses nuages noirs. De la chaussée mouillée montait une odeur de poussière. Personne dans les rues, en ce dimanche matin humide, qu'un silence lourd rendait inquiétantes...

Rue de Sèvres, à l'hôpital Laënnec, un interne de garde emporta l'enfant. Manifestement incapable de savoir de quoi il souffrait, il conseilla à Léa de le laisser jusqu'à l'arrivée du patron et de revenir plus tard. Devant son refus de quitter Charles, il les conduisit dans une chambre à deux lits après avoir fait absorber un médicament au petit malade.

C'est un bruit de voix qui la réveilla tard dans l'après-midi.

— Eh bien, jeune fille, vous avez un sommeil profond. Cet enfant n'est pas le vôtre ?

— Non.

— Où sont ses parents ?

— Qu'a-t-il, docteur ?

— Une forme de laryngite aiguë, compliquée d'un début de congestion pulmonaire.

— C'est grave ?

— Ça peut l'être. Il faudrait pouvoir le garder ici.

— Ce n'est pas possible ?

— Une bonne partie du personnel est absente. Vous ne m'avez pas répondu : où sont ses parents ?

— Sa mère a été tuée par les Allemands, son père est avec le général de Gaulle.

— Pauvre petit.

— Léa... Léa...

— Je suis là, mon chéri.

Charles s'agrippa à elle en gémissant. Le médecin les regarda d'un air soucieux.

— Vous allez le ramener chez vous et suivre exactement ce que je vais prescrire. Savez-vous faire les piqûres ?

— Non.

— Vous apprendrez.

— Mais...

— Ce n'est pas très compliqué.

La porte de la chambre s'ouvrit brusquement.

— Docteur, on nous amène des enfants blessés.

— Gravement ?

— Au ventre et aux jambes.

— J'arrive, mettez-les en salle d'opération. Vous voyez, mademoiselle, c'est ça que je redoutais : l'arrivée de blessés, alors que nous ne sommes pas assez nombreux pour soigner nos malades.

Le médecin finit de rédiger son ordonnance.

— Demandez à l'infirmière, à l'entrée, l'adresse de la pharmacie de garde et laissez-lui votre adresse. Demain matin, j'essaierai de passer ou j'enverrai un de mes confrères.

— Docteur... il ne va pas...

— Non. C'est un petit bonhomme costaud, il va très bien surmonter tout ça. Donnez-lui très régulièrement ses médicaments et surveillez sa température.

Durant les trois jours qui suivirent, Léa ne dormit que quelques heures, complètement coupée du monde extérieur, ne vivant qu'au rythme de la respiration de l'enfant. Des prières naïves venaient sur ses lèvres pâlies. Ses mains ne tremblaient plus en faisant les piqûres. A l'aube du 23 août, la fièvre tomba; le petit garçon, amaigri, dit d'une voix faible :

— J'ai faim.

Couvert de baisers par Léa, il sourit d'un air las et heureux.

— Que se passe-t-il ? demanda Albertine en poussant la porte.

— C'est merveilleux ! Charles est guéri, il demande à manger.

— C'est en effet une bonne nouvelle. Heureusement que Laure nous a déniché un peu de lait et des biscuits. Je vais demander à Estelle de lui apporter ce petit repas.

Il grignota un biscuit et but la moitié de son lait puis se rendormit d'un seul coup sous l'œil attendri des quatre femmes qui quittèrent la chambre en marchant sur la pointe des pieds.

— Y a-t-il de l'eau ? J'ai envie de prendre un bain, demanda Léa.

— Oui, mais froide comme d'habitude.

Froide ? Elle était vraiment très froide l'eau du bain. Mais eût-elle été encore plus froide que Léa s'y fût plongée avec délices pour se débarrasser de l'angoisse qui, comme la crasse, collait à sa peau depuis qu'elle avait senti la mort accrochée à Charles. Acharnée à le sauver, elle avait pressenti les moments critiques, ceux où le corps relâche ses défenses, et avait, telle une « mangeuse de mal », insufflé de sa force à l'aide de ses mains. Cette tension l'avait épuisée. Maintenant, elle sentait qu'il était sauvé.

L'angoisse et la fatigue se dissolvaient dans l'eau qui lui donnait la chair de poule. Avec vigueur, elle se frotta au gant de crin, couverte de la mousse d'une savonnette parfumée au muguet,

202

cadeau de Laure. N'ayant pas de shampooing, elle se lava la tête avec le savon et se rinça les cheveux à l'eau vinaigrée pour leur redonner du brillant.

Sans indulgence, elle s'examina dans la grande psyché de bois doré, qui faisait paraître luxueuse la simple salle de bains carrelée de blanc.

— Je n'ai plus que la peau et les os, dit-elle à voix haute.

Sans doute avait-elle beaucoup maigri, mais l'image que lui renvoyait le miroir était loin de lui déplaire. Avec complaisance, elle caressa ses seins aux pointes durcies de froid, cambra ses reins et crut entendre la voix de François Tavernier murmurant avec admiration :

— Quel cul !

A cette évocation, elle rougit avec un frisson de plaisir. Émue, elle s'enveloppa dans un peignoir d'éponge et sécha vigoureusement ses cheveux. Dans l'entrée, le téléphone sonna.

— Léa, c'est Laure qui veut te parler, cria Albertine à travers la porte.

— J'arrive.

Ébouriffée, elle prit le récepteur.

— Allô, Léa ?... Tante Albertine me dit que Charles va mieux... C'est vrai ?...

— Oui..., il n'a plus de fièvre... Il a mangé un peu ce matin... Pourras-tu ravoir du lait ?

— Ça devient de plus en plus difficile avec la grève générale, les conducteurs de camions refusent de prendre le volant pour aller en province... Le ravitaillement n'est plus assuré sauf pour la viande, grâce aux F.F.I. qui se sont emparés de trois mille cinq cents tonnes entreposées par les Allemands dans les frigos de Bercy et de Vaugirard, ça je peux t'en trouver mais il me faut des tickets, le marché noir est très surveillé en ce moment...

— Je passerai te les apporter.

— Fais très attention, la situation n'est plus la même depuis samedi. On s'est beaucoup battu hier et avant-hier au Quartier latin. Il y a des barricades un peu partout, des Miliciens et des Allemands embusqués sur les toits qui tirent sur les passants, il y a des centaines de morts chaque jour qui s'entassent à la morgue. Avec la chaleur, tu peux imaginer l'odeur qui règne à Notre-Dame-des-Victoires où sont célébrées les messes. C'est là que sont entreposés les cercueils en attendant d'être transportés au cimetière de Pantin où ils sont enterrés dans le carré des insurgés... Les gens de la Croix-Rouge sont formidables. Non seulement, ils secourent les blessés mais ils ont remplacé les employés des pompes funèbres en grève... Avez-vous des nouvelles de Françoise ?

— Non... je ne crois pas...

— Je suis inquiète pour elle. Hier, place Saint-Michel, la foule a lynché un collabo, c'était horrible à voir... Les femmes étaient les plus acharnées... Elles tapaient dessus avec n'importe quoi en poussant des cris hystériques... On m'a dit qu'on lui avait crevé les yeux avec un barreau de chaise cassé... C'était affreux... Si tu avais entendu ces cris !... Ce qui était le plus insupportable, c'était les badauds, ceux qui regardaient en riant, ou qui repoussaient les F.F.I. qui tentaient de s'interposer. Quand ils en ont eu assez de cogner, ils ont disparu avec du sang sur leurs vêtements et sur leurs doigts, laissant sur le trottoir une bouillie innommable... Allô !... Tu es toujours là ?...

— Oui... Pourquoi me parles-tu de ça ?... Quel rapport avec Françoise...

Ce fut au tour de Laure de se taire, tandis que Léa criait :

— Allô !... Allô !... Tu m'entends ?...

— Oui, je t'entends...

— Alors ?...

— Ils arrêtent également les femmes qui ont couché avec des Allemands.

— Que leur font-ils ?...

— Il paraît qu'il les tondent...

— Ils les tondent !...

— Oui, ça s'est passé dans certaines mairies... Ils accrochent les cheveux aux grilles et peignent des croix gammées sur le crâne de ces femmes, le plus souvent des prostituées ou des poules dénoncées par leurs voisins.

— Mais Françoise n'est rien de tout ça !...

— Je le sais bien, mais si tu crois qu'ils vont se poser tant de questions ! Ce que j'espère, c'est qu'elle a suivi mes conseils et qu'elle est partie pour l'Allemagne avec le petit Pierre.

— As-tu téléphoné chez elle ?

— Bien sûr, mais ça ne répond pas. La dernière fois que je l'ai eue c'était lundi matin, elle venait de recevoir la visite d'un officier allemand venu la chercher pour l'emmener dans un hôtel réquisitionné. Ils y mettent toutes les femmes qui sont dans son cas. Elle a refusé de le suivre.

— Quel était le nom de cet hôtel ?

— Je ne sais pas, je ne l'ai pas retenu.

— Il faut téléphoner dans tous les hôtels.

— Tu sais combien il y en a dans Paris ?...

— Non, mais cela ne fait rien. On va d'abord appeler tous ceux qui sont dans le guide Michelin. Il y en a un chez Franck ?

— Oui... je crois.

— En m'attendant, commence par les derniers, je vais demander aux tantes de faire les premiers et de nous appeler si elles ont quelque chose. A tout de suite.

— Fais attention...

Léa avait déjà raccroché.

Les demoiselles de Montpleynet furent dans tous leurs états quand elle leur expliqua la situation, mais, très vite, Albertine se ressaisit et commença d'appeler :

— Allô, le Crillon ?...

— Voyons, tante Albertine, ça m'étonnerait qu'elle soit au Crillon, au Majestic, au Meurice, au Continental ou au Lutétia qui sont occupés par les services allemands !

La rue de l'Université était totalement déserte. Devant la Faculté de médecine de la rue des Saints-Pères, la carcasse noircie d'un camion s'étalait bariolée de croix de Lorraine. Rue Jacob, c'était le même calme. Elle allait prendre la rue de Seine pour rejoindre les quais par la rue Guénégaud, quand elle se souvint de l'arrestation de Sarah Mulstein... Elle n'était pas passée par là depuis cette sinistre nuit. Elle continua vers la rue de Buci; là, devant la boulangerie, une longue file de ménagères piétinait depuis l'aube. Léa se fit la réflexion que malgré la fatigue, le ravitaillement précaire, une sorte de bonne humeur joyeuse, inconnue depuis quatre ans, circulait parmi ces gens, comme si l'air de Paris était plus léger. Rue Dauphine, un jeune homme en maillot de corps, fusil en bandoulière, portant un paquet de journaux sous son bras, pédalait en criant :

— Demandez *l'Humanité !...* mademoiselle, vous voulez le journal ? demanda-t-il en s'arrêtant à sa hauteur.

— Les journaux reparaissent ?

— Depuis lundi, tenez... C'est deux francs... Merci... N'allez pas vers le Pont-Neuf, les Allemands tirent sur la barricade. Tout à l'heure, des salauds dans une voiture marquée F.F.I. ont tiré sur des patriotes, deux ont été tués. Les Boches se sont enfuis par la rue Christine. Au revoir !

Léa s'appuya contre une porte cochère et lut :

« Tout Paris aux barricades !... Le commandant des F.F.I. pour le Grand Paris appelle au soulèvement général des Parisiens... Il faut que tous, hommes, femmes, enfants travaillent à la fortification des rues, immeubles, édifices publics, que toute la population participe avec courage et abnégation au soutien des glorieuses Forces françaises de l'intérieur. Partout formez vos groupes de MILICES PATRIOTIQUES ! L'attaque est la meilleure défense. Harcelez l'ennemi !... PAS UN BOCHE NE DOIT SORTIR VIVANT DE PARIS INSURGÉ !... La bataille se développe sur tous les fronts de guerre... La bataille fait rage toute la journée dans les 1er, 4e, 5e, 6e arrondissements, partout l'avantage reste aux patriotes... Guerre de tout le peuple contre le Boche exécré... Les femmes communistes combattent pour la libération de Paris... Comment une jeune fille fut torturée par la Milice... Adhérez au parti des fusillés !... »

Place Saint-André-des-Arts, il y a du monde, beaucoup de monde qui s'agite, crie : des hommes plus très jeunes, des femmes, beaucoup de femmes, jeunes et vieilles, avec sur le visage la même expression de haine, la même bouche tordue de colère, crachant des injures... Des bras nus se lèvent avec des doigts devenus des griffes !... Salaud !... Collabo !... Pourri !... Vendu !... Traître !... Assassin !... Un grand type blond se débat au milieu de ces furies. Des ongles peints lui déchirent la joue... Il crie :

— Je suis alsacien !

— Alsacien, mon cul ! répond une voix à l'accent parisien.

Cela fait rire la populace.

De la fenêtre occupée par les F.F.I., un homme en costume vaguement militaire essaie de se faire entendre. Une jeune fille lui fait un pied de nez. Une blonde décolorée au crâne barré d'une large raie noire vocifère :

— C'est un Boche !... Je le connais ! J'en suis sûre... Tuez-le !...

Elle lui saisit les cheveux tandis qu'une autre lui crache au visage et qu'une autre essaie de dégrafer son pantalon en rigolant :

— On va voir s'il a des couilles, l'ordure !

La foule est secouée d'un gros rire et scande :

— A poil le Boche ! A poil le Boche !

Il répète, hébété, tentant de repousser ces serres qui s'agrippent à lui :

— Je suis alsacien !...

Le sang coule maintenant de son nez et de ses joues. Un de ses yeux est fermé... Il tombe une première fois... Les coups de pied pleuvent. Un l'atteint au nez... Il se relève... Un jeune garçon portant un brassard de F.F.I. tente de s'interposer. Trois hommes le saisissent par les bras, le soulèvent et le déposent gentiment près de Léa qui ne peut détacher ses yeux du massacre... Elle ne s'en rend pas compte, mais depuis un moment, elle se balance d'avant en arrière comme le font souvent les aveugles. Dans sa tête, ses pensées se heurtent et éclatent en fragments désordonnés... Du trou sanglant qui fut une bouche sort un gargouillis de mots :

— Che… che chuis… alchachien…

Une nausée détourne Léa du spectacle. Le garçon au brassard F.F.I. est toujours là. Il est très jeune. Sur son visage pâle, des larmes coulent laissant une traînée claire. Leurs regards se croisent…

— Léa !

— Pierrot !

Ils se précipitent dans les bras l'un de l'autre, tremblants de dégoût et d'effroi. Léa se dégage la première.

— Ils vont le tuer !…

— On ne peut rien faire, ils sont trop nombreux.

— Tu es F.F.I., va chercher tes camarades !

— Ils ne voudront pas venir, hier, l'un d'eux à failli être lynché à la place d'un collabo dont il avait pris la défense.

— C'est horrible.

— Viens, ne regarde pas… Allez, viens… On va aller au P.C. du colonel Lizé, rue Guénégaud…

— Je ne veux pas aller rue Guénégaud, hurla Léa.

Tant de véhémence surprit Pierrot Delmas.

— Je dois y aller, je sers d'agent de liaison entre Lizé et Rol.

— Qui est Rol ?

Il la regarda avec un étonnement réprobateur.

— Tu n'as pas entendu parler du colonel Rol ?… C'est le chef de l'insurrection, le chef des Forces françaises de l'intérieur.

— Et Lizé ?

— Le colonel Lizé, c'est un autre chef. Je n'ai pas très bien compris, ce sont des histoires politiques. Tout ce que je sais c'est que Rol est communiste.

— C'est ton père qui serait content de te voir avec eux, dit-elle avec un rire triste.

— Ne me parle pas de mon père, c'est un collabo. Pour moi, il est mort.

Tout en parlant, il avait entraîné sa cousine vers la rue Gît-le-Cœur. Il s'arrêta devant la vitrine sale d'une petite épicerie, monta trois marches et frappa.

208

— C'est fermé, grogna une voix à l'intérieur.

— Ouvrez... C'est Pierrot de Bordeaux.

La porte s'entrouvrit.

— C'est toi ?... Entre, petit... Qui c'est, celle-là ?

— C'est ma cousine Léa.

L'épicerie était également un restaurant aux murs recouverts de chromos, d'images d'Epinal, de gravures, de portraits plus ou moins réussis de Napoléon, uniformément recouverts d'une patine brune. La pièce était séparée par un court comptoir en bois qui servait à la fois de bar et de table d'exposition pour d'éventuelles marchandises aujourd'hui représentées par des boîtes de conserves factices. Derrière, se tenait la salle à manger aux tables recouvertes de nappes à carreaux blancs et rouges avec en face une énorme et antique cuisinière noire aux cuivres étincelants qui, pour l'heure, supportait un réchaud à alcool sur lequel mijotait quelque chose dont les effluves rappelaient vaguement ceux du civet de lapin. Cette odeur faillit être fatale à Léa.

— Attention à ta cousine, elle va tourner de l'œil, s'écria la femme qui leur avait ouvert.

Pierrot l'aida à s'asseoir et à boire le petit verre d'eau-de-vie donné par la patronne. Un peu de couleur revint sur ses joues et les objets reprirent leur place.

— Ça va mieux ?... Tiens, bois encore.

— Non, merci.

Elle regarda autour d'elle. Cet endroit semblait n'avoir pas bougé depuis le début du siècle. On devait bien y manger avant la guerre, cela se voyait à la cuisinière entretenue avec amour. Elle en fut rassurée. Là où on faisait de la bonne cuisine, on ne pouvait pas être entièrement mauvais.

— Vous devez avoir faim, bougonna la femme en se dirigeant vers son fourneau.

— Oh oui ! s'exclama Pierrot dont le dernier vrai repas remontait à plusieurs jours.

— Non merci, madame. Je prendrai seulement un verre d'eau.

— Tu as tort, la cuisine de madame Laetitia est bonne, malgré les restrictions.

Il s'attabla devant une assiette creuse vite remplie d'une sorte de ragoût noirâtre d'où montait une épaisse vapeur.

— Je ne comprends pas comment tu peux avoir le cœur à manger, dit Léa d'un ton agacé.

Sous la saleté qui barbouillait son visage, Pierrot rougit violemment. Il laissa retomber la bouchée qu'il portait à sa bouche et la regarda d'un air si malheureux qu'elle s'en voulut de sa réflexion.

— Excuse-moi... Mange... Raconte-moi comment tu es arrivé là.

La bouche pleine, il raconta :

— Quand j'ai appris que mon père voulait me mettre chez les jésuites avec ordre de m'interdire toute sortie, j'ai décidé de rejoindre le maquis. Je te passe les détails de mes voyages, caché dans des wagons de marchandises, mes nuits dans les fossés pour échapper aux gendarmes, mes chapardages dans les champs. A la gare de Limoges, j'ai été poursuivi par des Miliciens. Grâce à des cheminots, j'ai pu leur échapper. Durant plusieurs jours, ils m'ont caché dans un vieux wagon remisé sur une voie de garage. Il y avait tellement d'Allemands et de Miliciens qui contrôlaient chaque voyageur, chaque employé, qu'ils ne pouvaient pas me faire sortir. Enfin un jour, ils m'ont caché dans le wagon à bestiaux d'un train de marchandises qui allait à Eymoutiers...

— Eymoutiers... C'est dans le Limousin ?

— Oui, pourquoi ? Tu connais ?

— Non, mais j'avais une amie juive qui s'était réfugiée là-bas durant quelque temps. Continue.

— A Eymoutiers, d'autres cheminots m'ont pris en main et m'ont conduit à leur chef, le colonel Guingouin, dit Le Grand, dit Raoul. Quel homme ! C'est la terreur des Allemands de la région. Il dirigeait tout de son P.C. de la forêt de Châteauneuf. Malheureusement, l'arrivée de l'hiver nous a obligés à abandonner le camp des Trois-Chevaux. Il était temps car, quelques jours plus tard, c'est trois mille hommes qui ont débarqué dans la forêt. Les soldats allemands appelaient le coin la Petite Russie, tellement ils avaient peur des embuscades. Ils avaient eu beaucoup de tués. Durant ces six derniers mois, j'ai servi d'agent de liaison entre les différents cantonnements. Maintenant, je connais chaque village, chaque bois. Grâce à l'organisation de Guingouin, nous étions correctement vêtus et nourris. L'ensemble de la population était avec nous. J'aurais voulu l'accompagner lors des sabotages, de l'attaque des convois, mais il disait que j'étais trop jeune. Au début du mois, il m'a envoyé ici avec un message pour le colonel Rol. La grève, puis l'insurrection m'ont empêché de repartir. Voilà.

Léa regarda son cousin avec admiration. Comme il avait grandi, le gamin qui la regardait avec des yeux éblouis !

— Et toi, depuis quand es-tu à Paris ?

— Depuis le début du mois aussi.

— Comment vont les gens à Montillac ? Camille a-t-elle des nouvelles de Laurent ? Et tante Bernadette ? Ruth ? Mathias ?... Qu'as-tu ?

Tête baissée, Léa se frottait machinalement le front.

— Qu'as-tu ? répéta Pierrot d'un ton anxieux.

— Camille et tante Bernadette sont mortes... Il n'y a plus de Montillac...

— Que racontes-tu ?...

— Les Allemands et les Miliciens les ont tuées, puis ils ont brûlé la maison...

Ils restèrent longtemps silencieux. Un groupe bruyant entrant dans l'épicerie-restaurant les arracha à leurs pensées macabres.

— Ah ! tu es là, Pierrot !... On te cherchait partout. On a eu peur qu'ils te mettent dans le même état que le collabo qui se disait alsacien.

— Il l'était peut-être !

Le garçon, à peine plus âgé que Pierrot se tourna vers Léa, surpris par la violence du ton.

— C'est possible, mais la population a tellement souffert qu'il est normal qu'elle se venge.

— Normal !... Vous trouvez ça normal, cette boucherie ?

— Et les Boches, ils ne se comportent pas comme des bouchers ? Vous savez combien ils en ont assassiné de nos camarades à la cascade du bois de Boulogne, la semaine dernière ?... Non ?... Trente-cinq qui avaient votre âge... Magisson, dix-neuf ans... Verdeaux, dix-neuf ans... Smet, vingt ans... Schlosser, vingt-deux ans... Dudraisil, vingt et un ans qu'on appelait Philo... les frères Bernard, vingt et vingt-quatre ans... Je continue ?...

— Je sais aussi bien que vous de quoi ils sont capables, je les ai vus à l'œuvre... Mais ce n'est pas une raison pour être pire qu'eux !

Blêmes tous les deux, ils s'affrontaient du regard. Pierrot s'interposa.

— Laisse-la tranquille. Elle a raison.

— C'est possible, mais ce n'est pas le moment de le dire.

— Vous verrez que ce ne sera jamais le moment.

— Léa, tais-toi. Viens-tu avec moi au P.C. de Lizé ?

— Non, je dois rejoindre Laure. Nous sommes chez mes tantes de Montpleynet, téléphone-nous... J'ai envie de te revoir et de parler avec toi.

— Dès que j'ai un moment, je t'appelle ou je passe. Embrasse Laure pour moi.

Ils se séparèrent devant la boutique.

Il fallut presque une heure à Léa pour traverser la place Saint-Michel. Des tireurs embusqués sur les toits tiraient sur ceux qui s'y risquaient. Deux personnes avaient été abattues.

Un cyclone semblait avoir dévasté le vaste appartement qu'occupaient maintenant une quinzaine de F.F.I. De la petite bande, il ne restait que Laure, la jolie Muriel et Franck qui l'accueillirent avec joie.

— As-tu réussi à trouver Françoise ?

212

— Pas encore, nous avons téléphoné dans une vingtaine d'hôtels, sans succès.

— Il faut continuer. J'ai rencontré Pierrot dans la rue.

— Pierrot ?

— Oui, notre petit cousin.

— Le fils d'oncle Luc ?

— Oui.

— C'est merveilleux ! Que fait-il ici ?

— Il a un brassard et un gros revolver.

Dans la cuisine, deux jeunes gens préparaient des bouteilles incendiaires selon la recette de Frédéric Joliot-Curie diffusée par le colonel Rol : une simple bouteille suffit, on la remplit au trois quarts d'essence et d'un quart d'acide sulfurique, on la bouche et l'on colle dessus une étiquette enduite de chlorate de potasse. Quand elle se brise, le chlorate de potasse en contact avec le mélange s'enflamme brutalement. C'est une arme redoutable contre les chars.

Une formidable explosion les précipita tous aux fenêtres. Les défenseurs de la rue de la Huchette escaladèrent leur barricade pour voir ce qui se passait. La boulangère cria :

— Les Boches font sauter Paris !

Comme une traînée de poudre, le bruit se répandit dans le quartier provoquant un début de panique. Là-bas, du côté des Champs-Elysées, montait une épaisse colonne de fumée. Tous se recroquevillaient, attendant de nouvelles explosions. Mais à part quelques coups de feu isolés du côté de Luxembourg, tout resta calme.

Peu à peu, les combattants et les curieux retournèrent à leurs habitudes de ces derniers jours, saluant au passage une troupe d'une quinzaine de prisonniers allemands aux vêtements en désordre, mains croisées sur la tête, conduits par trois F.F.I. armés de fusils qui allaient rejoindre leurs camarades dans la cour de la Préfecture de police. Soudain, un side-car débouchant à toute vitesse du quai des Grands-Augustins fonça sur eux. D'une rafale, le passager abattit l'un des F.F.I. Une clameur monta de derrière la barricade. Un jeune garçon l'escalada et lança en direction des deux Allemands une bouteille incendiaire. Il ne vit pas le résultat de son geste héroïque, une rafale le coucha mort sur l'amoncellement hétéroclite. Une grande flamme jaillit devant le véhicule que le conducteur ne put éviter. En un instant, les deux hommes s'embrasèrent et l'on put voir cette course hallucinante de deux êtres de feu chevauchant des flammes multicolores avant de s'écraser contre le parapet près de la boîte d'un bouquiniste. Pendant quelques instants, tout s'immobilisa hormis le brasier d'où sortait (accusatrice ?) une main tendue vers le ciel.

Agrippée à l'appui de la fenêtre, Léa revivait le supplice de sa tante avec le même sentiment d'atroce impuissance. L'Allemand et la vieille femme avaient eu, en mourant, le même geste d'appel. La mort par le feu tendait-elle les corps vers Dieu ?...

Puis, tout alla très vite : de derrière la barricade de la place Saint-André-des-Arts et des petites rues avoisinantes, surgit une foule hurlante qui se précipita vers les prisonniers. Ils avaient assisté, pétrifiés, à la mort de leurs compatriotes. Les deux F.F.I. survivants tentèrent de s'interposer, ils furent balayés par la marée humaine. L'un d'eux partit en courant chercher de l'aide à la préfecture. Quand il revint avec une dizaine d'agents de police, trois Allemands avaient été tués. L'un d'eux avait eu les yeux arrachés, un autre n'avait plus de nez et l'autre plus de visage. Leurs camarades blessés plus ou moins gravement étaient recroquevillés sur eux-mêmes; ces hommes courageux, dont beaucoup avaient combattus sur le front russe pleuraient comme des enfants. L'arrivée des policiers dont certains en uniforme, fit tomber la fureur populaire. Et ces gens, de braves gens sans doute, s'en retournèrent en titubant sous l'ivresse du carnage que pour la plupart ils éliminèrent de leur mémoire. Les spectateurs, eux, qui avaient assisté impuissants au massacre, ne devaient jamais l'oublier.

Dans le grand appartement régnait un silence atterré. Les jeunes gens n'osaient pas se regarder : les résistants assis sur le plancher, leur fusil entre les jambes, avaient les yeux baissés. Franck et ses amis, debout, contemplaient le mur devant eux. L'arrivée d'un « lieutenant » dissipa un peu du malaise.

— Les Boches ont mis le feu au Grand Palais !

— C'était donc ça l'explosion et la fumée !

— Mais il y avait un cirque là-dedans !

— Oui, le cirque Houcke. Je ne sais pas si les sauveteurs ont réussi à faire sortir les fauves. Les chevaux se sont échappés. L'un d'eux a été abattu au Rond-Point des Champs-Elysées et, vous ne me croirez pas, mais j'ai vu des hommes et des femmes se précipiter avec des couteaux pour le dépecer sans se soucier des balles qui sifflaient partout. Certains avaient même des assiettes à la main ! Quand je suis parti, il n'en restait pas grand-chose.

— Tu aurais dû nous en apporter un morceau.

— Ça ne va pas ! Ils m'auraient fichu un coup de couteau ces cons-là !

Ces paroles dites avec l'accent parisien les firent éclater de rire.

— T'imagines les gus avec une serviette bien blanche autour du cou, assis autour du Rond-Point mangeant de la viande crue en levant le petit doigt pendant que des lions, tenus en laisse par des Fritz, les regardent avec des yeux affamés !

Après la tension de tout à l'heure, rire leur faisait du bien; ils retrouvaient les plaisanteries de leur âge.

En bas, sur la place et sur le quai, on ramassait les cadavres allemands et français et on emmenait les blessés à l'Hôtel-Dieu.

Le reste de l'après-midi se passa en appels téléphoniques aux hôtels parisiens. Sans résultat : « Non, il n'y avait pas de Mme Delmas avec un enfant, ni de dames logées ici par ces messieurs. » Les deux sœurs étaient sur le point de se décourager.

— Essaie encore celui-là : hôtel Régina, Opéra 74-02, dit Léa.

Laure obéit.

215

— Allô, hôtel Régina...

— Après on appelle tante Albertine pour savoir si elle a trouvé quelque chose.

— ... Allô... Oui... C'est ça... Passez-la moi... Comment ce n'est pas possible ?... Vous avez des ordres...

Léa lui arracha l'appareil des mains.

— Passez-moi Mme Delmas... Je me moque de vos ordres, passez-la moi... Allô... Allô... Qui est à l'appareil ?...Le lieutenant quoi ?... Lieutenant, passez-moi Mme Delmas... Je suis sa sœur... Elle va me rappeler... sans faute ?... Nous sommes très inquiets... Merci.

— Dieu merci nous l'avons trouvée !

— Oui, mais nous n'avons pas pu lui parler. J'espère que cet Allemand ne m'a pas menti et qu'il lui transmettra notre message. Je rentre à la maison. Tu viens avec moi ?

— Non, je préfère rester ici. Tiens-moi au courant.

Escortée par un F.F.I., Léa se retrouva de l'autre côté de la place Saint-Michel. Le garçon la quitta devant la librairie Clavreuil.

Après les cris, les fusillades du Quartier latin, la rue Jacob et la rue de l'Université étaient un îlot de calme. Charles qui avait passé une partie de la journée à dormir l'accueillit avec des démonstrations d'affection auxquelles elle répondit avec une tendresse lasse.

De chez Franck, elle avait rapporté un demi-litre de lait, quelques morceaux de sucre, du pain et de la viande dont Estelle s'empara comme d'un trésor. L'attente devant le téléphone commença.

Vers dix heures du soir, quand enfin il sonna, Léa et ses tantes avaient eu la joie d'apprendre par la radio de Londres la libération de Paris !... Au même moment une rafale de mitraillette avait brisé le silence de ce quartier tranquille. Albertine de Montpleynet avait passé sa longue main sur son front et dit d'un ton inimitable :

— Ils ont l'air bien mal informés, ces messieurs de Londres.

— Mais, s'ils le disent ce doit être vrai, avait fait la naïve Lisa qui croyait dur comme fer aux voix qui sortaient de la T.S.F., celles de Jean Hérold-Paquis, de Philippe Henriot comme celles de Maurice Schumann ou de Jean Oberlé.

La sonnerie du téléphone avait empêché Léa de se montrer discourtoise envers cette brave personne.

— Allô... C'est toi, Françoise ?... Tout va bien ?... Pourquoi n'es-tu pas venue ici ?... Allô, allô, ne coupez pas... Tu m'entends ?... Tu rappelleras demain ?... Je t'embrasse aussi... A demain, bonne nuit...

Léa reposa l'écouteur avec un sentiment d'inquiétude. Françoise ne devait pas rester là-bas. A tout moment, l'hôtel Régina risquait d'être attaqué. Dès demain, elle irait chercher sa sœur.

Malgré son angoisse, elle dormit d'un sommeil profond.

17.

Quand Léa se réveilla, il faisait gris sur Paris.

Dans le petit lit près du sien, Charles dormait, son joli visage amaigri, apaisé. « Comme il ressemble à Camille », pensa-t-elle en passant la main sur les fins cheveux blonds. Elle enfila un peignoir de coton bleu et alla dans la cuisine. Par chance, il y avait du gaz. Elle fit chauffer un peu de lait, tout en buvant un demi-bol du « café » d'Estelle encore chaud. Venant de la chambre de Lisa on entendait le grésillement de la T.S.F. La frimousse ensommeillée de Charles apparut dans l'embrasure de la porte.

— Veux-tu aller te coucher ! Tu es encore malade, tu vas avoir froid.

— Non, je suis guéri. J'ai faim.

— Assieds-toi, je vais te donner du lait et des petits gâteaux.

— Après, on ira se promener ?

— Non, mon chéri, c'est trop tôt et dehors c'est la guerre.

— Je veux aller dehors pour tuer les vilains Boches qui ont fait du mal à maman.

Léa soupira en regardant le petit garçon déterminé qui parlait de tuer en buvant tranquillement son lait.

— Ce sont les grandes personnes qui font la guerre.

— Alors pourquoi on tire sur les enfants ?

Cette réflexion d'un gamin de quatre ans la laissa sans réponse.

— Dis, mon papa, il fait la guerre ?

— Oui, avec le général de Gaulle.

— Quand va-t-il revenir ?

— Très vite.

— C'est long !

Il avait raison, c'était long. Quatre ans que cela durait ! Quatre ans à faire semblant de vivre pour ne pas complètement désespérer. Que de morts ! Que de souffrances au cours de ces quatre années !

— Papa, il va être triste quand il saura que maman est morte.

Ainsi, il savait !... Depuis deux mois, il avait fait semblant de croire ses explications embrouillées !

— Oui... il sera très triste, mais nous serons là pour le consoler. Il faudra que tu l'aimes beaucoup.

— Mais toi aussi tu seras là, tu l'aimeras. Dis ?... Tu l'aimeras, mon papa ?

Elle crut entendre la voix de Camille : « Promets-moi de t'occuper de Charles s'il m'arrivait quelque chose... et de Laurent... » Laurent qu'elle aimait tendrement comme un frère, comme un ami très cher, mais plus comme un amant. Encore maintenant, elle s'étonnait de la disparition de cet amour qu'elle avait cru immortel ! L'amour mourait-il toujours avant l'être aimé ? C'était Raphaël Mahl qui le disait en se référant à Chateaubriand, récusant la petite note d'espoir de l'amoureux de Juliette Récamier : « Il arrive quelquefois que dans une âme assez forte un amour dure assez pour se transformer en amitié passionnée, pour devenir un devoir, pour prendre les qualités de la vertu; alors il perd sa défaillance de nature et vit de ses principes immortels. »

Et s'il avait raison ?

— Dis ? tu l'aimeras, mon papa ?

Il pleuvait. Léa noua sur ses cheveux un vieux foulard de chez Hermès et se dirigea vers le Pont-Royal.

En vain, elle avait appelé l'hôtel Régina, celui-ci ne répondait pas. Elle décida d'y aller sans en parler à ses tantes.

Les rues étaient désertes et silencieuses avec, par intermittence, le bruit de la fusillade. Sur le pont, de jeunes sentinelles allemandes la laissèrent passer. Le jardin des Tuileries n'était plus qu'un vaste terrain vague boueux, creusé d'ornières où gisaient de grands arbres. Au loin, l'obélisque et l'Arc de Triomphe formaient une croix dressée dans le ciel sombre. Elle ne put forcer le barrage de la rue de Rivoli. Un sous-officier accepta cependant d'aller se renseigner à l'hôtel Régina dont la façade dominait la statue de Jeanne d'Arc. L'homme revint : toutes les femmes avaient quitté l'hôtel ce matin de bonne heure, on ne savait pas où elles étaient. Léa remercia et repartit, désemparée.

Quai Voltaire, quai de Conti, elle croisa des véhicules de la Croix-Rouge et deux voitures bourrées de F.F.I. chantant le chant des Partisans. Près de la rue Guénégaud, deux jeunes gens portant un brassard tricolore l'interceptèrent brutalement en attrapant le guidon de son vélo.

— Où vas-tu ?

Le tutoiement agaça Léa.

— Cela ne vous regarde pas !

Une gifle rejeta sa tête en arrière.

— On répond poliment, quand on te parle. Crois-moi, de plus fortiches que toi ne font plus les marioles après être passées chez le coiffeur du coin.

— Lâchez-moi.

— Attention, mignonne, on va se fâcher. Ici on ne passe pas sans montrer patte blanche, fit celui qui n'avait rien dit, il y a des chefs importants dans le coin alors on se méfie des espions. Réponds-nous gentiment : où vas-tu ?

Léa comprit qu'il ne lui servirait à rien de faire la forte tête.

— Je vais rejoindre des amis qui sont place Saint-Michel.

— A la barricade de la rue de la Huchette ?

— Oui, dans l'appartement au-dessus.

— Léa, qu'est-ce que tu fais là ?

— Pierrot, tu peux leur dire de me laisser passer ?

— Laissez-la, je la connais, c'est ma cousine.

— D'accord ! Nous, on ne fait qu'exécuter les ordres.

— Viens que je te présente à un copain qui surveille la barricade.

Pour une barricade, c'était une belle barricade ! Tous les lits-cages du quartier avaient dû être réquisitionnés et les caves vidées de leurs vieilleries : radiateurs, vélos tordus, voitures d'enfants, tonneaux, cageots, cages d'oiseaux consolidés par des sacs de sable. Il y avait même une antique baignoire de cuivre. La pièce principale de la barricade était un camion qui avait perdu ses portières et ses roues. Cet amoncellement était encore renforcé par des voitures de quatre saisons et des diables qui servaient de point d'appui aux tireurs. Ils passèrent par un étroit chemin ménagé le long du parapet. Des coups de feu partirent, tirés d'un des immeubles de l'île de la Cité.

— Attention ! planquez-vous !

Léa et Pierrot trouvèrent refuge dans un des retraits arrondis du pont où deux hommes se tenaient accroupis. Léa reconnut le jeune homme myope du café de Flore et lui sourit. Lui aussi l'avait reconnue et lui rendit son sourire.

— Ils tirent des toits du City Hôtel, dit-il en pointant son doigt.

— C'est comme ça depuis ce matin, dit Pierrot. Mais on pense que le type est tout seul. Il s'agit sans doute d'un Milicien. Tiens, regarde, il y a des camarades sur les toits.

En effet, des silhouettes de F.F.I. armés se découpaient sur le ciel toujours sombre.

— C'est vous qui habitez place Dauphine ? demanda le chef de la barricade au compagnon du jeune homme à lunettes.

— Oui.

— Quel est votre nom ?

— Henri Berri.

— Et vous ?

— Claude Mauriac.

« C'est peut-être le fils de notre voisin de Montillac », pensa Léa. Elle n'eut pas le temps de le lui demander, le chef leur fit signe qu'ils pouvaient passer, en criant en direction des F.F.I. :

— Ne tirez pas !...

Les deux hommes partirent en courant vers la place Dauphine tandis que les deux cousins repassaient derrière la barricade. Pierrot n'avait pas lâché la bicyclette.

— Tu ne devrais pas circuler comme ça, une balle perdue est vite attrapée... Tiens, qu'est-ce que j'te disais !

Quai des Grands-Augustins, une femme venait de tomber. Blessée, elle se traînait derrière un arbre pour se mettre à l'abri. De la rue des Grands-Augustins, surgirent deux jeunes gens en blouse blanche portant une civière et une jeune fille en blanc brandissant le drapeau de la Croix-Rouge. Sans se soucier des balles, ils ramassèrent la blessée et repartirent en courant vers l'infirmerie de fortune installée par le docteur Debré.

— Prenons les petites rues, c'est moins dangereux.

Rue de Savoie, tout était tranquille. Devant un vieil hôtel du XVIIIe, des F.F.I. montaient la garde.

— C'est le P.C. d'un des chefs de la Résistance, dit Pierrot de l'air important de ceux qui savent.

— Il faut que tu m'aides à retrouver Françoise.

— Cette putain !

Stupéfaite par l'insulte, Léa s'arrêta.

— Tu te rends compte de ce que tu demandes ? poursuivit Pierrot. Aider à sauver une collaboratrice, traître à son pays...

— Ça suffit ! Françoise n'est pas une collaboratrice ni une putain, c'est une pauvre fille qui a eu la malencontreuse idée de tomber amoureuse d'un Allemand alors que nos deux pays étaient en guerre. Ça ne mérite pas d'être fusillée.

— Fusillée peut-être pas, mais tondue et emprisonnée, oui.

— Tondue ! Tu es malade ! Je préférerais être morte que tondue.

— Ça repousse, les cheveux, ricana-t-il.

Il évita avec souplesse la gifle de Léa.

222

Des rires, des applaudissements, des cris venaient de la rue Saint-André-des-Arts. La foule poussait devant elle un homme d'une cinquantaine d'années au front dégarni, à qui on avait retiré son pantalon. Il était pitoyable et grotesque avec ses chaussettes, dont une était trouée, retenues par des fixe-chaussettes, son pantalon et ses chaussures à la main. Derrière lui, une grosse fille en robe à fleurs, au crâne rasé orné d'une croix gammée peinte en blanc, pleurait. Une forte bouffée de honte envahit Léa. Pierrot baissait la tête. Ils restèrent un long moment immobiles. Le jeune garçon la prit par les épaules.

— Viens, nous allons la chercher. On va aller au P.C. du colonel Rol.

Ils n'allèrent jamais au P.C. souterrain de Denfert-Rochereau.

Près des barricades du carrefour du boulevard Saint-Michel et du boulevard Saint-Germain, surnommé « le carrefour de la mort », une grenade lancée d'un toit explosa devant eux. Léa, qui marchait un peu en arrière, sentit une sorte de griffure à la tête. Comme dans un film projeté au ralenti, elle vit Pierrot s'envoler et retomber gracieusement; des êtres vêtus de blanc tournoyaient autour d'eux; le ciel gris bascula et les arbres du boulevard dégringolèrent sur elle.

— Voilà, ce ne sera rien. Vous pouvez rentrer chez vous.

Léa se redressa, un peu étourdie. Le jeune médecin l'aida à descendre de la table de soins. Il avait les traits tirés et paraissait épuisé.

— Au suivant.

Un homme blessé au ventre fut allongé sur la table.

— Où est mon cousin ?

— Je ne sais pas, dit le médecin, demandez à l'entrée.

Jusqu'au soir, dans sa robe tachée de sang avec son gros pansement sur la tête, Léa erra dans les couloirs de l'Hôtel-Dieu à la recherche de Pierrot. Personne ne put lui dire ce qu'il était devenu. Les infirmiers qui l'avaient amené étaient introuvables.

— Revenez demain, lui dit-on partout.

La mort dans l'âme, elle se résigna à quitter l'Hôtel-Dieu. Apitoyé par son désarroi, un policier portant le brassard des F.F.I la guida à travers les chicanes du parvis de Notre-Dame et la laissa rue Saint-Jacques à l'entrée de la rue de la Huchette où un « fifi » la prit en charge et la conduisit jusqu'à l'appartement du boulevard Saint-Michel.

Il n'y avait que Franck dans l'appartement. Sans rien dire, il la conduisit dans sa chambre, lui fit couler un bain et l'aida à se déshabiller. Pendant que le bain coulait, il alla lui préparer un thé qu'elle prit en grelottant car l'eau était froide. Enveloppée dans un peignoir trop grand pour elle, il la coucha et lui tint la main jusqu'à ce qu'elle s'endormît. Ils n'avaient pas échangé une parole.

« Saignez ! saignez ! la saignée est bonne en août comme en mai ! »

Le cri de Tavannes lancé dans la nuit de la Saint-Barthélémy, lors du massacre des protestants le 24 août 1572, cognait dans la tête de Léa.

Ce matin, en préparant le petit déjeuner de Charles, elle avait regardé la date et vu que c'était le jour de la Saint-Barthélémy. Cela lui avait remis en mémoire *la Vie de Charles IX* de Brantôme, qu'elle avait lu après avoir dévoré *la Dame de Montsoreau*, *les Quarante-cinq* et *la Reine Margot* d'Alexandre Dumas, où s'inscrivait cette sinistre phrase. Dans son rêve, se confondaient Allemands et hommes à la solde des Guise, femmes tondues et amiral de Coligny, F.F.I. et le futur Henri IV, cadavres jetés dans la Seine, corps brûlés au lance-flammes et Charles IX tirant à l'arquebuse de la fenêtre de sa chambre, au palais du Louvre.

— Réveille-toi ! Réveille-toi !

Presque aussi blanche que les pansements de sa tête, Léa ouvrit les yeux.

— Que veux-tu ?

Franck, très excité, avait perdu son flegme habituel. Il manœuvrait les boutons du poste de T.S.F. de sa chambre.

— Écoute !

« *Parisiens, réjouissez-vous ! Nous sommes venus vous donner la nouvelle de la délivrance... La division Leclerc entre dans Paris !... Elle va être dans quelques minutes à l'Hôtel de Ville ! Ne quittez pas l'écoute... Vous allez entendre la grande voix que vous attendez. Nous sommes fous de bonheur !... Notre émission n'est pas réglée; nous parlons dans de mauvaises conditions; nous n'avons pas mangé depuis trois jours... Il y a des camarades qui ont fait le coup de feu et qui n'ont pas mangé depuis trois jours et qui reviennent au micro... Nous sommes saouls peut-être, mais saouls de joie, de bonheur, de retrouver notre chère ville... »*

Léa s'est levée et s'est approchée de Franck. Fougueusement, il l'enlace.

« *... J'ai une information qui arrive : elle est très courte : à 9 heures 15, à la poterne des Peupliers, on a vu une colonne de Français, d'Espagnols et de Marocains... Où est la poterne des Peupliers ?... — A Issy ! — La poterne des Peupliers est à Gentilly... — Les voilà ! ils arrivent... A l'instant, devançant les troupes du général Leclerc, deux voitures blindées sont arrivées à l'Hôtel de Ville... Dans l'une d'elles serait le général de Gaulle !... Ce qui est certain, c'est qu'à la Préfecture de police et à l'Hôtel de Ville, les Alliés sont arrivés et il est probable que le général de Gaulle y est... Ouvrez vos fenêtres... pavoisez vos maisons... — Je viens de recevoir un coup de téléphone du secrétaire général à l'Information. Le secrétaire général à l'Information me prie de communiquer à tous les curés qui entendent cette émission qu'on les prie de bien vouloir faire sonner immédiatement les cloches. Alors, je répète et j'authentifie : Ici, Schaeffer, chargé de mission à la direction de la Radio de la Nation française, radio qui a pris possession des antennes depuis quatre jours sous l'occupation allemande. Je suis dûment mandaté par le secrétaire général de l'Information du Gouver-*

225

nement provisoire de la République pour parler à messieurs les curés qui peuvent m'entendre et qui peuvent être avertis immédiatement. Je leur dis... de faire sonner immédiatement les cloches à toute volée pour annoncer l'entrée des Alliés dans Paris... »

Franck et Léa sont dans les bras l'un de l'autre, riant et pleurant. Ils se précipitent à la fenêtre. Sur toute la place Saint-Michel, les volets ont claqué, une à une les lumières s'allument ! Oublié le camouflage, oubliée la défense passive ! L'heure est à la clarté et à la joie ! Sur la place, les gens accourent de toutes parts, se jettent dans les bras les uns des autres. Des radios poussées au maximum de leur puissance jaillit *la Marseillaise;* sur la place tous se sont immobilisés et reprennent en chœur :

— Aux armes citoyens !...

A l'ouest un formidable incendie rougeoie les sombres nuages qui roulent dans le ciel.

Léa et Franck, portés par ces voix vibrantes, chantent aussi sans même s'en rendre compte, mains si fortement enlacées qu'elles en deviennent bleues.

Soudain, une première cloche, timide d'abord, s'enhardit dans le ciel où se couche, morose, le dernier jour de l'Occupation de Paris... celles de Saint Séverin lui répondent puis celles de Saint-Julien-le-Pauvre, de Saint-Germain-des-Prés, du Sacré-Cœur, de Saint-Étienne-du-Mont, de Saint-Germain-l'Auxerrois, de Saint-Sulpice, de Sainte-Geneviève, de Saint-Eustache et puis, c'est le gros bourdon de Notre-Dame qui se joint à elles, entraînant la ville dans une folle allégresse.

Il est 21 heures 22 et le capitaine Raymond Dronne vient de faire arrêter sa jeep baptisée « Mort aux cons », sa quinzaine de half-tracks et ses trois chars Sherman : le Montmirail, le Champaubert et le Romilly, devant l'Hôtel de Ville. Cent trente hommes foulent pour la première fois depuis quatre ans le sol de leur capitale.

226

Le speaker bouleversé déclame des vers de Victor Hugo :

« Réveillez-vous ! assez de honte;
Redevenez la grande France !
Redevenez le grand Paris ! »

En bas, sur la place, ils ont allumé un feu de joie autour duquel ils dansent. Soudain, des coups de feu. Tous se figent, puis s'enfuient en criant.

Les mains de Léa et de Franck se sont séparées... A la radio, la voix enthousiasmée de tout à l'heure balbutie :

« Nous nous sommes hâtés peut-être... Tout n'est pas fini... Il vaut mieux fermer les fenêtres... il faut fermer les fenêtres. Ne vous faites pas massacrer inutilement... »

Sur la place, une à une les lumières s'éteignent, les volets se referment, la peur revient...

« Nous vous rappelons les consignes de défense passive prescrites par le colonel Rol... Manifestez votre allégresse autrement... »

Une à une, les cloches se taisent sauf une aigrelette, qui fait fi du bruit du canon qui tire à Longchamp. Puis, comme les autres, elle se tait, le canon aussi se tait et enfin la fusillade du côté de l'Hôtel de Ville.

Il fait nuit maintenant sur Paris. Tout autour du palais du Luxembourg et dans le quartier de l'Odéon que l'on dit miné, des ombres furtives, lourdement chargées, descendent dans les caves. La libération de Paris n'est pas encore terminée.

Dans la nuit, un épouvantable orage éclata. Léa resta longtemps debout à contempler le désordre du ciel où se succédaient les éclairs dans le roulement effrayant du tonnerre. Ils illuminaient de leurs lueurs blafardes le Pont-Neuf posé comme un jouet sur le ruban immobile et noir de la Seine que criblèrent bientôt de grosses gouttes de pluie.

18.

Vers huit heures du matin, Laure entra en coup de vent dans la chambre où dormait Léa.

— Ils arrivent ! Ils arrivent !

Léa, réveillée en sursaut, se redressa tremblante.

— Qui ?

— Les Leclerc ! Ils arrivent ! Ils sont Porte d'Orléans ! Lève-toi, on y va... Qu'est-ce que tu as ? Tu es blessée ?

— Ce n'est rien. As-tu des nouvelles de Pierrot et de Françoise ?

— Non, je pensais que tu en avais.

Sans bruit, Léa se mit à pleurer.

— Ne pleure pas, on va les retrouver. Viens, lève-toi, allons les voir passer.

Un « fifi », comme on les appelait maintenant, entra en courant et lança :

— Ils sont rue Saint-Jacques !

Il était déjà reparti.

— Tu as entendu, ils sont rue Saint-Jacques ! Dépêche-toi.

— Je suis sûre qu'il est mort !...

— De qui parles-tu ?

— Il est mort, je te dis qu'il est mort !

— Mais qui est mort ?

— Pierrot.

— Pierrot !...

On frappa à la porte entrouverte, c'était Franck.

— Ne reste pas devant la fenêtre, une balle perdue est vite arrivée, dit-il en poussant Laure au centre de la pièce.

— As-tu des nouvelles de Pierrot ? demanda Léa en se levant.

— Non, j'ai fait plusieurs hôpitaux, aucun blessé ramassé au Quartier latin ne correspond au signalement de ton cousin.

— Mais enfin, il est bien quelque part, vivant ou mort.

— Que s'est-il passé ? questionna Laure.

— Léa et son cousin ont été blessés hier, au « carrefour de la mort ». Léa a été conduite à l'Hôtel-Dieu. Pour Pierrot, on ne sait rien.

Les trois jeunes gens restèrent un long moment silencieux.

Franck avait beaucoup changé durant ces quelques jours : il semblait avoir mûri. Il avait perdu ce qui lui restait d'enfance et d'insouciance en voyant mourir trop de garçons de son âge, amis ou ennemis.

— Ne t'inquiète pas, nous le retrouverons.

Aucun des trois n'y crut un seul instant. Laure réagit la première.

— Les troupes du général Leclerc arrivent rue Saint-Jacques, il faut y aller.

Léa fit une brève toilette et retira son bandage, ne laissant qu'un petit pansement. Sa robe était inutilisable, déchirée et tachée de sang. Franck alla fouiller dans la penderie de sa mère et revint portant une brassée de robes multicolores.

— Elles seront sans doute un peu grandes pour toi, mais avec une ceinture ça devrait aller.

Léa choisit une robe imprimée de petites fleurs sur fond bleu de chez Jeanne Lafaurie. Elle avait des manches courtes. Elle noua sur sa tête une écharpe bleue qui dissimulait son pansement et enfila ses sandales blanches à semelles compensées.

Dehors, il faisait un temps magnifique. De partout, des gens

229

couraient vers la rue Saint-Jacques : des femmes ayant jeté un peignoir sur leur chemise de nuit, des hommes n'ayant pas eu le temps de se raser, de jeunes mères portant leur enfant, des gamins se faufilant entre les jambes, de vieux combattants de la guerre de 14 toutes décorations dehors, des étudiants, des ouvriers, des vendeuses se portaient au-devant de la division Leclerc.

La rue Saint-Jacques n'était qu'un immense fleuve de joie où flottaient, majestueux, les Sherman du colonel Billotte, couverts de bouquets et de drapeaux qu'agrippaient des milliers de mains. Des jeunes filles grimpées sur les chars embrassaient les soldats sans se soucier de leur saleté. La foule en délire agitait les bras, envoyait des baisers aux vainqueurs, leur tendait ses enfants, pleurant, riant, criant :

— Bravo !... Vive la France !... Merci !... Vive de Gaulle !... Bravo ! Bravo !...

Laure bondit sur une automitrailleuse et embrassa le conducteur qui se débattait, hilare. Franck applaudit à tout rompre et acclama les soldats.

Dans cette cohue joyeuse, Léa se sentait étrangère, presque indifférente. Les chars aux noms vibrants passaient : Austerlitz, Verdun, Saint-Cyr, El Alamein, Mort-Homme, Exupérance... Exupérance ? Debout à la tourelle de son char, un officier radieux au visage crasseux saluait la foule. Son regard effleura Léa.

— Laurent !

Son cri se perdit dans le bruit des moteurs et les hurlements de la foule. Elle tenta de le rejoindre mais un coude, heurtant violemment sa tête blessée, lui causa un bref malaise. Un jeune F.F.I. s'en rendit compte et réussit à la dégager de la masse.

Elle se rétablit dans un petit café de la rue de la Huchette.

— Tenez, mignonne, buvez une rasade, ça vous remettra. C'est du bon, je le gardais pour fêter la Victoire.

Léa prit le petit verre qu'on lui tendait et avala d'un coup le liquide ambré. Cela explosa dans sa bouche et lui donna presque instantanément une sensation de mieux-être.

— Rien de tel qu'un bon armagnac pour mettre du rose aux joues des filles. Encore un petit verre ?

Ainsi Laurent était là !... Quand elle l'avait vu, son cœur s'était mis à battre comme au temps où elle croyait l'aimer... Peut-être l'aimait-elle encore ? L'alcool aidant, elle était dans une brume rose. Tout était fini. Des coups de feu claquèrent.

— Rentrez tous, attention aux tireurs des toits.

Comme par enchantement, la rue se vida ramenant Léa aux choses réelles : Laurent était bien là, mais Camille était morte. A l'idée de devoir le lui annoncer, elle se sentit défaillir de nouveau. Devoir affronter sa douleur lui semblait au-dessus de ses forces : que quelqu'un d'autre le lui dise à sa place. Elle eut honte de cette lâcheté et rougit. Personne d'autre qu'elle ne devait le lui dire. Camille n'aurait pas voulu qu'il en fût autrement.

Des chars étaient arrêtés sur le parvis de Notre-Dame, mais elle ne vit pas le char nommé Exupérance. Une colonne d'auto-mitrailleuses roulait sur le quai. Les Parisiens commentaient ce qu'ils voyaient :

— T'as vu ces engins ?... Si on avait eu ça en 40, on n'aurait pas perdu la guerre.

— T'es sûr que ce sont des Français avec des uniformes pareils ?...

— C'est l'uniforme américain... c'est quand même plus pratique que les bandes molletières...

— Quand même, on reconnaît pas les nôtres.

— On se fout pas mal de leur uniforme. Anglais, Américains ou Russes, l'important c'est qu'ils soient arrivés jusque-là. Vive de Gaulle !... Vive la France !...

Léa marchait le long du quai, indifférente à la bousculade, en proie à une si grande fatigue qu'elle était incapable de pensées cohérentes. Dans son cerveau embrumé, c'était un carrousel fantastique.

« Laurent est vivant !... Qu'est devenu Pierrot ?... J'ai perdu

Laure et Franck... Il faut que je prévienne mes tantes... Ont-elles des nouvelles de Françoise ?... Charles a-t-il eu du lait aujourd'hui ?... Laurent est revenu !... Comment lui dire pour Camille ?... Pourquoi tous ces gens applaudissent-ils ?... Ah ! oui, les soldats de Leclerc sont là... Laurent est avec eux... Et Et François, où est-il ?... »

— Pardon, mademoiselle, dit un opérateur de cinéma, caméra sur l'épaule, qui venait de la heurter brutalement.

Elle était arrivée place Saint-Michel. Elle remonta dans l'appartement de Franck. Pas de trace de celui-ci ni de Laure. En revanche, une quinzaine de « fifis » occupaient les lieux. Elle essaya sans succès de se faire entendre d'eux. Dans leur excitation, ils n'écoutaient rien. Il fallait cependant qu'elle laissât un message puisque le téléphone qui avait fonctionné pendant toutes ces journées folles semblait s'être mis en grève. Dans la chambre de la mère de Franck, elle trouva un bâton de rouge à lèvres avec lequel elle écrivit sur toutes les glaces de l'appartement : « Je suis chez les tantes. Laurent, Françoise et Pierrot y sont peut-être. »

Traversée par cet espoir en montant l'escalier, elle s'était ruée sur le téléphone. Devant le silence de l'appareil, elle avait résolu de retourner rue de l'Université.

Les chars !... Les chars étaient rassemblés place Saint-Michel, entourés d'une foule en délire qui les acclamait en applaudissant. Léa se faufila jusqu'à l'un d'eux, grimpa sur une des roues et se hissa jusqu'à la tourelle.

— Savez-vous où est le lieutenant d'Argilat ?

— Non, je n'ai pas vu le capitaine depuis la Porte d'Orléans.

Au milieu du tumulte, des ordres claquèrent.

— Descendez, nous allons attaquer le Sénat.

— Je vous en prie, si vous le voyez dites-lui qu'Exupérance...

— C'est le nom de son char !

— Oui, je sais, dites-lui qu'Exupérance est à Paris chez ses tantes.

— D'accord, mais en échange, je veux un baiser.

Léa l'embrassa de bon cœur.

— Vous n'oublierez pas ?

— C'est votre amoureux ?... Il en a de la chance d'avoir une bonne amie comme vous. Parole d'homme, je n'oublierai pas. Sauf si je suis tué, évidemment.

Cette réflexion l'agaça. Evidemment, s'il était tué...

Elle sauta du Sherman et regarda les chars manœuvrer. Ils s'engagèrent dans l'étroite rue Saint-André-des-Arts sous les bravos de la foule massée le long des trottoirs devant les boutiques aux rideaux de fer baissés dont certains portaient une inscription à la craie : « Attention ! la voiture F.F.I. n° ... est occupée par quatre Miliciens ! Tirez dessus ! »

La colonne tourna à gauche en direction de l'Odéon. Léa continua par la rue de Buci. « Il n'est que midi », pensa-t-elle en regardant l'horloge dont les aiguilles étaient immobilisées sur le chiffre 12. Les cafés avaient rouvert leurs portes. Elle prit un demi-panaché au bistrot de la rue Bourbon-le-Château parmi les habitants du quartier qui commentaient les événements. L'un d'eux affirmait avoir vu des tanks et des camions américains sur le Pont-Neuf.

Quelques drapeaux tricolores flottaient çà et là aux fenêtres des immeubles. Sur le pas de leur porte, les gens échangeaient leurs impressions avec par moments des regards inquiets en direction des toits.

Rue de l'Université, la porte de l'appartement de ses tantes était grande ouverte. Dans l'entrée, un désordre inhabituel régnait. « Mon Dieu ! Charles ! » pensa-t-elle en se précipitant dans sa chambre. Assis sur son lit, il feuilletait sagement un album de Bécassine ayant appartenu à la mère de Léa. Un sourire illumina le petit visage fatigué.

— Tu es revenue ! J'avais si peur que tu ne reviennes pas.

— Mon chéri, comment peux-tu dire une chose pareille ! Jamais je ne t'abandonnerai. As-tu déjeuné ?

— Oui, mais c'était pas bon. Il fait beau. On va se promener ?

— Pas aujourd'hui, c'est encore la guerre dans les rues.

— Je sais, j'ai entendu des coups de feu et des gens crier tout à l'heure. Même que tante Albertine est sortie en pleurant.

« Elle aura appris que Pierrot était mort », pensa-t-elle.

— Je reviens, je vais voir tante Lisa.

Elle découvrit Lisa et Estelle en larmes dans la cuisine.

— Enfin te voilà ! s'écria sa tante.

— Qu'avez-vous ? Que se passe-t-il ?

Les pleurs des deux femmes redoublèrent. Elles ouvraient la bouche mais aucun son n'en sortait.

— Mais enfin, me direz-vous ce qu'il y a ?

Estelle parvint à articuler :

— Mademoiselle Françoise...

Brusquement Léa eut froid.

— Quoi Françoise ! Que lui est-il arrivé ?

— Elle a été... arrêtée...

— Quand ?

Estelle fit un geste d'ignorance.

— C'est la crémière de la rue du Bac qui est venue nous prévenir, dit d'une traite Lisa. Albertine est partie tout de suite sans même prendre le temps de mettre un chapeau.

En d'autres circonstances, cette réflexion aurait fait sourire Léa. Mais l'oubli du chapeau était le signe qu'il s'agissait de quelque chose de très grave.

— Où est-elle allée ?

— Sur la place devant l'église.

— Il y a longtemps ?

— Une demi-heure, peut-être.

— J'y vais. Faites attention à Charles.

— N'y va pas ! N'y va pas ! cria Lisa en s'accrochant à son bras.

Sans rien dire, Léa se dégagea et sortit.

19.

Il faisait un temps magnifique, il y avait dans l'air comme une atmosphère de fête. Dans la rue, de jolies filles en robes courtes et claires, les cheveux ornés de cocardes ou de petits drapeaux tricolores, passaient en riant; des femmes élégantes que l'on rencontrait habituellement à la messe du dimanche avaient abandonné un peu de leur morgue habituelle; de vieilles dames au bras de vieux messieurs marchaient avec une souplesse retrouvée. Tous se dirigeaient, pressés, vers la place.

Bien que sachant ce qu'elle allait voir, Léa s'immobilisa stupéfaite. La place était noire de monde.

En haut des marches de l'église qui avaient vu autrefois d'autres spectacles, se jouait un mélodrame devant un public rigolard, hâbleur et goguenard, encourageant les acteurs du geste et de la voix. Le décor, dépouillé à l'extrême, était impressionnant dans sa simplicité même : quelques bancs, une chaise de paille et, fixée à l'aide d'un poignard sur la porte du sanctuaire, une grande feuille de papier blanc sur lequel coulait l'encre noire des mots : ICI L'ON COIFFE GRATIS. La pièce était déjà commencée. Les comédiens interprétaient leur rôle à la perfection. Le bonimenteur, gros homme en chemise portant un brassard F.F.I., aboyait les crimes des interprètes féminines :

235

— Admirez la femme Michaud qui a dénoncé son mari à la Gestapo. Mérite-t-elle l'indulgence du tribunal du peuple ?

— Non, non, hurlaient les spectateurs.

— Alorrrrrrs…

— Qu'on la tooooooonde !… hahaha…

Un rire énorme secouait l'assistance.

Sur la scène improvisée, les auxiliaires de la justice populaire forçaient la femme Michaud à s'asseoir sur la chaise. Le « coiffeur » surgissait armé de grands ciseaux de tailleur qu'il faisait tournoyer et claquer au-dessus de sa tête avec des contorsions à la Maurice Chevalier chantant :

> « *Avez-vous vu le nouveau de chapeau de Zozo,*
> *C'est un chapeau un chapeau rigolo*
> *Sur le devant on a mis une p'tite plume de paon*
> *Sur le côté un amour d'perroquet* »

Près de Léa, une grosse fille en blouse blanche de crémière ou de bouchère, cramponnée au bras d'un pompier, se tortillait hoquetante.

— Y va m'faire pisser dans ma culotte… Hahaha… J'te dis qu'il va m'faire faire pipi… Hahaha… Ça y est !…

Une houle de rires balançait la foule donnant à Léa le mal de mer. Elle voyait de grosses mèches de cheveux brandies, comme dans l'arène la queue et les oreilles du toro, saluées par des cris qui rappelaient ceux de la corrida. Des mains se tendaient pour attraper ces tristes trophées.

Après la coupe grossière… la tonte !

Effondrée sur la chaise, le visage gonflé, barbouillé de crachats et de larmes, la femme Michaud subissait le sort juste et mérité pour avoir, peut-être, dénoncé son mari à la Gestapo. Qu'importe qu'elle eût dit qu'il s'était enfui dans un maquis de Corrèze pour échapper au S.T.O. Une voisine ne l'avait-elle pas vu répondre à un soldat allemand qui lui demandait son chemin ?…

Léa sentit le froid du métal de la tondeuse sur son crâne… Près d'elle, quelques femmes s'étaient tues. L'une d'elles essuya

236

une larme, peut-être enfin solidaire de cette créature humiliée, ridicule avec cette petite tête émergeant d'une robe à fleurs, portant accrochée au cou une pancarte sur laquelle une main malhabile avait écrit : PUTAIN AYANT VENDU SON MARI.

Deux hommes relevèrent la femme et la poussèrent rejoindre celles déjà tondues qui lui firent une place sur leur banc. Elle s'assit près d'une mère qui berçait son enfant.

Avidement, Léa regarda du côté des chevelues, cherchant Françoise.

Une grande et élégante fille brune prit place à son tour sur la chaise.

— Regardez, messieurs, mesdames, à la voir, on lui donnerait le bon Dieu sans confession avec son air si convenable et si sage... Eh bien, messieurs, mesdames, c'est une salope qui a préféré donner son cul aux Boches plutôt qu'à un brave de chez nous. Qu'est-ce que ça mérite ?...

— La toooooonte...

C'était un jeu, une farce, une comédie, un mystère comme ceux que l'on représentait jadis sur le parvis des cathédrales pour l'édification des fidèles. Là, ce n'était ni le *Mystère des vierges folles et des vierges sages*, ni le *Jeu du mariage ou de la feuillée* mais bien le *Mystère de la Passion*. Ce n'était pas celui qui fut représenté à Valenciennes en 1547 et pour lequel les spectateurs payèrent deux liards ou six deniers, mais celui de ce temps absurde et magnifique, lâche et magnanime, courageux et stupide, héroïque et criminel que vivait la France dans les premiers jours de sa libération.

L'élégante femme brune ne pleurait pas. Elle se tenait très droite, le visage fier et pâle. Une boucle tomba sur ses mains blanches qu'elle tenait croisées sur ses genoux. Ses doigts se refermèrent sur la mèche tiède. Un silence s'était fait. La foule attendait des cris et des larmes, elle n'eut qu'un sourire de mépris tandis que les doigts lâchaient la poignée de cheveux. Un murmure déçu parcourut l'assistance.

Agacé sans doute par cette dignité, le « coiffeur » manœuvra ses ciseaux avec brutalité, blessant sa cliente. Du sang coula le long de la joue.

— Oh !... firent les spectateurs.

Léa serra les poings et détourna la tête. Il n'y aurait donc personne pour faire cesser cette abomination ! Heureusement, Françoise n'était pas là. Mais ?...

La femme qui berçait l'enfant venait de relever la tête. Elle ressemblait vaguement à Françoise quand elle surgissait de l'eau après un bain dans la Garonne... Son cœur battait douloureusement. Non... non... ce n'était pas sa sœur qui était là ! « Je suis heureuse que papa et maman soient morts, ils auraient trop souffert de voir ça », pensa-t-elle. Une main s'appuya à son bras, c'était Albertine. Le visage de la vieille demoiselle reflétait toute l'horreur du monde. Léa lui entoura les épaules, s'étonnant de ce geste d'adulte et du rapetissement de sa tante.

La tondeuse avait achevé son œuvre. La victime se redressa seule avec un tel air de mépris que la foule gronda et que quelques injures jaillirent tandis qu'elle s'asseyait hautaine sur le banc des tondues, sans se soucier du sang qui salissait sa robe.

Une autre femme, celle-la hurlant et pleurant, fut traînée jusqu'à la chaise d'où elle se laissa tomber à genoux en balbutiant :

— Pardon... pardon... Je ne le ferai plus... Pardon...

Les ciseaux claquèrent au-dessus d'elle, menaçants.

— Cela suffit, arrêtez.

Un jeune homme en culottes de golf, armé d'un fusil, s'élança sur les marches. Le « coiffeur » devait le connaître car il se contenta de lui dire en prenant à pleine main la chevelure de la malheureuse.

— Laisse-nous faire notre travail.

D'un coup de ciseaux sec, il coupa l'épaisse torsade.

Le garçon abattit le canon de son fusil sur les doigts de la brute qui lâcha les ciseaux.

— Tu n'as pas le droit d'agir ainsi, si ces femmes sont coupables, elles seront jugées équitablement. Tu dois les remettre à la police.

238

Enfin des agents en uniforme sortirent du commissariat, coincé entre l'église et un immeuble.

— Circulez... circulez... il n'y a rien à voir... Rentrez chez vous... Il n'y a rien à voir... Ne craignez rien, ces femmes seront châtiées comme elles le méritent.

Peu à peu, la place se vidait et les policiers emmenaient les femmes à l'intérieur du commissariat tandis que les justiciers ajustaient leur brassard, leur cartouchière ou leur revolver, et s'en allaient en riant. Bientôt tout le monde fut parti, il ne resta plus que Léa et sa tante qui n'avaient pas bougé de l'endroit où elles étaient. D'un même mouvement, elles se dirigèrent vers le commissariat.

Dans les étroits locaux, régnait la plus grande confusion. Les agents ne savaient que faire de ces femmes en larmes ou prostrées. Le jeune homme en culottes de golf était au téléphone. Il raccrocha.

— La Préfecture envoie une voiture pour les conduire...

— Où ? A la petite Roquette ? demanda un agent,

— Non, on les emmène au Vel'd'Hiv sous la garde des F.F.I.

— C'est rigolo, fit un des agents, comme pour les juifs.

Léa se souvint de ce que lui avait écrit Sarah Mulstein sur la rafle du Vel'd'Hiv et regarda avec stupeur celui qui trouvait ça « rigolo ».

— Allez-vous en, mesdames, vous n'avez rien à faire ici.

— Je suis venue chercher ma nièce, monsieur.

Les hommes regardèrent avec étonnement cette vieille dame aux cheveux blancs qui leur disait avec calme et dignité : « Je suis venue chercher ma nièce ». Elle ne manquait pas de culot, la vieille.

— Madame, ce n'est pas possible. Ces femmes sont accusées de collaboration avec l'ennemi, elles doivent être entendues par les autorités compétentes.

— Françoise !

Elle redressa la tête, le regard vide, sans paraître reconnaître sa sœur.

239

— Françoise, c'est moi, Léa. C'est fini, on est venu te chercher.

— Il n'en est pas question, mademoiselle, cette personne a été arrêtée en compagnie des maîtresses d'officiers allemands...

— Je n'ai jamais couché avec un Allemand, cria la femme Michaud, ces femmes-là, on les a rencontrées en bas de la rue, c'est par erreur qu'on m'a mise avec elles.

— Taisez-vous, le tribunal jugera. Partez, mesdames.

— Je vous en supplie, monsieur, je réponds d'elle, c'est ma nièce, monsieur, je la connais depuis qu'elle est toute petite...

— N'insistez pas, madame.

— Vous n'allez pas la mettre en prison avec son enfant ?

Le jeune homme regarda Françoise et son fils, puis mademoiselle de Montpleynet avec un air d'une grande perplexité.

— Pour l'enfant, je ne sais pas... Je suis d'accord pour que vous l'emmeniez, si elle accepte de vous le confier.

Le petit Pierre qui avait reconnu Léa tendait ses bras vers elle.

— Tu veux bien qu'il vienne avec nous ?

Sans un mot, Françoise le donna à sa sœur.

— Laissez-nous vos noms et vos adresses, dit le plus âgé des policiers.

— Quand pourrons-nous aller la voir ?

— Je n'en sais rien, madame. Il faut attendre, on vous préviendra.

Françoise tendit la main vers Léa.

— Que veux-tu ?

« Oh oui ! j'aurais dû y penser », se dit Léa en retirant le foulard bleu qu'elle avait sur la tête. Avec des gestes d'une grande douceur, elle le noua sous le menton de sa sœur.

20.

Léa, après avoir accompagné sa tante et le fils de Françoise rue de l'Université, quitta l'appartement comme on s'enfuit; elle voulait être seule, essayer de réfléchir à tout ce qui se passait et surtout retrouver Laurent.

Jusqu'à l'église Saint-Germain-des-Prés, le boulevard Saint-Germain était un lieu de promenade pour les habitants du quartier. Passée la rue Bonaparte, l'ambiance changeait; les insouciants promeneurs étaient remplacés par des groupes portant brassards et fusils, des jeunes gens en blouse blanche, marquée d'une croix rouge, des ménagères rasant les murs à la recherche de quelque commerçant ouvert rue de Buci. L'une d'elle arrêta Léa et la retint par le guidon de sa bicyclette.

— Ne passez pas devant la rue de Seine. Depuis trois jours, les Boches tirent des obus du Sénat. Ils prennent la rue en enfilade. Plusieurs personnes ont été tuées ou blessées.

— Merci madame, mais je voudrais rejoindre la place Saint-Michel. Par où pourrais-je passer ?

— A votre place, je n'irais pas. Tout le coin est dangereux. Les Leclerc vont attaquer le palais du Luxembourg...

Comme pour confirmer les dires de la femme, un obus explosa devant la poissonnerie de la rue de Seine, faisant tomber

241

les dernières vitrines et blessant aux jambes et au visage trois passants.

Poussant sa bicyclette, Léa revint sur ses pas et alla s'asseoir dans le petit square au pied de l'ancien archevêché. Tous les bancs étaient occupés par des dormeurs. Des garçons et des filles, installés dans le bac à sable, faisaient circuler une bouteille. Léa s'assit à l'écart, le dos appuyé à un arbre. Elle ferma les yeux, essayant de mettre de l'ordre dans son esprit où se bousculaient des images insupportables et violentes. Pour les chasser, elle secouait la tête puis la cognait contre le tronc de plus en plus fort, sans se rendre compte des larmes qui coulaient sur son visage.

— Arrête, tu vas te faire mal !

Une petite main sale et poisseuse venait de lui immobiliser la tête.

— Tiens, bois un coup, ça te fera du bien.

Léa saisit la bouteille et but au goulot avec une telle avidité que le vin coula le long de son cou.

— Pour une fille, tu as une sacrée descente, fit le gamin, qui ne devait pas avoir quinze ans, en reprenant sa bouteille presque vide. Rien de tel que du bon pinard pour remonter le moral. C'est du bourgogne, on l'a piqué chez Nicolas. Tu veux une cigarette ?

Léa acquiesça.

Avec volupté, elle tira une bouffée puis une autre, avalant la fumée, sentant monter une ivresse légère.

— Ça va mieux ?... Bon. Tiens, on a été chercher un peu d'eau à la fontaine, lave-toi la figure.

Tandis qu'elle obéissait, il continuait à lui poser des questions :

— Pourquoi pleures-tu, tu as perdu ton amoureux ?... Ton père alors ?... Tu veux rien dire ?... Tant pis !... Tiens, bois encore un coup. Tu es jolie, tu sais.

Le ton admiratif du gamin la fit sourire.

— Voilà ! tu es beaucoup plus jolie quand tu souris. Vous trouvez pas vous autres ?

242

Les garçons approuvèrent bruyamment en se bousculant et en ricanant bêtement. L'unique fille de la bande se détourna ostensiblement.

— Ton amie est jalouse.

— Rita ? Laisse, c'est pas grave. Comment tu t'appelles ?

— Léa. Et toi ?

— Marcel dit Cécel. Eux ce sont mes potes. Ça c'est Alphonse, lui c'est Polo, lui c'est Vonvon, lui c'est Fanfan et le gros...

— Ça va pas ?... j'suis pas gros !

Léa, comme les autres, éclata de rire.

— Il aime pas qu'on dise qu'il est gros, il est pourtant pas maigre malgré les restrictions. Il s'appelle Minou et elle, c'est Rita.

Chaque gamin lui tendit la main, sauf Rita qui se contenta d'un signe de tête.

— On est tous du treizième arrondissement. Depuis le 19, on n'est pas rentrés chez nous.

— Vos parents doivent être inquiets ?

— T'inquiète pas pour eux, ils s'inquiètent pas pour nous. Aux dernières nouvelles, ils jouaient à la guerre du côté de la République. Nous, depuis le début, on sert de coursiers au colonel Rol et au colonel Fabien...

— Alors, vous connaissez mon cousin, Pierrot Delmas, il est de Bordeaux, dit-elle d'un ton précipité.

— C'est possible, on est nombreux.

— Il a été blessé hier, boulevard Saint-Michel. Depuis, plus personne ne l'a vu.

— Ah, non ! tu n'vas pas te remettre à pleurer. J'te promets qu'on va le chercher ton cousin. Comment il est ?

— Il est à peu près de ma taille, ses cheveux sont châtain foncé, il a les yeux bleus...

— Comment était-il habillé ?

— Il avait un pantalon kaki, une chemisette à carreaux verts et bleus, une veste en coton gris, un brassard et un revolver.

— Vonvon, va aux égouts et renseigne-toi sur ce type. Ren-

243

dez-vous où tu sais dans la soirée. Rita, tu fais les hôpitaux de la rive gauche et toi Minou ceux de la rive droite. Rendez-vous même heure, même endroit. Compris ?

— Oui, chef !

— C'est toi le chef ?

— Tu l'as dis, bouffi ! Fanfan, tu vas rue l'Abbé-de-l'Epée avec Polo voir si Fabien a besoin de nous. Par la même occasion, dis bonjour à mon frère.

— Ça m'étonnerait que je le voie, il doit se battre au Sénat.

— Ton frère est dans la police ?

— Non, il est métallo. Quand on a voulu l'envoyer travailler en Allemagne, en 43, il a rejoint le maquis en Haute-Saône. C'est là qu'il a retrouvé Fabien dit Albert, dit capitaine Henri et, après son évasion, commandant Patrie. Pendant quelque temps, il a distribué des tracts, fait le guet, servi comme agent de liaison. A partir de septembre, il a participé à tous les sabotages de la région. Avec le groupe Liberté, il a fait sauter l'écluse de Conflandey, attaqué un poste allemand près de Semondans où trois Boches ont été tués. Il a saboté des voies ferrées, détruit des ponts, des locomotives, tout ça sous les ordres de Fabien. Fabien a annoncé qu'aujourd'hui il prendrait le Luxembourg, tu vas voir que ça va marcher, surtout que maintenant les Leclerc sont là pour lui donner un coup de main.

Tant de fanfaronnades admiratives distrayaient Léa.

— J'ai la dent, dit Alphonse, si on allait croûter ?

— Bonne idée. Tu viens avec nous ?

— Je ne sais pas.

— Réfléchis pas trop, c'est pas bon. Faut manger, ça remet les idées en place.

— Tu as raison. Où allons-nous ?

— Rue du Dragon. J'ai une copine à mon père qui est serveuse dans un bistrot. La patronne m'a à la bonne et la tortore est pas trop dégueulasse... Prends ta bicyclette, sinon on va te la chouraver.

L'amie du père de Cécel les installa à une petite table sous un escalier en colimaçon. D'autorité, elle leur servit une épaisse purée de pois cassés recouvrant des saucisses et apporta une carafe de vin. Après deux bouchées, Léa repoussa son assiette, incapable de manger.

— Tu n'as pas faim ?

— Non, fit-elle, en vidant son verre de vin.

Elle avala comme ça trois ou quatre verres, sous l'œil intéressé de Cécel et d'Alphonse.

Tout l'après-midi, Léa et ses nouveaux amis burent un mélange effrayant de vins, de liqueurs, d'apéritifs. Vers cinq heures, Fanfan pénétra en coup de vent dans le bistrot, tellement essoufflé qu'il n'arrivait pas à parler.

— Ils ont signé... C'est fini... Le Choltitz a signé la capitulation...

— Hourra !...

— Alors ?... La guerre est finie ?...

— Allez, raconte, il a signé avec qui ?

— Tiens-toi bien, on a signé aussi.

— Tu déconnes, fit Cécel d'une voix pâteuse.

— Mais non, j'déconne pas. Le colonel Rol, commandant des F.F.I. de l'Ile-de-France a signé la convention de reddition avec le général Leclerc et le général von Choltitz.

— Bravo ! Ça s'arrose...

— Tu ne crois pas que tu as assez bu ?

— On ne boit jamais assez quand il s'agit de fêter la victoire.

— Victoire, c'est vite dit. On se bat toujours au Luxembourg, à la caserne de la place de la République, au Palais-Bourbon, dans certaines stations de métro et sans doute en banlieue.

— J'suis pas inquiet, Fabien va tous les dégommer. Comment ça se passe ?

— Bien. Les Sherman de Leclerc tiennent la rue de Vaugirard, les F.F.I. et les spahis marocains du 6e ont pénétré dans le jardin par la rue Auguste-Comte, et des voitures à haut-parleur de la Préfecture circulent dans le quartier annonçant un bombardement aérien vers 19 heures si les Allemands ne se rendent pas. Le cessez-le-feu a été fixé à 18 h 35. Mais j'crois pas qu'on aura besoin d'envoyer les avions. Tu viens avec moi ?

— On ne peut pas la laisser comme ça.

— J'veux venir avec vous, bafouilla Léa en essayant de se lever.

— T'es dingue ! T'as vu dans quel état tu es ?

— J'veux m'battre avec les chars.

— Allez, tu viens, on ne va pas se laisser emmerder par une gonzesse saoule.

— J'suis pas saoule !... J'ai juste un peu bu pour arroser la présence de nos valeureux héros...

— Partez, je vais m'occuper d'elle, dit la serveuse. Lève-toi, petite, tu vas aller t'allonger là-haut.

— D'accord, mais avant j'veux boire un coup.

— Monte d'abord et je t'apporterai à boire.

— Tu vas faire attention à elle, tu me le promets ?

— Cécel, tu sais que tu peux compter sur moi. Ma parole, on dirait que tu es tombé amoureux... J'en connais une qui va pas être contente.

L'adolescent sortit en haussant les épaules.

Avec beaucoup de difficultés, on parvint à hisser Léa jusque dans la pièce au-dessus du café qui servait à la fois de débarras, de salon et de chambre à coucher. Dès qu'elle fut allongée, elle s'endormit la bouche ouverte et bientôt se mit à ronfler doucement.

21.

Elle dormit jusqu'au soir. Par la porte entrouverte montaient les bruits de la salle. Il y régnait une grande animation. Léa se redressa le front cerné par la migraine.

— Qu'est-ce que je fais ici ? se demanda-t-elle à haute voix.

Des pas ébranlèrent l'escalier en colimaçon. La porte s'ouvrit brutalement sur Rita et Alphonse. Rita la regardait d'un air dément :

— Pourquoi tu l'as laissé partir ? Pourquoi ? s'écria-t-elle en se précipitant poing levé sur Léa qui s'écarta.

Pas assez vite cependant : un coup l'atteignit au visage exacerbant la migraine, ranimant la douleur de sa blessure. Elle glissa du lit la tête entre les mains en gémissant. L'adolescente se rua, l'attrapa par les cheveux et la gifla à toute volée.

— Arrête ! gronda Alphonse.

— Fous le camp, j'veux lui faire la peau à cette salope.

— Arrête ! J'te dis… Cécel il aurait pas aimé ce que tu fais là, dit Alphonse en essayant de la retenir.

La main qui frappait resta comme suspendue. Lentement, les doigts lâchèrent la chevelure qui retomba mollement.

Les yeux de Rita allaient du corps étendu au visage d'Alphonse, comme essayant de comprendre ce qui lui arrivait.

247

Alphonse eut un geste maladroit pour l'attirer à lui. Il tenta de la calmer :

— Ce n'est pas sa faute. Cécel, quand il a vu son frère blessé, il est devenu comme fou.

— J'aurais préféré qu'il couche avec elle, plutôt... bredouilla-t-elle.

Léa s'était redressée et les regardait sans comprendre.

— Que s'est-il passé ?

Avant de répondre, l'adolescent se moucha bruyamment.

— Cécel s'est fait descendre rue de Tournon.

— Oh non !

Rita la regarda droit dans les yeux et lui lança :

— Si ! Et ton cousin, il est mort aussi !

— Tais-toi, Rita !

— Et alors ? Y a pas de raison que je sois la seule à souffrir.

— Comment le savez-vous ?

— Par un lieutenant du colonel Rol. Ton cousin avait été transporté au Val-de-Grâce. C'est là qu'ils l'ont retrouvé. Tu ferais mieux de rentrer chez toi.

— Pour Cécel, comment est-ce arrivé ?

— On venait de rejoindre la zone des combats. Rue Garancière, on a rencontré son frère, Clément, qui nous a crié de nous planquer. Cécel n'a pas voulu et on les a suivis en rasant les murs de la rue de Vaugirard. Ça canardait dur. Un Boche est sorti de derrière un char qui flambait en mitraillant dans tous les coins. Clément a été touché aux jambes. Il s'est traîné un moment, alors le Fritz, sans se presser, a déchargé son arme sur lui et est reparti vers le Sénat. Cécel hurlait comme un fou... J'ai essayé de le retenir. Il s'est élancé, sans arme, il a ramassé le fusil de son frère et s'est mis à courir derrière le type à la mitraillette. Le type s'est arrêté et s'est retourné, je crois bien qu'il souriait. Ils ont levé leurs armes ensemble... La balle de Cécel l'a atteint au visage... Les siennes ont fait de la bouillie de mon copain... Voilà !

Les trois jeunes gens, debout, bras ballants, pleuraient, tels des enfants perdus, le garçon de quinze ans, petit frère de

Gavroche, qui venait de mourir par un bel après-midi d'août 1944 le jour où Paris se libérait.

Essuyant leurs yeux, sans dire un mot, Rita et Alphonse s'en allèrent. Restée seule, Léa se jeta sur le lit en sanglotant, revoyant tour à tour le visage de son cousin puis celui de Cécel, entendant leurs rires.

— Ils sont morts !... ils sont morts !... criait-elle dans l'oreiller.

Dans la joie et l'allégresse Paris démontait ses barricades à grands coups de vin et de rires. Il faisait beau. Sur le Pont-Neuf un bal s'improvisa autour d'un accordéoniste, les filles aux cheveux relevés en haut chignon compliqué ou tombant sur les épaules, tournoyaient dans les bras des F.F.I. ou des Leclerc ayant eu la permission de minuit. Rue Mazarine, rue Dauphine, rue de l'Ancienne-Comédie, on marchait sur du verre brisé. Le long des quais, place Saint-Michel, des carcasses noircies de voitures, de camions et de chars témoignaient de la violence des combats. Par endroits, d'humbles bouquets de fleurs posés à même la chaussée indiquaient qu'à cet emplacement un homme, une femme, un enfant étaient tombés. Certains s'agenouillaient devant les taches brunes.

Léa suivait lentement le quai des Grands-Augustins, faisant glisser ses doigts sur la pierre encore tiède du soleil de l'après-midi, ou sur le bois des boîtes des bouquinistes. Place Saint-Michel, des chars manœuvraient sous les acclamations de la foule. Appuyée contre le parapet, Léa les regardait passer, malheureuse et désemparée. Auréolés par le soleil couchant, ses cheveux paraissaient de feu. De leurs chars, les soldats la saluaient, lui faisant signe de venir rejoindre les autres filles grimpées tout autour d'eux.

— Léa !

Malgré le vacarme, elle entendit son nom et chercha autour d'elle d'où provenait cet appel.

— Léa !

Sur son char, un homme gesticulait.

— Laurent !

Elle dut lutter contre la foule pour parvenir jusqu'à lui. Il fit arrêter le char et lui tendit la main pour l'aider à monter. Sans se soucier du regard amusé de ses hommes, il la tenait serrée contre lui, balbutiant son prénom. Léa avait une impression d'irréalité : que faisait-elle, debout sur un char qui se dirigeait vers la place de l'Hôtel-de-Ville par un somptueux coucher de soleil, dans les bras d'un soldat dont l'odeur de poudre, d'huile, de crasse et de sueur lui tournait la tête ?... C'était Laurent ! Laurent qui lui disait sa joie de la retrouver si belle en ce jour béni entre tous, son bonheur de revoir sa femme et son fils. De quoi parlait-il ? Elle ne comprenait pas... Ce n'était pas le moment de parler de choses désagréables... Ils étaient là, bien vivants, riant et pleurant dans les bras l'un de l'autre. Quelque chose hurlait en elle, comme une bête qui voudrait sortir de sa cage. Comment le lui dire ?... Il faut attendre... Je le lui dirai demain...

Au Châtelet, des chars américains se joignirent à ceux de la division Leclerc sous les cris et les bravos des Parisiens.

— Vive l'Amérique !

— Vive la France !

— Vive de Gaulle !

L'enthousiasme vibrant de la foule commençait à se communiquer à elle. Elle se blottit plus fort contre Laurent.

Le char Exupérance s'arrêta près de la tour Saint-Jacques où se trouvait le capitaine Buis.

— Eh bien, d'Argilat, on ne s'embête pas !

— Ce n'est pas ce que vous croyez, Buis...

— Je ne crois rien, je constate.

Il sauta du char et tendit les bras. Léa se laissa glisser.

Autour d'eux, des couples se formaient, les rires devenaient plus aigus, les mots plus lourds, les gestes plus précis, les regards sans équivoque. Tous s'apprêtaient à fêter la libération de Paris de la manière la plus simple et la plus naturelle : en faisant l'amour.

Léa leva lentement son visage vers celui de Laurent.

— Camille est morte.

C'est comme une déflagration. Tout explose puis s'éteint autour de Laurent. Demeurent les lumières aux couleurs froides et brumeuses, nimbant les choses et les silhouettes qui se meuvent avec une lenteur irréelle... C'est comme une nuit de brouillard glacé qui serait tombé en plein mois d'août, et d'où surgiraient les morts de Paris... Qu'ont-ils à faire d'un militaire français en uniforme américain qui pleure près de la tour Saint-Jacques, appuyé contre son char portant le nom d'une sainte oubliée ?... Rien, ils passaient par là, réveillés peut-être par le bruit des flonflons, les soupirs amoureux qui, de Boulogne à Vincennes, des berges de la Seine aux portes cochères, firent de Paris, cette nuit-là, la capitale du plaisir.

Léa regardait souffrir cet homme qu'elle avait aimé. Elle éprouvait une grande pitié mais se sentait incapable de lui procurer un réconfort suffisant tant elle était démunie, n'ayant plus en elle ni force ni espoir.

— Charles va bien.

C'était tout ce qu'elle avait trouvé.

— Qu'avez-vous, mon vieux ? Une mauvaise nouvelle ? lui demanda le capitaine Buis en posant la main sur l'épaule de son camarade.

Laurent se redressa, sans se soucier de dissimuler les larmes qui coulaient sur son visage sale.

— Je viens d'apprendre la mort de ma femme.

— Je suis désolé... Comment est-elle morte ?

— Je n'en sais rien, fit-il en se tournant vers Léa, l'interrogeant du regard.

— Elle a été tuée par les Allemands et les Miliciens, lors de l'attaque d'une ferme tenue par le maquis.

Ils restèrent tous trois silencieux, étrangers à la joie qui se manifestait autour d'eux. Buis réagit le premier.

— Venez, le patron vous demande.

— J'y vais... Léa, où est mon fils ?

— Il est avec moi, chez mes tantes rue de l'Université.

— J'essaierai d'obtenir une permission pour demain. Embrasse Charles pour moi.

— Au revoir, mademoiselle, je vais m'occuper de lui.

Hébétée de fatigue et de chagrin, souffrant de la tête à en crier, Léa se traînait le long de la rue Jacob, bousculée par des passants ivres de joie et d'alcool. Rue de l'Université, elle resta assise longtemps dans le noir sur les marches de l'escalier, trop faible pour monter. La lumière s'alluma : « Tiens, l'électricité est revenue ! ». Elle se hissa jusqu'à l'appartement de ses tantes et s'appuya sur la sonnette.

— Voilà, voilà... Qu'est-ce que c'est ?... C'est pas des façons ! Mademoiselle Léa ! vous n'avez pas votre clef ?... Qu'avez-vous ?... Mon Dieu !... Mesdemoiselles... mesdemoiselles...

— Qu'y a-t-il, Estelle ?

— Léa !... Vite, Lisa, Laure...

Aidée par sa sœur et sa nièce, Albertine transporta Léa sur le divan du salon. La pâleur, le nez pincé et les mains glacées de Léa affolèrent Lisa.

Albertine lui bassina les tempes à l'eau fraîche. Ses narines se desserrèrent, un frisson imperceptible parcourut son visage, ses yeux se dessillèrent puis lentement firent le tour de la pièce. Quel mauvais rêve elle avait fait !... Quel était cet enfant que berçait Laure ? Pourquoi pleurait-elle en posant ses lèvres sur les légers cheveux blonds ?... Où était la mère du bébé ?...

— NON !

Son cri désespéré fit sursauter les quatre femmes et réveilla l'enfant et Charles qui accourut les yeux pleins de sommeil. Il grimpa sur le divan et se blottit contre elle.

— N'aie pas peur, je suis là.

— Toute la journée, il a pleuré en l'appelant, chuchota Estelle à Lisa, et voilà maintenant qu'il la console. Quel drôle de gamin !

Léa porta ses mains à son front en gémissant.

— Estelle, voulez-vous préparer un tilleul pour Mlle Léa et apporter de l'aspirine.

— Bien, mademoiselle.

— Calme-toi, ma chérie. Nous avons été si inquiètes.

— Avez-vous des nouvelles de Françoise ?

— Non, répondit Laure. Quand tante Albertine m'a téléphoné pour me dire ce qui venait de se passer, je suis venue aussi vite que j'ai pu. Franck et un de ses amis ont été partout où ils pensaient trouver Françoise, ils n'ont obtenu aucun renseignement. On ne sait pas où elle est. Mais toi, où étais-tu ?

Léa négligea de répondre.

— J'ai vu Laurent.

— Oh ! enfin une bonne nouvelle.

— Pierrot est mort.

Laure ne dit rien; elle était au courant.

— Pauvre petit, fit Lisa, je vais prier pour lui.

La vieille demoiselle ne vit pas le regard de haine que lui lança Léa.

— Tu as une cigarette ? demanda-t-elle à sa sœur.

— Tiens, dit-elle en lui lançant un paquet vert avec un rond rouge.

— Lucky Strike... Je n'en ai jamais fumé.

Estelle apporta les tasses de tilleul sucré avec du miel, qu'elle avait déniché chez la mercière de la rue de Seine, et les comprimés d'aspirine.

Albertine souleva Charles qui s'était rendormi, tandis que Lisa emmenait le fils de Françoise. Les deux sœurs restèrent seules buvant leur tisane et fumant en silence.

22.

Par les fenêtres grandes ouvertes montaient des cris, des chants insolites dans ce quartier tranquille. Laure se leva et alluma la radio.

— Attention, nous retransmettons le discours du général de Gaulle à l'Hôtel de Ville.

« *Pourquoi voulez-vous que nous dissimulions l'émotion qui nous étreint tous, hommes et femmes, qui sommes ici, chez nous, dans Paris debout pour se libérer et qui a su le faire de ses mains. Non ! nous ne dissimulerons pas cette émotion profonde et sacrée. Il y a des minutes qui dépassent chacune de nos propres vies (...)*

« *Paris ! Paris outragé ! Paris brisé ! Paris martyrisé ! mais Paris libéré ! libéré par lui-même, libéré par son peuple avec le concours des armées de la France, avec l'appui et le concours de la France toute entière, de la France qui se bat, de la seule France, de la vraie France, de la France éternelle.*

« *Eh bien ! puisque l'ennemi qui tenait Paris a capitulé dans nos mains, la France rentre à Paris, chez elle. Elle y rentre sanglante, mais bien résolue. Elle y rentre éclairée par l'immense leçon, mais plus certaine que jamais de ses devoirs et de ses droits.* »

L'électricité fut coupée, éteignant la voix de celui qui, durant quatre ans, avait été l'espoir de la France et qui, ce soir, au ministère de la Guerre que les Allemands avaient quitté quelques heures plus tôt, « gouvernait la France ».

Laure alluma la lampe à pétrole posée sur un guéridon près du divan où était étendue sa sœur.

— Je vais me coucher, tu devrais en faire autant. Nous essaierons d'y voir plus clair demain.

— C'est ça... nous essaierons. Bonne nuit.

— Bonne nuit, toi aussi.

La lumière jaune de la lampe à pétrole accentuait le calme du salon dont le charme désuet rappelait un peu Montillac. Léa soupira en allumant une nouvelle cigarette. Elle reposa le paquet de Lucky Strike sur le guéridon et remarqua un journal : « HIER, A 22 HEURES, LES TROUPES FRANÇAISES ARRIVAIENT PLACE DE L'HÔTEL-DE-VILLE », titrait sur six colonnes *le Figaro*. Le nom de François Mauriac y figurait en première page, elle commença à lire l'article intitulé : « LE PREMIER DES NÔTRES » :

« A l'heure la plus triste de notre destin, l'espérance française a tenu dans un homme; elle s'est supprimée par la voix de cet homme — de cet homme seul. Combien étaient-ils les Français qui vinrent alors partager sa solitude, ceux qui avaient compris à leur manière ce que signifie : faire don de sa personne à la France ? »

Les lignes dansaient devant les yeux de Léa.

« La Quatrième République est la fille des martyrs. Elle est née dans le sang, mais dans le sang des martyrs. Ce sang des communistes, des nationaux, des chrétiens, des juifs, nous a tous baptisés du même baptême dont le général de Gaulle demeure au milieu de nous le Symbole vivant... Nous sommes sans illusions sur les hommes... Je resonge aux vers du vieil Hugo dont j'ai souvent bercé ma peine, durant ces quatre années :
O libre France enfin surgie !

O robe blanche après l'orgie ! »

Le journal glissa des mains de Léa; elle dormait.

A nouveau, le fantôme de l'homme d'Orléans la poursuivait, armé cette fois d'une immense paire de ciseaux. Au moment où il allait l'atteindre, Léa se réveilla en nage. Elle ne se rendormit qu'au petit matin.

Ce fut une odeur de café — de vrai café ?... D'où provenait cette denrée rare qui la tira de son sommeil agité ? Bizarrement, malgré une légère migraine, elle se sentait bien. Laure venait d'entrer avec un plateau et sur ce plateau, une tasse fumait.

— Du café ?

— Si on veut. C'est Laurent qui a apporté ça...

— Laurent est là ?

— Oui, il est avec Charles dans ta chambre.

Léa se leva brusquement.

— Non, n'y va pas, Charles lui raconte comment sa mère est morte. Tiens, bois pendant que c'est chaud.

— On dirait vraiment du café... Qu'est-ce que c'est ?

— C'est une poudre faite avec du café. On verse de l'eau chaude dessus et ça devient du café. C'est américain, paraît-il.

— Toujours pas de nouvelles de Françoise ?

— Non, mais Franck a appelé. Il a rencontré un responsable des arrestations, vieil ami de son père...

— Je croyais que son père était plus ou moins collabo ?

— Oui et l'autre aussi.

— Je ne comprends pas.

— C'est simple, à la faveur de l'insurrection, beaucoup se sont faufilés dans les rangs des F.F.I. Certains auraient même fait, paraît-il, preuve d'un grand courage. Quand Franck l'a rencontré, armé d'une mitraillette avec un brassard à croix de Lorraine, il a été surpris. Le reconnaissant, le collabo a eu peur qu'il parle. C'est pour ça qu'il a accepté de se renseigner sur le lieu de détention de Françoise. Si tout va bien, on devrait avoir des nouvelles en fin d'après-midi.

— Et pour Pierrot ?

— Son corps est à la morgue, j'ai été l'identifier hier.

— Hier ?... Mais tu ne m'avais rien dit ?

— A quoi bon. Il faudrait prévenir oncle Luc. Tante Albertine m'a promis de le faire dès que le téléphone marchera entre Paris et Bordeaux.

On frappa à la porte.

— Entrez.

C'était Laurent portant Charles dans ses bras. Leurs yeux étaient rouges.

— Léa, papa est revenu.

— Bonjour, Léa. Le général Leclerc m'attend, je ne peux pas m'attarder. Je reviendrai après le défilé aux Champs-Elysées. Merci pour tout, ajouta-t-il en déposant un baiser sur son front. A ce soir, Charles.

— Je veux venir avec toi sur ton char.

— Ce n'est pas possible, mon chéri. Une autre fois.

Le petit garçon se mit à pleurnicher. Léa le prit contre elle.

— Ne pleure pas, nous irons voir ton papa tout à l'heure.

— C'est vrai ?

— Oui.

Après un dernier baiser à son fils, Laurent partit.

« Comme il a l'air malheureux », pensa Léa.

Un immense drapeau tricolore flottait sous l'Arc de Triomphe.

Il faisait un temps magnifique, pas un nuage. Une foule de plus d'un million de Parisiens s'était rassemblée sur le parcours que devaient emprunter le général de Gaulle, les généraux Leclerc, Juin et Kœnig, les chefs de la Résistance et les F.F.I. De l'Etoile à Notre-Dame en passant par la Concorde, les rues et les trottoirs étaient noirs de monde. Le petit avion des Actualités américaines tournoyait dans le ciel. Léa et Laure donnant la main à Charles se laissaient gagner peu à peu par l'euphorie de la foule.

— Les voilà ! les voilà !

Assis sur la balustrade des Tuileries dominant la place de la Concorde, ils voyaient venir vers eux l'immense fleuve piqueté de drapeaux, de banderoles, conduit par un homme grand et seul : le général de Gaulle, précédé par quatre chars français : Lauraguais, Limagne, Limousin et Vercelon. Là-bas, le cortège s'était arrêté devant la musique de la Garde qui jouait *la Marseillaise* et *la Marche lorraine*. Les chants jaillissaient des milliers de poitrines.

— Vive de Gaulle ! vive la France !

Des années plus tard, Charles de Gaulle écrivit dans ses *Mémoires* :

« *Ah ! C'est la mer ! Une foule immense est massée de part et d'autre de la chaussée. Peut-être deux millions d'âmes. Les toits aussi sont noirs de monde. A toutes les fenêtres s'entassent des groupes compacts, pêle-mêle avec des drapeaux. Des grappes humaines sont accrochées à des échelles, des mâts, des réverbères. Si loin que porte ma vue ce n'est qu'une houle vivante, dans le soleil, sous le tricolore.*

« *Je vais à pied. Ce n'est pas le jour de passer une revue où brillent les armes et sonnent les fanfares. Il s'agit, aujourd'hui, de rendre à lui-même, par le spectacle de sa joie et l'évidence de sa liberté, un peuple qui fut, hier, écrasé par la défaite et dispersé par la servitude. Puisque chacun de ceux qui sont là a, dans son cœur, choisi Charles de Gaulle comme recours de sa peine et symbole de son espérance, il s'agit qu'il le voie, familier et fraternel, et qu'à cette vue resplendisse l'unité nationale (...)*

« *Il se passe, en ce moment, un de ces miracles de la conscience nationale, un de ces gestes de la France, qui parfois, au cours des siècles, viennent illuminer notre histoire. Dans cette communauté, qui n'est qu'une seule pensée, un seul élan, un seul cri, les différences s'effacent, les individus disparaissent (...)*

« *Mais il n'y a pas de joie sans mélange, même à qui suit la voie triomphale. Aux heureuses pensées qui se pressent dans*

258

mon esprit beaucoup de soucis sont mêlés. Je sais bien que la France tout entière ne veut plus que sa libération. La même ardeur à revivre qui éclatait, hier, à Rennes et à Marseille et, aujourd'hui, transporte Paris se révélera demain à Lyon, Rouen, Lille, Dijon, Strasbourg, Bordeaux. Il n'est que de voir et d'entendre pour être sûr que le pays veut se remettre debout. Mais la guerre continue. Il reste à la gagner. De quel prix, au total, faudra-t-il payer le résultat ?... »

Le général salua la foule des deux mains puis monta dans la grosse Renault noire décapotable qui avait servi au maréchal Pétain lors de sa précédente visite... A ce moment-là, des coups de feu éclatèrent.

— Les salopards tirent des toits !

— Couchez-vous.

Des gens se jetèrent à terre tandis que les responsables du service d'ordre, revolver au poing, poussaient des femmes et des enfants à l'abri derrière les chars et les half-tracks.

« Quelle pagaille », pensa Léa, en contemplant la place de la Concorde — qui n'était qu'une masse de corps enchevêtrés par la peur, de jupes haut troussées, de bicyclettes renversées, de chicanes en fils de fer barbelé, de jeeps, de chars —, avant de s'accroupir derrière la balustrade, tirée par Laure et Charles qui, lui, était ravi. Des F.F.I. ripostèrent en direction du pavillon de Marsan. Des fusillades plus nourries semblaient provenir de la gare d'Orsay et de la rue de Rivoli. Aussi soudainement qu'ils avaient commencé, les coups de feu cessèrent. Les Parisiens se relevèrent, penauds, regardant autour d'eux.

En courant, les deux sœurs traversèrent le jardin des Tuileries, transformé en champ de manœuvres, tenant Charles, que tout cela amusait, à bout de bras.

— Tu n'es pas fatigué ? s'inquiétait Léa.

— Non, non, faisait-il en riant, je veux voir papa sur son char.

Ils allaient traverser l'avenue Paul-Déroulède, en face de

l'Arc du Carrousel, quand les coups de feu reprirent. Ils se jetèrent à plat ventre sur une pelouse. Autour d'eux, la foule, prise de panique, s'enfuyait dans le plus grand désordre. La confusion était telle que les F.F.I., de l'autre côté de la Seine, tiraient sur le pavillon de Flore et que ceux des Tuileries, croyant à une attaque de Miliciens, ripostaient sur ceux d'en face.

— Ce serait trop idiot de mourir ici, dit Léa en se relevant, après qu'une volée de balles se fut enfoncée non loin d'elle.

Près des guichets du Louvre, elles rencontrèrent Franck poussant son vélo. Laure installa Charles sur le porte-bagages et ils se dirigèrent vers Notre-Dame.

Sur le parvis de la cathédrale, de Gaulle venait de descendre de voiture et embrassait deux petites filles habillées en Alsaciennes qui lui tendaient un bouquet tricolore. Les chars stationnés sur le parvis disparaissaient sous les grappes humaines. Depuis son départ de la Place de la Concorde tout le long du chemin l'amenant à Notre-Dame, les coups de feu n'avaient pas cessé, provoquant des bousculades monstres.

Partout, ces gens épuisés par quatre années de restrictions, énervés par les combats qui avaient précédé la libération de Paris, criaient leur joie.

— Vive de Gaulle !
— Vive la France !
— Vive Leclerc !

Le général s'avançait vers le portail du Jugement dernier quand éclata une fusillade plus nourrie que les précédentes.

— Ils tirent des tours de Notre-Dame, cria quelqu'un.

La plupart des assistants se jetèrent à plat ventre. De Gaulle, debout, fumait tranquillement une Craven en regardant la scène avec un air amusé. Aussitôt, les Leclerc et les Fifis tirèrent en direction de la cathédrale, mutilant les gargouilles dont les éclats volèrent sur ceux qui se tenaient devant le portail. Les officiers de la 2e D.B. couraient en tous sens pour faire cesser le feu.

— On voit que vos hommes n'ont pas l'habitude des combats de rue, dit ironiquement le colonel Rol au lieutenant-colonel Jacques de Guillebon de la 2e D.B.

— Non, mais croyez-moi, ils vont la prendre, répondit-il en le toisant.

Tandis que le général Leclerc donnait des coups de canne à un soldat paniqué qui tirait dans tous les sens, le général de Gaulle, agacé, époussetait sa vareuse, en pénétrant dans le lieu saint. Le colonel Peretti lui frayait un passage à coups de pied et de poing. Il était en avance sur l'horaire d'une trentaine de minutes et le clergé n'était pas là pour l'accueillir. L'orgue était silencieux et le chœur dans la pénombre faute de courant. A peine avait-il fait quelques pas que la fusillade reprit à l'intérieur de l'édifice. Les assistants bousculant chaises et prie-Dieu se couchèrent, effrayés par l'écho qui amplifiait le bruit des détonations.

— Les Miliciens tirent de la galerie des Rois.

— Mais non, ce sont des hommes de la Préfecture qui sont là-haut !

Impassible, le général de Gaulle remonta les soixante mètres de la nef entre des rangées de chaises renversées, de fidèles accroupis tête entre leurs bras. Par instants, un visage émergeait le temps de crier :

— Vive de Gaulle !

Derrière le général, Le Trocquer bougonnait :

— On voit plus de derrières que de visages.

Arrivé près du chœur, de Gaulle se dirigea vers un fauteuil installé à gauche dans la croix du transept suivi par Parodi, Peretti et Le Trocquer tandis que les balles continuaient à siffler. Mgr Brot, archiprêtre de Notre-Dame, s'avança vers le général de Gaulle.

— Mon général, un autre que moi devait vous accueillir. Il en a été empêché par la force. Il m'a chargé de vous exprimer ses protestations respectueuses, mais fermes.

En effet, le général de Gaulle aurait dû être reçu par le cardinal Suhard, mais le Gouvernement provisoire avait fait savoir le matin même au cardinal que sa présence n'était pas souhaitée. Pourquoi ? Certains lui reprochaient d'avoir reçu dans sa cathédrale le maréchal Pétain et d'avoir présidé aux obsèques de Philippe Henriot. Pourtant, auxdites obsèques, il avait refusé de prendre la parole malgré la demande des autorités allemandes, ce qui avait fait dire aux Miliciens :

— C'est un gaulliste.

« Ni gaulliste, ni collaborationniste, homme d'église tout simplement... » devait penser Mgr Brot.

— Faites donner les orgues, ordonna Le Trocquer.

— Il n'y a pas de courant.

— Alors, faites chanter.

D'abord hésitant, le *Magnificat* retentit sous les voûtes. Le général de Gaulle chantait à pleine voix, entraînant le reste de l'assistance. Les coups de feu cessèrent un instant, puis reprirent au milieu du chant, blessant trois personnes. De jeunes prêtres donnaient l'absolution. Arrêté un court moment, le cantique s'éleva de nouveau sous les voûtes séculaires accompagné du sifflement des balles.

Des jeunes gens en blouse blanche ramassaient les blessés et les personnes contusionnées dans les bousculades. Le *Magnificat* s'éteignit. L'endroit devenait trop dangereux. Il n'y aurait pas de *Te Deum* ce jour-là.

Précédant le général de Gaulle, un magnifique bedeau lui ouvrit le chemin.

Dehors, la foule l'accueillit avec de formidables vivats :

— Vive de Gaulle !

— Dieu sauve de Gaulle !

— La Vierge sauve de Gaulle !

— Dieu protège la France !

L'homme du jour salua des deux mains et s'installa tranquillement dans sa voiture qui repartit sous les ovations.

Charles était le plus heureux et le plus fier des petits garçons.

Il dominait le monde du haut de la tourelle du char de son père.

C'est à l'Hôtel de Ville qu'ils avaient retrouvé Laurent d'Argilat qui revenait de la Concorde. Il leur annonça qu'il repartait dans moins d'une heure.

— On ne se doute pas ici, malgré les tireurs des toits, que dans la banlieue nord de Paris les combats continuent.

— Mais les Allemands ont bien signé l'acte de reddition ?

— C'est valable pour ceux qui étaient sous les ordres du général von Choltitz et non pour les autres, c'est du moins ce que disent leurs chefs. Ils sont installés au Bourget et dans la forêt de Montmorency. Ils disposent de troupes fraîches venues à bicyclette du Pas-de-Calais, et surtout des chars de la 47e Division d'infanterie du Général major Wahle...

— Papa, montre-moi comment ça marche.

Léa, grimpée sur le tank, donna une tape sur la main de Charles.

— Ne touche pas, tu vas tout faire sauter.

Laurent eut un rire sans joie. Il embrassa son fils, le souleva et le tendit, malgré ses protestations, à Franck.

— Prends bien soin de lui, Léa. Dès que ce sera possible, je reviendrai vous voir. Nous parlerons de Camille, je veux tout savoir de sa mort.

Charles et les trois jeunes gens regardèrent le char manœuvrer. Ils le suivirent jusqu'au boulevard de Sébastopol.

Franck raccompagna les deux sœurs et l'enfant rue de l'Université, où il promit de revenir dans la soirée avec des nouvelles de Françoise et du ravitaillement.

La promenade avait fatigué Charles qui se plaignait de la tête. Estelle prit sa température, il avait 39° de fièvre. La vieille servante gronda qu'elle l'avait bien dit... qu'il ne devait pas sortir... qu'il n'était pas encore guéri. Léa le coucha dans son lit et resta auprès de lui, sa petite main serrant la sienne, jusqu'à ce qu'il s'endorme. Sans doute avait-elle également présumé de ses forces car elle s'endormit à son tour.

Un grondement persistant l'arracha au sommeil. Léa regarda sa montre : onze heures et demie ! La chambre était plongée dans l'obscurité, le grondement s'intensifiait. Des avions... C'étaient des avions qui survolaient Paris, sans doute des avions alliés allant bombarder le front. Les sirènes se mirent à hurler. Les avions se rapprochèrent semblant voler très bas. Léa se précipita à la fenêtre.

Jamais depuis Orléans elle n'avait vu autant d'avions ensemble. Les jets de balles traçantes, les rares tirs de la D.C.A. ne semblaient pas les concerner. Soudain, de formidables explosions du côté de l'Hôtel de Ville et des Halles ébranlèrent le quartier, illuminant la nuit.

— Il faut descendre aux abris, cria Albertine en ouvrant la porte, le bébé de Françoise dans les bras.

Lisa et Estelle passèrent en courant dans le couloir, les cheveux ébouriffés.

— Descendez sans moi, emmenez Charles.

Le petit garçon, mal réveillé, s'accrochait à elle.

— Je veux pas... je veux rester avec toi...

— D'accord, tu restes là.

Blotti contre elle dans une des grandes bergères du salon, Charles se rendormit. Léa fuma une cigarette alors que les bombes allemandes tombaient dans le Marais, rue Monge, sur l'hôpital Bichat, tuant sept infirmières, détruisant une partie de la Halle aux vins, provoquant un incendie qui éclairait Paris comme un feu de Bengale.

Vers minuit, la fin de l'alerte sonna. Les pin-pon des pompiers et les sirènes des ambulances remplacèrent le bruit des bombes. Tout le monde se recoucha. Pas pour longtemps. Une nouvelle alerte, vers trois heures du matin, tira les Parisiens de leur lit.

Le lendemain on dénombra une centaine de morts et environ

cinq cents blessés. Pour ceux qui avaient cru que la guerre était finie, ce fut un rude réveil.

A l'aube du 27 août 1944, Paris pansait ses blessures. Une étrange cérémonie se déroulait à Notre-Dame toutes portes closes, celle dite de la « réconciliation ». « Le sang du crime », selon l'expression liturgique consacrée, ayant coulé dans l'église, l'église devait être « réconciliée » avant que les fidèles puissent revenir y prier. L'archiprêtre de Notre-Dame, Mgr Brot, accompagné du chanoine Lenoble, fit le tour de la basilique à l'intérieur et à l'extérieur en bénissant les murs avec de « l'eau grégorienne », mélange d'eau, de cendres, de sel et de vin. Après cette cérémonie, qui se déroula en présence uniquement des membres du clergé attachés à Notre-Dame, les offices et la messe furent célébrés normalement.

En cette matinée de dimanche, une messe fut dite sur une barricade du boulevard Saint-Michel par un aumônier des F.F.I., prêtre des maquis de Haute-Savoie, entouré de drapeaux, devant une foule importante et recueillie.

Léa refusa d'accompagner ses tantes à la grand-messe, à Saint-Germain-des-Prés.

Après plusieurs tentatives, Albertine de Montpleynet réussit à joindre maître Luc Delmas. La communication était très mauvaise, il fallait crier pour se faire entendre.

— Allô, allô... Vous m'entendez ?... Ici, mademoiselle de Montpleynet... Je suis la tante des petites Delmas... Oui, elles sont avec moi... Elles vont bien... Je vous appelle au sujet de votre fils... Oui, Pierrot... Non... Non... Il a été tué... Je suis désolée... par les Allemands... C'est hélas possible... Je suis allée identifier le corps hier... Je ne sais pas... Il était avec Léa, boulevard Saint-Michel... Je vais voir, elle a été blessée... Ne quittez pas... Léa, c'est ton oncle, il veut te parler.

— Je n'ai rien à lui dire; c'est de sa faute si Pierrot s'est fait tuer.

— Tu es injuste, c'est un homme brisé.

— C'est bien fait.

— Léa, tu n'as pas le droit de parler ainsi. C'est le frère de ton père, ne l'oublie pas. Si tu ne le fais pas par charité chrétienne, fais-le par humanité en souvenir de tes parents.

Pourquoi lui parlait-on de ses parents ? Ils étaient morts, comme Camille ! comme Pierrot !

— Allô, fit-elle en arrachant le téléphone des mains de sa tante. Allô, oui, c'est Léa... Je l'ai rencontré par hasard, il y a quelques jours, il était dans la Résistance depuis un an avec les communistes, il avait été envoyé à Paris pour servir d'agent de liaison entre les chefs de l'insurrection. Il a été tué par une grenade... Non, je ne sais pas s'il a souffert, j'ai été blessée, nous n'avons pas été conduits au même hôpital... Allô, allô... Ne coupez pas... Allô, qui est à l'appareil ?... Philippe... Oui, c'est affreux... Ici, nous sommes libérés, comment ça se passe à Bordeaux ?... Quoi ?... Vous espérez que les Allemands vont repousser les Américains !... Je crains que tu ne te rendes pas compte que la guerre est perdue pour l'Allemagne et qu'aujourd'hui ou demain, des gens comme toi et ton père risquent d'être fusillés... Non, ça ne me ferait pas plaisir, ça me serait égal. Pierrot est bien mort... Oh ! si, j'ai changé. Que doit-on faire pour l'enterrement ?... Rappelle-moi chez mes tantes... Littré 35-25... Avez-vous des nouvelles d'oncle Adrien ?

Léa raccrocha, soudain songeuse.

— Tante Albertine, c'était affreux de l'entendre pleurer, dit-elle d'une petite voix.

23.

Le mois de septembre 1944 allait être pour Léa le mois des décisions.

Tout commença, en fait, dans la soirée du 30 août.

Vers huit heures du soir, le téléphone sonna. Ce fut Albertine qui répondit :

— Allô... Oui, ma nièce est ici, qui la demande ?... Comment ? Je n'ai pas bien compris... M. Tavernier... François Tavernier ? Bonjour, monsieur... Où êtes-vous ?... A Paris ! Quand êtes-vous arrivé ?... Avec le général de Gaulle ! Je suis si heureuse de vous entendre, monsieur... Oui, Léa va bien... Mme d'Argilat ? Hélas ! monsieur, elle est morte... Oui, c'est horrible. Son petit garçon est ici. Nous avons vu son père, il y a quelques jours, il se bat actuellement au nord de Paris... Ne quittez pas, je vous passe Léa. Léa !... le téléphone.

Elle arriva en peignoir de bain, les cheveux mouillés.

— Qui est-ce ?

— Monsieur Tavernier.

— Franç…

— Oui. Qu'as-tu, ma petite ?… Tu ne vas pas te trouver mal ?

Son sang cognait si fort qu'elle avait mal partout.

— Non… ça va, fit-elle d'une voix faible en s'asseyant avant de prendre l'appareil.

Albertine de Montpleynet la regardait avec un air attendri, mêlé d'inquiétude. Elle aurait donné tout ce qu'elle possédait pour voir la fille de sa chère Isabelle enfin heureuse.

— Ma tante… je voudrais être seule.

— Bien sûr, ma chérie, excuse-moi.

Léa n'osait approcher le récepteur de son oreille malgré les allô, allô de plus en plus impatients.

— Allô… François ?… Oui… Oui… Non… je ne pleure pas… Non, je vous assure… Où ?… Au ministère de la Guerre ? Où est-ce ?… 14 rue Saint-Dominique ?… J'arrive… le temps de me sécher les cheveux… François… D'accord, d'accord, je ne perds pas de temps…

Léa raccrocha, ivre de joie, riant et pleurant avec une envie de se mettre à genoux et de remercier Dieu. Il était vivant…

Depuis la mort de Camille, elle avait tenté de l'oublier, ne voulant plus souffrir de la perte d'un être cher. En revoyant Laurent, devant le bonheur éprouvé, elle avait cru avoir réussi. Mais là, rien qu'au son de sa voix, son corps avait frémi comme sous une caresse. Vite, être dans ses bras, oublier toutes ces horreurs, ne plus penser à la guerre, ne plus penser à la mort, ne penser qu'au plaisir… Zut, ses cheveux n'étaient pas secs, elle allait être affreuse.

Elle se précipita dans sa chambre, frottant sa tête avec énergie, fouilla dans son armoire à la rechercher d'une robe. Où était donc passée sa robe bleue qui lui allait si bien ?… introuvable, elle devait être dans le panier à linge sale.

— Laure, Laure…

— Oui, ne crie pas comme ça, que veux-tu ?

— Peux-tu me prêter ta robe verte et rouge ?

— Mais, elle est neuve !

— Justement. Oh ! sois gentille, prête-la moi... Je te promets d'y faire très attention.

— D'accord, c'est bien pour te rendre service. Où vas-tu ?

— J'ai rendez-vous avec François Tavernier.

— Quoi ! il est revenu ?

— Oui.

— Tu en as de la chance ! Va vite ! ne le fais pas attendre... Je vais chercher ma robe.

Quand Laure revint, Léa était nue et talquait son corps.

— Que tu es belle !

— Pas plus que toi.

— Oh, si ! Tous mes copains le disent. Tiens, passe la robe... Fais attention, le tissu est fragile.

Laure l'aida à enfiler la délicate robe en crêpe mousseline au décolleté plongeant, aux larges manches courtes et dont la taille cintrée faisait paraître plus large la courte jupe froncée.

— Dis donc, tu ne t'embêtes pas ! Une robe de chez Jacques Fath !

— Je l'ai échangée contre cinq kilos de beurre et cinq litres d'huile.

— Ce n'était pas cher payé.

— Tu crois ? Le beurre est plus rare que les robes de grand couturier et avec la libération, on les aura pour rien, celles des anciennes belles du Tout-Paris allemand.

— Que tu es drôle ! Qui aurait pensé que la petite Bordelaise, amoureuse du maréchal Pétain, trafiquerait du marché noir !

— Et alors ? Tout le monde peut se tromper, moi je me trompais sur Pétain, toi tu peux te tromper sur de Gaulle. Et puis, le marché noir ! Sans lui tu n'aurais pas mangé tous les jours.

— C'est vrai, je le reconnais bien volontiers. Simplement, j'admire ton sens du commerce. Quant à de Gaulle, heureusement qu'il était là...

— On verra, c'est un militaire comme l'autre.

Léa haussa les épaules sans répondre.

— Toujours rien de Françoise ?

— Non, Franck cherche toujours. Parles-en à François Tavernier, il aura sûrement une idée. Et pour Pierrot, que fait-on ?

— Je ne sais pas, vois avec tante Albertine.

— Vers quelle heure rentres-tu ?

— Je ne sais pas. Préviens les tantes que je sors et occupe-toi de Charles.

— C'est ça, à moi les corvées, dit Laure d'un ton faussement fâché. Amuse-toi bien quand même. Attention à ma robe.

— J'y ferai attention comme à la prunelle de mes yeux. Car je ne sais pas où je trouverai cinq kilos de beurre et cinq litres d'huile pour te la rembourser.

— Tu es loin du compte, maintenant ce serait dix kilos et dix litres.

— Continue comme ça et tu feras fortune.

— J'y compte bien. Sauve-toi, j'entends Lisa; si elle te voit sortir, tu en as pour une heure d'explication : où vas-tu ? avec qui ? est-il convenable ? etc.

— Je suis déjà partie. Merci...

Elle descendit si vite les escaliers, qu'elle loupa l'avant-dernière marche et s'étala de tout son long sur le marbre du vestibule. En tombant, elle se tordit douloureusement le poignet.

— Merde !

— Quel vilain mot dans une si jolie bouche !

— C'est d'un banal !... Franck !... C'est vous ?... On n'y voit rien avec ces maudites coupures de courant.

— Oui, c'est moi.

— Aidez-moi à me relever.

Elle poussa un cri en se remettant debout.

— Vous vous êtes fait mal ?

— Ce n'est rien. Vous êtes bien chargé ? Qu'est-ce que c'est ?

— Du ravitaillement pour Laure. Je sais où est votre sœur.

270

— Pourquoi ne le disiez-vous pas ?

— Vous ne m'en avez pas laissé le temps.

— Alors ?

— Elle est au Vel'd'Hiv. C'est là que les F.F.I. ont regroupé les collabos.

— C'est facile d'y entrer ?

— Si vous êtes tondue, oui.

— Vous n'êtes pas drôle.

— Excusez-moi. Non, ce n'est pas facile d'y entrer, une horde d'énergumènes siège en permanence devant les portes, criant des injures, cognant et crachant sur ceux qu'on amène. Les avocats, même accompagnés d'un responsable F.F.I., se font conspuer comme les autres.

— Renseignez-vous. J'ai rendez-vous avec un ami qui est auprès du général de Gaulle, je vais lui en parler.

— Demandez-lui qu'il use de toute son influence pour la faire sortir, les conditions de détention sont, paraît-il, très dures. Ce n'est pas prudent de se promener seule le soir; vous ne voulez pas que je vous accompagne ?

— Non, merci. Je vais rue Saint-Dominique, ce n'est pas loin. Merci pour Françoise. Je vous appelerai demain pour vous tenir au courant.

— A demain, bonne soirée.

Léa ne l'entendit pas, elle était déjà dans la rue.

Au ministère de la Guerre, à peine avait-elle donné son nom que le planton la fit conduire au premier étage. Elle fut introduite dans un grand salon qui portait encore les marques des précédents occupants : portrait du Fürher décroché et jeté dans un coin, drapeaux et papiers marqués de la croix gammée jonchant le sol, caisses à demi remplies de dossiers, documents éparpillés, tout attestait un départ précipité.

— Le commandant est prévenu, il vous demande de patienter

quelques minutes, il est avec le Général. Tenez, vous avez des journaux.

Des dizaines de journaux de toutes les régions de France étaient répandus sur une des tables : *la Nation, les Allobroges, le Franc-Tireur, Libération, Combat, Défense de la France, la Marseillaise, l'Aisne nouvelle, Lyon libéré, l'Humanité, le Patriote niçois, le Libre Poitou, la Petite Gironde*... Bordeaux était libéré !... Les F.F.I. avaient pénétré dans la ville vers 6 heures 30 du matin. *La Petite Gironde* publiait en première page l'ordre du jour numéro 1 du Conseil régional de la Libération du Sud-Ouest du délégué militaire régional Triangle (le colonel Gaillard) et du délégué militaire du War Office Major, Roger Landes (Aristide), aux Forces françaises de l'intérieur. Aristide !... Il était vivant ! Adrien devait être avec lui. « Bordeaux a fêté sa libération » titrait un journal qu'elle ne connaissait pas. C'était curieux, il était à la même adresse, avait le même coq claironnant que *la Petite Gironde* du lundi 28 août, mais lui, en date du 29, s'intitulait : *Sud-Ouest*...

Toute à ses réflexions, elle ne l'entendit pas approcher et se retrouva dans ses bras avant de l'avoir vu.

— Lâchez... François !

— Toi... toi...

C'était comme une vague qui les enlevait, les relâchait, les roulait, les bousculait, les broyait, les anéantissait. Ils tanguaient, enlacés, à travers la pièce, lèvres soudées, se heurtant aux meubles, ivres d'eux-mêmes au point de ne pas remarquer qu'ils n'étaient plus seuls.

— Eh bien, Tavernier, c'était donc ça ce rendez-vous si important ?

— Excusez-moi, mon général, comme vous le voyez, il était de la plus grande importance.

— Je vois, mademoiselle est charmante. Quand vous en aurez fini avec votre rendez-vous, disons dans une heure, venez me rejoindre.

— Bien, mon général. Merci, mon général.

Eberluée, Léa regardait la haute silhouette regagner son bureau.

— C'est vraiment lui ? balbutia-t-elle.

— Oui.

— J'ai honte !

— Tu n'as pas à avoir honte, c'est un homme...

— Justement.

— En attendant, nous avons une heure devant nous et sa bénédiction.

— Tu veux dire ?...

— Oui.

Elle devint écarlate. Il éclata de rire.

— Ne ris pas, ce n'est pas drôle. Pour qui va-t-il me prendre ?

— Rassure-toi, il t'a déjà oubliée. Viens, j'ai envie de toi.

Oubliant sa honte, Léa se laissa entraîner au deuxième étage.

— C'est ici le bureau du Général, chuchota-t-il en passant devant une porte gardée par un jeune soldat.

Au fond du couloir, après avoir poussé plusieurs portes, François trouva enfin ce qu'il cherchait.

C'était un étroit cagibi éclairé par une haute lucarne, dans lequel on avait rangé tapis roulés et tentures soigneusement pliées. Il y régnait une chaleur étouffante et une forte odeur de poussière et de naphtaline. Tavernier la bascula sur une pile d'Aubusson et se laissa tomber sur elle.

— Attends, embrasse-moi.

— Plus tard, j'ai trop bandé en pensant à toi et à ton joli petit cul; je ne peux plus attendre...

Fébrile, il tentait de lui arracher sa culotte.

— Saloperie, c'est du tissu d'avant-guerre, fit-il en tirant violemment.

— Arrête, tu vas déchirer ma robe.

— Je t'en achèterai dix. Ah !...

Il venait de la pénétrer avec une brutalité qui lui arracha un cri de douleur et de colère.

— Tu me fais mal... laisse-moi...

— Plutôt mourir !

273

Elle lutta, tentant de se dégager de ce sexe qui la malmenait.

— Salaud !...

— Encore, c'est le premier mot que j'ai entendu de toi.

— Salaud !... salaud... sal...

Le désir de François l'avait à son tour gagnée et ce furent deux bêtes grognant et mordant qui jouirent, sans raffinements et hâtivement, l'une de l'autre.

Ce brusque plaisir n'avait pas assouvi leur désir. Sans se déprendre, ils refirent l'amour éprouvant dans tout leur être une volupté qu'ils ne se souvenaient pas avoir jamais connue. Ils retombèrent brisés et repus sur des tentures pourpres qui semblaient vouloir les envelopper.

Ils restèrent de longues minutes sans parler, écoutant encore dans leur corps la résonance du plaisir. François se souleva et la contempla. Rarement, il avait vu un tel abandon dans l'amour. Une fois prise, elle se soumettait à ses désirs sans la moindre vergogne. Il effleura les lèvres gonflées. Une mince lueur filtra à travers les paupières de Léa, provoquant chez lui une émotion insupportable.

— Regarde-moi.

Les beaux yeux s'ouvrirent lentement sur un regard embué, déchirant de tristesse. Il se méprit sur cette mélancolie.

— Tu m'en veux ?

La tête aux cheveux ébouriffés fit non, tandis que de lourdes larmes roulaient sur le velours couleur d'amarante.

— Je t'aime, petite, ne pleure pas.

— J'ai eu si peur... parvint-elle à dire.

— C'est fini, je suis là.

Avec colère, elle se redressa et le repoussa.

— Non, ce n'est pas fini. Partout, il y a des gens qui en tuent d'autres, qui en humilient...

— Je sais. Calme-toi. Plus tard, tu me diras... Je sais pour Camille...

— Tu sais pour Camille ?... Sais-tu pour Pierrot ?... pour Raoul... pour Françoise ?...

— Pour Françoise ?

— Elle a été arrêtée et tondue par les F.F.I.

— Comment savez-vous que c'étaient des F.F.I. ?

— Ils portaient des brassards.

— Beaucoup de gens pas très intéressants se sont infiltrés parmi les Forces françaises de l'intérieur, le général le sait. Tout sera mis en œuvre pour rétablir l'ordre public et punir les coupables.

— Je ne sais pas si ce sont des gens pas très intéressants, comme vous dites, qui se sont infiltrés parmi les libérateurs de Paris, mais je peux vous assurer que l'ensemble des spectateurs qui assistaient à la tonte de ma sœur et des autres filles y prenaient un grand plaisir et trouvaient normal qu'on les punisse de cette façon.

— La colère vous va toujours aussi bien, ma chère...

— Oh !

— Pardonne-moi. Que lui est-il arrivé après ?

— Ils l'ont conduite au Vel'd'Hiv.

— Elle y est en bonne compagnie, il y a tout le gratin : Sacha Guitry, Mary Marquet... Ne t'inquiète plus, nous allons la sortir de là. Nom de Dieu ! il faut que je te quitte, le général doit m'attendre. Je t'appelle demain matin. Sois sage jusque-là.

Il sortit en reboutonnant son pantalon.

— François !

— Oui ? fit-il en revenant sur ses pas.

— Je suis heureuse de te revoir.

Il la souleva et la serra contre lui en l'embrassant avec cette tendresse qui l'étonnait toujours.

Songeuse, elle écoutait s'éloigner le pas de cet homme auprès de qui elle se sentait tour à tour en pleine sécurité et en grand danger. Peu portée à l'analyse, elle essayait de démêler les causes de ses sentiments contradictoires au fond d'un cagibi du ministère de la Guerre. « Il me fait peur. Je suis idiote, pourquoi aurais-je peur, il ne m'a jamais rien fait qui justifie cette angoisse... Et si je craignais qu'il ne m'aime plus ? qu'il me quitte... Oui, bien sûr, je redoute cela, mais je sens que ce n'est pas ça... C'est presque physique... Je frissonne de peur quand il me dit "mon ange"... et cependant mon attirance est si forte que je le suivrais partout... Mais lui ?... Il me dit qu'il m'aime, mais chaque fois que nous nous revoyons, il me saute dessus sans même prendre la peine de me parler autrement que pour me dire : "Viens... j'ai envie de toi..." Je dois bien m'avouer que cela m'excite, mais je ne déteste pas "ces caresses de l'âme" que sont les mots, comme disaient Raphaël Mahl et Balzac... C'est étrange, pourquoi a-t-il le don de me mettre en colère ?... Tout à l'heure, à propos de Pierrot et de Françoise... C'est comme si, inconsciemment, je le rendais responsable de ce qui leur est arrivé... Je ne comprends pas... peut-être parce que c'est un homme qui a des attitudes, des propos, des relations équivoques et que je soupçonne ce genre d'homme d'être responsable de la guerre... Je sais bien que c'est absurde... Camille saurait sûrement... Elle me manque... C'est presque la même sensation d'abandon, d'absence qu'après la mort de maman... Quand je pense que je l'ai trahie... que j'ai voulu lui prendre son mari !... Pardonne-moi, Camille... Il y a tant de choses que je ne t'ai pas dites... Que tu ne m'as pas dites non plus... et maintenant, c'est fini... Fini... Oh ! assez de larmes !... Ça ne sert à rien... à rien. »

Avec rage, Léa essayait de défroisser sa robe, sans succès. « Ah ! ces tissus de guerre ! » Elle allait avoir bonne mine à passer devant le planton dans cette tenue. Finalement, il lui fallut bien se résoudre à quitter le réduit aux tapis. Elle entrouvrit la porte, risqua un regard à droite et à gauche puis, rassurée, se faufila jusqu'à l'escalier qu'elle descendit de l'air le plus digne. Le hall d'entrée était plein de jeunes gens, militaires et F.F.I., qui regardèrent passer cette jolie fille à la robe chiffonnée et aux cheveux en désordre avec un sentiment d'envie envers celui qui l'avait mise dans cet état. Elle passa tête haute, sans paraître remarquer les sifflements admiratifs qui saluaient sa sortie, mais une fois dans la rue, elle s'enfuit en courant, rouge de honte et folle de rage.

276

Rue de l'Université, Charles l'accueillit avec de grands cris.

— Comment ? Tu n'es pas encore couché ?

— Papa est là ! papa est là !

L'enfant voulut l'entraîner vers le salon.

— Attends, je vais aller me changer.

— Non, viens.

— Tout à l'heure, mon chéri.

— Papa ! papa ! c'est Léa, elle ne veut pas venir !

Dans l'encadrement de la porte, apparut la haute et maigre silhouette de Laurent.

Elle l'embrassa. Comme il avait l'air fatigué !

— Attends-moi, je vais changer de robe.

Trop tard, Laure venait d'apparaître.

— Enfin te voilà ! Ma robe !... Dans quel état tu l'as mise !

— Excuse-moi, je suis tombée.

— Tombée ?...

Confuse, Léa se réfugia dans sa chambre. Ça allait être difficile de faire entendre raison à sa sœur.

Quand elle entra dans le salon, sa tante Albertine la regarda d'un air sévère.

— Tu sais que je n'aime pas que tu sortes le soir sans nous prévenir.

— Excuse-moi. Je suis allée voir François Tavernier au sujet de Françoise. Il va s'en occuper. J'ai vu le général de Gaulle, ajouta-t-elle pour faire diversion.

— Comment est-il ?

Léa fit le récit de sa brève entrevue, en omettant de préciser les circonstances exactes...

Fatiguées par tous ces événements, les demoiselles de Montpleynet se retirèrent.

— Monsieur d'Argilat, votre chambre est prête.

— Merci, mademoiselle, merci pour tout.

— Ce n'est rien. Bonsoir à tous.

Laure s'approcha de sa sœur et lui chuchota :

— J'espère que ça en valait la peine, sans cela je ne te pardonnerais pas d'avoir abîmé ma robe.

La rougeur de Léa lui donna la réponse.

— Bonsoir, je vais me coucher. Jouer les nurses m'a épuisée. Bonne nuit, Laurent, dormez bien. Viens Charles, il est l'heure de te coucher.

— Non, je veux rester avec papa.

Laurent souleva le petit garçon qui se serra fort contre lui.

— Oh ! mon papa, garde-moi.

— Je te garderai toujours, mais il est tard, il faut aller te coucher. Je viendrai te dire bonsoir.

— Léa aussi.

— Bien sûr, Léa aussi.

— Allez, en route, mauvaise troupe.

— Merci Laure, bonne nuit.

— Bonne nuit.

Restés seuls, ils demeurèrent un long moment silencieux fumant des cigarettes américaines. Laurent se leva et alla vers la fenêtre ouverte, contemplant le ciel étoilé. Sans se retourner, il demanda :

— Raconte-moi comment est morte Camille...

24.

— Mademoiselle Albertine, on vous demande au téléphone.

— Merci, Estelle.

— Allô... Oui, c'est moi... Bonjour, monsieur... Bien évidemment, je suis d'accord pour recevoir ma nièce et m'en porter garante... Quand ?... Dans la journée !... Comment vous remercier, monsieur Tavernier ?... En laissant Léa dîner avec vous ? Ça me paraît difficile le jour du retour de sa sœur... Voulez-vous que je l'appelle ? Elle dort encore, elle a passé une partie de la nuit à parler avec M. d'Argilat... Bien... Je lui dis que vous rappelez ce soir.

Albertine de Montpleynet raccrocha et se dirigea, pensive, vers sa chambre dont elle referma la porte doucement. Elle s'assit sur le vieux fauteuil Voltaire qu'elle affectionnait particulièrement. Son cœur battait très fort. Ses mains, devenues moites, s'accrochaient aux accoudoirs. Peu à peu, la joie de revoir Françoise s'estompait, faisant place à une angoisse envahissante. Comment allaient réagir les habitants de l'immeuble, les commerçants du quartier, leurs amis, en revoyant celle que tous savaient avoir été tondue parce que maîtresse d'un Allemand ? Toute sa vie, elle avait été en accord avec la société, maintenant, elle se sentait en marge. Déjà, durant les derniers mois de

279

l'Occupation, on ne lui avait pas ménagé les réflexions désagréables sur le « fiancé » allemand de Françoise et sur le comportement de Laure. Lisa, plus mondaine, en souffrait beaucoup, au point qu'elle avait renoncé à son bridge hebdomadaire.

Albertine se reprochait son manque de fermeté envers les trois filles d'Isabelle dont, depuis la mort de leurs parents, elle se sentait responsable. Elle reconnaissait avoir été totalement dépassée par les événements et les caractères si différents, mais pareillement têtus, de ses nièces. « Je n'ai pas été à la hauteur de ma tâche, je n'ai pas su préserver ces enfants. Que dirait leur mère ?... Que va devenir la pauvre Françoise après cette épreuve ?... Otto est sûrement mort... Fille-mère, voilà le mot qu'on lui jettera à la figure quand ce ne sera pas pire... Et ce cher petit ange ?... Oh ! mon Dieu ! ayez pitié de nous... Donnez à Françoise la force de surmonter son chagrin et sa honte... Pardonnez-moi, vous m'aviez confié une mission à laquelle j'ai failli... pardonnez-moi, mon Dieu. »

Albertine pleurait, la tête entre les mains. Toute à son chagrin, elle n'entendit pas la porte s'ouvrir.

— Ma petite tante, qu'as-tu ?

Accroupie aux pieds de la vieille demoiselle, Léa essayait d'écarter les mains tachetées de brun.

— Tante Albertine, je t'en prie, calme-toi.

Enfin, les doigts s'ouvrirent. Devant le visage ravagé de chagrin de cette femme en apparence plutôt froide, qui manifestait peu ses sentiments, Léa fut bouleversée de pitié et de doute. Quoi ? Même elle, si forte, si réservée, si digne ?... C'était encore un monde de certitudes enfantines qui se dérobait, la laissant démunie. En voyant brûler Montillac, quelque chose avait été détruit en elle, l'avait isolée dans son désespoir, ne lui laissant de force que pour survivre et protéger le fils de Camille. Cette nuit, elle s'était usée à tenter de consoler Laurent. Mais, peut-on consoler, quand soi-même on est inconsolable ? Et là, maintenant ? Quels mots trouver pour redonner courage à cette femme aimée ? Camille aurait su. Ce fut Albertine qui trouva les mots.

— Relève-toi, ma chérie, je suis une vieille sotte... Un petit moment de fatigue... Je n'ai pas le droit de me plaindre, tant ont davantage souffert que moi.

Elle essuya soigneusement ses yeux avant d'ajouter :

— Monsieur Tavernier a téléphoné. Françoise devrait être ici cet après-midi.

— C'est pour ça que tu pleurais ?

— Oui et non. Ne te méprends pas, je suis très heureuse de son retour, mais un peu inquiète quand même.

— Il n'a rien dit pour moi ?

— Il voulait t'inviter à dîner, je lui ai dit que ce n'était pas possible aujourd'hui.

— Mais pourquoi lui as-tu répondu ça ?

Albertine se leva, sévère.

— Ta sœur aura besoin de l'affection de tous. J'ai pensé qu'il valait mieux que tu sois là.

Léa baissa la tête, lasse, si lasse.

— De toute façon, il te rappellera ce soir... Ne parle pas de mon attitude à Lisa, cela lui ferait de la peine. Tu sais que c'est une nature droite et simple. Plus que moi encore, elle est profondément dérangée par tout ce qui se passe et cela n'est pas sans conséquences sur sa santé. Tu me le promets ?

Léa embrassa sa tante.

— Je te le promets. Puis-je te demander un conseil ?

— Bien sûr, mon enfant. De quoi s'agit-il ?

— Eh bien ! voilà...

Elle s'arrêta. A quoi bon parler de ça, alors que tout était si embrouillé dans son esprit.

— Pourquoi t'arrêtes-tu ?... C'est si dur que ça à dire ?

— J'ai décidé de m'engager dans la Croix-Rouge.

— Dans la Croix...

Léa aurait dit : « Je veux m'engager » au lieu de « j'ai décidé de m'engager », elle ne se serait peut-être pas jetée, tête baissée, dans cette aventure. Là, elle avait fait part d'une décision prise, elle ne reviendrait pas en arrière, un orgueil buté l'en empêchait.

— Tu as bien entendu : j'ai décidé de m'engager dans la Croix-Rouge.

— Mais tu n'es pas infirmière ! s'exclama Mlle de Montpleynet.

— Je ne m'engagerai pas comme infirmière, mais comme conductrice.

— Mais pourquoi cette décision alors que nous allons toutes avoir besoin de toi ? Et Montillac ? Tu penses à Montillac.

— Montillac est détruit !

— Il peut être reconstruit !

— Avec quoi ? Nous n'avons pas d'argent !

— Les notaires…

— Le domaine est hypothéqué jusqu'à la gueule…

— Léa !

— Oh ! je t'en prie ! Le temps du beau langage est terminé, fini, comme Montillac.

— Pense à tes sœurs, à Charles qui t'aime comme sa mère.

— Mes sœurs se débrouilleront très bien sans moi. Regarde Laure, une excellente femme d'affaires. Quant à Charles, il a son père.

— Quand as-tu pris cette décision ? Pourquoi ?

— Quand ? je n'en sais rien… Cette nuit, peut-être en voyant la douleur de Laurent, en revoyant la mort de Camille, celle de tante Bernadette, de Sidonie, de Raoul Lefèvre, de Pierrot et de tant d'autres. Je veux suivre les troupes du général Leclerc, je veux entrer en Allemagne avec lui, je voudrais être un homme pour avoir une mitraillette et me battre… Je voudrais pouvoir en tuer des centaines…

— Tais-toi, ma petite fille, tu es folle.

Elle était hors d'elle-même, le visage rouge et contracté, les yeux brillants de haine, la bouche tordue.

— Peut-être, mais je veux les voir souffrir, je veux assister à leur défaite, je veux les voir se traîner sur les routes sous les bombes, voir leurs ventres crevés, leurs yeux arrachés, leurs enfants brûlés… Je veux voir leurs villes détruites, leurs camps dévastés, leurs maisons rasées… Je veux surtout les voir humiliés comme ils nous ont humiliés, je veux les voir serviles comme nous l'avons été, je veux les voir se traîner à genoux... je veux qu'ils disparaissent...

Ses cris avaient alerté Laurent qui écoutait, interdit, les paroles horribles de cette fille si belle.

La crise de nerfs n'était pas loin.

— Ah !...

Une claque stoppa le délire verbal. Léa regardait Laurent, stupéfaite : jamais elle ne l'aurait cru capable de gifler une femme.

— Attention, elle va se trouver mal, s'écria Albertine.

Laurent se précipita, mais Léa s'était déjà redressée.

— Ce n'est rien, ça va mieux.

— Excuse-moi...

— Ce n'est rien. A ta place, j'en aurais fait autant, fit-elle en regardant par la fenêtre.

— Savez vous, monsieur d'Argilat, ce que Léa était en train de me dire ?

— Non.

— Qu'elle s'engageait dans la Croix-Rouge !

Laurent alla vers Léa et la força à se retourner.

— Est-ce vrai ?

Quelle anxiété dans sa voix !

— Oui.

Il l'attira à lui et la serra très fort.

— Tu as peut-être raison, après tout...

Albertine de Montpleynet sortit avec un haussement d'épaules.

Restés seuls, Laurent et Léa demeurèrent longtemps silencieux.

S'approchant d'elle, il lui releva doucement la tête. Butée, elle tentait de résister.

— Pourquoi ?

Oh ! ce regard d'enfant perdu ! Comme il aurait aimé pouvoir chasser de sa mémoire toutes les horreurs qui l'encombraient, lui redonner cette insouciance qui faisait partie de son charme. Mais lui-même était trop ficelé dans sa douleur pour être d'un grand secours. Il devinait que cette décision de s'engager dans la Croix-Rouge n'était dictée que par son désarroi face à un avenir qu'elle ne pouvait entrevoir que sombre et difficile.

— Pourquoi ? répéta-t-il.

— Parce que je voudrais mourir.

En d'autres circonstances, il aurait éclaté de rire devant tant de véhémence juvénile, mais là...

— Ne dis pas de bêtises, tu as toute la vie devant toi...

— Tu parles comme mes tantes !

— Je te parle bon sens...

— Parlons-en du bon sens !... Tu sais ce que c'est, toi, le bon sens ? Moi pas. Autour de moi, depuis le début de cette guerre, je n'ai rien vu qui relève du bon sens mais plutôt de l'absurde le plus total. Est-ce le bon sens qui pousse la foule à lyncher et à tondre ?

— Je t'accorde que nous sommes dans le règne de l'absurde, mais n'ajoute pas à cette absurdité par une décision qui te ressemble si peu. Réfléchis, d'ici quelques mois la guerre sera finie, tout sera à reconstruire, il faudra vivre comme avant...

— Tu pourras vivre comme avant, toi ? Après ce qu'ils ont fait à Camille ?

Une brusque crispation de douleur bouleversa les traits de Laurent.

— Il le faudra bien. Je dois penser à Charles.

— Tu as Charles, toi ! Moi je n'ai rien.

— Tu as Montillac.

— Je ne veux plus entendre parler de Montillac, il y a eu trop de morts à Montillac. Je hais cet endroit... Plus jamais je n'y retournerai.

— Comme tu es changée depuis hier... J'avais cru que tu étais heureuse d'avoir revu François Tavernier, c'est l'homme qu'il te faut.

— François Tavernier ne pense qu'à...

— Quel homme n'y penserait pas en te voyant.

— Pas toi !

Les images de leur unique nuit dans les caves de briques roses de Toulouse revinrent en mémoire avec une précision qui les fit rougir.

— Il t'aime, Camille me l'avait dit. Elle pensait que tu l'aimais aussi.

— Elle se trompait.

— Camille se trompait rarement.

— Ne parle plus d'elle. Elle est morte... morte... comme Montillac... Laisse-moi, Laurent. S'il te plaît, laisse-moi.

Il sortit et referma doucement la porte.

Léa se saisit la tête à deux mains, la bouche ouverte sur un long cri silencieux qui résonnait en elle et la faisait trembler. Elle tomba à genoux contre le fauteuil Voltaire, mordant dans la vieille tapisserie du siège, elle bafouillait d'une voix entrecoupée :

— J'ai mal... je n'en peux plus... de partout ils m'assaillent... Ils veulent m'emmener avec eux... Non ! non !... Ce n'est pas vrai ce que j'ai dit à Laurent, je ne veux pas mourir !... Mais eux... toutes les nuits, ils m'appellent... ils essaient de m'attraper... Je sens leurs mains glacées, dégoulinantes de sang... Oh ! ces doigts !... J'ai peur !... Et cette odeur de chair brûlée, ce corps calciné qui n'en finit pas de bouger, ces cris !... Oh ! Sarah ! ton pauvre visage troué... J'ai l'impression que tu me parles de l'enfer... Sidonie... Il y a comme du miel de tes bonbons dans ta voix. Je n'en finis pas de voir ton vieux corps martyrisé... Aie pitié... tais-toi... Raoul ?... Oh ! toi, tu es bon... Je sens que tu veux que je vive, que tu as emporté avec toi nos pauvres gestes d'amour... Tante Bernadette, oh ! je t'en prie... ne crie pas comme ça... ah !... ces flammes qui t'entourent, ah !... Raphaël... Allez-vous en... pitié ! elles me brûlent aussi... Pardon, tante Bernadette, pardon... Maman !... protège-moi... chasse-les... ils veulent que je les suive... Maman, dis à Pierrot de me laisser... ce n'est pas de ma faute si je n'ai pas été tuée en même temps que lui... maintenant, c'est la Sifflette... M. et Mme Debray... et le père Terrible... et... les petits enfants d'Orléans et leur mère... et... oh ! non... cet homme !... cet homme que j'ai tué... Au secours !... Maman... Il m'attrape... Papa... Ne le laisse pas faire... ce sang, tout ce sang... Comme ils sont nombreux...

— Léa ! Léa, calmez-vous... C'est fini... Appelez un médecin, vite !

François Tavernier souleva le corps maintenant inerte et couvert de sueur de son amie et le porta dans sa chambre pendant que Laurent d'Argilat essayait de joindre un médecin.

— Appelez le docteur Prost au ministère de la Guerre, c'est un ami, dites-lui de venir immédiatement.

Sans ménagement, François chassa les demoiselles de Montpleynet et Laure. Fou d'inquiétude, il regardait la femme qu'il aimait, sans connaissance, mais le corps, par moments, agité de violents soubresauts. Il s'allongea sur elle et lui parla doucement.

— Mon petit cœur... N'aie plus peur, ma douce... ma belle... Je suis là... Je te protégerai... là, mon petit...

La voix apaisante paraissait la calmer. Il en profita pour la déshabiller. Il fut ému par la beauté à la fois forte et fragile de ce corps dont la possession lui était à chaque fois un émerveillement. Même en ce moment, dans ce désarroi de la maladie, elle restait émouvante et désirable. Il fallait absolument l'éloigner de Paris pour qu'elle recouvre son équilibre. Mais, bon Dieu ! que faisait Prost ?

— D'Argilat !...

Laurent poussa la porte entrebâillée.

— Oui.

— Avez-vous eu le docteur Prost ?

— Il arrive. Comment va-t-elle ?

— Elle s'est un peu calmée. S'est-il passé quelque chose de particulier depuis hier ?

— Pas que je sache. Elle m'a raconté dans quelles circonstances ma femme était morte...

— Excusez-moi, mon vieux, je voulais vous dire combien...
J'aimais beaucoup votre femme, j'avais de l'estime pour elle...

— Je vous remercie. Plus tard, nous en parlerons.

— Je crois que voilà le médecin.

— Je n'ai pas entendu sonner.

— Vous oubliez que nous sommes toujours privés d'électricité. On a frappé à la porte palière.

Des bruits de voix leur parvinrent.

— C'est ici, docteur, entrez, s'il vous plaît.

Un homme pas très grand, mais aux épaules de lutteur et au cou de taureau, vêtu d'un uniforme aux galons de capitaine, entra et se dirigea vers Tavernier.

— Qu'est-ce qui se passe ?

— Tes confrères parisiens ne répondent pas, alors j'ai pensé à toi.

— Tu es malade ?

— Non, pas moi, cette jeune fille.

— Charmante.

— Cesse tes plaisanteries, ce n'est pas le moment.

— D'accord. Où puis-je me laver les mains ?

— Tenez, docteur, ici, dit Albertine en montrant la porte du cabinet de toilette.

— Arrêtez de marcher comme ça, vous me faites mal au cœur, monsieur Tavernier.

— Excusez-moi, mademoiselle, mais je suis inquiet, ça fait bien une heure qu'il l'examine.

— Pas une heure, cher monsieur, dix minutes.

— Dix minutes, une heure, c'est pareil, c'est trop long.

Le salon ressemblait à la salle d'attente d'un dentiste : Laure tenait le bébé de Françoise sur ses genoux. Laurent, debout, avait Charles dans ses bras. L'enfant ne cessait de répéter d'une petite voix de plus en plus anxieuse :

— Elle ne va pas mourir, dis ?... Elle ne va pas mourir.

Lisa qui s'éventait avec son mouchoir trempé de larmes en murmurant :

— Vierge Marie, ayez pitié de nous.

Quant à Albertine, elle se tenait très droite, les yeux fermés. Au tremblement de ses lèvres, on devinait qu'elle priait. Enfin la porte s'ouvrit et le capitaine lui fit signe de venir, mais François la bouscula et entra dans la chambre.

— Monsieur Tavernier !

Il ne l'écoutait pas et se précipita au chevet de Léa qui paraissait dormir.

Rassuré, il se releva et se tourna vers Prost.

— Alors ?

Le médecin négligea sa question et se tourna vers Albertine.

— Est-elle sujette aux syncopes ?

— Non... pas que je sache. C'est ma nièce, docteur, mais elle n'est chez moi que depuis deux mois.

— Quand elle était enfant, avez-vous eu connaissance de malaises de ce genre ?

— Non, monsieur. Oh ! si... Au moment de la mort de son fiancé, elle est restée sans connaissance plusieurs jours.

— Combien ?

— Je ne sais plus, deux ou trois.

— J'ai vu qu'elle a été deux fois blessée à la tête, cela n'a pas été suivi de conséquences ?

— Je ne crois pas.

— Avait-elle de fréquentes migraines ?

— Rarement, mais très fortes, au point qu'elle devait se coucher.

— Mais tout ça c'est le passé, gronda François Tavernier. Qu'a-t-elle maintenant ?

— Un coma vigile.

— Un quoi ?

— Elle est dans un coma vigile.

— Qu'est-ce que ça veut dire ?

— Ça veut dire qu'elle est dans le coma, mais un coma vigilant, ce qui signifie qu'elle réagit à certaines choses, à certaines douleurs. Mademoiselle, il ne faudra pas vous étonner

288

si elle gémit et se débat. Son esprit n'est pas entièrement comateux.

— Que faut-il faire ?

— Rien.

— Comment rien ?

— Oui, rien. Il faut attendre.

— Combien de temps ?

— Je n'en sais rien... deux jours... quatre jours... une semaine ou plus, ça dépend.

— Ça dépend de quoi ? demanda François.

— De la nature ou de Dieu, si tu préfères.

— J'emmerde Dieu et toi avec... Tu es un piètre médecin, même pas capable de la soigner.

— Ne gueule pas comme ça. Elle a besoin de calme. Ma prescription, c'est que tu disparaisses.

— Messieurs, je vous en prie...

— Pardonnez-nous, mademoiselle. Vous m'avez entendu. Il n'y a rien d'autre à faire qu'à attendre. Faites-la boire régulièrement, essayez de lui faire avaler un peu de potage et surveillez sa température. Avez-vous un médecin de famille ?

— Oui, mais nous ne savons pas ce qu'il est devenu.

— Je reviendrai demain, si d'ici là je ne vous ai pas trouvé un de mes confrères. Je veux quelqu'un en permanence auprès d'elle. Il vous faudrait une infirmière.

— Ce n'est pas la peine, docteur, nous sommes assez nombreux ici, nous nous relaierons.

— Parfait. Tu viens, Tavernier ?

— Non, je reste un peu. Je passerai te voir plus tard.

— N'oublie pas que nous avons une réunion avec la presse dans une heure.

— Je n'en ai rien à foutre.

— Dis-le au général... Au revoir, mademoiselle, ne vous inquiétez pas, elle est robuste, elle s'en sortira.

— Dieu vous entende, docteur.

25.

Quand Léa ouvrit les yeux dans la pénombre de sa chambre, douze jours avaient passé. La première personne qu'elle vit, assise auprès d'elle, fut sa sœur Françoise qui la regardait derrière une frange de cheveux emprisonnés dans un élégant turban aux couleurs de l'automne. Elle ne s'en étonna même pas : les cheveux repoussent si vite.

— Léa ?... Tu m'entends ?

— Oui. J'ai l'impression d'avoir dormi longtemps.

Françoise éclata d'un rire mêlé de larmes.

— Tu dors depuis plus d'une semaine.

— Quoi ?

— Tu es restée dans le coma douze jours.

— Douze jours !... Tu es sûre ?... Il a dû s'en passer des choses... Raconte-moi.

— Non, tu ne dois pas te fatiguer. Je vais appeler les autres pour leur dire que tu es enfin revenue à toi...

— Non ! attends ! je ne suis pas fatiguée. Je ne me souviens plus très bien... Mon dernier souvenir, c'est tante Albertine me parlant de ton retour et depuis... douze jours se sont passés ! Quand es-tu rentrée ?

— Dans l'après-midi, le jour où tu es tombée malade.

François Tavernier est venu me chercher au Vel'd'Hiv. Je n'en croyais pas mes oreilles quand un F.F.I. m'a appelée et m'a dit : « T'es libre, salope ! ». Si tu avais vu la joie des autres prisonniers. Une actrice qui n'avait pas été tondue a coupé une mèche de ses cheveux et me l'a glissée sous mon foulard...

— Ah ! je comprends.

— ...en m'embrassant. J'étais tellement émue par son geste que j'ai éclaté en sanglots. Je me suis chargée de petites commissions pour les familles de certains et de lettres. Par chance, ils n'ont pas eu le temps de fouiller mon sac. François Tavernier l'avait arraché des mains d'un « colonel » sale et boutonneux qui prenait plaisir à humilier les détenus. Là, il était dans ses petits souliers, tournant et retournant le papier à en-tête du ministère de la Guerre, portant trois ou quatre signatures et autant de cachets, qui ordonnait ma mise en liberté immédiate. François m'a poussée dans une voiture ornée d'un fanion tricolore à croix de Lorraine, conduite par un chauffeur en uniforme, en me disant : « Dépêchez-vous, j'ai peur qu'il s'aperçoive que ces papiers ne sont pas très réguliers. » J'ai failli tomber à la renverse devant tant de culot. Heureusement, cela a marché, le temps que je sois effectivement rayée des listes de l'épuration.

— Qu'est-ce que c'est ?

— C'est vrai, tu n'es pas au courant. On épure, c'est-à-dire on arrête, on interroge, on juge, on condamne tous ceux et celles qui ont eu de près ou de loin des relations avec les Allemands. Ça va de l'homme d'affaires au député, à l'écrivain, à l'actrice, au directeur de journaux, au patron d'hôtel, à la prostituée, à la dactylo, bref à tout le monde.

— Et que leur fait-on ?

— On les relâche, ou on les emprisonne, en attendant d'en fusiller certains.

— Qui a-t-on arrêté ?

— Parmi les gens dont les noms te diront quelque chose, il y a Pierre Fresnay, Mary Marquet, Arletty, Ginette Leclerc, Sacha Guitry, Jérôme Carcopino, Brasillach... d'autres sont recherchés comme Céline, Rebatet, Drieu la Rochelle. Tous les jours, il y a la liste des épurés dans *le Figaro*.

— La plupart ne l'ont pas volé.

— Sans doute, mais beaucoup sont arrêtés sur dénonciation d'un collègue jaloux, d'une concierge hargneuse ou pour le simple plaisir de nuire.

Léa ferma les yeux ne voulant pas entrer dans ce genre de discussions avec sa sœur.

— Tu es fatiguée... Ne parle plus, je vais prévenir...

— Non ! Comment va Charles ?

— Bien, il n'arrête pas de te réclamer, surtout depuis le départ de son père.

— Laurent est parti ? s'écria-t-elle en se redressant brusquement.

— Calme-toi, tu vas te faire du mal.

— Où est-il ?

— Avec la 2ᵉ D.B. Il est reparti le 8 au matin, vers l'Est.

— Comment allait-il ?

— Pas très bien. Il était désespéré de partir en te laissant dans cet état et d'abandonner son fils.

— Il n'a rien laissé pour moi ?

— Si, une lettre.

— Va la chercher.

— Elle est là, dans ton secrétaire.

Françoise ouvrit un tiroir et tendit la lettre à sa sœur qui la prit. Mais sa nervosité était si grande qu'elle n'arrivait pas à déchirer l'enveloppe.

— Ouvre-la... et lis-la moi.

« Bien chère Léa,

« Si tu lis ces lignes, c'est que tu as recouvré la santé. J'ai tant souffert de te voir inanimée, te débattant dans ton inconscience, et moi, impuissant à te soulager et à te ramener parmi nous. J'ai confié Charles à tes tantes et à tes sœurs, mais maintenant que te voilà rétablie, c'est à toi que je le confie. Ne refuse pas, il t'aime comme sa mère et a besoin de toi. Je sais

292

que c'est une lourde responsabilité, mais tu es assez forte pour l'assumer, tu en as déjà donné la preuve. J'espère que tu as abandonné ce projet fou de t'engager dans la Croix-Rouge. Ta place est parmi les tiens, auprès de mon fils et des tes sœurs. Retourne à Montillac. J'ai écrit au notaire qui s'occupait des intérêts de mon père pour qu'il tente de vendre des terres pour vous aider à reconstruire.

« Je suis à la fois heureux et triste de repartir combattre. Heureux car, dans l'action militaire, j'oublie presque l'horreur d'avoir perdu Camille; triste parce que je vous quitte Charles et toi. Je t'embrasse comme je t'aime,

Laurent. »

« P.S : Dès que possible, je te ferai savoir ce qui est prévu pour l'acheminement du courrier. »

— Il a raison, c'est de la folie de vouloir t'engager dans la Croix-Rouge.

— Ça ne vous regarde pas, je fais ce que je veux.

— Mais pourquoi ?

— Je ne veux pas rester ici. Je m'y sens mal. J'ai besoin de voir plus clair.

— Léa ! tu es revenue à toi. Docteur, ma nièce est guérie.

— Ça m'en a tout l'air, mademoiselle. Alors, mon enfant, on a voulu jouer les Belle au Bois Dormant ? Je regrette de ne pas être le Prince Charmant. Comment vous sentez-vous ?

— Bien, docteur.

Le vieux médecin de famille, enfin retrouvé, examina sa jeune malade.

— Parfait... parfait. La tension est normale, le cœur aussi. D'ici quelques jours, vous pourrez aller gambader dans les bois avec votre Prince Charmant. S'en est-il fait du souci pour vous cet homme !

Du regard, Léa interrogea sa sœur.

La réponse silencieuse de Françoise signifiait : « Comme si tu ne le savais pas ».

— Je voudrais me lever.

— Pas avant d'avoir repris des forces. Si vous posiez le pied par terre, vous ne tiendriez pas sur vos jambes. Ce qu'il vous faut, c'est une nourriture saine et abondante.

— Abondante ? Ce n'est pas si facile, fit Françoise avec amertume.

— Je sais, madame. Il faudra vous débrouiller. Comptez sur le Prince Charmant, c'est un homme de ressource, et pour la famille de sa bien-aimée, que ne ferait-il pas ? Alors, assez plaisanté. Mademoiselle, vous m'avez bien compris : il faut de la viande tous les jours à cette petite, des laitages, du poisson, des œufs...

— Bref, docteur, tout ce qu'on ne trouve pas.

— Monsieur Tavernier trouvera. Au revoir, mon enfant, laissez-vous dorloter.

— Je vous raccompagne, docteur.

Après le départ de sa tante Albertine et du médecin, Léa éclata d'un rire encore faible. Toujours optimiste et l'œil pointu, le vieil amoureux de tante Lisa.

— François est venu souvent ?

— Souvent !... Tous les jours, plusieurs fois par jour et, entre chaque visite, au moins un coup de téléphone pour savoir comment tu allais.

— Aujourd'hui, ça fait au moins une heure qu'il n'a pas donné signe de vie, dit-elle avec un air buté.

— Tu es injuste; chaque fois que cela lui a été possible, il a passé la nuit à ton chevet, te parlant, te berçant, sans dormir un seul instant. C'était trop triste de le voir partir le matin, l'air abattu, pas rasé, les yeux rouges après avoir avalé d'un air distrait la tasse de café que je lui avais apportée. Quelquefois, Charles l'attendait devant ta porte, il le faisait entrer et ils avaient de longues discussions au pied de ton lit. Quand ils ressortaient, ils semblaient aller mieux l'un et l'autre. Charles a adopté François qu'il appelle : mon grand ami. Tu as de la chance d'être aimée ainsi.

La tristesse du ton frappa Léa qui se reprocha son indifférence aux malheurs de sa sœur. Pour la première fois depuis son retour à Paris, elle la regarda vraiment. Comme elle avait changé la jeune infirmière de Langon ! La jeune femme qui assumait si crânement son amour pour un officier allemand. Où était passée cette auréole de beauté qui illuminait son visage un peu banal de jeune provinciale de la bonne bourgeoisie ? Ces coquetteries d'amoureuse découvrant les plaisirs de la capitale ? Ce rayonnement de la jeune mère si fière de promener son enfant sur les quais de la Seine ?

Léa dévisageait cette inconnue qui était sa sœur, et remarquait les plis amers de chaque côté de la bouche serrée comme sur un secret, les joues creusées où le rouge maladroitement appliqué soulignait la pâleur, les yeux au regard inquiet en perpétuel mouvement, et ce turban avec cette mèche de cheveux ridicule qui ressemblait au postiche d'une vieille actrice du cinéma muet. Et ces mains ?... ces pauvres mains qui se serraient convulsivement. Ce furent peut-être ces doigts tremblants qui lui firent réaliser pleinement les souffrances physiques et morales de sa sœur. Elle aurait voulu la serrer dans ses bras, lui demander pardon de son égoïsme mais une brusque timidité l'en empêchait. Le cœur serré de pitié, elle balbutia :

— As-tu des nouvelles d'Otto ?

Léa retint un cri devant la brutale métamorphose de Françoise : elle était devenue grise, tout son corps s'était affaissé, on aurait dit une vieille femme. Lentement, elle retira son turban et ainsi exposée, ridicule avec son crâne qui avait l'air mité, les yeux grands ouverts et cependant aveugles, elle pleura en silence.

Une nausée souleva Léa qui se jeta contre son oreiller.

Longtemps, les deux sœurs restèrent prostrées. Le mal de cœur s'étant éloigné, Léa se redressa et, rampant sur le lit, s'approcha de celle qu'enfant elle malmenait et caressa le visage inondé, dans un geste où se mêlaient la compassion et le dégoût. Aucun mot de consolation ne venait à ses lèvres. Alors, en silence, à l'aide du drap, elle essuya le visage sali de fards dégoulinants jusqu'à ce que les larmes s'arrêtent.

— Merci, dit simplement Françoise en remettant son turban. Je vais chercher les tantes... Non, je n'ai pas de nouvelles d'Otto.

Une grande fatigue envahit Léa qui se recoucha et ferma les yeux.

Quand Albertine et Lisa de Montpleynet entrèrent, elle s'était rendormie.

26.

Dans la soirée, c'est un autre visage qu'elle aperçut penché au-dessus du sien.

— François !

Sans doute mirent-ils dans leur baiser tout ce qu'ils n'avaient pu et ne sauraient se dire. Quand leurs lèvres se séparèrent ils avaient retrouvé, l'un et l'autre, ce goût de vivre qui les rendait capables de surmonter les plus dures épreuves.

— Dites-moi, ma belle amie, il va falloir me remplumer tout ça : vous savez que je n'aime pas les sacs d'os.

— Avec la pénurie, ça ne sera pas facile.

— Ne vous préoccupez pas de ces considérations ménagè-res, j'en fais mon affaire.

— Comment vous y prendrez-vous, vos amis du marché noir continueraient-ils leurs fructueuses activités ?

— Je vois que la maladie ne vous a pas fait perdre votre mordant. J'aime ça. Mes amis, comme vous dites, se sont évanouis en fumée et doivent être à l'heure actuelle dans des palaces de Baden-Baden ou des auberges espagnoles, mais d'autres les ont remplacés, tout aussi débrouillards. Estelle vous prépare un bouil-lon de poule, un œuf à la coque et du fromage blanc dont vous me direz des nouvelles, le tout arrosé d'un vieux Lafite-Rothschild.

— Ce n'est pas avec ça que je vais me remplumer, comme vous dites.

— Rappelez-vous Kipling : « Trop de hâte a perdu le serpent jaune qui voulait avaler le soleil. »

— C'est aimable à vous de me comparer à un serpent.

— Vous êtes la plus charmante petite vipère que je connaisse, fit-il en lui caressant les cheveux. Demain je vous envoie un coiffeur, on dirait de la paille. En attendant, vous allez prendre un bain.

Après le bain qu'il lui donna et qui le mit dans un état auquel ils remédièrent, non sans avoir pensé à donner un tour de clé, il la remit au lit.

Ils dévorèrent le repas préparé par Estelle et vidèrent la bouteille de Lafite. Le vin avait redonné des couleurs à Léa et faisait briller ses yeux. Ceux de François disaient clairement son intention de reprendre des ébats que trop de désir avait abrégés. Mais cela ne fut pas possible car Françoise cognait dans la porte à coups redoublés en criant :

— Ouvrez ! ouvrez !

Tavernier se précipita et reçut dans ses bras la jeune femme aux yeux fous qui hurlait :

— On a retrouvé le couple Fayard dans un puits !

Laure entra à sa suite, le visage bouleversé.

— Ils ont été assassinés et jetés dans le puits de la vigne du bas.

— Qui vous a dit ça ?

— C'est Ruth qui a appelé.

— Qui a fait ça ? demanda Léa qui connaissait la réponse.

— Les maquisards.

Durant quelques instants, on n'entendit que le souffle court de Françoise.

— Il paraît qu'à Langon, à Saint-Macaire, à La Réole, il se passe des choses affreuses : on tond les femmes, on les promène dans les rues en riant, en leur crachant dessus, on pend aux arbres, on torture, on tue.

— Quelle horreur, gémit Lisa qu'ils n'avaient pas entendue entrer.

— Pourquoi n'empêche-t-on pas ça ? cria Léa.

— Le général de Gaulle s'y emploie. Oubliez-vous les tortures auxquelles se sont livrés les Allemands sur des femmes et des enfants ? Je ne sais pas si vous vous rendez compte que nous sommes au bord de la révolution et qu'il faut toute l'autorité du général pour qu'elle n'éclate pas comme le souhaitent les communistes. C'est dans ce but qu'il a procédé à la constitution d'un gouvernement d'unanimité nationale.

— Avec les communistes ? dit Françoise avec agressivité.

— Ils ont été à la peine, il est normal...

— Je sais, le parti des fusillés, comme ils disent.

— Ne raillez pas ! Parmi les Français, ils sont ceux qui ont le mieux combattu les Allemands et ceux qui ont le plus lourdement payé.

— Mais de là à les mettre au gouvernement... fit Lisa d'une petit voix.

— Il le fallait. N'est-il pas normal que toutes les tendances de la Résistance soient représentées ? On se serait à juste titre étonné de ne pas trouver des hommes aussi politiquement différents que Jeanneney, Frenay, Bidault, Tillon, Capitan, Teitgen, Mendès France, Pleven...

— Peut-être avez-vous raison. Nous sommes tellement ignorantes en politique, dit Laure.

— A-t-on des nouvelles de notre oncle Luc et de son fils Philippe ?

— Non, pas vraiment, répondit Laure d'un ton hésitant.

— Parle, que t'as dit Ruth ?

— Il circule des bruits contradictoires. Certains disent qu'oncle Luc a été arrêté et conduit au fort du Hâ, d'autres que lui et Philippe ont été tués.

— Comment ?

— Là encore, on ne sait rien. Il y a ceux qui disent qu'ils ont été pendus, d'autres, lynchés et d'autres, fusillés. Les liaisons entre Bordeaux et Langon ne sont pas vraiment rétablies.

— A-t-on des nouvelles d'oncle Adrien ?

— Non, pas du tout. Par contre, on a retrouvé Albert.

— Vivant ? cria Léa.

— Non, mort, torturé par la Gestapo.

— Pauvre Mireille… Est-ce que la mort de Fayard et de sa femme le venge ?… Prendre une vie n'a jamais rendu la vie… et pourtant, comme on a envie de les tuer ceux qui ont fait mourir ceux qu'on aimait…

— Tu te souviens de Maurice Fiaux ? demanda Laure à Léa.

— Comment pourrais-je oublier une ordure pareille.

— Il a été exécuté sur ordre de la Résistance.

Avec quel air détaché elle disait ça, la petite sœur qui avait cru être amoureuse du jeune tueur. Que de morts encore ! Quand cela cesserait-il ?

— Comment allait Ruth ?

— Pas trop mal. Elle se remet lentement de ses blessures, mais les circonstances de la mort d'Albert puis celles des Fayard, l'ont abattue. Au téléphone, elle ne cessait de répéter : « Les hommes sont fous, les hommes sont fous ». Il paraît que pour les Fayard cela a été affreux, ils les ont traînés en les poussant avec les pointes de leur fourche, en les battant à coups de bâton, à travers les vignes jusqu'au puits, là, ils les ont attachés et jetés par-dessus la margelle. Ils ont poussé ensemble un long cri…

— J'entends ce cri unique, souffla Léa, jusqu'au plouf final… Ah ! Mathias, je ne voulais pas ça !

Couverte de sueur, claquant des dents, elle retomba sur le lit.

— Nous sommes fous de parler de cela devant elle. Allez-vous en, laissez-la se reposer.

Elles quittèrent la pièce comme en état de choc.

François essuya le front de Léa, murmurant des mots tendres et apaisants. Peu à peu, elle se calma et, épuisée, s'endormit.

Malgré ces émotions successives, Léa se rétablit très vite. Le dimanche 24 septembre, profitant d'une visite du général de

Gaulle au quartier général de de Lattre de Tassigny, sur le front, François Tavernier l'emmena prendre l'air dans la forêt de Marly-le-Roy. En dépit d'un repas exécrable, pris dans un restaurant réputé de Saint-Germain-en-Laye, ils profitèrent pleinement de l'air des bois et de la mousse qui se fit accueillante à leurs corps impatients.

Le soir, durant le dîner dans un restaurant luxueux et, celui-là, excellent, des Champs-Elysées, il lui annonça son prochain départ.

— Où allez-vous ?

— Je suis chargé de mission par le général.

— Quel genre de mission ?

— Je ne peux rien vous dire. Mais cela ne devrait pas durer plus d'un ou deux mois.

— Un ou deux mois ! Vous n'y pensez pas ?

— La guerre n'est pas finie.

— Ne me laissez pas, François !

— Il le faut.

— Je voudrais vous accompagner.

Il éclata d'un grand rire qui fit se retourner les clients et approcher un serveur.

— Monsieur désire quelque chose ?

— Oui, une bouteille de votre meilleur champagne.

— A quoi boirons-nous ? demanda Léa sèchement.

— A vous, mon cœur. A vos beaux yeux, à votre guérison, à la vie...

Mais devant la tristesse de son amie, il continua sérieusement.

— Ne vous inquiétez pas. Tout ira bien.

— Je ne sais pas pourquoi, j'ai davantage peur maintenant que durant ces quatre années d'occupation.

— C'est normal, un monde nouveau est en train de naître qui aura d'autres qualités et aussi d'autres défauts que l'autre. Cet inconnu vous fait peur. Mais je vous sais de taille à reprendre le dessus. Retournez à Montillac, reconstruisez-le, c'est la tâche que vous devez entreprendre, en m'attendant.

— Je ne retournerai pas à Montillac ou alors dans très, très

301

longtemps. Et puis qui vous dit que je vais passer mon temps à vous attendre ? Peut-être voulez-vous me voir tricoter pour les prisonniers, faire des colis pour les orphelins, visiter les malades...

— Oh ! oui ! Je vous vois très bien vous penchant sur les malheureux blessés, consolant la veuve éplorée, vous privant pour rajouter des gâteaux secs ou un jouet... Aïe !

Le violent coup de pied de Léa avait atteint son but.

— Ça vous apprendra.

— Quelle brute vous faites ! Vous n'avez pas la vocation. Vous ne serez jamais une vraie femme...

— Comment osez-vous dire que je ne suis pas une vraie femme, fit-elle en se redressant et en cambrant sa taille, les narines frémissantes de rage.

C'était plus fort que lui, il fallait qu'il la taquine. Jamais elle n'était plus désirable qu'en colère. Aucun doute là-dessus, c'était une vraie femme, comme il les aimait, à la fois libre et soumise, coquette et naturelle, courageuse et faible, gaie et mélancolique, sensuelle et pudique. Pudique ?... Pas vraiment, elle était plutôt provocante. Elle n'avait pas le comportement d'une jeune fille française bien élevée, mais ressemblait plutôt à ces héroïnes de films américains, aguichantes, avec un air de ne pas y toucher, mais capables de s'asseoir en relevant assez haut leur jupe pour laisser apercevoir la bordure de leurs bas, de se pencher pour révéler la naissance de leurs seins. Léa était de celles-là. Il savait bien à quel point elle aimait exciter le désir des mâles. Sous leurs regards, elle s'épanouissait. Il n'en éprouvait pas de jalousie mais un agacement amusé.

— Je plaisantais, vous le savez très bien.

L'arrivée du garçon portant le champagne fit diversion. Ils burent en silence, perdus dans leurs pensées.

La première, Léa sortit de son mutisme.

— Quand partez-vous ?

— Après-demain.

Elle avait pâli, un frémissement douloureux avait dérangé la beauté de son visage. Elle vida son verre d'un seul coup.

— Déjà !

Pour ce petit mot dit simplement, il faillit se lever et la serrer contre lui.

— Venez !

Il régla l'addition et se leva.

Dehors, ils traversèrent en courant les Champs-Elysées. Rue Balzac, elle lui demanda :

— Où allons-nous ?

— A l'hôtel.

Un brusque désir irradia son corps. Elle eût aimé se révolter, être choquée par cette attitude cavalière, lui dire qu'elle ne voulait pas être traitée comme une grue, mais rien de cela n'eût été vrai. Il se comportait exactement comme elle le souhaitait.

La maison de rendez-vous où il l'emmena avait trop de tentures roses, trop de lustres en cristal, de tapis profonds, de silence feutré, de miroirs, de portes au nom de fleurs et de domestiques à l'air indifférent et cependant égrillard. Dans la chambre au lit immense à baldaquin, flottait le parfum de la précédente occupante. Une soubrette, accorte comme il se doit, entra portant une pile d'épaisses serviettes roses. Au mur, une assez jolie gravure, représentant *Le Verrou* de Fragonard, la fit sourire. Il y avait la même à Montillac, dans le bureau de son père.

— Venez vite.

Son impatience était partagée. Elle envoya ses vêtements en l'air et fut dévêtue avant lui. Sans même prendre la peine d'enlever le couvre-lit de satin vieux rose, elle s'allongea, offerte.

La lumière douce des abat-jour voilés de soie rose éclairait doucement les corps étendus des deux amants qui fumaient en silence. Celui de Léa paraissait fait d'une matière douce et fragile, celui de François d'un matériau brut aux tons de terre cuite. La jeune femme se souleva et suivit du doigt une longue cicatrice, allant de la région du cœur à l'aine.

— Depuis l'Espagne, vous n'avez pas eu d'autres blessures ?

— Rien de grave, une balle dans l'épaule. M'aimerais-tu tout
couturé ?

— Cela va assez bien avec votre genre.

— Et quel est mon genre ?

— Mauvais, comme dirait mon oncle Luc. Il fallait l'entendre
dire : cette petite a mauvais genre.

— Je suis bien de son avis, vous avez très mauvais genre.

— Oh !...

Elle lui martela la poitrine de coups de poing, mais se retrouva
très vite les mains prisonnières, les jambes immobilisées dans
celles de François.

— Et maintenant ? Que faites-vous ?... Vous êtes à ma
merci. M'aimez-vous ?

— Lâchez-moi ! je ne vous répondrai pas tant...

— Tant que quoi ?

— Non, François !... il faut que je rentre.

— Nous avons le temps.

— Non, non, j'ai peur d'avoir un bébé !

François Tavernier suspendit son geste.

— C'est maintenant que vous me dites ça ?

— Je viens seulement d'y penser.

Il éclata d'un rire qui la fit sursauter.

— Il fallait y penser plus tôt. Je serais ravi d'avoir un enfant
de vous.

— Vous êtes fou !

— De vous, ma belle.

— Laissez-moi... je ne veux pas d'enfant !

— Trop tard !

D'abord Léa se débattit, puis fit semblant, puis se laissa aller
complètement à ce plaisir sans cesse renouvelé que lui prodi-
guait cet homme qu'elle aimait sans vouloir l'admettre vraiment.

Après l'amour, cette histoire d'enfant inquiéta François.
Certes, il était sincère quand il disait avoir envie d'un enfant
d'elle, mais il mesurait la folie d'un tel désir dans les circonstances actuelles. Il avait bien essayé à deux ou trois reprises de la
mettre en garde, lui demandant s'il devait prendre des précau-

tions, toujours elle avait éludé. Egoïstement, il avait considéré la chose comme réglée et voilà que maintenant, elle disait avoir peur d'être enceinte. Quelle inconséquente créature ! Que ferait-il si elle attendait un enfant ? Il connaissait bien une faiseuse d'anges du côté du métro Cambronne, mais pour rien au monde, il n'eût voulu qu'elle pose ses sales mains sur ce ventre. Ne restait qu'une solution : l'épouser.

Longtemps, à l'idée du mariage, tout s'était révolté en lui : il aimait trop les femmes et la liberté. Cependant, songeant à Léa, il y avait déjà pensé. Mais elle, serait-elle d'accord ? Ce n'était pas sûr. Dans ce domaine, elle était différente des autres filles; elle n'attendait pas de mari, à part un désir de gamine envers Laurent d'Argilat, désir attisé par les fiançailles de celui-ci avec Camille. Quelle femme merveilleuse elle était devenue, mais si étrange, si imprévisible ! Un caractère qui passait de la joie aux larmes, de la plus folle témérité à la plus grande peur. Il mettait cela sur le compte de ce qu'elle avait vécu et vu durant ces dernières années tout en n'arrivant pas à en être vraiment convaincu.

— Aidez-moi à m'engager dans la Croix-Rouge.

Et voilà que ça la reprenait ! Que diable voulait-elle aller faire dans la boue, le sang et l'horreur ?

— La Croix-Rouge n'a pas besoin de vous. Je sais bien que beaucoup de jeunes filles de bonne famille s'y retrouvent, mais ce n'est pas pour des réunions mondaines.

— Je le sais. C'est très sérieux, aidez-moi.

C'est vrai que cela avait l'air sérieux. Son cœur se serra. Et si c'était un moyen de s'éloigner de lui ? De se rapprocher de Laurent ?

— Pourquoi, mon petit cœur ?

— Faites-moi couler un bain.

Il obéit et resta un long moment dans la salle de bains à se regarder dans la glace en se disant : mon vieux, attention à ce que tu fais en ce moment, tu risques de la perdre comme de te retrouver la corde au cou.

— Pourquoi ? demanda-t-il en rentrant dans la chambre.

— Je ne sais pas très bien, quelque chose me pousse à le faire.

— Faites un effort, ce n'est pas une décision que l'on prend à la légère.

— Je ne la prends pas à la légère, même si je ne sais pas pourquoi... Sans me forcer, je peux vous trouver plein de raisons, toutes excellentes... mais... je ne veux plus voir mes sœurs, mes tantes...

— Charles vous a été confié par son père.

— C'est la seule raison qui aurait pu me retenir... Françoise s'en occupera bien mieux que moi.

— Mais c'est vous qu'il aime !

— Je sais... Ne le dites pas !... Je veux partir. Je me sens à l'étroit ici... Je ne me sens rien de commun avec personne...

— Pas même avec moi ?...

— Avec vous, c'est... comment dirais-je ?... quelque chose de merveilleux, tant que je suis dans vos bras. Après... c'est comme si tout ce que je redoutais allait se précipiter sur moi et m'engloutir...

— Mais Léa, vous savez bien que ce sont des fantasmes...

— Peut-être, cela ne change rien... Je vous en prie, si vous m'aimez, aidez-moi.

Que de détresse et de détermination dans sa demande. Il la prit contre lui, caressa cette tête où bourdonnaient tant d'incohérences douloureuses.

— Je ferai ce que tu veux..., si tu avais un peu de patience, un peu de confiance en moi, je chasserais tous tes fantômes... Te voir ainsi et ne pouvoir rien faire me déchire le cœur... mais si tu penses que c'est le meilleur moyen de retrouver ton équilibre, je vais t'aider.

— Oh ! merci !... Zut ! le bain !

27.

Le lendemain, François lui annonça par téléphone qu'il avait obtenu un rendez-vous de la responsable de la Croix-Rouge française chargée d'examiner les candidatures et qu'à sa demande M. de Bourbon-Busset se portait garant d'elle.

— Qui est ce monsieur ?

— C'est lui qui a créé à Paris, le 24 août dernier, la délégation générale au rapatriement des prisonniers de guerre, déportés et réfugiés. Il est en outre président-directeur général de la Croix-Rouge française. Vous ne pouvez pas avoir de meilleure recommandation.

— Dites-lui qu'il n'aura pas à le regretter et que je le remercie.

— Vous avez rendez-vous demain matin à neuf heures, 21 rue Octave-Feuillet. C'est dans le seizième arrondissement. N'oubliez pas de prendre tous vos papiers. Vous serez reçue par Mme de Peyerimhoff. Soyez à l'heure. Elle ne badine pas, paraît-il, avec les horaires.

— Merci, vous êtes merveilleux.

— Ne me remerciez pas, je fais cela sans plaisir. Mais j'ai compris que vous ne renonceriez pas. Vous êtes une vraie tête de mule. Je pars demain à la première heure. J'implore que vous passiez la soirée avec moi.

— Mes tantes vont être difficiles à convaincre.

— Ne vous inquiétez pas, j'en fais mon affaire. Je passe vous prendre à sept heures. Faites-vous belle.

Le cœur de Léa frappait fort quand elle raccrocha. Elle n'aimait pas l'idée de ce départ. Une inquiétude sournoise se glissait dans son esprit plus forte que celle éprouvée en songeant à Laurent au milieu des combats. Une grande faiblesse l'envahit à la pensée qu'il pût arriver quelque chose à François. Sans nouvelles de Laurent depuis son départ, elle s'en accommodait en se disant que, s'il était blessé — elle se refusait à envisager le pire — ils seraient les premiers prévenus.

Les fleurs et les chocolats firent merveille auprès des demoiselles de Montpleynet. Albertine se contenta de dire qu'il ne fallait pas que Léa, à peine remise, rentre trop tard. François Tavernier promit et l'enleva dans une somptueuse voiture réquisitionnée à un gros trafiquant du marché noir. Il l'emmena dîner dans un petit restaurant nouvellement ouvert à Montparnasse. L'endroit ressemblait un peu au restaurant clandestin de la rue Saint-Jacques.

— Que sont devenus vos amis Marthe et Marcel Andrieu ? Et leur fils René ?

— Après l'arrestation de René...

— René a été arrêté ?...

— Oui. Torturé et déporté. Marthe et Jeannette sont reparties dans le Lot avec le petit, au début de l'été dernier. Marcel est resté. Dénoncé par sa concierge comme collabo, le commissaire du quartier est venu et comme il avait été un de leurs meilleurs clients, il a blanchi Marcel en disant qu'il faisait partie de la Résistance.

— Ce n'était pas vrai ?

— Oui et non. Il a aidé et reçu de nombreux résistants, mais jamais il n'a voulu appartenir à un réseau. René, lui, en faisait partie.

— Pauvre Marthe.

— Buvons à sa santé, cela lui ferait plaisir.

Le repas fut délicieux et redonna à Léa une gaieté oubliée. Tavernier admira une nouvelle fois cette vitalité.

Il lui annonça qu'il avait ouvert un compte à son nom à la Société générale du boulevard Saint-Michel. Elle le remercia simplement sans faire de commentaires. Pensant seulement : « Je vais pouvoir m'acheter une nouvelle paire de chaussures. »

Ce soir là, ils firent l'amour avec une lenteur, une douceur qui ne leur étaient pas habituelles. On aurait dit qu'ils dégustaient chaque parcelle du corps de l'autre. Le plaisir montait en eux, nonchalant et irrépressible, pour les submerger d'une tendresse presque douloureuse qui leur mettait les larmes aux yeux. Pour mieux le retenir, elle nouait ses jambes autour des siennes et ne les dépliait, heureuse, que quand elle sentait gonfler le sexe de son amant. De nouveau, le plaisir les arracha au présent.

Ils s'endormirent quelques instants dans les bras l'un de l'autre. Elle se réveilla la première et contempla avec intensité cet homme qui allait la quitter. Quelque chose lui disait qu'elle ne le reverrait pas avant longtemps. Elle s'emplissait les yeux de ce visage qui, dans l'abandon du sommeil, avait l'air de celui d'un adolescent. Quel âge avait-il ? Jamais elle ne lui avait posé la question. Comment pouvait-elle savoir si peu de choses sur lui, alors qu'ils se connaissaient depuis plusieurs années ? Qui la poussait à ne pas vouloir savoir ce qu'il était vraiment ? Maintenant, elle aurait voulu tout apprendre : son enfance, sa jeunesse. Avait-il des frères et sœurs ? Comment étaient ses parents ? Etaient-ils toujours en vie ? Pourquoi avait-il combattu en Espagne ? Quel rôle avait-il joué ? Connaissait-il bien son oncle Adrien ? Quelles femmes avait-il aimé ? Quel était son métier avant la guerre ? Et que ferait-il une fois celle-ci terminée ? Autant de questions qui resteraient sans réponse puisqu'il devait partir demain.

Comme il était beau ! Beau ?... Oui, ces traits marqués, cette mâchoire brutale, adoucie par une bouche magnifique aux lèvres pleines et bien dessinées, ces sourcils épais qui soulignaient un regard parfois si dur et, l'instant d'après, tendre ou ironique. Souvent cette ironie l'avait blessée, même si derrière se devinait un intérêt passionné pour tout ce qui la touchait. Le souvenir de ces regards la bouleversait.

Ses doigts caressaient les larges épaules, se perdaient dans la toison de la poitrine, glissaient le long du ventre où une main forte les immobilisa.

— Je vous y prends, mon petit cœur, à abuser du sommeil d'un pauvre homme.

A travers ses paupières à demi entrouvertes, il l'observait avec une acuité qui n'avait rien à voir avec le ton badin de ses paroles. Gênée par cette intensité, elle tenta de retirer sa main.

— Continue, j'aime te voir penchée ainsi sur moi.

Sans rechigner, elle continua sa progression vers le sexe assoupi. Ses mains se rejoignirent et le caressèrent jusqu'à ce qu'il se dresse entre ses doigts. Léa enjamba le corps de son amant et s'empala avec lenteur.

Elle lui fit l'amour, contrôlant la progression de son plaisir, ralentissant son mouvement quand elle le sentait prêt à éclater, surveillant son effet sur le visage de François.

— Je suis ta maîtresse, lui dit-elle avec du défi dans la voix.

Accrochés l'un à l'autre par leur chair vibrante, ils ne se quittaient pas des yeux, acceptant d'être vus de l'autre dans sa manifestation la moins contrôlable, la plus indiscrète, celle où le plaisir défigure en la sublimant la physionomie de l'aimé. Irrépressible, la jouissance cabra Léa, maintenue par les bras tendus de François, qui se reput de cette image avant de se répandre en elle, les yeux perdus au fond des siens.

Combien de temps restèrent-ils ainsi comme suspendus. Avec un cri elle retomba sur lui en s'accrochant. Ainsi emmêlés, il la balança tant que dura le tremblement qui l'avait saisie.

Enfin, elle se calma et resta un moment comme privée de connaissance. A l'aide d'une serviette humide, il bassina son front et ses tempes et entreprit d'essuyer son ventre et ses cuisses.

— C'est froid, murmura-t-elle en le repoussant.

Il la rhabilla comme il eût habillé un petit enfant. Il renonça à

310

coiffer ses cheveux en broussaille. Debout, elle était molle comme une poupée de chiffon.

Emu, il la porta jusqu'à la voiture, puis jusque dans sa chambre. Quand il l'allongea nue dans son lit, elle dormait déjà avec ce sourire qui joue quelquefois au coin des lèvres du bébé qui rêve.

Il s'arracha à cette contemplation qui devenait souffrance et quitta l'appartement de la rue de l'Université comme on s'enfuit.

28.

« Bordeaux, le mardi 22 août 1944

« Ma chère Léa,

« Je t'écris cette lettre sans savoir si elle te parviendra soit que je la déchire avant de l'avoir terminée soit que la poste ne fonctionne plus.

« Nous autres collabos, miliciens, gestapistes ou volontaires pour combattre en Allemagne, faisons des préparatifs de départ dans un grand affolement. Il faut les voir ceux qui paradaient il n'y a pas si longtemps sur les Quinconces, rue Sainte-Catherine ou au Régent, comme ils se sont faits petits, comme ils rasent les murs. Beaucoup essaient de passer au maquis, mais les gars de la Résistance se méfient des recrues de la dernière heure. Depuis le débarquement anglo-américain, c'est par milliers qu'ils courent s'engager. Tu verras que, dès la guerre terminée, il n'y aura pas de plus grands héros F.F.I. que ces collabos qui sont en train de retourner leur veste. Ils me dégoûtent ! Qu'il y ait un nouveau changement de situation, tu les verras revenir dans le giron du Maréchal. Moi, j'ai pris la décision contraire, je vais faire de cette cause perdue la mienne. Je serai comme les héros noirs des romans de notre enfance. Rappelle-toi comme on les aimait, ces chevaliers errants qui avaient passé un pacte avec le Diable. Bien sûr, ils perdaient toujours, mais de quel prix ils faisaient payer leur défaite !

« Je te dis tout ça pour que tu saches que ce n'est pas par idéal politique que j'ai signé mon engagement dans la Waffen SS Pour moi, il n'y a plus rien à faire ici, tout avenir m'est interdit. Dès la fin de la guerre, les nouveaux vainqueurs n'auront qu'une idée : se venger. Je ne suis pas un mouton attendant le coup de couteau du boucher. Je ne redoute qu'une chose, c'est qu'ils se vengent sur mes parents. Mon père a reçu des menaces à plusieurs reprises et on lui impute à tort la mort de ta tante et l'incendie de Montillac. On a retrouvé le corps de Maurice Fiaux. Il a été exécuté par la Résistance. Aristide a également fait exécuter Grand-Clément et sa femme. Ils sont les maîtres de la région. J'ai vu ton cousin Philippe la semaine dernière, je lui ai conseillé de se cacher en lieu sûr. Il dit que son père ne veut rien savoir car il n'a rien à se reprocher. Ce n'est pas l'avis de certains Bordelais. Ici, on suit de très près ce qui se passe à Paris. Je suppose que tu es sur les barricades en train de faire le coup de feu. Il aurait fallu peu de choses pour que je sois à tes côtés.

« Cette lettre étant peut-être la dernière que je t'écrirai, je voudrais te dire que je regrette la manière dont je me suis comporté envers toi, mais je t'aimais comme un fou. Je sais que ce n'est pas une excuse, mais je tenais à te le dire. Je voulais également te dire de ne garder de moi que les souvenirs heureux de notre enfance. J'emporterai de toi nos courses dans les vignes, nos poursuites autour des chapelles du calvaire de Verdelais, nos plongeons dans la Garonne et nos bagarres dans le foin.

« Pense à moi quelquefois et sache que tu es la seule femme que j'ai aimée et aimerai toujours et que, jusqu'à la fin, je te garderai présente dans mon cœur.

Ton ami fidèle,   Mathias. »

« PS : Tout à l'heure, à 17 heures 10, un train chargé de cheminots allemands part de la gare Saint-Jean pour l'Allemagne. Un wagon nous y est réservé. »

Mathias !

Où était-il maintenant ? Mort ou vivant ? Sa lettre avait mis près de trois mois à lui parvenir. L'acheminement du courrier n'était pas encore vraiment rétabli. Aucune lettre de Laurent ou de François n'était arrivée. Léa ne s'en inquiétait pas trop, complètement absorbée par sa formation de conductrice de la Croix-Rouge.

Le jour du départ de Tavernier, elle s'était rendue au rendez-vous de la rue Octave-Feuillet. Elle s'était réveillée tard et avait tout juste eu le temps d'enfiler une robe. Il lui avait semblé que le métro bondé se traînait lamentablement le long des tunnels ou les DUBO... DUBON... DUBONNET... rythmaient le voyage. A la station Pompe, bousculant les voyageurs, elle s'était précipitée vers la sortie. Il était neuf heures dix.

Mme de Peyerimhoff, impeccable dans son uniforme bien coupé, l'avait reçue avec froideur.

— Vous êtes en retard.

— Oui, madame, excusez-moi.

— Vous nous êtes recommandée par notre président. Vous le connaissez ?...

— Non.

— Je vois, avait-elle fait en toisant son interlocutrice.

Léa avait baissé la tête.

— Vous êtes toujours coiffée comme ça ?

Telle une gamine prise en faute, elle s'était sentie rougir.

— C'est la nouvelle mode ?... C'est un genre, il faut aimer... Cependant je vous conseillerai, si nous vous acceptons, d'adopter une coiffure plus compatible avec notre uniforme. Savez-vous conduire ?

— Oui, madame.

— Changer une roue ? Réparer un moteur ?

314

— Non.

— Je vois, il faudra tout vous apprendre. Bien entendu vous ne connaissez pas non plus les premiers soins à donner aux blessés.

Léa avait senti la moutarde lui monter au nez. Elle l'agaçait celle-là, avec ces airs de grande dame.

— Non, madame.

— Pourquoi voulez-vous vous engager ?

— Pour servir mon pays.

Ouf ! Elle avait bien retenu la leçon faite par François. Sa réponse avait semblé plaire à Mme de Peyerimhoff qui avait dit d'un ton radouci :

— Bien. Si nous retenons votre candidature, vous aurez à effectuer un stage de six semaines durant lequel vous apprendrez des rudiments de mécanique automobile et les premiers soins à donner aux blessés que vous aurez à transporter. Après, nous vous enverrons là où votre présence sera la plus nécessaire.

— Quand saurai-je si je suis acceptée ?

— Dans le courant de la semaine. Nous avons beaucoup de candidates, nous ne voulons prendre que celles qui nous sembleront le plus à même de s'acquitter de leur tâche. Si vous êtes acceptée, vous recevrez une convocation.

Une vigoureuse poignée de main avait conclu l'entretien.

Cinq jours plus tard, Léa avait pris son premier repas avec les nouvelles recrues rue François-Ier. Dès les premières leçons, elle s'était montrée particulièrement habile dans le démontage des roues, le nettoyage des bougies et les petites réparations sur les moteurs. Alix Auboineau, qui avait la haute main sur le garage des ambulances de la rue de Passy, l'avait complimentée devant ses camarades ce qui avait fait dire à l'une d'entre elles avec un air entendu :

— Le chef peau-rouge t'a à la bonne.

— Pourquoi l'appelles-tu comme ça ?

— C'est Claire Mauriac qui lui a donné ce surnom.

— La fille de ?...

— Oui, elle est à Béziers où elle fait un travail formidable. J'espère qu'elle rentrera bientôt.

Ce fut sans doute grâce à cette ambiance de camaraderie, à cet apprentissage qui lui plaisait, que Léa surmonta la peur et l'horreur contenues dans la lettre de Ruth arrivée le 7 octobre. Elle commença de la lire à haute voix devant ses sœurs et ses tantes.

« Verdelais, le 2 octobre 1944

« Mes chéries,
« Depuis deux semaines, je remets chaque jour le moment de vous écrire. Ce que j'ai à vous dire est si terrible que je n'arrive pas à tenir ma plume, ce qui vous explique ce torchon de papier.
« Mes belles petites, il va vous falloir bien du courage quand vous aurez lu ce qui va suivre. Albert est mort. On a retrouvé son corps enterré dans le jardin de la villa occupée par la Gestapo au Bouscat. L'autopsie a révélé qu'il s'était probablement suicidé en se pendant, après avoir été torturé. Mireille est d'un courage admirable : pas une larme et pourtant, elle est toujours sans nouvelles de son fils. L'enterrement a eu lieu à Saint-Macaire en présence du maire de Bordeaux et de nombreux résistants. A cette occasion, on a assisté, hélas, à des manifestations honteuses : coups, insultes envers des collaborateurs ou supposés tels. Depuis la mort abominable de Mme Bouchardeau et des Fayard, le moindre cri d'hostilité me donne un tremblement nerveux qui dure plusieurs heures. Le médecin dit que cela passera avec le temps.
« Votre oncle, maître Delmas, et son fils ont été lynchés par la foule à Bordeaux... »

— Oh ! mon Dieu !
Une nausée précipita Lisa de Montpleynet vers la salle de

316

bains, tandis que les autres demeuraient stupides et comme arrêtées dans leur attitude. Quand Lisa revint, pâle et défaite, les cheveux mouillés, elles n'avaient pas bougé. La vieille demoiselle posa sa main sur le bras de sa sœur. Ce geste affectueux fit sortir Albertine de sa léthargie.

— Continue, Léa, dit-elle d'une voix tremblante.

La jeune femme dut s'y reprendre à plusieurs reprises pour parvenir à articuler ces mots qui les martyrisaient :

« ...et leurs cadavres promenés à travers les rues de la ville puis abandonnés quai de la Monnaie. L'appartement et l'étude ont été pillés. C'est épouvantable ! Leur vieille bonne, Mme Dupuis, est venue me voir à l'hôpital. Elle m'a dit que depuis l'annonce de la mort de Pierrot, votre oncle n'était plus le même; en quelques jours, il avait vieilli de dix ans. Avec Philippe, et M. Giraud, le plus vieil employé de l'étude, ils ont insisté, en vain, pour qu'il aille se mettre à l'abri dans un endroit où on ne le connaissait pas. Il a refusé mais a conseillé à son fils de partir. Devant son refus, votre cousin est resté. Mme Dupuis est persuadée que votre oncle est resté pour se faire tuer... Mes petites, je sais que tout cela vous fait mal, il faut me pardonner. Le plus dur reste à dire... »

— Non, pas lui, gémit Léa qui avait dû interrompre sa lecture à plusieurs reprises.

— Qui est mort encore ? demanda Françoise.

— Tiens, lis, je ne veux pas voir son nom...

« ...les gendarmes m'ont fait venir pour identifier un corps, il y avait là un homme pas très grand, en uniforme, accompagné de deux F.F.I. Les trois hommes ont examiné le cadavre. A tour de rôle, ils l'ont identifié. Quand cela a été mon tour, j'ai été prise d'un malaise. Il le faut, m'a dit le commandant de gendarmerie, vous êtes la seule de la famille Delmas dans la région. Alors j'ai regardé. Une partie de son

317

visage avait été rongée par des animaux, l'autre était très reconnaissable : c'était votre oncle Adrien... »

Léa poussa un cri et se laissa tomber sur le sol en balbutiant :
— Je le savais... je le savais...
Albertine et Laure la relevèrent et l'allongèrent sur le canapé.
— Lisa, appelle le docteur !...
— Comment est-il mort ? parvint-elle à articuler en repoussant les mains qui la soutenaient.
— Françoise finira la lettre plus tard. Vous savez maintenant le plus horrible. Pourquoi vous torturer davantage ? dit Albertine.
— Non ! Finis la lettre.

« ...le médecin légiste a conclu à un suicide... »

— Un suicide ? s'écrièrent-elles.
— Un prêtre ?... C'est impossible, fit Albertine en se signant.
Bouleversée de douleur, recroquevillée sur elle-même, Léa claquait des dents. « Je le savais, pensait-elle. J'aurais dû comprendre quand il me laissait entrevoir qu'il avait perdu la foi... Mais pourquoi a-t-il fait ça ?... Il était courageux... L'action qu'il menait dans la Résistance était importante... Et là, cette mort qui lui ressemblait si peu... » Tout en elle essayait de repousser l'idée du suicide mais quelque chose lui disait que cela était vrai.
Tombées à genoux, les mains jointes, Albertine et Lisa priaient. Pour ces ferventes catholiques, il n'était pas de crime plus grand que le suicide. De savoir damné cet homme dont les paroles d'amour et de paix, retentissant sous les voûtes de Notre-Dame, avaient dirigé leurs consciences mieux que celles de leur confesseur, leur faisait non seulement une immense peine mais remettait en cause les fondements mêmes de ses paroles. Par cet acte monstrueux, le père Delmas réfutait

l'existence du Dieu chrétien. Cela, elles le percevaient clairement.

Ce fut Laure qui ramassa la lettre tombée des mains de Françoise et qui continua la lecture :

« ...Aucun de nous ne voulait le croire, mais il a fallu très vite nous rendre à l'évidence devant les explications du capitaine de gendarmerie et surtout celles du médecin. Votre malheureux oncle a été inhumé dans le caveau familial du cimetière de Verdelais auprès des restes de votre tante et de vos parents. Il n'y a eu ni messe ni bénédiction. Un enterrement de paria, s'il n'y avait pas eu toutes ces fleurs.

« Je suis à Verdelais chez mon amie Simone. J'y resterai jusqu'à ce que ma santé se rétablisse. Ensuite, si vous le voulez bien, je viendrai vous rejoindre. Les vendanges ont commencé depuis deux jours. La récolte sera bonne, mais le vin moyen. J'ai dû embaucher des prisonniers allemands pour aider. Ils ont tellement peur des "maquis", qu'ils travaillent très efficacement. Il faudra prendre des décisons quant à l'avenir de la propriété et la reconstruction de la maison. J'ai commencé à fouiller dans les papiers de Fayard mais pour moi, tout cela est confus. Le notaire est mort, il faudra en prendre un autre. Réfléchissez-y.

« Mes chéries, pardonnez-moi encore pour ces affreuses nouvelles et sachez que je demeure à jamais votre fidèle, dévouée et affectueuse,

Ruth. »

« C'est vrai ! c'est l'époque des vendanges, je l'avais oublié ! » pensa Léa.

Toute la journée, chacune resta enfermée dans sa chambre. Charles et le petit Pierre se réfugièrent dans la cuisine d'Estelle.

Léa manqua son cours de topographie. Albertine téléphona à Mme de Peyerimhoff pour lui expliquer, en partie, les motifs de l'absence de sa nièce.

319

Dans les jours qui suivirent, elle fit connaissance avec une solidarité féminine qu'elle ne soupçonnait pas.

Après des essais sur les routes défoncées de la forêt de Marly-le-Roi, Léa se révéla une excellente conductrice et une excellente mécanicienne. Le chef du garage de la rue de Passy disait qu'après la guerre, elle trouverait sans problème une place dans un garage. Par contre, dans les soins aux blessés, elle se montrait réticente et maladroite.

— Faites attention, criait le médecin chargé des cours, si vous soulevez un homme blessé au ventre de cette façon, vous allez perdre ses boyaux... Doucement, vous manipulez celui-ci qui est certainement atteint à la colonne vertébrale comme un sac de pommes de terre... Je n'aimerais pas tomber entre vos mains...

Le soir, elle retrouvait Laure et ses copains qui faisaient du trafic de cigarettes, de whisky, d'essence et de bas avec les soldats américains. Certains jours, elles dansaient jusqu'à une heure du matin, emportées par un désir de vivre, de vivre vite, partagé par la plupart des garçons et filles de leur âge. Bien que très courtisée, Léa ne répondait à aucune des avances des jeunes soldats venus de très loin pour participer à la libération de Paris. Flirtant, riant, buvant, elle restait curieusement distante, paraissant être ici et étant ailleurs, inaccessible et lointaine. Dans les bras de ces jeunes hommes entreprenants, elle se montrait lascive, le temps d'une danse, au point qu'un jour, elle fut giflée par un grand sergent noir qui n'appréciait pas sa coquetterie.

Ce fut dans cette atmosphère que la première lettre de Laurent arriva, le 7 novembre, datée du 28 octobre.

« Ma chère Léa,

« Par François Tavernier, venu en mission auprès du général Leclerc, j'ai su que tu étais rétablie. Ma joie était telle que je ne savais que dire... Il m'a annoncé aussi que tu persistais dans ton désir de t'engager dans la Croix-Rouge.

320

Tu sais que je ne t'approuve pas complètement, mais chacun est maître de son destin. Remercie de ma part tes tantes pour tout ce qu'elles font pour Charles. Qu'elles lui parlent de moi, et toi, tant que tu es près de lui, parle-lui de sa mère.

« Depuis le 22 septembre, nous vivons dans la boue. Les autobus de la T.C.R.P. qui ont servi au transport des bataillons de F.F.I. parisiens incorporés à la 2e D.B. sont enlisés jusqu'aux essieux, nous avons dû en abandonner deux et renoncer à leur faire franchir la Meurthe, les autres ont été remorqués par des Sherman. Les titis parisiens disent, en les voyant, qu'ils sentent l'air de Paname. Il faut les voir ces pauvres bougres, pataugeant dans la gadoue, chaussés de sandales ou d'escarpins, vêtus de bric et de broc, sans casques, avec un fusil pour deux. Ils patrouillent dans les bois. Bien que râlant à tout propos, ils ne reculent jamais devant une mission. Nous essuyons presque sans arrêt des tirs de mortiers. L'ennemi n'est plus à court de munitions comme au mois d'août. Nous piétinons dans l'attente d'une réelle offensive. Nous autres des blindés, nous n'aimons pas ça. Nous avons perdu bêtement deux officiers remarquables rencontrés en Afrique et devenus des amis : les capitaines Dubut et Geoffroy. Le plus enragé est mon camarade Georges Buis qui sent des racines lui pousser aux pieds et qui ronchonne en disant que la place d'un cavalier n'est pas d'être transformé en statue de glaise.

« Dans les popotes, le moral des hommes est au plus bas, ils se voient déjà passant l'hiver dans ce "pays pourri"; pour nous distraire, avec Buis, nous allons faire un tour au-dessus des lignes dans un des piper-cubs de l'artillerie. Vision démoralisante à travers un rideau de pluie. Nous sommes plus fiers des quelques kilomètres parcourus dans une journée que des prisonniers faits à l'ennemi. Même le capitaine Déré, un ancien de Tunisie, à la cinquantaine joyeuse, parle de rejoindre le Corps expéditionnaire qui part pour l'Indochine "pour voir au moins du pays". Ce n'est plus l'enthousiasme de la Libération mais bien l'accablement le plus total. Il est grand temps que l'état-major nous fasse passer à l'action, sinon la 2ᵉ D.B. va se liquéfier.

« Je viens de relire ce qui précède et je me dis que je te dresse un peu glorieux tableau de la 2ᵉ D.B. Il n'en est rien. Depuis notre départ de Paris, nous avions bien combattu. Sans doute le temps exécrable, cette semi-inaction sont-ils responsables de mon désenchantement.

« Du coin de table de la popote où je t'écris, à la lueur d'une lampe-tempête, je vois, au travers de la "fenêtre" de la tente, tomber cette pluie qui mine le moral des plus endurcis.

« J'arrête là ce bavardage insipide. J'espérais ressentir le rayon de soleil de ta beauté en t'écrivant, mais c'est la nuit de la mélancolie qui s'est appesantie sur moi et sur ces lignes. Pardonne-moi. Embrasse pour moi mon fils chéri. Avec toute ma tendresse,

Laurent. »

Il allait bien, malgré le cafard noir qui transparaissait à travers chaque ligne. Et François ? Pourquoi ne donnait-il pas signe de vie ? Elle était allée au ministère de la Guerre, on n'avait pu lui donner aucune nouvelle du commandant Tavernier.

Le 20 novembre, Léa fut reçue à son examen malgré le désastre de l'épreuve de brancardage; épreuve qui s'était soldée par la chute de l'infirmier chargé de faire le blessé. Elle rangea avec soin son diplôme de conductrice-ambulancière de la Croix-Rouge française après les discours de Mme de Peyerimhoff, d'Alix Auboineau et du médecin qui leur avait enseigné les premiers soins.

Trois jours plus tard, elle était envoyée à Amiens au château de Mlle de Guillencourt qui servait de siège à la Croix-Rouge. Là, elle se dépensa pour sauver les civils : enfants déchiquetés par des mines, mourants descendus du front, familles belges et françaises en déroute, malades de froid, de faim, de dysenterie. Au début, elle crut qu'elle ne tiendrait pas le coup mais une jeune fille, si petite qu'on avait dû lui faire faire un uniforme sur mesure, Jeanine Ivoy, la prit sous sa protection et lui insuffla son courage.

Vers la fin du mois de décembre, Léa reçut enfin du courrier de Paris : une lettre de Françoise, une d'Albertine, une de Laurent et une de François. Elle se précipita dans la chambre qu'elle partageait avec Jeanine Ivoy et décacheta la lettre de François datée du 17 décembre.

« Mon petit cœur,
« Je ne sais où ces lignes vous parviendront. Laure que j'ai eue tout à l'heure au téléphone, m'a dit que vous étiez partie pour Amiens mais ne savait pas si vous y étiez encore. Après une première mission, le général m'en a confié une autre, et maintenant il m'envoie... je ne peux vous dire où, mais vous ne perdez rien pour attendre, je trouverai bien un moyen de venir vous surprendre à Amiens ou ailleurs. Vous me manquez beaucoup, j'ai une furieuse envie de vous prendre dans mes bras et de partir avec vous loin de l'Europe. Quand tout cela sera fini je vous emmenerai chez des amis au Brésil. Nous passerons nos journées sur la plage, à faire l'amour et à oublier ces quatre années. Prenez bien soin de vous et ne m'en veuillez pas d'être si peu loquace, un avion m'attend pour me conduire là où je dois aller. Vous ai-je dit que je vous aimais ? Voilà qui est fait. Je vous embrasse partout,
François. »

A cette lecture, son corps se rappela les caresses de son amant. Une vague de plaisir la traversa.
Moi aussi, je l'aime.
Avec un soupir heureux, elle glissa la lettre sous son corsage à même la peau pour avoir sur sa poitrine ce bout de papier que sa main avait touché.

Elle ouvrit la lettre de Françoise.

« Ma chère petite sœur,

« Ici nous survivons grâce aux trafics de Laure qui nous procure un peu de charbon et de nourriture. Elle me charge de t'embrasser et de te dire que tout va bien. Ruth est venue nous rejoindre. Tu ne la reconnaîtrais pas, c'est maintenant une vieille femme qui sursaute au moindre bruit. Nous avons pris un nouveau notaire pour s'occuper de nos affaires, il a trouvé un homme de confiance pour les vignes de Montillac. Mais, dès le printemps, il faudra prendre une décision : devons-nous vendre ou non ? Laure et moi, nous penchons pour la vente, trop de souvenirs malheureux sont liés à cette demeure et à cette terre. Nous n'avons pas d'argent pour faire reconstruire la maison, et la savoir en ruine nous désespère. Que faire ?

« Pierre va bien, il galope partout. Il n'a encore que six dents, je me demande si cela est normal. Charles est un garçon trop sage et trop silencieux pour son âge. Il te réclame souvent, surtout la nuit. A part ça, il va bien. Les tantes vieillissent aussi de plus en plus mais sont toujours pour nous d'une exquise gentillesse. Mes cheveux repoussent, bientôt je pourrai sortir sans turban. Je n'ai aucune nouvelle d'Otto, mais je sens qu'il est vivant. C'est affreux de ne rien savoir de celui que l'on aime et de ne pouvoir en parler à personne sauf, quelquefois, à Laure.

« Ruth a accueilli la libération de Strasbourg avec l'émotion que tu devines. L'épuration marche toujours bon train. Ce ne sont toujours pas les plus coupables qui sont condamnés. Tout le monde écoute le poste français de Baden-Baden où l'on entend des voix connues : Brinon, Déat, Luchaire, etc. L'autre jour, lors d'un gala de la Résistance, à la Comédie-Française, un poème de Claudel à la gloire du général de Gaulle a été lu. C'était ma première sortie. J'ai remarqué dans l'assistance deux ou trois têtes joliment enturbannées... Près de moi, un journaliste disait à son voisin que ce poème avait été écrit en 42, en l'honneur du maréchal Pétain, et que, pour la circonstance, il avait été légèrement modifié :

"Monsieur le Maréchal, voici cette France entre vos bras et qui n'a que vous et qui ressuscite à voix basse.
France, écoute ce vieil homme sur toi qui se penche et qui te parle comme un père."

« Amusant ? Non ? Laure m'a entraînée au bar du Crillon où se presse une foule de dames en uniforme et d'officiers anglais et américains de différentes armes, rivalisant d'élégance. J'ai reconnu au bras d'un colonel anglais l'ancienne maîtresse d'un général allemand. Elle m'a reconnue aussi et m'a fait un clin d'œil avec l'air de dire : *"Et voilà le travail !"*

Petiot a été enfin arrêté, il était lieutenant ou capitaine chez les F.F.I. !...

« Nous préparons le Noël des enfants. Tu vas nous manquer. Je t'embrasse tendrement. Ta sœur qui t'aime,

Françoise. »

Françoise paraissait surmonter la situation. Pour sa tranquillité, pour sa sécurité, il aurait mieux valu qu'Otto soit mort. Elle était de taille à élever son fils seule. Qu'importe ce qu'il adviendrait de Montillac... L'idée seule de devoir y penser lui était désagréable. Il fallait oublier, faire un trait sur tout ce qui avait été sa raison de vivre.

La lettre d'Albertine ne contenait que des recommandations et l'annonce de l'envoi pour Noël de bas de laine et de sous-vêtements chauds. Voilà qui ne serait pas du luxe car la légère gabardine de l'uniforme de la Croix-Rouge n'était pas suffisante dans la brise soufflant sur ce pays plat.

Léa tournait et retournait la lettre de Laurent entre ses doigts. Enfin, elle se décida à l'ouvrir.

« Ma chère Léa,

« J'espère que tu souffres moins du froid que la 2ᵉ D.B. Le général Leclerc, devant les mines frigorifiées de ses hommes, leur a fait faire des gilets en peau de lapin ce qui lui vaut notre reconnaissance à tous. Après la pluie et la boue, la neige et le gel. Les véhicules souffrent autant que les hommes. Tu as sans doute suivi dans la presse notre progression. Après la prise de Baccarat, nous avons bu du champagne dans des coupes gravées d'un poing ganté destinées à Goering. J'ai fait la connaissance du colonel Fabien, communiste, ancien membre des Brigades internationales et adjoint du colonel Rol-Tanguy, chef des F.F.I. de l'Ile-de-France au moment de la Libération de Paris. C'est un curieux homme, toujours vêtu d'une culotte de cheval et d'une vareuse boutonnée jusqu'au cou. Avec trois mille hommes, presque tous de la banlieue parisienne, il a suivi la 2ᵉ D.B. en compagnie de F.F.I. venus d'un peu partout, notamment ceux du groupe Janson de Sailly. Rattachée au 3ᵉ Corps de l'armée américaine (Patton), la Brigade de Paris a pris le nom de Groupement tactique de Lorraine. A sa demande, il a été rattaché à la Iʳᵉ Armée que commande le général de Lattre. Le 10 décembre, à Vesoul, le général a passé en revue ces nouvelles recrues dont certaines ont tout juste dix-sept ans. Leur intégration ne se fait pas toujours facilement. Ils ont du mal à accepter les ordres de certains officiers ou sous-officiers, surtout ceux aux uniformes flambant neufs. Ils les appellent les "naphtalinards", un sobriquet qui se passe de commentaires.

« Fabien est un homme attachant. A dix-sept ans, il s'est engagé dans les Brigades internationales et a été blessé. C'est lui qui a tué le 30 novembre 1942 cet officier allemand au métro République. Arrêté, torturé, il s'est évadé et a repris le combat clandestin. Son père a été fusillé par les Allemands et sa femme déportée.

« Les derniers jours avant la marche sur Strasbourg ont été éprouvants pour tous. Buis dit que c'est à cause du mauvais temps que les hommes se cherchent querelle pour un oui ou pour un non. Durant tous ces jours, le général Leclerc était d'une humeur de chien, arpentant les pièces humides du château de Birkenwald, là même où le futur père de Foucauld passait ses vacances. A l'aube du 23 novembre, il tombait des cordes, le général frappait machinalement le plancher de sa canne, les sourcils froncés avec cette brusque contraction de la pommette droite, signe chez lui de la plus grande agitation. Ce n'est qu'à dix heures et demie qu'un motocycliste entra dans la pièce où étaient réunis tous les officiers du P.C. De ses doigts engourdis, il a tendu une feuille de papier jaune envoyée par Rouvillois. C'était en code : *"Tissu est dans iode"*. Cela signifiait qu'il était entré dans Strasbourg. Le général Leclerc a éclaté d'un grand rire : "Allez, on part", s'est-il écrié.

« Par chance, nous avons eu très peu de pertes, mais une allait bouleverser plusieurs d'entre nous. La mort de l'aumônier de la division, le père Houchet qui était avec Leclerc depuis le Tchad. En apprenant cette nouvelle, le général s'est précipité en pleine nuit à l'hôpital. Je l'ai vu essuyer une larme devant la dépouille de celui dont la foi, la gaîté, la bonté et un inlassable dévouement avaient fait l'homme le plus aimé et le plus respecté de la division. Le surlendemain, les soldats attendus pour porter le cercueil n'ayant pu arriver jusqu'à la chapelle, ce sont nous, les officiers qui l'avons porté. Le dimanche 26, l'étendard du 12e Cuirassiers flottait sur la place Kléber devant une foule silencieuse et clairsemée. On sentait une grande tension. Puis, peu à peu, les fenêtres s'ouvrirent, des drapeaux claquèrent, une *Marseillaise* sourde courut le long des trottoirs puis s'étcignit. Ce n'est qu'à l'arrivée du général Leclerc que la population strasbourgeoise se laissa aller à sa joie.

« Au bout de cinq jours, nous sommes repartis à la rencontre de la Ire Armée française qui avait conquis Belfort et Mulhouse. Les Allemands étaient maintenant isolés et

acculés au Rhin. Quand je dis que nous sommes repartis !...
comme un âne qui recule, aurait dit mon père, les "Leclerc"
n'ayant aucune envie d'être incorporés à la Iʳᵉ Armée. Il fait
un temps épouvantable. Pluie, neige, tempête, heureusement
que l'esprit 2ᵉ D.B. résiste à tout. Même l'humour ne perd
pas ses droits. Un exemple : l'autre jour, nous étions réfugiés
dans une petite gare, de celles où l'on voit inscrit d'un côté
départ, de l'autre arrivée. Par-dessus les voies, nous arriva
une volée de 88, ce qui est assez rare car les Allemands n'ont
pas beaucoup d'artillerie. Quand nous nous sommes relevés,
Georges Buis nous a dit à La Horie et à moi, en époussetant
son treillis d'une main et en désignant de l'autre l'ouverture
faite par les obus : "Toujours conformistes ces Allemands".
Et nous d'éclater de rire car les obus étaient entrés par...
l'arrivée. Ces plaisanteries de potaches quelquefois au milieu
des plus durs combats, cette camaraderie qu'autrefois j'aurais
qualifiée de caserne, m'aident à ne pas devenir fou quand je
pense aux souffrances et à la mort de Camille. Certaines
nuits, quand le froid trop intense m'empêche de dormir, je
vois son doux visage se pencher sur moi. J'ai l'impression
alors qu'elle m'appelle, qu'elle me dit : "Viens. Rejoins-
moi... ne me laisse pas seule..." Je me sens comme attiré par
une force d'outre-tombe.

« Mais je suis stupide ! Pardonne-moi, chère petite Léa, je
t'attriste, toi aussi tu l'aimais. Comment va Charles ?... Mais
peut-être n'es-tu pas près de lui ? Peut-être, toi aussi, es-tu
dans un de ces lieux où meurent les hommes... Si ce n'est pas
le cas, parle-lui de sa mère et de moi, fabrique-lui les
souvenirs de sa petite enfance. Bientôt ce sera Noël. Te
rends-tu compte ! Je n'ai jamais passé un Noël avec mon
enfant depuis qu'il est né !... Gâte-le beaucoup, ne lésine ni
sur les bonbons, ni sur les jouets, ni sur les bougies de
l'arbre. Dis-lui que son papa pensera encore plus fort à lui, ce
soir-là. A toi, ma tendre amitié,

Laurent. »

A la pensée d'être loin de ceux qu'elle aimait pour ce premier Noël d'une partie de la France libérée, Léa se mit à pleurer comme une enfant. Tous ses souvenirs de petite fille gâtée lui revenaient : ferveur et froid durant la messe de minuit dans la basilique de Verdelais ou sous les voûtes médiévales de Saint-Macaire; émotion face à la crèche, et son ange-quêteur qui remuait la tête et jouait les premières mesures de *Il est né le Divin Enfant...*, quand on mettait une pièce dans l'urne de plâtre qu'il tenait, joie et peur mêlées en voyant le sapin illuminé, dressé, comme par miracle dans la cour, devant la maison; battements de cœur, cris et rires nerveux en ouvrant la porte du salon... et là, près de la cheminée où brûlait un feu de sarments, les cadeaux du père Noël, un amoncellement de paquets multicolores. Après un temps d'arrêt, un instant de fausse surprise, les trois sœurs se précipitaient en se bousculant vers leurs souliers, bien cirés, en piaillant comme des folles. Avec quelle énergie elles déchiraient les papiers, arrachaient les rubans, sautaient de bonheur en se précipitant pour embrasser leurs parents et Ruth, qu'elles soupçonnaient être de mèche avec le père Noël ! Plus tard, devenues grandes, elles avaient eu les mêmes Noël heureux et pour rien au monde elles n'auraient voulu être ailleurs ce jour-là. La guerre avait brisé tout cela... Grâce aux efforts de Léa pour maintenir cette tradition qu'elle chérissait, les Noëls de l'Occupation, mêmes tristes, sans éclats et sans beaucoup de cadeaux, avaient été fêtés. C'était le premier Noël que Léa passait loin de chez elle. En ce moment, rien ne lui semblait plus épouvantable que cela, oubliant la souffrance qui l'entourait, la guerre qui continuait, et tous ces morts qui avaient fait partie de sa vie.

— Qu'est-ce que tu as ? Mauvaises nouvelles ? questionna Jeanine Ivoy qui venait d'entrer.

Incapable de répondre tant les sanglots la faisaient hoqueter, Léa secoua la tête.

— Alors pourquoi te mets-tu dans cet état ?
— Parce que... c'est Noël... parvint-elle à articuler.

Jeanine, bouche bée, regarda avec stupeur sa ravissante

camarade, puis brusquement se mit à pleurer aussi. Comme l'enfance est longue à mourir !... Elles pleurèrent quelques instants sans oser se regarder, puis leurs yeux se rencontrèrent et sans transition, elles éclatèrent de rire en se jetant dans les bras l'une de l'autre.

Le 24 décembre, elles rentrèrent tard, épuisées d'avoir transporté des blessés dans les hôpitaux de la région. Traînant les pieds, elles gravirent les marches du perron. Le vestibule était dans la pénombre mais une lumière vive venait du salon, des voix gaies et animées dominaient une musique de jazz. Que se passait-il ? Ce n'était pas les habitudes de la maison. Intriguées, elles poussèrent la porte et demeurèrent stupéfaites devant un immense sapin illuminé de guirlandes électriques et de morceaux d'ouate figurant la neige. Un grand feu brûlait dans la cheminée à laquelle était accoudé un homme, un verre à la main, qui s'avança en souriant.

— Vous êtes les dernières, entrez vite et fermez la porte.

Léa la ferma lentement puis se retourna, les mains derrière le dos, toujours accrochées à la poignée de cuivre sculpté dont les ciselures meurtrissaient sa paume. Elle s'adossa au panneau pour ne pas tomber, regardant venir vers elle, comme à travers un brouillard, incrédule et émerveillée, cet homme qui la déconcertait.

François Tavernier eut le plus grand mal à lui faire desserrer les doigts. La propriétaire vint vers eux.

— Mademoiselle Delmas, remettez-vous, vous êtes toute pâle. C'est sans doute l'émotion de revoir votre fiancé.

Son fiancé ? De qui parlait-elle ? La propriétaire continua.

— Grâce au commandant Tavernier, nous allons avoir un vrai Noël. Il a apporté dans sa voiture tout ce qu'il faut pour faire un réveillon. Allez vous changer, vous êtes toute crottée.

François s'inclina devant la vieille dame et dit avec son sourire le plus charmeur :

— Si vous le permettez, j'accompagnerai Mlle Delmas.

— Faites, commandant, pendant ce temps nous finirons de préparer la table.

Léa se laissa entraîner comme une somnanbule.

— Où est votre chambre ?

— En haut.

Arrivé dans la chambre, il se précipita sur elle, la couvrant de baisers.

Elle se laissait faire, incapable de réagir. Il s'en aperçut, s'écarta et l'examina en la tenant à bout de bras.

— J'espérais plus d'enthousiasme.

D'un seul coup, elle s'enflamma.

— Vous débarquez sans prévenir alors que je vous croyais au diable... vous... vous présentez comme mon fiancé... vous me sautez dessus et... Pourquoi riez-vous ?

— Je te retrouve. Cela ne te ressemblait pas d'être si passive.

Elle rougit et se débattit entre les bras qui l'étreignaient à nouveau.

— Calme-toi, nous avons peu de temps. Je risque le Conseil de guerre pour être venu te rejoindre. Je devrais être à Colmar.

— Pourquoi avez-vous dit que j'étais votre fiancée ?

— Pour qu'on ne s'étonne pas de ma venue inopinée et qu'on me laisse te voir seule. Embrasse-moi.

Elle était folle d'ergoter ainsi. Sa joie avait été telle en le voyant qu'elle avait cru mourir. Elle lui rendit ses baisers et l'entraîna vers un des lits.

— Viens, dit-elle.

Ils firent l'amour comme si les minutes leur étaient comptées, maladroitement. Mais leurs corps s'accommodèrent de cette hâte et, très vite, le plaisir les arracha au temps.

Des coups discrets frappés à la porte les ramenèrent à la réalité. Ils rajustèrent leurs vêtements avec des fous rires.

— Entrez, fit Léa.

La petite tête de sa compagne de chambre apparut.

— Excusez-moi, je dois me changer, fit-elle sans oser les regarder.

331

— Je vous en prie, c'est moi qui dois vous présenter des excuses pour avoir retenu Léa. Je vous laisse.

Les deux jeunes filles se dévêtirent sans échanger une parole.

Le champagne, les huîtres et le foie gras de François Tavernier rendirent le réveillon fort gai. A la fin du repas, la plupart des convives étaient légèrement ivres. Peu après minuit, François se leva pour prendre congé.

— Déjà !... firent-ils en chœur, à l'exception de Léa qui baissa la tête.

— Hélas ! Je dois être de retour dans la matinée. Continuez la fête sans moi. Ma chérie, vous m'accompagnez jusqu'à la voiture ?

— Au revoir, commandant, merci pour tout.

Dehors, une tempête de neige les bouscula. Ils retrouvèrent la Traction avant recouverte d'un épais manteau blanc. François ouvrit la portière et poussa Léa. Ses mains froides s'égarèrent sous sa jupe jusqu'à ce qu'elles eussent trouvées le chaud de son ventre.

— Déboutonne-moi.

— Non, dit-elle en s'exécutant.

Engoncés dans leurs vêtements, ils firent l'amour avec une violence, une brutalité démentie par les mots qu'ils se murmuraient.

Essoufflés, ils se regardèrent à la lumière vacillante du plafonnier. Silencieux, chacun laissait l'image de l'autre pénétrer sa mémoire. C'était sans doute le froid, il semblait à Léa qu'une larme coulait et se perdait dans les cheveux de son amant.

Deux heures sonnèrent à un clocher voisin. François tressaillit et descendit de la voiture.

— Je dois partir.

Il mit le moteur en marche. Debout près de la portière, Léa

frissonnait, enveloppée dans un plaid qui sentait l'essence. Laissant le moteur tourner, il la prit dans ses bras.

— Où allez-vous ? demanda-t-elle.

— En Alsace.

— Seul ?

— Non, mon ordonnance m'attend dans un bistrot. Mon cœur, nous n'allons pas nous revoir avant longtemps. Après l'Alsace, je pars pour la Russie comme observateur, envoyé du général de Gaulle.

— Mais pourquoi vous ?

— Oh ! probablement pour une raison toute simple : je parle russe.

Il parlait russe !... Jamais il ne le lui avait dit. Mais il y avait tant de choses qu'elle ignorait de lui. Elle n'aurait pas assez d'une vie pour apprendre à faire connaissance.

— François !...

— Taisez-vous... Si vous parlez, je n'aurai pas le courage de partir. Dites-vous que je saurai toujours vous retrouver. Dis-moi cependant quelque chose qui m'aidera à prendre patience quand je penserai à toi.

— Je t'aime.

— C'est ça que je voulais entendre. Tu es si avare de tes « je t'aime ». Maintenant rentre vite, tu es glacée.

— Non !... Embrasse-moi !

Il l'embrassa...

— Va-t'en !

Repoussée violemment, elle tomba. Il retint le geste qui le précipitait à son aide. La voiture en démarrant projeta des paquets de neige sur Léa qui n'avait pas bougé.

Ce ne fut que quelques instants plus tard qu'une de ses camarades, inquiète de ne pas la voir revenir, la découvrit recroquevillée, presque ensevelie sous la neige. Aidée de l'homme à tout faire du château, elle la transporta dans sa chambre où on lui fit boire un grog brûlant et où on la mit au lit avec une bouillotte sous une pile de couvertures.

Elle dormit jusqu'au lendemain midi.

29.

Le 6 février, le lendemain des accords de Yalta, Léa reçut deux lettres froissées, expédiées ensemble par les soins de la Croix-Rouge. L'une était de Laurent, datée du 3 janvier.

« Ma chère Léa,

« Je viens, comme le veut la coutume, te souhaiter une bonne année. Que 1945 t'apporte le bonheur. Plus que quiconque, tu es faite pour lui. Il y a en toi une force de vie capable de surmonter les pires tourments. Ce n'est pas comme moi qui sens tout désir de vivre me quitter. Je lutte autant que je le peux contre ce morbide entraînement, en pensant à Charles, mais très vite, mes pensées moroses me ramènent aux jours heureux du passé qui plus jamais ne reviendront.

« Ici, dans cet univers de boue et de pluie, le passage de la vie à la mort devient presque banal. La pudeur des hommes qui acceptent de mourir pour une juste cause est une des choses qui m'aura le plus touché depuis que nous combattons. Ainsi, la veille d'une attaque où l'on sait qu'un grand nombre tombera, que soi-même on peut être parmi les morts, il y a dans le camp comme une ferveur retenue. Les hommes échangent des lettres, se rasent de près, parlent plus bas. Ils

334

savent, avant l'état-major lui-même, qu'une attaque va avoir lieu. Pas besoin de sonnerie. Si tu voyais comme il est beau, comme lavé de toute souillure, le regard d'un homme qui se dit que demain... C'est comme s'il regardait au-delà du visible, plus loin que lui-même. C'est ça aussi la guerre, cette solidarité muette, cette dignité qui fait des preux, des êtres de légendes, des héros, d'individus qui, pris séparément, n'auraient peut-être pas grand intérêt, mais qui là, deviennent par leur sacrifice les plus grands, rejoignant dans l'histoire ceux de l'An 2, d'Austerlitz ou de la Marne.

« Ces paroles t'étonnent dans ma bouche, comme elles m'étonnent moi-même. Sans doute, si je n'avais pas rejoint Leclerc, si je n'étais pas dans la 2e D.B., aurais-je tenu, pacifiste convaincu, de tout autres propos. Mais on ne vit pas impunément auprès de gens qui meurent par milliers pour la liberté non seulement de la France mais du monde, sans réviser certains jugements favorisés par une vie douillette et par l'horreur de la violence.

« Dans ma dernière lettre, je te parlais du colonel Fabien ; il est mort, tué bêtement par une mine avec trois de ses camarades, le 27 décembre. J'ai beaucoup pensé à la petite fille qu'il laisse derrière lui.

« S'il devait m'arriver la même chose, n'oublie pas que Camille et moi nous t'avons confié notre enfant. Par testament, avant de partir, j'ai demandé que tu en sois la tutrice. Parle-lui, de la guerre, mais pour la lui faire haïr. Dis-lui cependant, de ne pas garder de rancœur envers le peuple allemand : il a été trompé. Je le connaissais bien avant la guerre, je parlais sa langue, j'écoutais sa musique, je lisais ses poètes, j'admirais son courage. Souvent, avec des amis berlinois, nous avons trinqué aux Etats-Unis d'Europe. Après tant d'horreurs, il faudra des hommes et des femmes pour reprendre cette idée et la mener à bien.

« Ma chère Léa, je prie Dieu qu'il te garde en ce début d'année, qu'il te comble de ses bienfaits. Je t'embrasse avec tout ce qui me reste d'amour. Ton ami,   Laurent. »

— Il va mourir, murmura Léa avec une stupeur lasse.

Elle tournait et retournait la deuxième lettre couverte, comme la première, de cachets. L'écriture ne lui disait rien. Enfin, elle se décida et déchira l'enveloppe. En lisant le nom inscrit à gauche sur la feuille de mauvais papier, Léa comprit et, sans une larme, commença la lecture.

« Mademoiselle,

« Personne n'aime être le messager du malheur. Pourtant, par amitié et par respect de la parole donnée, je viens vers vous porteur d'une triste nouvelle : le capitaine Laurent d'Argilat est mort le 28 janvier. Avec lui, seize officiers du Groupement tactique ont été tués ainsi que le commandant Puig et le lieutenant-colonel Putz lors de la prise de Grussenheim qui a coûté à la 2ᵉ D.B. plus de pertes que la rupture de la "vosgienne" et de la "prévosgienne", la prise de Salernes et la prise de Strasbourg.

« L'ordre était de franchir l'Ill, d'atteindre le Rhin, de couper en deux la poche allemande en partant de Sélestat. Il y avait cinquante centimètres de neige. Il gelait. La grande plaine blanche coupée de boqueteaux, sillonnée de canaux et de rivières, offrait aux Horniss, aux Jagpanther, aux 88, des champs de tir merveilleux. La 3ᵉ Compagnie fut engagée la première et s'empara du fameux carrefour 177. La 2ᵉ la dépassa et reçut l'ordre de prendre à tout prix Grussenheim. Derrière, le reste du régiment suivait la lutte avec passion, tremblait pour les camarades tout en les enviant. Les unités non engagées se défaisaient elles-mêmes de leurs munitions pour que celles de tête eussent plus vite reconstitué leur plein. C'est au cours de cette attaque que notre ami fut tué. Son char explosa à quelques mètres du mien. Sous le choc son corps fut éjecté.

« Plus tard, nous sommes revenus le chercher. Il avait l'air de dormir, son visage était serein et son corps ne portait pas de blessures apparentes. Il repose dans le cimetière du village en attendant d'être transféré dans le caveau familial. Tous ses

336

camarades le regrettent. Il allait au-devant de la mort. Peut-être la cherchait-il ? Si je vous disais ce qu'il a fait à Hersbsheim, vous me croiriez parce que c'est moi et vous en resteriez pantoise. La façon dont on fait l'amour avec la mort est très personnelle. C'est un secret. Les gens de qualité, qui se suicident et qui avancent ainsi sur les franges du sacré, laissent généralement un papier sur lequel il n'y a rien d'autre que : "Ne cherchez pas à comprendre, je ne sais pas moi-même..." Je ne crois pas que l'on sache vraiment pourquoi on risque sa vie à la guerre. On le fait parce que "ça se fait". Laurent n'a pas laissé de papiers et c'est bien ainsi. "Bel officier", m'a dit un colonel. Dans sa bouche de sceptique, c'était un fameux compliment. Mais pour moi, il était plus que cela, il était un homme assez courageux pour que l'on ne sût pas ses faiblesses.

« Mademoiselle, je partage votre peine et compatis sincèrement à votre douleur. Croyez, je vous prie, en mes sentiments dévoués comme en ma tristesse,

Georges Buis. »

Ainsi, il avait rejoint Camille. Malgré son chagrin, Léa trouvait que c'était bien. C'est vrai, il y avait Charles et il y avait comme de la lâcheté à l'avoir ainsi abandonné sans autre famille que celle des Delmas, mais Laurent avait voulu sa mort...

— Mademoiselle Delmas, nous vous avons demandé de venir pour vous informer de votre prochaine mission. Vous avez été désignée pour convoyer de Bruxelles à Cannes un officier britannique grièvement blessé et qui va passer quelques semaines de convalescence sur les bords de la Méditerranée.

Léa eut du mal à contenir sa joie. Chaque jour, son travail lui devenait de plus en plus pénible. Conduire sur les routes défoncées n'était pas agréable, mais ramasser les blessés sans oublier les bras et les jambes qui traînaient, leur donner les premiers soins, entendre leurs gémissements, voir leurs larmes devant leurs membres amputés, les entendre appeler leur mère avant de mourir, arracher des nouveaux-nés aux décombres, vivre dans la boue, le sang, le pus et les déjections, était d'une horreur sans cesse renouvelée.

Depuis l'annonce de la mort de Laurent, ses cauchemars avaient repris de plus belle; pas une nuit sans voir Camille ramper vers son enfant, l'homme d'Orléans et son couteau, entendre les cris d'agonie de Bernadette Bouchardeau. Sang dans la journée, sang dans la nuit, elle vivait dans la terreur de s'endormir et dans l'angoisse du réveil. Peut-être eût-elle mieux supporté sa tâche si ses nouvelles compagnes, à part Jeanine Ivoy, sa chef surtout, n'avaient exercé leur jalousie et leurs brimades sur elle. Toutes les corvées lui étaient réservées : nettoyage des chaussures, lavage des ambulances, balayage des bureaux. Au début, elle avait tout accepté croyant que cela faisait partie de ses fonctions, mais très vite, elle s'était rendu compte qu'il n'en n'était rien. Devant ses objections, on lui avait fait comprendre qu'on saurait se passer de ses services. Aussi son étonnement fut grand de se voir confier une mission aussi importante qu'agréable.

— Je vois que cela vous étonne, avait continué son interlocutrice, cela n'est dû qu'à votre connaissance de l'anglais. Vous parlez bien anglais, n'est-ce pas ? C'est inscrit dans votre dossier.

Léa avait acquiescé, redoutant qu'on lui demande de dire quelques phrases dans la langue de Churchill. Ses notions d'anglais étaient scolaires et remontaient déjà à plusieurs années.

— Vous partirez demain avec un convoi se rendant en Belgique. A Bruxelles, vous prendrez contact avec les organisateurs de la Croix-Rouge belge. Vous trouverez tous les renseignements dans cette serviette ainsi que les papiers vous autorisant à vous déplacer à travers la Belgique et la France. Vous avez quartier libre jusqu'à votre départ. Bon voyage.

— Merci, madame. Au revoir.

Léa profita de sa demi-journée de liberté pour aller se faire
laver la tête dans un salon de coiffure installé dans un
baraquement, non loin du château. Quand elle sortit, les
cheveux plus courts et propres, elle se sentit une autre femme et
se prit à regarder l'avenir avec un léger espoir. Cette nuit-là,
elle ne fit pas de cauchemars.

Le lendemain, elle faisait ses adieux aux filles et quittait sans
regret cette région du Nord.

30.

Sans ces blessés poussés dans de petites voitures, sans cette cohue où dominaient les uniformes alliés, Léa se serait crue en vacances. Depuis près d'un mois, elle menait une vie de farniente et de fête en compagnie de « son » blessé.

Sir George McClintock, colonel dans l'armée de Sa gracieuse Majesté, était un original Irlandais, aimant davantage le bourbon que le thé, les cartes de poker que celles d'état-major, fumeur de gros cigares. D'un humour jamais démenti, courageux jusqu'à la bêtise, et coureur de jupons comme un lieutenant de la Garde, disaient ses camarades, et de plus, fort riche. Voilà l'homme que Léa était censée soigner. Blessé près de Dinan lors de l'offensive des Ardennes, il avait vu la mort de trop près pour économiser les jours qui lui restaient à vivre. Dès qu'il avait pu marcher à l'aide de béquilles, la vie de Léa avait été un tourbillon : cocktails, garden-parties, bals, pique-niques, sorties en mer, excursions dans l'arrière-pays. Il la voulait sans cesse auprès de lui disant que dès qu'il l'avait vue, il avait su que sa vie allait être bouleversée par cette petite Française aux cheveux en désordre, à la bouche tremblante, aux yeux fiers et inquiets, au corps qu'il devinait ravissant sous l'uniforme mal coupé. Il avait exigé, moyennant quelques poignées de livres, qu'elle eût une chambre près de la sienne à l'hôtel Majestic.

Fatigué, les premiers jours il avait beaucoup dormi. Dans la soirée du cinquième, il avait demandé à être descendu dans la salle à manger de l'hôtel. Il avait tiqué quand il avait vu Léa s'installer en face de lui, vêtue de son uniforme, le chemisier impeccable, la cravate soigneusement nouée, les chaussures plates astiquées.

— Vous n'avez rien d'autre à vous mettre ? lui avait-il demandé d'un air dégoûté, avec cet accent qui avait fait la joie de Léa au début.

Elle avait rougi et s'était sentie laide.

— Je n'ai rien d'autre. Si je vous fais honte, je peux dîner dans ma chambre.

— My dear, pardonnez-moi, je ne voulais pas vous blesser. Vous êtes charmante ainsi, mais... c'est un peu monotone.

Le lendemain, Léa voyait débarquer à l'hôtel des couturiers et des bottiers de la Croisette. Elle commença par refuser, mais céda devant leurs robes du soir, l'une en mousseline noire, l'autre en taffetas vert, et de magnifiques escarpins italiens en « vrai » cuir, luxe inouï ! Comme les soirées étaient encore fraîches, il exigea qu'elle prenne une courte cape de renard argenté.

Le surlendemain, elle l'accompagna à la garden-party offerte par le Club américain. Il s'enorgueillit de ses succès. C'était à qui lui apporterait un verre de champagne, de jus d'orange, de limonade, une assiette de gâteaux, de crème ou de fruits. Léa riait, retrouvant ses coquetteries de jeune fille insouciante et gâtée.

Début mars, à la suite d'un courrier de Londres, George McClintock lui annonça qu'il était rappelé en Angleterre. Léa le supplia de l'emmener, pour rien au monde elle ne voulait retourner à Amiens.

— Vous avez encore besoin de moi, disait-elle.

341

— J'aurai toujours besoin de vous, maintenant, avait-il dit avec un sérieux qui ne lui était pas habituel.

— Vous voyez bien, avait-elle fait, légère.

Il avait souri en évoquant les difficultés administratives. Cela n'avait pas été une mince affaire que d'obtenir l'accord de la Croix-Rouge française de Cannes, puis de celle de Paris. L'ordre de mission de Léa portait un nombre impressionnant de cachets.

Malgré les bombardements et les alertes fréquentes, la peur qu'inspiraient les V1 et les V2, la semaine passée à Londres se révéla aussi folle que celles passées à Cannes. C'était comme si tous ces garçons et ces filles, dont les plus âgés n'avaient pas trente ans, se jetaient dans la danse, le flirt et les beuveries avec une boulimie frénétique pour rattraper le temps perdu, et oublier dans l'alcool et la fumée que la guerre n'était pas encore finie.

Une lettre de Mathias, réexpédiée de Paris par Laure, arrivée en France par d'étranges chemins qui passaient par la Suisse, tomba un matin sur le plateau du petit déjeuner entre le break-fast-tea et les œufs au bacon.

Sur l'enveloppe, impossible de décrypter une date. Quant à la lettre, Mathias avait oublié de la dater.

« Ma bien-aimée,

« "Mon honneur s'appelle fidélité." C'est la phrase qui est inscrite sur l'arche de l'entrée du camp de Wildflecken là où j'ai rejoint les Waffen SS français. Cette devise, je la fais mienne en pensant à toi. Elle est celle de la Waffen SS. Le camp est situé dans une montagne boisée au milieu d'un immense parc soigneusement entretenu. Quelques petits immeubles dispersés dans la verdure le long de chemins impeccablement tenus mènent à l'Adolf Hitler Platz. La discipline est de fer et l'entraînement féroce. Au début, beaucoup se trouvaient mal durant les exercices, maintenant, nous avons tous des corps d'athlète; d'ailleurs ceux qui ne peuvent pas suivre sont dirigés vers d'autres unités. Cette discipline est nécessaire pour contenir quatre à cinq mille jeunes hommes avides de se battre. J'aime qu'il en soit ainsi, cela m'aide à ne pas trop penser à toi. Au mois de novembre, deux mille Miliciens nous ont rejoints. Ils ont prêté, certains de mauvaise grâce, serment à Hitler le 12 novembre en présence de Darnand et de Degrelle. Il faisait un froid épouvantable. Dans un tourbillon de neige, les légionnaires de la L.V.F. défilèrent en ordre parfait. Le Brigadeführer Krukenberg et l'Oberführer Puaud passèrent les troupes en revue. Mais ce qui impressionna le plus les francs-gardes, ce fut le discours de Mgr Mayol de Lupé notre aumônier, prononcé du haut de son cheval, en grande tenue d'officier de la Waffen sur laquelle brillait sa croix pectorale. Indifférent à la neige qui frappait son vieux visage, il parlait du Führer comme de Dieu et sa bénédiction ressemblait au salut hitlérien. Dans ce décor étonnant où flottaient le drapeau tricolore, le drapeau de guerre du Reich et l'étendard noir de la SS, les Miliciens, bras tendus, répétèrent après trois de leurs camarades qui s'étaient avancés face à un officier tenant une épée nue : "Je jure d'obéir fidèlement à Adolf Hitler, chef de la Waffen SS dans la lutte contre le bolchevisme, en loyal soldat." J'ai remarqué que tous les bras ne s'étaient pas levés.

« Jamais je n'oublierai le jour de mon propre serment, dont les termes n'étaient pas tout à fait les mêmes. Cela s'est passé avec une grande sobriété, entre deux chênes, comme le veut la coutume germanique. On avait croisé des poignards sur lesquels était inscrite notre devise, tandis qu'un officier, en notre nom à tous, avait prêté serment dessus, en allemand. Nous avons répété après lui en français : "Je te jure, Adolf Hitler, Führer germanique et réformateur de l'Europe, d'être fidèle et brave. Je te jure de t'obéir à toi et aux chefs que tu m'auras désignés, jusqu'à la mort. Que Dieu me vienne en aide !" Jamais non plus, je n'oublierai la première fois où j'ai fait le salut hitlérien en criant : "*Heil Hitler !*" Ce jour-là, j'ai senti que je rompais définitivement avec mon passé.

Ici, pas de différence de traitement entre un officier et un simple soldat. Pas de privilèges. Il n'y a pas de mess d'ordinaires, de sous-officiers ou d'officiers; tout le monde mange ensemble la même chose. S'il y a une tournée de schnaps, les soldats sont servis en premier, ce qui reste est distribué aux officiers. Plus on est gradé, plus on a de devoirs. Au cours des dîners hebdomadaires qu'on appelle *Kamaradschaft*, le plus simple soldat a le droit de se moquer de ses supérieurs et il est interdit de le punir sous peine de graves sanctions. C'est cela qui nous surprend le plus, nous autres Français, habitués à écouter nos chefs au garde-à-vous et à être cantonnés dans des baraquements tandis qu'eux se prélassent dans des salons dorés. Ici, on fait de nous des hommes neufs. La vie à Wildflecken est très dure : lever à six heures, extinction des feux à vingt heures.

« Nous avons un entraînement d'enfer : douche glacée, rassemblement général, salut à Hitler, café, et ensuite une succession impitoyable d'exercices, de manœuvres, de marches... Notre seul repos, ce sont les cours théoriques sur l'armement et la stratégie. Le soir, je m'écroule sur mon lit et, invariablement, on m'en arrache à coups de sifflet pour des exercices nocturnes. Il faut se harnacher à tâtons et s'enfoncer dans la nuit glacée qui vous perce le corps. Les deux dernières semaines, je n'ai pas pu dormir plus de quatre heures de rang. J'ai l'impression de ne rien manger — où sont-ils nos goûters plantureux de Montillac ? Soupe aux choux avec pommes de terre à midi, saucisse à cinq heures, un peu de margarine sur du pain noir et gluant... Je suis stupéfait que cela suffise à nous reconstituer et à nous garder l'esprit clair. Et même les plus français des Français semblent s'accommoder de ce régime.

« Cependant, tout n'est pas rose et depuis quelque temps l'ambiance se dégrade, surtout à cause des Miliciens dont beaucoup n'arrivent pas à s'adapter. Presque tous les jours depuis la formation de la brigade Charlemagne, des SS français désertent pour rejoindre des unités partant vers le front. Ainsi certains se retrouvent-ils avec la division Wiking ou la division Totenkopf.

« Notre commandeur est l'Oberführer Edgar Puaud, il a commandé la L.V.F. en Russie. Depuis quelques jours, je suis un véritable SS : je porte, tatoué sous l'aisselle, à l'intérieur du bras gauche, la lettre correspondant à mon groupe sanguin. Avec cela nous avons des chances d'être sauvés si nous sommes blessés, et tués si nous sommes faits prisonniers. Nous sommes tous impatients de partir au front. Nous pensons que c'est une question de jours.

« Hier, des camarades ont réussi à se procurer quelques bouteilles de vin allemand et à les faire entrer dans le camp. C'est formellement interdit. Au moment de déboucher les bouteilles, nous avons failli être surpris par le Brigadeführer Krukenberg. Je pense qu'il n'a pas été dupe car en sortant je l'ai entendu dire : "Ah ! ces Français !". Après son départ, nous avons trinqué à sa santé. Le vin, un blanc un peu sec mais très parfumé, n'était pas mauvais. Bien sûr, il ne vaut pas celui de Montillac. Je me demande si la vendange a été bonne et si elle a pu s'effectuer dans les meilleures conditions.

« Où es-tu ? Je n'arrive pas à t'imaginer ailleurs que là-bas. Cette terre te va bien. Si tu reçois cette longue lettre et si tu as la patience de la lire jusqu'au bout, c'est comme si nous avions bavardé ensemble. Ne m'oublie pas et sache que, jusqu'à la fin, je penserai à toi,

Mathias. »

Le thé était froid et la marmelade d'orange avait un drôle de goût. Léa essaya d'imaginer Mathias en uniforme SS, sans y parvenir. Il lui semblait qu'à l'origine, il y avait un incroyable malentendu qui avait fait d'un garçon gentil et gai une petite brute prête à tout. Mais était-ce aussi absurde que sa présence à Londres dans un vieil hôtel douillet aux vitres remplacées par du papier huilé ? On frappa à la porte.

— Alors, on a reçu des nouvelles du pays ? demanda George McClintock en entrant dans la chambre.

La bonne tête de l'Anglais amena un triste sourire sur son visage.

— Qu'avez-vous ?... Quelque chose ne va pas ?

— Non, non, ce n'est rien.

— Alors, debout ! nous partons.

— Où allons-nous ?

— En Allemagne.

— En Allemagne !...

— Yes, je dois rejoindre la 2e Armée.

— Mais vous êtes à peine rétabli !

— Un de mes amis médecin m'a déclaré apte pour le service. Je ne me vois pas rester ici pendant que mes camarades se font tuer.

— Et moi ? Qu'est-ce que je fais pendant ce temps-là ? J'attends ici tranquillement la fin de la guerre, je retourne à Amiens ou dans les bureaux à Paris ?

— Pas du tout, vous venez avec moi.

— Je viens avec...

— Oui, un de mes amis est, comment dites-vous ?... président de la Croix-Rouge britannique...

— Décidément, vous avez beaucoup d'amis.

— Yes, c'est quelquefois utile. Je lui ai parlé de votre grande connaissance du matériel roulant et de votre remarquable compétence pour soigner les blessés.

— C'est vous qui le dites, il vaut mieux qu'il ne me mette pas à l'épreuve.

— La personne qui s'occupe ici des conductrices-ambulancières est une amie de Mme de Peyerimhoff. Vous devriez recevoir d'ici quelques jours votre affectation provisoire aux services de notre Croix-Rouge.

Léa envoya promener ses couvertures et alla embrasser l'Anglais sur les deux joues.

— Vous êtes merveilleux, George. Comment avez-vous deviné que je voulais aller en Allemagne ?

346

— Vous ne parlez que de ça depuis que nous sommes arrivés.

Une semaine plus tard, Léa recevait ses ordres de services et était mise à la disposition du médecin-général Hughes Glyn Hughes, chef du sercice médical de la 2ᵉ Armée britannique. Elle atterrit dans la nuit du 5 avril près de Duisbourg à une cinquantaine de kilomètres du front.
Alors commença pour elle une descente en enfer.

31.

A des centaines de kilomètres de là, Mathias vivait aussi en enfer.

Le 12 janvier 1945, trois millions de soldats russes formidablement armés, soutenus par les chars et l'aviation, se mirent en marche de la Baltique à la Tchécoslovaquie pour écraser définitivement ce qui restait de l'orgueilleuse armée du Reich.

Le 17 février, les Waffen SS de la Charlemagne, devenue division, partaient pour le front. Ils arrivèrent le 22 février à Hammerstein, gros bourg de Poméranie. Il faisait très froid, un vent glacial balayait ce paysage de lacs et de bois. Ils s'installèrent dans un ancien camp de la Wehrmacht, transformé en stalag, en attendant l'armement lourd. Au loin, on entendait le canon.

Le régiment de Mathias, le 57, s'installa au sud-est de la ville. Dès son arrivée, l'Obersturmführer Feunay partit inspecter les positions en compagnie de l'Oberjunker Labourdette et de Mathias. Après le froid, le dégel arriva brusquement, transformant les routes de terre en bourbier où s'enlisaient les chevaux, les charrettes chargées du matériel lourd, de caisses de munitions. Par dizaines, les hommes soulevaient les véhicules pour les arracher à l'argile. A la nuit qui tombait vite, il se remettait à geler. Tout le long de leur route, d'interminables convois de réfugiés fuyant les Russes s'étiraient. Vieillards, femmes, enfants piétinaient dans la boue, hagards, dans un silence impressionnant. Parmi eux, quelques S.S. lettons, sales et débraillés, mains dans les poches, le regard perdu.

Le premier accrochage eut lieu près d'Heinrichswalde. Très vite, ce fut le massacre, ils se battirent à un contre dix face aux chars soviétiques. Les obus et les torpilles écrasèrent les positions des SS français. Près de Mathias, un de ses camarades, une jambe déchiquetée, se vidait de son sang. Feunay donna l'ordre de tenir.

Toute la nuit, de nouveaux convois arrivèrent en gare de Hammerstein et montèrent directement vers le front. Très vite, les compagnies du régiment 58 se trouvèrent sous un déluge de feu. A l'aube, des milliers de Russes déferlèrent sur eux en hurlant. A deux reprises, ils les repoussèrent mais ils furent bientôt écrasés par le nombre. L'ordre de repli fut donné. Les rescapés se regroupèrent et attendirent. Dans la bataille, les liaisons s'effectuaient mal. La division Charlemagne était montée en ligne, sans un seul poste de radio. Les estafettes allaient d'une compagnie à l'autre, portant les ordres de l'état-major. Vers midi, le bruit des chars fut assourdissant. Les Français se terraient dans des trous, camouflés en lisière de forêts. A travers bois, les hommes de Feunay tentèrent de rejoindre le régiment 58 dont ils ne retrouvèrent que quelques débris errants parmi les arbres en traînant les blessés. Dans la soirée, ils regagnèrent près de Hammerstein le camp d'où ils étaient partis le matin. Epuisés, ils s'endormirent sur les paillasses pleines de vermine des baraques, après avoir avalé une soupe de pois cassés.

Sur les quatre mille cinq cents hommes qui avaient quitté Wildflecken, mille cinq cents étaient morts ou disparus. Pour un combat qui n'avait duré que deux jours, le bilan était sévère. Les rescapés de la division Charlemagne réussirent à se regrouper à Neustettin, petite ville de seize mille habitants, accablée de réfugiés et de soldats. L'annonce de la mort de Jacques Doriot démoralisa ceux qui s'étaient engagés à sa suite. Le 5 mars, à

Körlin, ils se battirent avec l'acharnement du désespoir, avec une compagnie de la Wehrmacht. Non loin de Mathias, un char allemand sauta. Un soldat en sortit courant droit devant lui, son uniforme en flammes. Le médecin-lieutenant de la division se jeta sur lui pour étouffer le feu. Mathias le rejoignit et aida le médecin à traîner à l'abri, l'homme qui geignait doucement. Il avait perdu son casque et son dos était entièrement carbonisé. « Pauvre type », pensa Mathias en retournant au combat. Soudain, il s'arrêta et revint sur ses pas. Il se pencha sur le moribond, nettoya son visage avec une poignée de neige et l'essuya avec un chiffon graisseux. Pas de doute.

— Capitaine Kramer... vous m'entendez.

Le visage du blessé tressaillit en s'entendant appeler en français. Péniblement, il ouvrit les yeux et regarda ce soldat allemand, méconnaissable sous la crasse et la boue qui le recouvraient.

— Capitaine Kramer, je suis Mathias... de Montillac.

— Montillac...

— Oui, souvenez-vous, Léa...

— Françoise...

— Oui.

— Françoise... mon fils...

Otto tenta de se soulever, y renonça et dit d'une voix qui devenait de plus en plus faible :

— Prenez... dans ma poche... mes papiers... et une lettre... c'est pour Françoise. Si... vous en réchappez... donnez-la lui... ainsi que ces papiers... Jurez...

— Je le jure.

Mathias fouilla dans la vareuse. Il retira un portefeuille soigneusement emballé dans un morceau de toile cirée qui lui rappela celle de la cuisine de Montillac et le glissa sous sa chemise à même la peau. Le mourant ne le quittait pas des yeux. D'un signe de tête, il approuva. Les Russes approchaient. Mathias devait partir. Otto tenta de parler et Mathias devina plutôt qu'il n'entendait :

— Pourquoi... un Français... est-il ici ?

Il haussa les épaules. Que pouvait-il lui répondre ?

Le Brigadeführer avait donné l'ordre d'évacuation. Le bataillon de Mathias tenta de s'échapper en direction de l'Oder puis de Belgard. Celui de Bassompierre resta pour bloquer l'ennemi.

Dans la nuit calme et glacée, à la lueur des incendies qui illuminaient Körlin, mètre par mètre, ceux du régiment 57 progressèrent, se cachant le jour, marchant la nuit, passant à quelques pas des « Popofs », comme ils les appelaient. Les accrochages étaient courts et violents. Les munitions se faisaient rares, les chevaux étaient morts ou s'étaient enfuis. Il y avait longtemps que leur seule nourriture, ils la volaient dans des maisons allemandes où pleuraient des femmes et des filles violées. Quand il n'y avait plus rien dans les maisons, ils mangeaient des betteraves crues qui leur donnaient la dysenterie. Ils s'endormaient recroquevillés, serrés les uns contre les autres pour échapper au froid. Ils se réveillaient dévorés par les poux. La crasse s'accumulait dans les replis de leurs corps. Certains malins aimaient à dire que cela leur tenait chaud et les protégeait des poux. Tels des automates, ils avançaient, avec, figé sur le visage, le masque de la fatigue, où brillaient leurs yeux cernés, striés de sang. L'ennemi était partout, les harcelant sans cesse.

Le froid cessa d'un seul coup, les champs se recouvrirent d'une délicate mousse verte. Dans un bois, où ils s'étaient arrêtés, exténués, ils marchèrent sur un tapis de violettes. Mathias s'allongea dessus, en les respirant. Avec Léa, c'était toujours un grand moment que celui des premières violettes dans la partie abritée du calvaire. Enfant, il en faisait des bouquets qui embaumaient la chambre de la petite fille. De ses mains calleuses, il cueillit les fleurs sous l'œil d'abord goguenard de ses camarades. Puis, mus par une force instinctive, ils vinrent en cueillir à leur tour quelques-unes qu'ils glissèrent avec précaution dans l'étui contenant leurs papiers. Cette cueillette releva leur moral. Ils se prirent à espérer que, pour eux aussi, le printemps allait refleurir.

— On est dégueulasses, dit l'un d'eux.

Ils se regardèrent. C'est vrai qu'ils étaient dégueulasses. En bordure du bois, coulait une rivière. Ils arrachèrent leurs uniformes maculés, secouèrent leurs vêtements d'où s'échappaient d'énormes poux, et se jetèrent à l'eau. Quelle était froide ! N'ayant pas de savon, ils se frottaient vigoureusement avec des poignées de terre. Ils s'étrillèrent avec ardeur, riant comme des gamins. Ils se séchèrent en courant, nus, autour des arbres. Feunay les regardait, songeur. Depuis longtemps, ils n'avaient plus de chaussettes. Tous avaient adopté la « chaussette russe » : un carré de tissu sur lequel on posait le pied. On recouvrait d'abord les orteils, on rabattait la partie gauche puis la partie droite et on tirait fortement ce qui était derrière. Les pans bien croisés, on pouvait facilement enfiler les bottes. Cela protégeait et maintenait admirablement le pied.

Ils parvinrent près de Belgard en flammes à deux heures du matin, traversèrent le cimetière puis disparurent dans la nuit. Vers quatre heures, l'Oberführer Puaud arriva sur Belgard avec le gros de la division, trois mille hommes environ. Des postes russes disséminés les accueillirent à coups de mitrailleuses et de mortiers. Les Waffen SS se glissèrent dans la ville en ripostant. Ceux qui traversèrent la place centrale de Belgard à la lueur des incendies durent enjamber des centaines de cadavres de vieillards, d'enfants et de femmes.

Puaud, blessé au mollet, avançait comme un somnambule, le visage plus rouge que d'habitude. Dans la campagne, les coups de feu avaient cessé, remplacés par des grondements de moteur, des grincements de chenilles qui résonnaient lugubrement dans la plaine. L'ennemi était partout. La division Charlemagne se déplaçait dans le brouillard. Quand la brume se dissipa au matin, ils se trouvèrent au milieu des blindés de l'armée soviétique, dans une vaste étendue dénudée. Il y eut comme une stupeur de part et d'autre, le temps s'arrêta, tout fit silence... puis, très vite, la tuerie commença... En moins de deux heures, le gros de la division Charlemagne fut anéanti... Les blessés achevés, les survivants furent rassemblés et prirent le chemin des camps de prisonniers. Quelques-uns réussirent à s'échapper dans les bois.

Les cinq cents hommes du bataillon dans lequel se trouvait Mathias arrivèrent au château de Meseritz en piteux état, blessés, malades de dysenterie mais heureux et fiers de leurs chefs qui les avaient temporairement sortis de la « chaudière ». Ils repartirent le surlendemain par un temps ensoleillé, épouillés, rasés, armes à la bretelle, ayant avec eux deux cent cinquante survivants du régiment 58, de la SS Holstein, d'un régiment hongrois et de la division SS Nordland, pour rejoindre l'embouchure de l'Oder sous le commandement de Krukenberg. Ils franchirent la Rega au sud de Treptow. Ils atteignirent Horst sur la côte en fin d'après-midi. Partout, des réfugiés, attendant des embarcations pour les conduire en Suède, se mêlaient aux soldats épuisés.

A la nuit, Mathias et quelques-uns de ses compagnons arrivèrent à Rewahl, petite station balnéaire. Tout comme Horst, la ville débordait de réfugiés et de soldats en déroute. Cette foule était en proie à la plus grande frénésie : à côté d'êtres mornes et hébétés, des jeunes femmes faisaient l'amour avec le premier venu, se laissaient caresser par des hommes crasseux, couverts de vermine, en buvant de grandes lampées de schnaps. Des enfants les regardaient indifférents, tandis que leurs parents poursuivaient sans les voir leur course désespérée. A l'air iodé de la Baltique se mélangeaient les remugles des moteurs, les relents de pus et de sang des blessés, le parfum douceâtre du sperme, la puanteur de la merde, celle des milliers de corps sales et, dominant cette foule épouvantée, l'odeur persistante de la soupe aux choux qui lui était distribuée.

— Les Russes arrivent !... Dépêchez-vous !

Les hommes, les femmes, les camions, les chevaux, les chars se jetèrent les uns contre les autres, luttant, bousculant, renversant, écrasant, tuant tout ce qui faisait obstacle à leur fuite. Le long de la mer ce n'était qu'une longue procession de damnés cherchant à échapper aux flammes de l'enfer : mères devenues folles serrant sur leur poitrine maigre leur enfant mort, filles se jetant du haut de la falaise pour échapper au viol, hommes poussant leur femme sous les chenilles des chars, soldats déchargeant leur arme sur les conducteurs des camions pour prendre leur place... hurlements des enfants... hennissements des chevaux... aboiements plaintifs des chiens... rumeur de la mer... grondement du canon... sifflement des obus... explosion des mines... mort... mort... mort.

Ceux de la division Charlemagne marchaient, combattaient, se soûlaient quand ils trouvaient du vin. Suivant les hordes de réfugiés, ils avançaient le long des plages en direction de l'Ouest, rattrapés de temps à autre par un obus qui projetait vers le ciel tourmenté des corps déchiquetés dans une gerbe de sable. La foule passait, indifférente aux cris des blessés et aux gémissements des mourants.

Ils rejoignirent les lignes allemandes à Dievenow le 9 mars, tard dans la nuit. Le lendemain à l'aube, les Russes bombardèrent, attaquèrent et furent repoussés. Dans l'après-midi, on leur ouvrit les dépôts de l'intendance allemande. Ils s'émerveillèrent de toucher des fusils automatiques à trente-deux coups et des uniformes neufs qu'ils s'amusaient à essayer en fumant, comme des sapeurs, les cigarettes qu'ils ne voulaient pas laisser à l'ennemi.

Enfin, sous leurs bottes, résonnèrent le bois et le fer du pont de bateaux jeté sur l'Oder. En bon ordre, avec à leur tête le Brigadeführer Krukenberg ganté de frais, l'Obersturmführer Feunay, ils quittèrent la « chaudière » où quatre-vingt-dix pour cent des leurs étaient restés.

Le lendemain, le Grand Quartier général du Führer signalait dans un communiqué la part prise par les survivants de la division Charlemagne dans la libération des réfugiés de Poméranie. Cela galvanisa leur orgueil. Ils quittèrent Swinemünde en chantant :

Là où nous passons, que tout tremble
Et le diable y rit avec nous.
Ha, Ha, Ha, Ha, Ha, Ha, Ha !

La flamme reste pure
Et notre Parole s'appelle Fidélité !

Enfin furent regroupés à trois cent cinquante kilomètres de Berlin, dans la petite ville de Neustrelitz et dans les villages voisins, Zinow, Karpin, Goldenbaum, Rödlin... environ huit cents Volontaires sur les sept mille partis de Wildflecken.

Le 27 mars, Krukenberg fit afficher cet ordre du jour :

« Frères d'Armes.

« Nous venons de vivre des jours entrecoupés de luttes après des marches pénibles. Ce n'est pas comme unité fondue dans l'armée allemande que nous avons combattu, mais en temps que Division française autonome; c'est avec le nom de Charlemagne que la renommée de bravoure et de résistance française s'est renouvelée; plusieurs fois la dureté des combats nous a unifiés. Avec fierté, nous nous rappellerons qu'au sud de Bürenwald nous avons arrêté l'ennemi qui avait pénétré dans les lignes de la Werhmacht, en moins d'une heure nous avons détruit rien qu'aux alentours de la ville près d'Elsenau et de Bärenhutte quarante chars T 34 et J.S. A Neustettin où la Flak-Batterie a taillé en pièces de forts éléments avancés ennemis.

« Nous SS, avons montré notre bravoure, mais c'est surtout à Körlin que nous avons prouvé que nous savions combattre les derniers sur un champ de bataille lorsque l'intérêt de l'armée allemande l'exigeait. Le fait de rejeter et de reprendre par trois fois le village et de tenir sur place jusqu'aux premières heures de la matinée du 5 mars a donné à une partie des armées allemandes et à nous-mêmes la possibilité de nous dégager de l'encerclement russe.

« C'est non seulement à notre esprit combatif que nous devons ce succès mais encore à notre grande discipline.

« Nous ne devons pas oublier nos camarades SS et LVF qui, à Kölberg, ont été cités plusieurs fois à l'ordre du Führer par le Général commandant la forteresse de la ville pour la bravoure des Français particulièrement remarquable.

« En ce moment encore des éléments de notre Division défendent la ville de Dantzig, aux côtés de leurs frères d'armes allemands. Nous SS, nous LVF, nous avons partout contribué à arrêter ou à ralentir la vague déferlante des bolcheviques. Cette dure lutte n'a pu être menée sans pertes sérieuses et nombreuses dont nos frères tombés prisonniers aux mains de l'ennemi n'ayant pu encore rejoindre nos lignes. Espérons que l'Ober-führer Puaud soit parmi eux et qu'avec d'autres héroïques combattants ils reprendront place parmi nous.

« La lutte nous a unifiés, notre division qui a été réduite par de glorieux combats doit nous inciter davantage à ne former qu'un bloc, qu'une équipe, et nous écraserons tout ce qui se mettra contre Adolf Hitler. Nous avons pu entourer notre dra-peau d'une gloire nouvelle, nous savons que tous les Français qui ont lutté avec nous pour la liberté de la patrie adoptive veulent un nouvel ordre européen, nous regardent avec fierté.

« Nous avons toujours dit que seuls peuvent collaborer au redressement de la France ceux qui ont fait leurs preuves comme Allemands dans les situations les plus dures; même nos ennemis ont reconnu la valeur des soldats SS.

« Français, après de longs mois d'instruction nous avons pu montrer l'esprit qui nous anime, esprit qui, dans les jours à venir, nous conduira à de nouveaux succès jusqu'au jour tant attendu où nous prendrons part à la libération de notre pays. Nous serons sans pitié pour les traîtres.

« L'Histoire nous a appris que l'on ne doit pas sentir la fatigue après la bataille, mais rassembler toutes nos énergies pour de nouveaux combats.

« Le moment que nous vivons est décisif; animés d'une ardeur nouvelle, nous assurons de venger nos camarades disparus dans nos rangs.

« La gloire de la L.V.F. à l'Est, les succès de la Sturmbrigade Frankreich dans les Karpathes, les combats menés par la Milice en d'autres lieux, scellent le bloc façonné par le sang français versé pour le National-socialisme, et il donnera naissance à une *tradition digne de l'idéal révolutionnaire pour lequel nous luttons.*

« Notre foi en la victoire est inébranlable, même si nous devons lutter farouchement dans l'ombre et saboter aux côtés de nos frères d'armes allemands toutes les entreprises des ennemis.

« Décidés à vaincre ou mourir, nous suivons le Führer.

« Heil Hitler !

« SS marschiert in Feindes Land
Und singt ein Teufelslied
Ein Schütze steht am Wolgastrand
Und leise summt er mit :
Wir pfeifen nach unten und oben
Und uns kann die ganze Welt
Verloren oder verschworen
Gerade wie's jedem gefällt

Wo wir sind da ist immer vorn
Und der Teufel der lacht nur dazu.
Ha, Ha, Ha, Ha, Ha, Ha, Ha !
Wir kämpfen für Freiheit
Wir kämpfen für Hitler
Der Rote Kommt nicht mehr zur Ruhe ![1] *»*

Krukenberg convoqua les officiers et leur demanda de ne garder que des volontaires pour les futurs combats. Les autres formeraient un bataillon de travailleurs qui devrait immédiatement quitter Karpin. Trois cents hommes partirent avec un seul officier. Ceux qui avaient choisi de rester signèrent une formule

---

1. « La SS marche en pays ennemi/ Et chante le chant du Diable./ Sur la rive de la Volga,/ Une sentinelle fredonne à mi-voix :/Nous sifflons par monts et par vaux/ Et le monde peut bien/ Nous maudire ou nous louer,/ A son bon plaisir.

« Où nous sommes, c'est toujours en avant/ Et c'est là que le Diable rit encore. / Ha, Ha, Ha, Ha, Ha, Ha, Ha ! / Nous combattons pour la liberté/ Nous combattons pour Hitler/ Et le Rouge n'aura plus jamais de repos ! »

de serment dans laquelle ils juraient une absolue fidélité jusqu'à la mort au Führer.

La division Charlemagne n'échappait pas à l'ennui, à la mauvaise humeur qui accablent une armée dans l'attente des combats. Ces hommes qui avaient été solidaires durant les épreuves qu'ils venaient de traverser, courageux jusqu'à la témérité devant l'ennemi, se cherchaient querelle sous le moindre prétexte. Leur grand sujet de mécontentement était maintenant la nourriture : deux cents grammes de pain, vingt grammes de margarine, une soupe tantôt trop épicée, tantôt trop sucrée, un ersatz de café et deux cigarettes par jour. La stricte discipline militaire allemande ne suffisait pas à contenir les Français qui plaisantaient sur les armes secrètes qui allaient sauver l'Allemagne. Plus personne ne croyait à la victoire du Reich.

Le moral de la division tomba au plus bas quand, à la mi-avril, quatre volontaires furent fusillés pour avoir volé des vivres dans un dépôt. Ils moururent sans un cri après avoir reçu l'absolution du petit curé de la L.V.F. qui avait remplacé Mgr Mayol de Lupé retiré dans un monastère allemand.

Le 20 avril, en l'honneur de l'anniversaire d'Hitler, les hommes touchèrent des biscuits, une chose noirâtre baptisée chocolat, trois cigarettes. Ils fêtèrent les cinquante-six ans du Führer en chantant et en buvant du vin que Krukenberg avait réussi à obtenir de l'intendance.

On leur projeta un film de Zarah Leander dont la voix rauque les prenait aux tripes. Après la séance, ils virent une bande d'actualités. Le présentateur allemand commentait des images sur lesquelles on voyait la foule courant dans tous les sens sur le parvis de Notre-Dame pour échapper aux tireurs des toits lors de l'arrivée de de Gaulle. Il attribuait les fusillades aux communistes. Les SS français sortirent de la projection plus convaincus que jamais qu'ils étaient le dernier rempart contre l'invasion bolchevique. Certains se voyaient même accueillis en héros par leurs compatriotes, défilant sur les Champs-Élysées, acclamés par ceux qui voyaient en eux les défenseurs de l'Occident... Les plus lucides étaient sans illusions : d'une manière comme de l'autre, c'était le peloton d'exécution, au mieux, de longues années de prison.

Dans la nuit du 23 au 24 avril 1945, ordre fut donné au Brigadeführer Krukenberg de rejoindre Berlin avec les SS français de la division Charlemagne.

Les officiers se rendirent dans les cantonnements, firent aligner leurs hommes.

— Les volontaires pour Berlin, un pas en avant !

Tous avancèrent.

Le matin, on distribua les armes : grenades, Sturmgewehr et Panzerfaust. Lourdement chargés, la poitrine barrée de bandes de cartouches, les grenades citron accrochées aux boutons, celles à manche passées dans la ceinture. Jamais ils n'avaient été aussi bien armés. Les quatre cents volontaires s'embarquèrent à bord de huit camions, prêtés par la Luftwaffe, heureux à la pensée de défendre le Führer. Les Allemands qui fuyaient leur capitale regardaient avec stupeur ceux qui y entraient en chantant.

32.

A la suite du pacte franco-soviétique, le gouvernement russe avait donné son accord à la présence, lors de l'entrée en Allemagne des troupes soviétiques, d'un certain nombre d'observateurs chargés de repérer ce qui avait été pris dans les arsenaux français afin de les répertorier. Missions que, de part et d'autre, on feignait de prendre au sérieux. François Tavernier, déjà connu des services soviétiques, fut un des officiers choisis par le gouvernement français. Avant son départ de Paris, le professeur Joliot-Curie lui avait défini avec précision l'objet de sa mission; c'était un peu plus sérieux que de courir après du matériel rouillé...

Jusqu'au 15 mars, le commandant Tavernier joua beaucoup aux échecs, enrichit son vocabulaire russe d'expressions ordurières, se saoula à la vodka avec une application qui lui valut l'estime de Gheorghi Malenkov, chef du Département spécial chargé de récupérer en Allemagne les équipements industriels et scientifiques, en particulier les armes secrètes.

Les semaines passées par François Tavernier à courir les états-majors des différentes armées soviétiques à Moscou avaient failli avoir raison de la patience de l'officier français.

Nommé par l'état-major de la 1re Armée biélorusse, il avait rejoint le front dans les derniers jours de mars et depuis, rongeait son frein avec pour seules distractions les parties d'échecs et les conversations avec le général Vassiliev qu'il avait rencontré une fois à Alger où il était attaché militaire.

Enfin, sonna l'heure de la grande offensive sur Berlin.

A quatre heures du matin, le 16 avril, sur l'ordre de Joukov, trois fusées rouges illuminèrent, pendant un temps qui parut long à tous, les rives de l'Oder, éclaboussant de leur lumière pourpre le ciel et la terre. Soudain, de puissants projecteurs s'allumèrent ainsi que les phares des tanks et des camions, tandis que les faisceaux de projecteurs anti-aériens balayaient les lignes ennemies. Un grand silence régnait dans cette clarté annonciatrice de la fin du monde.

Trois fusées vertes montèrent dans le ciel, et la terre se mit à trembler. Vingt mille canons crachaient leur feu. Un vent chaud balaya tout devant lui, enflammant les forêts, les villages, les colonnes de réfugiés. Dans ce vacarme terrifiant, le chuintement aigu des katiouchkas déchirait l'air.

Le 1er Front de Biélorussie, commandé par Joukov, le 2e Front de Biélorussie par Rokossovski et le 1er Front d'Ukraine par Koniev passèrent à l'attaque. Un million six cent mille hommes, pour la plupart ivres de venger un père, un frère, un ami tombé sous les coups des Nazis, avancèrent à travers les plaines. Les villes allemandes se vidaient de leurs habitants, qui ne laissaient derrière eux que cendres. Tavernier comprenait la haine qui animait les combattants russes de Stalingrad, de Smolensk, de Leningrad et de Moscou qui avaient traversé toute la Russie pour atteindre l'Oder. Leur tribut payé à la guerre était le plus lourd d'Europe. Pour se venger de ce qu'avaient subi leurs mères, leurs femmes et leurs filles, la loi du talion fut instituée dans toute l'armée rouge. La vengeance fut complète.

L'officier français s'était pris d'amitié pour ces hommes frustes et courageux qui combattaient avec un mépris total du danger et partageaient avec les prisonniers leur maigre ration. De leur côté, les Russes regardaient avec curiosité cet homme qui

361

parlait leur langue, buvait sec et qui, bien que ne combattant pas, se trouvait toujours au plus fort de la bataille. Cela lui valut d'avoir la cuisse traversée par une balle.

— Tenez-vous tranquille, lui dit le général Vassiliev en lui rendant visite à l'infirmerie de campagne où l'on finissait de lui panser la jambe.

— Je voudrais bien vous y voir, gronda Tavernier. Non seulement je ne trouve aucun matériel nous appartenant, mais vous me tenez à l'écart. Je me demande ce que je fais là puisque je n'ai pas le droit de combattre à vos côtés.

— Vous savez bien que ce sont les ordres. Tous les officiers d'armement étranger alliés en mission d'observation auprès de nos armées sont dans le même cas que vous.

François se détourna agacé. Quitte à se faire tuer, autant que ce soit les armes à la main. Ce travail de fonctionnaire n'était pas pour lui.

33.

Si Léa avait eu des doutes sur la nécessité d'abattre l'Allemagne nazie, ce qu'elle vit le 15 avril 1945 la confirma dans sa haine et son dégoût.

George McClintock avait tenté vainement de s'opposer à ce qu'elle accompagne l'équipe de médecins et d'infirmières du docteur Hughes, chef du service médical de la 2e Armée britannique, au camp de Bergen-Belsen qui venait d'être libéré. Il s'inclina devant son argument :

— Ils ne sont pas assez nombreux, je dois y aller.

Des prairies et des bois de pins s'étendaient à perte de vue. La route montait vers le clocher pointu qui dominait les maisons entourées de massifs de fleurs du village de Bergen. Sans les chars, les camions, les soldats qui stationnaient le long de la route, la guerre aurait semblé bien loin.

Brusquement, au détour de la route, dans une plaine dénudée, un univers de cauchemar dressa ses barbelés, ses miradors, son alignement de baraquements verdâtres. Des créatures squelettiques, habillées de sacs rayés, erraient sur le sable gris. Quelques-uns de ces fantômes vinrent au-devant d'eux jusqu'à la clôture, tendant leurs bras décharnés en essayant de sourire tandis que des larmes coulaient sur leurs faces ravagées. Ces sourires épouvantaient les soldats qui restèrent un long moment immobiles comme s'ils redoutaient ce qu'ils allaient découvrir. Le docteur Hughes fit distribuer du café chaud. Alors ils entrèrent.

Accrochés aux fils de fer barbelés, des cadavres à moitié nus; sur le sol, d'autres cadavres d'hommes, de femmes et d'enfants nus ou couverts de lambeaux, misérables déchets de l'humanité. Les Anglais entraient lentement dans un monde inimaginable peuplé d'êtres qui reculaient en levant un bras devant leur visage, ou qui avançaient, raides, portant avec peine le poids de leur corps. Ils progressaient avec un bruit léger qui ressemblait au frôlement de milliers de pattes d'insectes.

Léa marchait, droite, n'arrivant pas à détacher ses yeux de ces visages aux couleurs étranges : du bistre, du vert, du gris, du violet.

La foule des morts-vivants s'écartait devant eux. Ils prirent un chemin de ronde à gauche puis à droite. Toute l'horreur du camp se dévoila, morne, accablante. Entre les baraques, à une certaine distance des barbelés, des êtres sans âge étaient accroupis; d'autres, allongés, ne bougeaient plus. Le docteur Hughes pénétra dans une des baraques en faisant signe à ses compagnons de rester sur le seuil. Quand il ressortit, un long moment plus tard, un masque crayeux figeait ses traits, ses yeux roulaient, affolés, ses mains tremblaient.

— Sortez-les de là, balbutia-t-il.

McClintock empêcha Léa d'avancer.

— Allez chercher votre ambulance et demandez aux autres de vous suivre avec le camion aux couvertures.

Quand Léa revint, des dizaines de femmes étaient étendues sur le sol. Une odeur infecte montait de ces corps. On arracha les lambeaux crasseux qui les recouvraient. La vermine s'en échappa. On enveloppa les pauvres carcasses couvertes de plaies et d'ordures dans des couvertures.

La journée se passa à transporter ces malheureuses, à les nettoyer et à les alimenter. Presque toutes étaient atteintes de dysentrie et n'ayant pas la force de se lever, baignaient dans leurs excréments. Très vite, une centaine mourut. Toute la nuit, médecins, infirmières, soldats aidèrent à sortir les déportées de leurs cloaques. A la lueur des projecteurs les quarante-cinq baraquements semblaient être le décor d'un film d'épouvante : squelettes trébuchant, déments dansant autour des feux, désarticulés, bavant, laissant derrière eux des traînées noirâtres, visages qui n'étaient plus que pommettes dures et grands yeux dilatés suivant avec lenteur les gestes de leurs libérateurs.

Le médecin-général Hughes harcela l'état-major pour qu'on lui installe un hôpital de quatorze mille lits, et qu'on lui envoie d'urgence des médecins, des infirmières et des milliers de tonnes de matériel et de produits médicaux pour tenter de sauver les cinquante-six mille personnes internées au camp de Bergen-Belsen qui souffraient de faim, de gastro-entérite, de typhus, de typhoïde ou de tuberculose.

Le lendemain à l'aube, on dénombra mille morts parmi ceux qui avaient reçu quelques soins. Tout était gris, le ciel et les gens, le sol était boueux, les baraques avaient la couleur de la cendre, les gestes étaient las, des oripeaux pendaient partout, des détritus innommables traînaient dans la boue. Des hommes et des femmes mouraient sans convulsions. Il pleuvait.

Léa, en compagnie de George, se dirigea vers la sortie du camp pour aller prendre un peu de repos. Ils passèrent près d'une large fosse à ciel ouvert, débordant de cadavres nus d'une maigreur effrayante. Léa s'immobilisa au bord et sans qu'un muscle de son visage ne bouge, regarda avidement. Ces bras, ces jambes, ces visages avaient appartenu à des hommes et à des femmes qui avaient ri, aimé, souffert. Cela lui paraissait inconcevable. Cet enchevêtrement n'avait rien d'humain, il ne pouvait avoir appartenu à des êtres vivants, comme elle. Quelque chose lui échappait... Pourquoi ?... Pourquoi ça ?... Pourquoi eux ?...

— Venez, Léa, passons par la forêt.

Elle le suivit sans résister.

— Là !... cria-t-elle en montrant du doigt.

Entre de jeunes sapins s'alignaient des centaines de corps.

Un groupe de civils allemands, poussés par des soldats anglais, portaient des cadavres et les mettaient auprès des autres. Léa et son compagnon s'avancèrent. Blêmes, des Allemands posèrent tout près d'eux le corps d'une femme dont le vêtement déchiré révélait les jambes couvertes d'ecchymoses, les os saillants. La pluie qui tombait donnait au visage l'aspect de celui d'un noyé.

— Léa...

La jeune femme se retourna vers George. Mais celui-ci s'était éloigné et parlait avec un des soldats.

— Léa...

Qui l'appelait avec cette voix si faible qui semblait venir de la terre ? Elle baissa les yeux et regarda à ses pieds. Les yeux de la femme au visage de noyée étaient ouverts et la regardaient. Une peur formidable la paralysa.

— Léa...

Elle ne rêvait pas, c'était bien la femme qui l'appelait. Au prix d'un grand effort, elle se pencha. Des yeux immenses, profondément enfoncés dans leur orbite, s'attachaient aux siens. Qui était cette demi-morte qui murmurait son nom ? Aucun des traits de la pauvre face ne lui était connu. Ses lèvres rentrées, ses joues creusées, marquées... non !

— Sarah !

Son cri fit se retourner George et les soldats. L'officier anglais vint précipitamment vers elle.

— Qu'avez-vous ?

— Sarah ! C'est Sarah !

— Mais cette femme est vivante, s'écria le soldat qui les avait rejoints.

McClintock la souleva et l'emporta en courant vers une tente montée à la hâte et transformée en hôpital de fortune. On allongea la moribonde sur un lit de camp et on lui retira ses

guenilles avant de la recouvrir d'une couverture. Léa s'agenouilla auprès d'elle et lui prit la main.

— Tu es vivante, Sarah, tu es vivante. Nous allons t'emmener
loin d'ici et te soigner.

— Aucune des personnes détenues ici n'est autorisée à quitter le camp, mademoiselle.

— Mais pourquoi ?

— Pour que les épidémies ne se propagent pas. Nous avons
recensé un très grand nombre de cas de typhus. Et, de plus, elle
est intransportable.

— Mais...

— Laissez, Léa, il faut écouter le docteur. Venez vous reposer, nous reviendrons plus tard.

— Je ne veux pas la laisser.

— Soyez raisonnable.

Léa se pencha sur Sarah et déposa un baiser sur chacune des
joues brûlées jadis par Masuy.

— Repose-toi, c'est fini, je vais revenir.

Ils se dirigèrent sans dire un mot vers la cantine. On leur servit
du thé et un morceau de cake. Ils furent incapables de manger.
George lui tendit un paquet de Players.

— Aidez-moi à la sortir d'ici.

— Vous avez entendu comme moi, on ne doit pas...

— Je me moque de ce qu'on ne doit pas faire, il faut emmener
Sarah.

— Où voulez-vous l'emmener ?

— En Angleterre.

— En An...

— Oui. Il doit y avoir un moyen.

— Mais...

— Trouvez-le, je vous en supplie.

— Oh ! Léa, nous vivons dans un cauchemar, j'ai l'impression de devenir fou.

— Ce n'est pas le moment de gémir. Trouvez un avion pour
l'Angleterre.

— Comment voulez-vous ?... Il y a bien...

367

— Quoi ? Dites vite !

— Il y a bien les avions qui rapatrient les blessés.

— Oui, c'est ça !... C'est une excellente idée. Vous vous arrangerez pour me faire nommer comme accompagnatrice du convoi.

— Ce n'est peut-être pas impossible... le plus dur sera de la sortir du camp. Le service sanitaire va certainement renforcer la surveillance aux portes du camp.

— On trouvera un moyen. Renseignez-vous pour savoir quand part le prochain avion.

— Je vais m'en occuper. Mais promettez-moi de prendre un peu de repos.

— D'accord.

— On se retrouve en fin d'après-midi auprès de votre amie.

Léa n'eut pas le loisir de se reposer. A peine sortie de la cantine, son chef, Miss Johnson, l'envoya aider au transport des malades. Ce n'est que tard dans la soirée qu'elle put se rendre auprès de Sarah. George y était déjà. La malheureuse dormait.

— Enfin, vous voilà ! Après-demain, chuchota-t-il, il y a un vol. Le commandant est un ami à qui j'ai sauvé la vie. Il accepte de nous aider. J'ai récupéré l'uniforme d'un de nos camarades morts. Demain soir, quand il fera nuit, nous le mettrons à Sarah et nous la transporterons à bord de votre ambulance que vous aurez amenée dans la journée. Vous êtes réquisitionnée pour le transport des blessés. Vous les accompagnerez jusqu'en Angleterre, où ils seront répartis dans différents hôpitaux du pays.

— Mais là, ils verront bien qu'il s'agit d'une femme.

— Un de mes amis, médecin de la reine, sera à l'arrivée de l'avion. Il prendra en charge, sur ordre de Sa Majesté, un certain nombre de blessés.

— Vous êtes formidable !

— Ne criez pas encore victoire, le plus dur reste à faire : la sortir d'ici vivante.

— Comment ça, vivante ?

— Le docteur Murray pense qu'elle ne passera pas la nuit.

— Je ne le crois pas, dit Léa en s'approchant du lit.

La respiration de Sarah était oppressée et ses mains décharnées brûlaient de fièvre. Penchée au-dessus d'elle, Léa la regardait avec intensité. La malade ouvrit lentement les yeux. Elle eut un geste de peur et un mouvement de recul en apercevant un visage si près du sien.

— Ne crains rien, c'est moi.

Quelque chose comme l'ombre d'un sourire passa sur ses lèvres.

— Nous allons t'emmener, mais il faut que tu nous aides, que tu recouvres un peu de forces. Il le faut, tu entends ? Il le faut.

— Mademoiselle, ne la fatiguez pas. Laissez-la se reposer.

— Au revoir, Sarah, je reviendrai demain. Laisse-moi partir.

Léa eut du mal à détacher les doigts qui s'aggripaient aux siens. Elle rejoignit le médecin qui examinait un enfant d'une dizaine d'années échappé du *Revier*[1] où avait officié le sinistre Karl.

— Docteur Murray, de quoi souffre mon amie ?

Il recouvrit doucement l'enfant avant de se retourner. Léa recula devant son expression de colère.

— De quoi souffre votre amie ? Que voilà une question intéressante ! Elle souffre de tout ! Elle n'a pas encore le typhus comme lui à qui on l'a inoculé, mais peut-être lui a-t-on fait une injection de la syphilis ou de la variole ou de la peste, peut-être l'a-t-on stérilisée à moins qu'on ne lui ait implanté un embryon de chimpanzé...

— Taisez-vous, docteur !

— Alors, ne me demandez pas de quoi elle souffre. Elle souffre, un point c'est tout.

Il lui tourna le dos et se pencha sur un autre lit.

George l'attendait en mâchonnant une courte pipe éteinte.

— Il est complètement fou, votre docteur Murray.

— Non, mais il risque de le devenir. Car ce qu'il voit ici, jamais il n'avait imaginé que cela puisse exister, ni surtout que des médecins aient prêté leur concours à certaines expériences. C'est tout son monde qui s'écroule.

1. Hôpital.

— Jamais il ne nous laissera sortir Sarah.

— Vous avez entendu : elle n'a pas le typhus. Je vais demander au docteur Hughes son transfert dans un hôpital pour non contagieux.

— Et s'il n'est pas d'accord ?

— Nous nous débrouillerons autrement.

Ils se débrouillèrent. Vers cinq heures de l'après-midi, le colonel McClintock se présenta à l'hôpital du docteur Murray accompagné d'une dizaine de personnes.

— Voici l'équipe qui doit vous remplacer pour que vous puissiez prendre quelque repos. Docteur Murray, je vous présente le docteur Colins.

— Mais, mon colonel...

— C'est un ordre du médecin général.

— Bien, venez Colins, je vais vous mettre au courant des cas les plus marquants.

Par chance, Sarah ne faisait pas partie de ceux-là.

Après le départ de Murray, McClintock détourna l'attention de la nouvelle équipe. Léa, aidée de l'aide de camp du colonel, habilla Sarah avec l'uniforme volé. Ses compagnes de souffrance suivaient chacun de leurs gestes sans rien manifester.

Malgré ses efforts, Sarah n'arrivait pas à se tenir debout. L'aide de camp et Léa la soutinrent chacun par un bras.

— Encore un de nos hommes qui ne supporte pas ces horreurs, dit George en s'interposant entre le docteur Colins et Sarah.

Léa ne retrouva ses esprits qu'en arrivant sur les lieux de l'embarquement. Avec une infirmière, elle allongea Sarah sur une civière et la transporta à l'intérieur de l'avion.

Malgré les cris et les gémissements, il régnait à l'intérieur de l'appareil presque une atmosphère de départ en vacances. Pour la plupart de ces jeunes hommes, la guerre était terminée.

Durant tout le voyage, Léa garda la main de Sarah serrée dans la sienne.

34.

Les Berlinois regardaient passer en silence les camions empruntés à la division Nordland transportant des SS aux uniformes marqués de l'écusson tricolore, chantant à tue-tête tantôt en français, tantôt en allemand, scandant leurs paroles en tapant du poing contre les ridelles :

Là où nous passons, les chars brûlent
Et le Diable y rit avec nous.
Ha, Ha, Ha, Ha, Ha, Ha, Ha !
La flamme reste pure
Et notre Parole s'appelle Fidélité !

Des femmes vêtues de noir se précipitèrent tendant un enfant, un morceau de pain gris, des jeunes filles leur envoyaient des baisers. Les jeunes gens agitaient les bras puis disparurent au milieu des ruines tandis qu'au loin grondait le canon.

Dans la soirée de ce 25 avril, Mathias mangea une boîte d'asperges avant de s'endormir sur une des banquettes de moleskine d'une brasserie de la Hermann Platz.

Ce même jour, sur l'Elbe, au sud de Berlin, les soldats de la

371

Vᵉ Armée du 1ᵉʳ Front d'Ukraine du maréchal Koniev firent leur jonction avec les Américains de la 1ʳᵉ Armée près de Torgau.

Dans la nuit, par vagues puissantes, l'aviation russe bombarda la ville. Les bruits des explosions réveillèrent les défenseurs de Berlin qui se précipitèrent sur leurs armes prêts à repousser une attaque soviétique. Mais les avions repartirent faisant place à un silence pesant.

Le lendemain, avant l'aube, ils se dirigèrent vers l'Hôtel de Ville de Neukölln. Le jour qui se levait promettait d'être magnifique. Enfin, l'ordre d'attaquer fut donné.

De partout, les Russes tiraient. Les SS français rasant les murs bondissaient de porche en porche. A l'aide d'un Panzerfaust, Mathias détruisit son premier char.

Pendant toute la matinée, la bataille fit rage tuant une vingtaine de volontaires. Autour d'eux, tout s'écroulait. Un peu partout des incendies teintaient le ciel de rouge. Bientôt, la poussière fut telle qu'on ne voyait pas à cinquante centimètres. Le bruit des moteurs et des chenilles faisait trembler la terre, couvrant les cris des mourants et les appels des blessés.

Atteint au pied, l'Hauptsturmführer Feunay continuait à diriger les combats. Dans l'Hôtel de Ville de Neukölln, transformé en forteresse, ceux de la Charlemagne, aidés par des garçons de la Hitler-Jugend et de vieux soldats à cheveux blancs tiraient par toutes les ouvertures. Bientôt, ils durent se rendre à l'évidence, ils étaient encerclés. Il ne fallait plus compter sur les chars de la division Nordland à court d'essence et de munitions. Le cœur serré, ils les virent repartir dans la poussière.

Feunay donna l'ordre d'évacuer l'Hôtel de Ville et de rejoindre la Hermann Platz.

La nuit s'acheva dans les caves de l'Opéra.

Le désordre le plus total régnait et rien d'efficace n'avait été prévu pour assurer la défense de Berlin : quelques lambeaux des divisions étrangères de la Waffen SS, des gamins et des vieillards face aux centaines de milliers de soldats soviétiques.

Dans l'après-midi du 27 avril, Mathias fit sauter trois chars T 34.

Blessé à la tête, il fut soigné à l'infirmerie du Bunker d'Hitler. Il parvint à rejoindre la station de métro Stadtmitte, où Krukenberg avait transféré son P.C. La plus grande partie des survivants de la Charlemagne y était rassemblée. Les wagons aux vitres brisées servaient d'infirmerie, de bureau ou de dépôt de vivres. Mathias fuma sa première cigarette depuis deux jours.

Sur le quai de la station, le Brigadeführer remit des croix de fer à ceux qui s'étaient particulièrement distingués dans les combats de Neukölln. Mathias regarda la sienne avec émotion.

A l'aube du samedi 28 avril, la pression russe se fit de plus en plus forte. Dissimulés derrière les porches et les fenêtres, les SS français attendaient. Dans l'aube grisâtre les chars avançaient.

Le tir d'un Panzerfaust fit mouche sur le premier. Des flammes apparurent, une série d'explosions se fit entendre suivie d'une énorme déflagration qui projeta en l'air des morceaux d'acier. Il ne restait plus du T 34 qu'un tas de ferrailles tordues d'où sortaient des corps carbonisés. Inexorablement, les chars avançaient. De toutes parts, pleuvaient des torpilles. Mathias, Sturmgewehr à l'épaule, tira sur un groupe de fantassins. Cinq hommes s'effondrèrent.

— Beau travail, Fayard, lui dit le capitaine Feunay en lui donnant une tape sur l'épaule.

Blessé à l'épaule, Mathias fut conduit à l'hôtel Adlon, transformé en hôpital. Il en ressortit à la nuit ou plutôt à ce qui devait être la nuit. Depuis longtemps la lumière du jour avait disparu. Ils avaient perdu la notion du temps.

L'immeuble dans lequel les Français étaient embusqués tenait debout par miracle. Les mortiers russes se joignirent aux canons anti-char. Les étages s'effondrèrent tuant une dizaine de volontaires. A demi asphyxié, les poumons emplis d'une poussière jaune, Mathias se dégagea des décombres. Son épaule blessée le faisait souffrir. Partout les incendies faisaient rage.

Les survivants réussirent à gagner de nouvelles positions, évitant les poutrelles enflammées, les pans de murs et les balles. A l'aube, ils avaient reculé jusqu'à la Puttkammerstrasse.

Au soir, ils se retrouvèrent près de la station de métro de la Kochstrasse, poste avancé de la défense de la Chancellerie. Après quelques instants de repos au commandement du bataillon, installé dans une grande librairie dévastée, ils repartirent à l'attaque dans une brume couleur de sang.

La journée du 30 s'écoula comme les précédentes dans cet univers dantesque où les avaient conduits leurs rêves ou leurs désillusions. Ils combattaient, croyant protéger le chef auquel ils avaient juré d'être fidèles ou de mourir. Ils ne protégeaient plus qu'un bunker renfermant des cadavres. Hitler s'était suicidé à 15 heures 30 avec Eva Braun qu'il venait d'épouser. Dans la soirée, les Russes investirent le Reichstag après de très violents combats. Le lieutenant Berest et deux sergents plantèrent le drapeau soviétique au sommet d'un monument. Dans la nuit, le général Krebs, chef d'état-major de la Wehrmacht, proposa au général Tchoukov de négocier la capitulation de Berlin.

Le soir du 1er mai, les SS français durent évacuer la librairie et se réfugièrent dans les sous-sols du ministère de la Sécurité. A la lueur des bougies fichées dans des *julturm*, sortes de chandeliers de terre cuite utilisés dans la nuit du solstice d'hiver Feunay distribua des croix de fer qu'il épingla sur les tenues léopard déchirées, souvent tachées de sang.

Une nouvelle fois, Mathias fut blessé, cette fois grièvement à la poitrine et aux jambes. Avec quelques rescapés, il réussit à se traîner jusqu'à la station de métro Kaiserhof. Aidé par ses camarades, il se cacha dans celle de la Potsdamerplatz où il assista, dissimulé derrière un éboulis, à la capture de Feunay et d'une demi-douzaine de ses compagnons. Brûlant de fièvre, il fut trouvé par une adolescente allemande qui le cacha avec l'aide de son père dans la cave de leur immeuble.

35.

L'amitié du commandant Klimenko permit à François Tavernier de suivre avec passion l'avance des Russes dans Berlin admirant leur courage tout au long des combats. Avec eux, il hurla de joie quand il vit flotter le drapeau rouge sur le Reichstag : la bête était bien morte.

Dans la soirée du 4 mai, Tavernier errait dans les rues dévastées de Berlin. L'air était doux, empuanti par l'odeur des cadavres ensevelis sous les décombres. Les carcasses calcinées des immeubles se dressaient incongrues dans le ciel clair. Une toute jeune fille sortit des décombres en clignant des yeux, le visage noir de suie, et le heurta.

— Attention, petite, dit-il en français.

L'adolescente le regarda, incrédule.

— *Sind Sie Franzose ?*

— *Ja.*

— *Kommen Sie mit*[1] !

Elle lui prit la main et l'entraîna dans les ruines. Ils enjambèrent des gravas et se faufilèrent par un étroit passage. Ils descendirent des marches encombrées de détritus. Elle le guida dans

1. — Vous êtes français ? — Oui. — Venez.

une cave éclairée par une bougie. Toute une humanité se tenait là, prostrée. Une jeune mère berçait son enfant qui pleurait, une autre ajustait un pansement autour de la tête d'une fillette.

Ils eurent un mouvement de peur en reconnaissant l'uniforme soviétique que portait François depuis qu'il suivait l'Armée rouge. Mais la jeune fille leur dit quelques mots qui ramenèrent le calme. Elle le conduisit dans un coin où gémissait un blessé.

— *Franzose*, fit-elle en montrant du doigt une forme étendue, la tête appuyée sur un cageot.

Tavernier s'approcha et se pencha sur un homme au visage rongé de barbe, aux yeux brillants de fièvre, la poitrine barrée d'un pansement sale, imbibé de sang. De l'une de ses jambes, enveloppée de chiffons, montait une odeur fétide. L'homme délirait.

— *Er muss ins Krankenhaus*[1], dit l'adolescente.

— *Dazu ist es zu spät, er liegt im Sterben*[2].

— *Nein, Sie müssen ihm helfen*[3] !

— Mon vieux, vous m'entendez ? demanda-t-il en français.

Le blessé cessa de geindre et tourna lentement la tête.

— J'ai soif.

François Tavernier se tourna vers la jeune fille qui fit un geste d'impuissance :

— *Wir haben kein Wasser mehr, mein Vater ist unterwegs um was zu holen*[4].

« Au point où le pauvre type en est, ce n'est pas un peu de vodka qui peut lui faire du mal », pensa-t-il en sortant de sa poche une gourde d'argent gagnée au poker à un officier russe. Doucement, il en versa quelques gouttes sur les lèvres du malheureux.

— Merci... Fidélité... j'ai mal...

— Ne bougez pas, je vais aller chercher du secours. La guerre est finie, vous ne risquez plus rien.

1. Il faut l'emmener à l'hôpital.
2. C'est trop tard, il va mourir.
3. Non ! Aidez-le.
4. Nous n'avons plus d'eau, mon père est parti en chercher.

— Non, fit le blessé en s'agrippant à sa manche. Les Russes me tueront.

François Tavernier le regarda attentivement. Mais oui, bien sûr, c'était un de ces salauds qui combattaient sous l'uniforme allemand.

— Waffen SS ?

— Oui. Charlemagne... division Charlemagne. J'ai perdu mes camarades... Ils sont tous morts... c'est con de mourir ici... à boire...

Il avala de travers et se mit à tousser. Sous la douleur qui lui déchirait la poitrine, il cria, tandis que du sang coulait de sa bouche.

La jeune Allemande lui essuyait le visage avec des gestes d'une grande douceur.

— Léa, balbutia-t-il.

— *Ich bin nicht Léa, ich heisse Erika*[1].

— Léa... Pardon...

— Comment t'appelles-tu ? demanda Tavernier.

— Léa...

— *Er heisst Mathias, seinen Nachnamen kenne ich nicht*[2].

François fouilla dans la poche intérieure de la vareuse déchirée. Il ramena un paquet soigneusement enveloppé dans un tissu imperméabilisé tenu fermé par un élastique. Le paquet contenait deux livrets militaires. Kramer Otto, lut-il. Ce nom lui rappelait quelque chose.

— Otto Kramer, dit-il à haute voix.

— Il est mort... Je l'ai vu mourir... Il m'a donné une lettre... Pour Françoise... Il faudra la remettre...

Du deuxième livret s'échappa une photo. Erika la ramassa.

— *Wie hubsch die ist*[3] !

François lui arracha la photo des mains. Léa le regardait souriante, la tête appuyée contre l'épaule d'un jeune homme

---

1. Je ne suis pas Léa, je m'appelle Erika.
2. Il s'appelle Mathias. Il ne m'a pas dit son nom de famille.
3. Comme elle est belle !

dont l'attitude et l'expression indiquaient clairement sa fierté de l'avoir contre lui. Au dos, Léa avait écrit : « Mathias et moi à Montillac, août 39. »

Tavernier n'avait jamais vraiment su ce qui s'était passé entre eux, il savait seulement qu'il était le plus cher de ses compagnons d'enfance.

Des éclats de voix se firent entendre à l'entrée de la cave. Cinq ou six soldats russes firent irruption. Les femmes se levèrent en criant, serrant leurs enfants contre elle. Un sous-officier s'approcha de Tavernier. Reconnaissant l'uniforme russe, il le salua.

— Salut, camarade. Qui est-ce ?

— Je n'en sais rien. Il faut le conduire à l'hôpital, il est grièvement blessé.

L'autre ricana.

— Il va crever, ce n'est pas la peine.

Ils firent sortir les Berlinois de la cave. En partant, Erika lança un regard suppliant à François. Resté seul, il contempla Mathias d'un air songeur.

— Léa...

Il s'aperçut qu'il avait toujours la photo à la main. Il la glissa avec les livrets militaires dans sa poche et s'assit auprès du moribond. Il alluma une cigarette qu'il lui glissa entre les lèvres.

— Merci, souffla Mathias.

Ils fumèrent en silence, leurs pensées tournées vers la même femme. De temps à autre, le blessé poussait un gémissement. Une toux le força à cracher le mégot. François, penché sur lui, éponge son front.

— Vous écrirez à Léa... son adresse est dans mon *sold-buch*[1]... vous lui direz que je suis mort en pensant à elle...

Il se redressa et avec une force incroyable agrippa son compagnon.

— Dites-lui que je l'aimais... que je n'ai jamais aimé qu'elle... Léa, pardon...

Les mains de Mathias glissèrent. Plus jamais il ne reverrait les

1. Livret militaire.

378

coteaux ensoleillés le long desquels il avait couru en compagnie de celle qui avait été son tourment et sa joie. Dans la mort, il avait une expression d'enfant étonné. Doucement, François Tavernier lui ferma les yeux, le recouvrit d'un lambeau de couverture et sortit.

36.

Dans la nuit du 7 au 8 mai, un télégramme annonça à François Tavernier l'arrivée à Berlin du général de Lattre de Tassigny, désigné par le général de Gaulle pour participer à la signature de l'acte de capitulation de l'Allemagne. Il lui avait demandé de se rendre à l'aéroport de Tempelhof pour l'accueillir.

Arrivé en jeep vers dix heures, il attendit en compagnie du général Sokolovski, adjoint du maréchal Joukov, chargé d'accueillir les délégations alliées venues participer à la signature, et un groupe d'officiers russes.

Par rangs de douze, le fusil tenu vers l'avant sur l'épaule du camarade précédent, le bataillon de la garde d'honneur manœuvrait impeccablement.

A midi pile, accompagné par la chasse soviétique, arriva le DC3 transportant la Délégation britannique. L'amiral Burrough et le maréchal de l'air Tedder descendirent, suivis de trois personnes en uniforme dont une femme. Le général Sokolovski s'avança pour les accueillir. Galant, il baisa la main de la femme.

Après les présentations, le bataillon rendit les honneurs.

A midi dix, le DC3 des Américains roula sur la piste. Sokolovski abandonna les Anglais pour aller au-devant du général d'aviation, Spaatz. Comme précédemment, le bataillon rendit les honneurs tandis que les membres de la Délégation britannique se dirigeaient vers les voitures qui devaient les conduire dans la banlieue de Berlin à Karlshorst. Machinalement, François suivait des yeux la jolie silhouette de l'Anglaise, en se disant que c'était une des rares créatures du sexe féminin qui eut l'air d'une femme, malgré l'uniforme. Il y avait quelque chose de familier dans sa démarche...

— Commandant Tavernier, l'avion des Français va atterrir... Commandant, vous m'entendez ?

François bouscula le soldat soviétique et courut derrière les Anglais. Ralenti par la cohue, il arriva à la sortie pour apercevoir la portière se refermer sur deux jolies jambes. La voiture démarra avant qu'il ait pu s'avancer.

— Commandant...

Tavernier passa sa main sur son front. Je la vois partout, pensa-t-il. Que ferait-elle à Berlin, avec les Anglais ?

— Commandant...

— Oui, j'arrive.

Il était temps, le général de Lattre, escorté du colonel Demetz et du capitaine Bondoux, se dirigeait vers le général Sokolovski.

A toute allure, les voitures fonçaient à travers les ruines encore fumantes de la capitale du Reich. Aux carrefours, des jeunes filles russes, aux uniformes impeccables, les genoux nus au-dessus de leurs hautes bottes, réglaient la circulation à l'aide de petits drapeaux rouges et jaunes. Partout, de misérables files de civils hébétés faisaient la queue pour un peu d'eau aux fontaines et aux bouches d'incendie.

François écoutait d'une oreille distraite les propos de Bondoux. Arrivés à Karlshorst, les Français furent conduits dans une école de sous-officiers à peu près intacte où se trouvait le quartier général du maréchal Joukov. De là, ils furent emmenés dans un des pavillons des cadres de l'école. L'installation était sommaire, mais les matelas posés à même le sol étaient recouverts de draps d'une blancheur éclatante.

Le général Vassiliev vint saluer le général de Lattre qu'il connaissait depuis Alger. Les deux hommes se retrouvèrent avec plaisir. Tavernier en profita pour partir à la recherche de la Délégation britannique. Il trouva bien le maréchal Tedder et l'amiral Burrough, mais pas trace de la jolie fille qui les accompagnait. Pas question de demander à ces éminents militaires ce qu'elle était devenue.

Le reste de la journée fut consacré à la fabrication d'un drapeau tricolore qui puisse figurer aux côtés des drapeaux alliés, dans la salle où allait avoir lieu la cérémonie de la signature. Pleins de bonne volonté, les Russes en fabriquèrent un à l'aide d'un morceau de tissu rouge emprunté à un pavillon hitlérien, de toile blanche et de serge bleue découpée dans une combinaison de mécanicien. Malheureusement, le résultat fut un drapeau hollandais ! Il fallut tout recommencer. Enfin, à vingt heures, le drapeau français prit place entre ceux de la Grande-Bretagne et des États-Unis, surmontés par l'emblème soviétique.

A minuit exactement, le maréchal Joukov, la poitrine recouverte de toutes ses décorations, ouvrit la séance. Il adressa des paroles de bienvenue aux représentants alliés, puis donna l'ordre de faire entrer la Délégation allemande. Le maréchal Keitel entra en grande tenue portant son bâton avec lequel il salua l'assistance dans un silence glacial. Personne ne se leva. Ses yeux firent le tour de la salle et s'arrêtèrent sur les drapeaux puis sur le général de Lattre.

— *Ach* ! grommela-t-il, *Franzosen sind auch hier ! Das hat mir gerade noch gefehlt[1]* !

D'un geste irrité, il jeta son bâton et sa casquette sur la table et s'assit. A sa droite, prit place le général Stumpf et à sa gauche, l'amiral von Frendenburg. Derrière eux, se placèrent au garde-à-vous, six officiers allemands portant tous la croix de fer

1. Ach ! Il y a aussi des Français ! Il ne manquait plus que cela !

avec glaives et diamants. Les appareils des photographes autorisés crépitèrent.

A 0 heure 45, le maréchal Keitel quitta la salle. Il venait de signer la capitulation sans conditions de l'Allemagne nazie. Les six officiers allemands, le visage ravagé, retenaient mal leurs larmes.

La nuit se termina par un banquet offert par le maréchal Joukov aux délégations alliées. Quand les participants se séparèrent, il était plus de sept heures du matin. François n'avait toujours pas revu la jeune femme de Tempelhof.

A neuf heures, les Russes raccompagnèrent leurs hôtes jusqu'au terrain d'aviation pavoisé aux couleurs soviétiques où se déroula le même cérémonial qu'à l'arrivée. Là, Tavernier apprit que les Délégations anglaise et américaine avaient embarqué immédiatement après la fin du banquet. Il fit ses adieux aux Français et s'en retourna à son poste.

Revenu dans Berlin, il fit procéder à l'inhumation de Mathias. Un mois plus tard, il était rappelé à Paris.

Dès son arrivée, il se précipita rue de l'Université où personne ne put lui donner des nouvelles de Léa. Sa dernière lettre venait de Londres; elle était du 30 avril. A la Croix-Rouge, Mme de Peyerimhoff lui dit qu'elle était en Allemagne à Luneburg, elle passait pour être fiancée à un officier anglais. Il remit à Françoise le livret militaire d'Otto Kramer trouvé sur Mathias ainsi que la lettre qu'il contenait et qui lui était adressée. Françoise ne pleura pas. Elle remercia François et se retira dans sa chambre.

« Ma bien-aimée,
« Ce soir, j'ai envie de te parler, d'oublier l'horreur qui m'entoure : mes camarades morts, mon pays détruit, pour ne penser qu'aux moments heureux que nous avons connus. Moments trop courts, arrachés à la guerre. Tu m'as donné tout

ce qu'un homme pouvait désirer : ton amour et un fils. Ce fils auquel je n'ai pas pu donner mon nom, élève-le dans l'honneur et la dignité. Apprends-lui à aimer mon malheureux pays et à aider à la reconstruction de nos deux nations. Nous combattons actuellement en compagnie d'étrangers engagés dans la Waffen SS. J'ai du mal à comprendre ce que ces pauvres bougres sont venus chercher dans ce combat qui n'est pas le leur. Je rêve de te retrouver, quand tout cela sera fini, dans cette région bordelaise que j'ai appris à aimer. J'aime à vous imaginer, notre enfant et toi, dans la vieille maison ou sur la terrasse qui domine les vignes. Retournes-y, tu y trouveras la paix. Par les longues soirées d'hiver, tu te mettras au piano et tu y joueras nos airs préférés. La musique est un grand repos pour l'âme.

« Ma femme chérie, il me faut te quitter. Les Russes se rapprochent de la maison en ruine où nous nous sommes abrités. Je vais rejoindre mon char. Ces quelques instants passés avec toi m'ont apporté une grande paix, et chassé l'angoisse de ces derniers jours. Je pars au combat fort de notre amour. Adieu,

Otto. »

37.

Léa avait réintrégré la Croix-Rouge française après sa brève incursion dans Berlin. C'était bien elle que François avait aperçue. Une place étant libre dans l'avion qui emmenait la Délégation britannique, on avait pensé qu'il pouvait y avoir des contacts en Angleterre avec les organismes de la Croix-Rouge des pays alliés. Cela s'était révélé impossible.

A la suite de « l'enlèvement » de Sarah, elle était devenue une véritable héroïne auprès du cercle de militaires proches du maréchal Montgomery. Ils étaient intervenus auprès du maréchal et de ses supérieurs pour éviter son renvoi.

Sarah, mise en quarantaine, dans la crainte du typhus, reprenait des forces en Angleterre. Plus rien ne subsistait de la jolie jeune femme qui avait séduit Léa. C'était maintenant une femme brisée, vieillie avant l'âge et qui tremblait dès qu'on élevait la voix. Elle s'était refusée à dire ce qu'elle avait subi. Sans cesse, elle revivait le moment de sa découverte miraculeuse par Léa et en parlait avec une reconnaissance poignante. Après sa quarantaine, George McClintock l'avait hébergée dans sa famille. L'officier britannique lui avait confié son intention d'épouser Léa. Sarah lui avait répondu d'une voix douce et lasse :

385

— Elle n'est pas faite pour vous.

George l'avait quittée triste et blessé, avant de retourner en Allemagne.

Depuis, il observait Léa avec une attention soutenue. Elle avait changé, à la fois plus coquette et plus tendre, s'étourdissant des nuits entières à boire et à danser en compagnie de jeunes officiers. Elle était entourée d'une cour d'admirateurs à sa dévotion qu'elle traitait avec une désinvolture agaçante. Il lui faisait observer que ce n'était pas très chic de sa part de se comporter ainsi, elle l'embrassait en lui disant qu'il était vieux jeu, tout en songeant qu'il ferait un mari idéal. Parfois un désir de repos lui faisait penser qu'elle pourrait épouser l'Anglais.

Envoyée à Bruxelles puis à Luneburg, elle avait retrouvé Jeanine Ivoy et fait connaissance de Claire Mauriac et de Mistou Nou de la Houplière. Ensemble, elles convoyèrent des déportés, leur donnant par leur jeunesse et leur beauté l'espoir d'une vie nouvelle. Elles avaient dû troquer leurs calots contre des chapeaux ronds après s'être rendu compte que ce banal couvre-chef leur rappelait celui de leurs bourreaux. Malgré ou à cause de l'horreur des camps, une grande gaieté régnait dans la section française.

Elles arrivèrent à Berlin début août et s'installèrent au 96 Kurfürstendamm, dans le secteur britannique, dans un des rares immeubles à ne pas avoir trop souffert des bombardements. Elles furent les seules, avec leurs collègues belges, à obtenir l'autorisation de circuler dans les territoires occupés par les Russes pour rechercher dans les camps les ressortissants de leurs pays. Plus d'une fois, elles ramenèrent des Anglais dans leurs ambulances, ce qui leur valut de la part des Britanniques du carburant et des vivres. Parmi leurs missions, la plus pénible consistait à enlever aux Allemands les enfants nés de pères français et belges. Quand cela était possible, elles passaient leurs soirées au club anglais à danser avec les officiers ou à se dorer au soleil sur le bord de la piscine du *Blue and White*.

Mistou, Claire et Léa partageaient la même chambre Kurfürstendamm. Leurs camarades l'appelaient la « chambre des cocottes » à cause des efforts faits par les jeunes femmes pour la rendre attrayante, et surtout à cause de leur beauté dont certaines étaient jalouses. Il suffisait qu'elles entrent dans un des clubs militaires alliés, pour que tous les hommes abandonnent leurs cavalières et viennent à leur devant quémander une danse. L'œil rieur et l'éclatant sourire de Mistou faisaient des ravages. Claire, la belle mélancolique, n'avait d'yeux que pour le capitaine Wiazemsky, libéré par les Russes auprès desquels il avait terminé la guerre. Malgré leur demande, il avait refusé de retourner dans son pays d'origine et avait repris sa place dans l'armée française. Quant à Léa, on ne comptait plus ceux qu'elle avait désespérés.

Un soir, en rentrant d'une mission particulièrement pénible en compagnie de Claire et du capitaine Wiazemsky, elle se heurta à un officier français.

— Excusez-moi.

Trop fatiguée pour répondre, elle continua son chemin.

— Léa !

Elle s'arrêta, paralysée comme le soir de la nuit de Noël... Ne pas bouger surtout, ne pas détruire en se retournant ce fragile bonheur.

— Léa !

Il était là, devant elle, plus grand que dans son souvenir. Elle avait oublié à quel point son regard était clair et sa bouche...

Il n'y avait plus de ruines, plus d'Allemands maigres et obséquieux, plus de squelettes ambulants, plus d'enfants abandonnés, plus de sang, plus de morts, plus de peur. Il était là, vivant, si vivant dans ses bras. Pourquoi pleurait-il ? Il était fou de pleurer un jour pareil. Est-ce qu'elle pleurait, elle ? Elle pleurait et riait à la fois et tous, autour d'eux, en faisaient autant.

Mistou qui les avait rejoints se mouchait sans discrétion en murmurant :

— C'est beau l'amour.

— Pauvre McClintock, fit Jeanine.

Claire serrait très fort la main de son beau capitaine.

— Depuis le mois de mai, je vous ai cherchée partout, murmurait François dans ses cheveux.

— J'étais sans nouvelles de vous, je croyais que vous étiez mort.

— Vos sœurs ne vous ont pas dit que j'étais passé vous voir à Paris ?

— Non, faisait Léa de la tête, en reniflant.

Mistou lui tendit son mouchoir.

— Ne restez pas là, si le patron vous voit, ça va être votre fête. Il est très à cheval sur la tenue de ses filles. Venez nous rejoindre au club anglais tout à l'heure. Nous allons prendre un bain, nous puons la charogne que c'est un vrai plaisir.

— Mistou, s'écria Claire.

— Ce n'est pas vrai, peut-être ? Même que tu as dit que tu allais avoir une de tes fameuses migraines.

— Je voudrais bien t'y voir, fit-elle vexée.

— Merci bien, garde-les pour toi. Rien que d'y penser, j'ai mal à la tête.

— Arrêtez de vous chamailler, dit Léa. Tiens, voilà Jeanine. Tu te souviens de François Tavernier ?

— Si je m'en souviens !... Grâce à lui j'ai fait le meilleur réveillon de ma vie. Bonjour, commandant, contente de vous revoir.

— Bonjour, mademoiselle.

— Allez, les filles, au rapport. Vous ne croyez pas que vous allez vous en tirer comme ça. A tout à l'heure, commandant.

Restés seuls, les deux hommes se dévisagèrent et finalement convinrent de se retrouver à huit heures au club anglais.

Tous ceux qui virent Léa rire et danser ce soir-là comprirent qu'ils n'avaient plus aucune chance. McClintock la regardait le cœur serré. Mistou s'en aperçut et s'approcha de lui.

— Ne faites pas cette tête, colonel. Invitez-moi plutôt à danser.

Quand elles se croisèrent sur la piste, Léa lui adressa un sourire reconnaissant.

François la serrait avec une telle force qu'elle avait du mal à respirer. Mais pour rien au monde, elle ne se serait plainte. Ils dansaient sans échanger une parole, au-delà des mots. Ils glissaient sans penser à leurs gestes, suivant d'instinct la musique, changeant de rythme machinalement, ne faisant qu'un seul corps. Comme à Paris, à l'ambassade d'Allemagne, ils continuèrent leurs évolutions après que le dernier air se fut éteint. Les rires et les applaudissements les ramenèrent à la réalité. Après avoir bu quelques verres, ils quittèrent le club.

La soirée était douce. Ils montèrent dans une jeep garée près de la sortie. Ils roulèrent longtemps en silence à travers des champs de ruines et traversèrent un parc dévasté où, au clair d'une lune blafarde, les troncs tordus et calcinés ressemblaient à une armée en marche. François s'arrêta sur la Charlottenburgerstrasse. Une lèpre semblait avoir rongé le paysage qui entourait la colonne de la Victoire. Seul, le symbole doré aux ailes déployées se dressait intact, dérisoire dans cette cité détruite et ce pays vaincu.

Doucement, François attira Léa contre lui. Ils restèrent enlacés sans un geste se laissant envahir par la chaleur de l'autre, fermant les yeux pour mieux savourer ce bonheur surprenant : être anéanti d'amour, sentir son cœur à l'étroit dans un corps qui ne vous appartient plus. C'était peut-être la première fois, dans ces lieux sinistres, que leur tendresse amoureuse s'épanouissait et les emportait dans ce lent tourbillon de sensations exacerbées. Pour le moment, ils n'éprouvaient pas le désir de faire l'amour, trop submergés par la joie qui débordait de leur cœur.

Le hululement proche d'un oiseau de nuit les fit rire ensemble.

— C'est bon signe, les oiseaux de nuit reviennent, dit Léa.

— Rentrons.

Ils passèrent devant l'église construite à la gloire de l'empereur Guillaume. Les quatre clochers dressaient leurs tours à demi détruites, encore dominées par le clocher central qui semblait avoir été décapité à l'entrée du Kurfürstendamm.

— Vous me raccompagnez déjà !

389

— Non, mon cœur, seulement si vous le voulez. En vous quittant tout à l'heure, j'ai été louer une chambre chez une vieille dame pas très loin d'ici.

— Comment avez-vous fait ? Il n'y a rien à louer.

— Je me suis débrouillé.

Il s'arrêta dans une petite rue près de l'Hohenzollerndamm. Les maisons basses avaient été épargnées. A l'aide d'une grosse clé, François ouvrit une porte vitrée. Une veilleuse à huile brûlait dans l'entrée. Un gros chat vint se frotter contre leurs jambes. Ils prirent chacun une des bougies posées sur une commode et montèrent avec des fous rires. Dans la chambre régnait un parfum de roses fanées.

A la lueur des bougies, François la débarrassa de son uniforme. Il fit glisser lentement les épaulettes de la combinaison rose. Le crissement de la soie vrillait leurs nerfs. La peau de Léa frémissait sous la caresse du tissu. Elle enjamba la lingerie tiède dans laquelle il enfouit son visage, respirant avec avidité l'odeur de cette femme. Il se retint de ne pas arracher la culotte ornée de dentelle. Quand elle fut nue, il resta un long moment agenouillé à ses pieds, à la contempler. Elle laissait courir sur elle ce regard qui la dévorait, faisait trembler son corps et fléchir ses genoux. Elle frissonna quand ses lèvres se posèrent à l'intérieur de ses cuisses et remontèrent au creux de son ventre. Elle sentit son sexe s'ouvrir et aller au-devant des baisers de son amant. Elle jouit debout les mains agrippées à ses cheveux. Il la porta sur le lit et se déshabilla sans la quitter des yeux. Il la prit avec douceur. Confiante, elle se laissait conduire. Quand elle sentit le plaisir monter, elle cria :

— Plus fort, plus fort !

Il la ramena avant l'aube. Elle se glissa dans la chambre des cocottes sans réveiller ses compagnes.

Le lendemain, ils se racontèrent ce qu'ils avaient vécu depuis

390

le Noël passé près d'Amiens. François apprit avec une joie qui la rendit presque jalouse la délivrance de Sarah et son lent rétablissement en Angleterre. Il redoutait de lui annoncer la mort de Mathias. Il commença par celle d'Otto et raconta sa visite à Françoise.

— Vous étiez là, au moment de sa mort ?

— Non, j'ai trouvé son livret militaire dans la poche d'un SS français qui le connaissait.

Léa ferma les yeux.

— Qu'est devenu ce Français ?

— Il est mort.

Une larme glissa sur le joli visage.

— Comment s'appelait-il ?

François la prit dans ses bras et lui raconta tout bas.

— Il est mort en t'appelant et en te demandant pardon. Pleure, mon cœur, pleure.

Des sanglots de petite fille secouaient Léa. Que l'enfance était dure à quitter.

Dans la soirée, elle voulut aller sur la tombe de Mathias. Elle y déposa quelques fleurs achetées à la petite marchande installée au coin de la Konstanzerstrasse.

— Nous le rapatrierons en France, si tu le veux ?

— Non, c'est ici qu'il est mort, c'est ici qu'il doit demeurer.

— Que faites-vous ?

— Je ramasse un peu de cette terre pour la mélanger à celle de Montillac.

Un bonheur douloureux la traversa.

— Qu'avez-vous ?

Elle n'avait rien. Simplement, pour la première fois depuis longtemps, elle venait d'envisager un éventuel retour à la terre adorée. C'était Mathias qui le lui suggérait. Avec frénésie, elle emplit son chapeau de terre. Quand Léa se releva, un nouvel éclat brillait dans ses yeux.

Pendant une semaine, ils se virent tous les jours. Claire et Mistou dissimulaient autant qu'elles le pouvaient les absences et les étourderies de leur camarade. Malgré cela, le travail accompli par les jeunes femmes de la Croix-Rouge française à Berlin, faisait l'admiration de tous. Jeanine Ivoy, chef de la section, écrivit à Mme de Peyerimhoff :

« D'après le journal de marche, vous devez voir que nous avons bien travaillé. Nous avons réussi à obtenir des Britanniques notre prolongation dans leur secteur grâce au travail que nous faisons pour eux. En effet, ils se sont vu refuser l'autorisation d'aller en zone russe pour rechercher leurs disparus (environ trente mille), aussi, lors de nos missions, faisons-nous pour eux ce que nous ferions pour les nôtres. Nous revenons parfois avec des centaines d'actes de décès ou de listes de tombes trouvées dans les plus petits villages, qu'il faut séparer par nationalités. Que de paperasserie !...

« Dans chaque équipe, nous restons cinq conductrices et une infirmière, les Anglais ayant insisté pour réduire le personnel, le ravitaillement étant très restreint.

« Les Alsaciens et les Lorrains continuent d'arriver et toutes nous faisons avec joie leur transit : pauvres types, ils ont tant souffert. Pendant dix jours, nos filles ont habillé, ravitaillé et soigné sept mille Alsaciens-Lorrains. Leur dévouement infatigable a fait l'admiration des autorités françaises et britanniques.

« D'autres trains d'Alsaciens-Lorrains (environ trois mille) sont attendus incessamment et les autorités anglaises réclameront aussitôt notre concours par téléphone. Leur état physique est terriblement déficient et nous sommes heureuses en tant que Croix-Rouge française de pouvoir leur apporter cet appui moral autant que matériel dont ils ont grand besoin.

« Très souvent, nous voyons le général Keller venant de Moscou. Il nous annonce le passage de trains. Il y en a tellement dans les camps au fin fond de la Russie.

« Nous avons vraiment une chance inouïe de pouvoir circuler en zone russe. Nous avons leur confiance et nous sommes reçues partout de façon charmante. Lors du dernier passage du train sanitaire, nous sommes allées faire une démarche auprès d'un important général pour ramener les grands malades. Devant nous, il a téléphoné à Moscou. La réponse fut négative, mais du moins on avait essayé. Cette démarche ne fut pas vaine car cette semaine les grands malades nous seront remis et partiront par le train sanitaire qui vient d'arriver.

« Il règne ici une ambiance magnifique. Je n'ai qu'à me louer de l'équipe et plus particulièrement de Mlles Mauriac, Nou de la Houplière, Delmas, Farret d'Astier, d'Alvery, toujours ensemble, se serrant les coudes... »

François Tavernier reçut l'ordre de regagner Paris d'où il devait partir pour les États-Unis. Léa l'accompagna à l'aéroport de Tempelhof après une nuit passée dans la petite maison de la vieille Allemande. Quand elle le vit monter à bord du Dakota, elle fut prise de tremblements. La peur de ne jamais le revoir faillit la jeter au sol.

Ses compagnes mirent tout en œuvre pour la distraire. Mistou et Claire firent si bien qu'elle retrouva une partie de sa gaîté. Elles visitèrent la Chancellerie et le Bunker d'Hitler en compagnie du capitaine Wiazemsky. Toutes ressortirent oppressées par cet endroit jonché de télégrammes, de journaux à demi calcinés, de portraits du Führer déchirés, de caisses éventrées, de décorations souillées.

38.

A la mi-septembre, Léa reçut l'ordre de convoyer un groupe de jeunes enfants jusqu'à Paris. Elle quitta Berlin et ses camarades, à la fois triste et soulagée. Trop de ruines, trop de souffrances, trop de morts.

A Paris, Mme de Peyerimhoff lui accorda une permission. Elle se précipita rue de l'Université et trouva porte close. En lui remettant les clés, la concierge lui dit que tout le monde était parti en Gironde. Léa ne comprenait pas.

Elle qui s'était fait une joie de passer quelques jours dans la capitale fonça, le soir même, gare d'Austerlitz.

Le train était bondé et inconfortable. Elle passa la nuit coincée entre un militaire entreprenant et une grosse femme revêche. Chaque fois qu'elle s'assoupissait, elle entendait les hurlements de souffrance de sa tante ou les gémissements de Raoul. Combien de temps ces fantômes allaient-ils la poursuivre ? Elle était folle de retourner à Montillac. Qu'espérait-elle trouver ? Après avoir vu tant de ruines, pourquoi en ajouter une autre dans ce catalogue de misères qui s'était rempli d'année en année. A quoi bon revenir sur ses pas, rien ne ressusciterait les morts ni la vieille maison.

Arrivée épuisée à Bordeaux, elle décida de reprendre le

prochain train pour Paris. Sur le quai voisin partait le vieux train pour Langon. Sans réfléchir, elle courut. Par la portière ouverte une main se tendit, elle sauta.

La gare de Langon n'avait pas changé. Sa valise à la main, elle se dirigea vers le centre de la petite ville. C'était jour de marché. Deux gendarmes discutaient devant l'hôtel Oliver.

— Mais, c'est la petite Delmas !... Mademoiselle !

Léa se retourna.

— Vous ne nous reconnaissez pas ?... C'est nous qui vous avons conduit avec votre oncle et la pauvre petite jeune femme chez la Sifflette.

Oui, bien sûr, elle se souvenait.

— Alors, vous voilà de retour au pays ? Ah ! il s'en est passé des choses... et pas des belles. Vous n'avez pas votre fameuse bicyclette ?... On va vous conduire... on ne va pas vous laisser comme ça dans l'embarras. Pas vrai, Laffont !

— Cette question, Renault ! Il ne sera pas dit que la Gendarmerie française manque de galanterie.

Léa ne savait pas comment refuser leur proposition. Elle monta dans la voiture.

Les deux hommes parlaient, parlaient, elle n'entendait pas ce qu'ils disaient, s'emplissant les yeux de ce paysage tant aimé qu'elle avait cru ne jamais revoir, envahie par l'émotion. Ils n'insistèrent pas quand elle leur demanda de la laisser en bas de la côte de la Prioulette. Elle attendit pour continuer son chemin que la voiture eut disparu.

Il faisait un de ces beaux après-midi de l'arrière-saison dorant les grappes, nimbant les vignes de cette lumière qui annonçait l'automne.

La côte lui semblait rude, son pas ralentissait. Derrière la masse des arbres, il y avait Montillac. Le cœur battant, elle arriva aux barrières blanches.

Il y avait dans l'air une odeur nouvelle, inhabituelle en ces lieux : une odeur de bois neuf. Des bruits familiers lui parvinrent : caquètement des poules, aboiement d'un chien, roucoulement des tourterelles, hennissement d'un cheval. Derrière le corps de ferme devait se dresser la carcasse de la maison. Un vent léger ébouriffa ses cheveux. Elle reprit sa marche, souffrant à chaque enjambée. Le bruit lancinant d'une scie... Des coups de marteau... Une voix d'homme jeune qui chantait :

C'est une fleur de Paris
Du vieux Paris qui sourit
Car c'est la fleur du retour
Du retour des beaux jours...

Des ouvriers plaçaient des ardoises sur une charpente neuve. Un des pans du toit était déjà recouvert... une porte était ouverte sur la cuisine inchangée... Titubante, elle recula dans ce qu'elle et ses sœurs appelaient la rue... des cris d'enfants et des rires venaient de la terrasse... Léa voulait s'enfuir, échapper au mirage, mais une main géante la poussait vers ces rires et ces cris. La balançoire bougeait entre les montants entourés de glycine... Le temps s'arrêta, puis fit un bond en arrière : il y avait maintenant sur la balançoire une petite fille aux cheveux en désordre qui disait :

— Plus haut, Mathias, plus haut.

Puis tout se brouilla et reprit sa place : les charmilles immobiles, les rosiers de l'allée, les vignes entre les cyprès... au loin un train passa, une cloche sonna... Elle reconnut la voix de ses sœurs.

Rien ne semblait avoir changé. Léa s'avança... Un homme tenant Charles par la main venait vers elle.

Remerciements

L'auteur tient à remercier pour leur collaboration, la plus souvent involontaire, les personnes suivantes :

Jean-Pierre Abel, Paul Allard, Henri Amouroux, Robert Antelme, Louis Aragon, Robert Aron, Alix Auboineau, Lucie Aubrac, Michel Audiard, Colette Audry, Marc Augier, Claude Aveline, Marcel Aymé, François Barazet de Lanurien, Maurice Bardèche, Georges Beau et Léopold Gaubusseau, Pierre Bécamps, Suzanne Bellenger, Jacques Benoist-Méchin, Christian Bernadac, Georges Bernanos, Pierre Bertaux, Nicholas Bethell, Maxime Blocq-Mascart, Georges Blond, M.R. Bordes, Jean-Louis Bory, Alphonse Boudard, Pierre Bourdan, P.-A. Bourget, Robert Brasillach, Georges Buis, Calvo, Raymond Cartier, Louis-Ferdinand Céline, Jacques Chaban-Delmas, Marguerite Chabay, René Chambe, Richard Chapon, Jean-François Chegneau, Bertrande Chezal, Winston Churchill, Maurice Clavel, René Clément, Guy Cohen, Colette, Larry Collins, Arthur Conte, E.H. Cookridge, Lucien Corosi, Gaston Courty, Jean-Louis Crémieux-Brilhac, Croix-Rouge française, Jean-Louis Curtis, Adrien Dansette, Jacques Debû-Bridel, Marcel Degliame-Fouché, Jacques Delarue, Jacques Delperrié de Bayac, Abbé Desgranges, Maja Destrem, David Diamant, *la Documentation française*, Friedrich-Wilhelm Dohse, Jacques Doriot, Paul Dreyfus, Raymond Dronne, Claude Ducloux, Ferdinand Dupuy, Jean Dutourd, Georgette Elgcy, Dr Epagneul, Jean Eparvier, Robert Escarpit, Raymond Escholier, Hélène Escoffier, Marc-André Fabre, Mistou Fabre, Yves Fargc, J.-N. Faure-Biguet, Henri Fenet, Richard de Filippi, Marie-Madeleine Fourcade, Ania Francos, Jacky Fray, Henri Frenay, André Frossard, Liliane et Fred Funcken, Jean-Louis Funk-Brentano, Jean Galtier-Boissière, Paul Garcin, Romain Gary, Charles de Gaulle, André Girard, Jean Giraudoux, Alice Giroud, Léon Groc, Richard Grossmann, Georges A. Groussard, Gilbert Guilleminault, Georges Guingouin, André Halimi, Hervé Hamon, Robert Hanocq, René Hardy, Max Hastings, Philippe Henriot, Jean Hérold-Paquis, Rudolph Hoess, Sabine Hoisne, Hoover Institute, Raymond Huguetot, Bernard Irelin, Jacques Isorni, Jeanine Ivoy, capitaine Jacques, Claude Jamet, maréchal Juin, Bernard Karsenty, Joseph Kessel, Jacques Kim, Serge Klarsfeld, Karl Koller, Maurice Kriegel-Valrimont, Jean Lacouture, Jean Lafourcade, Christian Laigret, Christian de La Mazière, Henri Landemer, Roger Landes, Dominique Lapierre, Jean de Lattre de Tassigny, Jacques Laurent, Eric Lefebvre, Roger Lemesle, Alain Le Ray, Jean Mabire, Grégoire Madjarian, René Maisonnas, Franz Masereel, Pierre Masfrand, Micheline Maurel, Claude Mauriac, François Mauriac, William Peter McGivern, Léon Mercadet, Edouard et François Michaut, Henri Michel, Edmond Michelet, Margaret Mitchell, François Mitterrand, Jean Moulin, André Mutter, Jean Nocher, Henri Noguères, Pierre Nord, Jacques Oberlé, Albert Ouzoulias, Guy Pauchou, Jean-Jacques Pauvert, Robert O. Paxton, Gilles Perrault, Philippe Pétain, Jacques Peuchmaurd, Eric Picquet-Wicks, L.G. Planes et R. Dufourg, Theodor Pliever, Edouard de Pomiane, Roland de Pury, *Sélection du Reader's Digest*, Lucien Rebatet, P.R. Reid, colonel Rémy, Jean Renald, Françoise Renaudot, Ludwig Renn, André Reybaz, Patrick Rotman, David Rousset, Claude Roy, Raymond Ruffin, Cornelius Ryan, Maurice Sachs, Georges Sadoul, Saint-Bonnet, Antoine de Saint-Exupéry, Saint-Loup, Saint-Paulien, Henri Sanciaume, Jean-Paul Sartre, Régine Saux, Simone Savariaud, Lily Sergueiew, Service d'Information des crimes de guerre, William L. Shirer, Jacques Sigot, Knut Singer, Sisley-Huddleston, Michel Slitinsky, A. Soulier, Philip John Stead, Lucien Steinberg, Pierre Taittinger, Guy Tassigny, Elisabeth Terrenoire, Geneviève Thieuleu, Edith Thomas, Charles Tillon, H.R. Trevor-Roper, Pierre Uteau, Jan Valtin, Pierre Veilletet, Dominique Venner, Jean Vidalenc, Camille Villain, Gérard Walter, Pierre Wiazemsky, princesse Wiazemsky, prince Yvan Wiazemsky, Karl Wilhelm, Olga Wormser.

ACHEVÉ D'IMPRIMER
LE 2 AVRIL 1985
SUR LES PRESSES DE
L'IMPRIMERIE HÉRISSEY
À ÉVREUX (EURE)

Imprimé en France
N° d'édition : 811
N° d'impression : 37036
Dépôt légal : Avril 1985